Emily Bold

Stürmischer Neuanfang in Laguna Beach

Montlake

Das Buch

Es gäbe keinen besseren Ort für einen Neuanfang, als den wunderschönen Küstenort Laguna Beach. Doch Jackson Cooper hat seine Heimat an der Westküste nicht ohne Grund jahrelang gemieden. Und der Grund trägt den Namen seiner Ex-Freundin: Eden Green.

Dass Jackson überraschend wieder in Laguna Beach auftaucht, um ein Restaurant zu eröffnen, interessiert Eden überhaupt nicht. Sie ist längst über ihn hinweg und hat sich als Spitzenköchin an der gesamten Küste einen Namen gemacht. Dass sie die magische Nacht mit ihm nie vergessen hat, braucht ja niemand zu wissen. Vor allem Jackson nicht.

Als sie jedoch plötzlich ohne Job dasteht und Jackson eine Köchin für sein Restaurant sucht, läge eine Lösung auf der Hand. Es könnte alles ganz einfach sein, wenn Jackson sie nicht mit seiner schroffen Art und seinen heißen Blicken in den Wahnsinn treiben würde …

Die Autorin

Emily Bold, Jahrgang 1980, schreibt Romane für Jugendliche und Erwachsene. Ob historisch, zeitgenössisch oder fantastisch: In den Büchern der fränkischen Autorin ist Liebe das bestimmende Thema.

Nach diversen englischen Übersetzungen sind ihre Romane mittlerweile auch ins Türkische, Ungarische, Russische und Tschechische übersetzt worden, etliche ihrer Bücher gibt es außerdem als Hörbuch.

Wenn sie mal nicht am Schreibtisch an neuen Buchideen feilt, reist die Autorin am liebsten mit ihrer Familie in der Welt umher, um neue Sehnsuchtsorte zu entdecken.

Mehr Informationen gibt es unter www.emilybold.de.

EMILY BOLD

Stürmischer Neuanfang in Laguna Beach

Roman

Montlake

Deutsche Erstveröffentlichung bei
Montlake, Amazon Media EU S.à r.l.
38, avenue John F. Kennedy, L-1855 Luxembourg
August 2020

Umschlaggestaltung: semper smile, München, www.sempersmile.de
Umschlagmotiv: © Becky Swora / Shutterstock; © winyuu / Shutterstock;
© Shelby Robinson / Arc Angel; © Bjarte Rettedal / Getty Images
1. Lektorat: Marketa Görgen
2. Lektorat und Korrektorat: VLG Verlag & Agentur, Haar bei München,
www.vlg.de
Gedruckt durch:
Amazon Distribution GmbH, Amazonstraße 1, 04347 Leipzig /
Canon Deutschland Business Services GmbH, Ferdinand-Jühlke-Str. 7,
99095 Erfurt /
CPI books GmbH, Birkstraße 10, 25917 Leck

ISBN: 978-2-49670-412-9

www.montlake.de

Der Surfcup

»Hiermit erkläre ich den ersten Surfcup in der Geschichte von Laguna Beach für eröffnet«, schallten die Worte von Bürgermeister James Bagley über den Rathausplatz. »Es ist uns eine Ehre, all die jungen und talentierten Sportler der gesamten Westküste hier bei uns begrüßen zu dürfen«, fuhr er mit deutlich hörbarem Stolz in der Stimme fort und nickte den angereisten Surfern zu, die unter dem Applaus der Zuschauer nun in die Mitte des Platzes kamen, um sich ihre Startnummern abzuholen.

Auch der achtzehnjährige Jackson Cooper beobachtete die Vergabe der Startnummern, seine Aufmerksamkeit lag jedoch ganz woanders. »Bist du nervös?«, flüsterte er dem Mädchen, das vor ihm auf der eigens für das Event errichteten Tribüne saß, ins Ohr und knabberte dabei leicht an ihrem Ohrläppchen. Die Gänsehaut an Edens Hals gefiel ihm und er pustete absichtlich noch leicht auf ihren Nacken.

Sie wandte sich lächelnd zu ihm um. Die Sonne vergoldete ihre ebenmäßige Haut und spiegelte sich in ihren dunklen Augen, während sie sich die schulterlangen braunen Haare aus dem Gesicht strich. »Nervös?«, fragte sie ungläubig und hob ihre fein geschwungenen Augenbrauen. »Ich bin nicht nervös, aber ich will das trotzdem nicht tun«, murrte sie und rollte mit den Augen. »Ich mache mich total lächerlich!«

Jackson grinste. »Na komm, so schlimm wird es schon nicht werden«, versuchte er, sie aufzumuntern. Schmunzelnd ließ er seinen Blick über Edens kurzen babyrosa Faltenrock schweifen, über die weißen Overknees und die bauchfreie Carmenbluse, die die gerade Linie ihrer schlanken Schultern genauso zur Geltung brachte wie den kleinen silbernen Ring in ihrem Bauchnabel. »Wenigstens siehst du dabei umwerfend aus«, flüsterte er wieder und grub sein Gesicht in ihr duftendes Haar.

»Idiot!«, murrte Eden und rückte von ihm ab, auch wenn ihre Wangen wegen des Kompliments Farbe angenommen hatten.

Jackson fasste nach ihrer Hand und sah ihr in die Augen. »Im Ernst, Eddy«, murmelte er und küsste sie sanft. »Niemand wird darauf achten, was du tust. Sie werden nur sehen, was ich sehe.«

Edens Lippen verzogen sich zu einem unwilligen Lächeln. »Und was genau wäre das?«

Jackson schmunzelte wieder und umfasste ihre nackte Taille. »Das schönste Mädchen von Laguna Beach.«

Noch ehe Eden etwas auf seine Worte erwidern konnte, schallte erneut die Stimme des Bürgermeisters aus den Lautsprechern. »Und nun, liebe Gäste, liebe Bewohner von Laguna Beach und liebe Sportler, beginnen wir die mehrtägigen Festlichkeiten mit einer musikalischen Darbietung der besonderen Art. Bitte begrüßen Sie hier auf der Bühne: Eden Green.« Sein Blick glitt über die Zuschauerränge, als suchte er sie.

Jackson merkte, wie sich Eden vor ihm versteifte. »Es ist zu spät, um davonzulaufen«, sagte er und drückte ihr ermutigend die Hand.

Eden kniff die Lippen zusammen. »Erinnere mich daran, dass ich meine Eltern umbringe, weil sie mir das antun!«, fauchte sie, erhob sich aber mit einem fast echt aussehenden Lächeln von ihrem Platz und winkte. »Gott, ich hasse es!«, hörte er sie murmeln, als sie sich zwischen den Zuschauern hindurch einen Weg auf den freien Platz vor der City Hall bahnte. Sie schüttelte Bürgermeister Bagley die Hand und verneigte sich vor dem Publikum.

»Verehrte Gäste, diese junge Dame gewann mit ihrer Showeinlage die Talentwoche der Sunset-High-Highschool und es freut uns sehr, dass wir nun diese besondere Darbietung mit Ihnen allen teilen dürfen.«

Er lächelte Eden an und schob sie vor den für sie vorbereiteten Tisch mit unterschiedlich hoch gefüllten Trinkgläsern.

»Einen Applaus für Eden Green, bitte!«, rief er ins Mikro und die Zuschauer klatschten gehorsam. Auch Jackson klatschte in die Hände, obwohl er sich nur zu gut vorstellen konnte, wie elend Eden sich gerade fühlte. Sie hasste es, im Mittelpunkt zu stehen. Dabei sah sie wirklich zauberhaft aus. Die Meeresbrise, die von Westen her über den Laguna Beach blies, bewegte ihr Haar und drückte den kurzen Rock verführerisch an ihre Schenkel. Zum Glück hätte die verlegene Röte auf ihren Wangen auch von der Wärme der Nachmittagssonne kommen können, die am wolkenlosen Himmel stand wie ein riesiger Scheinwerfer, der Edens Nummer ins rechte Licht rücken wollte.

Jackson fasste die halblangen Wellen seines blonden Haars am Hinterkopf zusammen und setzte sich die Sonnenbrille auf. Er warf einen kurzen Blick auf die Uhr. Ob er es zugeben wollte oder nicht, seine eigene Aufregung wuchs ebenfalls mit jeder Minute an. Nicht weil er auch einen Auftritt hatte. Sondern weil er Pläne hatte. Pläne für den Abend. Pläne mit … Sein Blick heftete sich wieder auf Eden und sein Puls beschleunigte sich. Ihnen lief die Zeit davon. Er wollte nicht gehen, ohne …

Edens Blick traf ihn und zum ersten Mal, seit sie die Bühne betreten hatte, lächelte sie. Dann reckte sie das Kinn vor, straffte die Schultern und tunkte bedacht ihren Finger in eines der wassergefüllten Gläser. Sie grub die Zähne in ihre Unterlippe, was Jackson als Zeichen ihrer Nervosität deutete, und strich dann zögernd mit der feuchten Fingerspitze den Glasrand entlang. Drei Mikrofone, die vor ihrem Tisch aufgereiht waren, übertrugen den erzeugten Ton und die Gespräche auf der Tribüne verstummten.

Eden stockte. Dann goss sie etwas Wasser aus einem Krug nach und wiederholte das Ganze. Zufrieden nickend, tunkte sie den Finger noch einmal ins Wasser und begann. Drei Umdrehungen auf diesem Glas, dann ein schneller Wechsel mit der anderen Hand zu einem weniger gefüllten Glas. Ein geschmeidiger Übergang zu weiteren Gläsern. Die Melodie war leicht, wie gewispert, aber dennoch deutlich zu erkennen.

Jackson hielt den Atem an. Nicht, weil ihr Spiel auf den Gläsern so beeindruckend war, sondern wegen des Anblicks, den sie bot. Sie biss sich angespannt auf die Lippe, und die sanften Bewegungen ihrer Finger auf den Glasrändern waren so verführerisch, dass es ihm vorkam, als würde sie ihn berühren. Am liebsten wäre er aufgesprungen und zu ihr gestürmt. Hätte die Gläser vom Tisch gefegt und sie auf der Stelle in das kleine Boot entführt, das er sich für den Abend ausgeliehen hatte.

Eden spielte einen schiefen Ton und riss ihn damit aus seiner Träumerei. Ihr Zittern erzeugte sogleich noch mehr krumme Töne, was zu leisem Getuschel im Publikum führte.

»Komm schon, lass dich nicht unterkriegen«, murmelte Jackson und sah erneut auf die Uhr. Er hoffte inständig, Luke würde bald aufkreuzen – mit den Schlüsseln für das Boot. Dieser Abend musste perfekt werden.

Ein durchdringendes Quietschen ließ die Zuschauer zusammenzucken. Edens Wangen glühten auf.

»Verdammt!«, murrte Jackson und versuchte, ihr durch seinen Blick Mut zu machen, aber je mehr schiefe Töne sie erzeugte, umso zittriger wurde sie, was sich nicht gerade förderlich auf ihr Spiel auswirkte.

Offenbar sah das auch der Bürgermeister so, denn der betrat nun unplanmäßig die Bühne und kam an Edens Seite. »Soooo«, sagte er und trat vor den Tisch mit den Gläsern, während Edens letzter Ton quietschend aus den Lautsprechern nachhallte. »Das war … interessant.« Er klatschte etwas unbeholfen in die Hände. »Eden Green, meine Damen und Herren, mit ihren singenden Gläsern.«

Der Applaus war verhalten und es schien, dass nicht nur Eden froh war, den Auftritt hinter sich zu haben.

»Ziemlich peinliche Nummer, was?«, fragte Luke St. James ungerührt und stieß Jackson den Ellbogen in die Seite. Er trug seinen Motorradhelm unter dem Arm und eine verspiegelte Sonnenbrille vor den stahlblauen Augen.

»Bist du schon länger hier?«, fragte Jackson und klatschte seinen Freund ab.

Der lachte. »Gerade vom Bike gestiegen. Aber diese Katzenmusik ist dank der Lautsprecher echt überall zu hören.«

Jackson fluchte. »Sei nett und binde das Eden nicht auf die Nase.«

Luke grinste. »Wäre schlechte Laune bei der Kleinen deinen Plänen … hinderlich?«

»Quatsch!« Jackson schüttelte den Kopf, auch wenn Luke nicht ganz unrecht hatte. Er wollte einfach nur einen perfekten Abend für Eden und sich. Und blödes Gerede über diesen Auftritt störte nun einmal die Perfektion, an die er so dachte.

Doch Luke kannte ihn gut. Es war nicht so leicht, seinem besten Freund etwas vorzumachen. »Sag bloß, dass es heute Abend so weit ist«, neckte Luke und hielt ihm den Bootsschlüssel vor die Nase. »Hoffst du, dass die kleine süße Eden auch auf deinem Instrument ein bisschen spielt?«

»Fick dich, Luke!«, murrte Jackson und entriss ihm den Schlüssel. »Und halt die Klappe, verstanden!« Er nickte in Richtung Rathausplatz, von wo Eden gerade mit puterrotem Kopf auf sie zukam. »Du versaust mir alles!«

Luke lachte und tastete die Taschen seiner Lederjacke nach seinen Zigaretten ab. »Love is in the air«, trällerte er und hob abwehrend die Hände, als Jackson ihm drohend die geballte Faust entgegenreckte.

»Immer schön vorsichtig!«, warnte Luke ihn und steckte sich eine Kippe an. »Immerhin hab ich dir das Love-Boat besorgt.«

Jackson kniff die Lippen zusammen. »Wie viel schulde ich dir dafür eigentlich?«

Luke winkte ab. »Vergiss es, Alter. Geht auf mich. Die Familie St. James schätzt sich glücklich, dich bei der Entwicklung deiner Sexualität zu unterstützen!« Luke verneigte sich förmlich und strich sich mit der Zigarette zwischen den Fingern durch die blonden Haare.

Diesmal beließ es Jackson nicht bei einer Drohung mit der Faust. Er versetzte Luke einen Schlag gegen die Schulter, die der Freund sich dann lachend und keuchend rieb. »Fuck, Alter! Da macht man mal einen kleinen Scherz, und schon …«

»Hi, Luke!«, unterbrach Eden seinen Satz und schmiegte sich mit noch immer hochrotem Kopf in Jacksons Armbeuge. »Gott, war das furchtbar!«, jammerte sie und zog ihn auf die Tribünenbank, um in der Menge unterzutauchen. »Ich will sterben!«

Jackson streichelte ihren Rücken und warf Luke einen warnenden Blick zu. »Das war doch gar nicht so übel«, versuchte er, sie zu trösten, und küsste ihren Scheitel.

»Nee, echt«, kam ihm Luke überraschend zu Hilfe. Doch dann verwandelte sich Lukes Grinsen zu dem dämonisch fiesen Ausdruck, den die St.-James-Brüder im Laufe ihres Lebens perfektioniert hatten. Jackson stöhnte innerlich. »Sooo schlimm war es nicht. Ich habe gedacht, dieses Gekreische würde einen Tsunami auslösen, aber hey, das ist nicht passiert.« Luke zuckte mit den Schultern und zwinkerte ihr zu. »Ich nehm an, du hast auch gespielt, als die Dinosaurier ausgestorben sind?«, fuhr er gnadenlos fort. »Die

waren bestimmt froh, als ein Asteroid kam und sie von ihrem Leid erlöst hat.«

Eden kniff die Lippen zu einer schmalen Linie zusammen und Jackson spürte, wie sie die Fäuste ballte. »Gott, Luke, hat dir schon mal jemand gesagt, dass du das Allerletzte bist?«, fragte sie zornig, aber Luke war davon nicht beeindruckt.

»Das höre ich jeden Tag«, antwortete er nur lachend und paffte ihr Rauch ins Gesicht. »Ein Ruf, den es zu verteidigen gilt!«

Jackson rollte mit den Augen. »Schon gut, ihr zwei«, versuchte er, die Lage zu entspannen. »Warum gehen wir nicht schon mal runter an den Strand und vergessen das?« Er legte seine Hände auf Edens Taille und streichelte sie sanft. »An der Coco-Locco-Bar gibt es Willkommenscocktails.« Er beugte sich über Edens Nacken und flüsterte: »Eine Überraschung gibt es später auch noch, also lass jetzt den Kopf nicht hängen, okay?« Dann drehte er sie zu sich herum und küsste ihre Nasenspitze. »Das wird unser Abend«, raunte er und küsste sie gleich noch einmal.

»Gute Idee, lass uns von hier verschwinden«, stimmte Luke zu und schnippte den Zigarettenstummel achtlos hinter sich. »Wenn es am Strand Drinks gibt, hätten wir uns gleich dort treffen sollen.«

Jackson kniff die Lippen zusammen und nickte, als sie sich zu dritt in Bewegung setzten. Er wusste nicht, wie er seinem Kumpel beibringen sollte, dass er den letzten Abend vor seiner einjährigen Europareise lieber allein mit Eden verbringen wollte. Dabei hatte er gedacht, Luke könne sich das denken. Immerhin hatte er ihn um das Boot gebeten. Er musste doch wissen, wie wichtig ihm der heutige Abend war.

Auch Eden schaute etwas verunsichert drein, als Luke ihr kumpelhaft den Arm um die Schultern legte. Ihr Blick in Jacksons Richtung sagte mehr als tausend Worte. Werde den los, *schien sie zu fordern.*

Genau das war Jacksons Plan.

Als sie den Pacific Boulevard erreichten, der sich hoch oben über dem von Klippen eingerahmten Strand die Küste entlangschlängelte, sah er, dass Luke sein Motorrad direkt neben seines geparkt hatte. Nur stand Lukes Bike in Ermangelung eines freien Parkplatzes mitten auf dem Fußweg, der neben dem Boulevard ebenfalls entlang der weißen Sandsteinklippen verlief.

Jackson rollte mit den Augen. Das war typisch. Nicht nur für Luke, sondern für alle Mitglieder des St.-James-Clans. Sie führten sich auf, als gehörte ihnen die Stadt. Und irgendwann würde das wohl auch so sein, denn wie er von Luke wusste, planten die St. James etliche Bauprojekte in der Stadt. Dabei hatten sie doch erst ein paar Jahre zuvor mit dem Coral Cave Resort das größte Hotel der Gegend gleich nebenan in Sunset Beach eröffnet.

»Hey, Alter!«, riss Luke ihn aus seinen Gedanken. »Jackpot!« Er deutete die Zufahrt zum Strand hinunter, an der Surfschule vorbei in Richtung Rettungstower 1. »Der Surfcup lockt reihenweise heiße Strandhasen nach Laguna Beach«, freute er sich und fuhr sich sogleich selbstsicher mit den Fingern durchs Haar. Dann warf er Jackson und Eden einen gespielt traurigen Blick zu und zwinkerte. »Ihr entschuldigt mich – aber mein Typ ist gefragt!«, erklärte er gut gelaunt. Er holte eine Zigarette aus der Packung, klemmte sie sich hinters Ohr und steuerte zielstrebig auf zwei Badenixen zu, die sich gegenseitig mit Sonnenmilch eincremten.

»Der denkt doch echt, er ist ein Geschenk Gottes an die Frauen!«, stöhnte Eden und schmiegte sich eng an Jacksons Brust. Ihr scheuer Blick verriet, dass auch sie diesem Abend besondere Bedeutung beimaß.

Jackson ließ seine Hand auf ihren Rücken gleiten und streichelte ihre Wirbelsäule. Die Wärme ihrer Haut war ihm so vertraut und doch … war heute alles irgendwie anders. Er berührte sie, als wäre es das erste Mal. Sein Herzschlag beschleunigte sich und er fragte sich, ob Eden genauso fühlte wie er. Sie schlenderten den von Palmen gesäumten Strandzugang entlang, über den weißen Sand bis hinunter ans Wasser. Die azurblauen Wellen mit ihren funkelnden Gischtkrönchen rollten hier friedlich an den Strand, während sie nur ein kleines Stück weiter nördlich mit ungebändigter Kraft tosend gegen die ins Meer ragenden Felsen brandeten.

»Ganz schön viel los hier heute«, stellte Eden fest und schirmte ihre Augen mit der Hand gegen die gleißende Sonne ab, während sie ihren Blick über die weit gestreckte, halbmondförmige Bucht von Laguna Beach schweifen ließ.

»Der Surfcup lockt mehr Besucher an als gedacht«, stimmte ihr Jackson zu und spähte zum Wachturm hinüber. »Da gibt's bestimmt wieder Deppen, die nicht aufpassen.«

Eden nickte. »Connor macht heute eine Doppelschicht. Jeder Rettungsschwimmer des ganzen County ist heute hier im Dienst.«

Jackson konnte sich vorstellen, was für ein Chaos das bedeutete. Sonst kümmerte sich Edens Bruder Connor tagsüber fast allein um den Bereich des nördlichen Wachturms 1. Jetzt dagegen waren auf Anhieb fünf weitere Buggys der Lifeguards auszumachen, die den Strand zwischen den beiden Wachtürmen entlangdüsten. Zum Glück hatte Edens Bruder starke Nerven, denn er war der jüngste Rettungsschwimmer unter ihnen, und so ließen sich seine Kollegen sicher nicht gern etwas von ihm sagen.

Eden schlüpfte aus ihren Schuhen und stieg in die Brandung. Das Wasser umspülte ihre zierlichen Füße und spritzte ihr bis weit über die Knie hoch. Jackson beobachtete, wie die Tropfen unter ihrem kurzen Rock verschwanden, und mit einem Mal waren ihm hier viel zu viele Menschen.

Er räusperte sich. Die Nervosität machte ihn unsicher, während er ihr einige Meter am Wasser entlang folgte, ohne etwas zu sagen. Er wollte sie nicht drängen, sie nicht überrumpeln, aber ihnen blieb doch nur noch dieser Abend. Und bereits jetzt färbte sich der Horizont in der sinkenden Sonne golden.

»Eden?«, flüstert er schließlich und griff nach ihrer Hand.

»Ja?« Sie drehte sich zu ihm um und ihr dunkles Haar blähte sich im Wind. Sie war wunderschön.

Ihr Lächeln machte ihm Mut und er trat dicht zu ihr. »Was meinst du, wollen wir … vielleicht hier verschwinden?«

Ihre Augen leuchteten auf. »Wo wollen wir denn hin?«, flüsterte sie zurück und benetzte ihre Lippen. Jackson wusste, dass sie das immer tat, wenn sie aufgeregt war. Zärtlich umfasste er ihre Schultern und ließ seine Finger über ihre Arme gleiten. Als er ihre Hände erreicht hatte, führte er sie vor ihrem Körper zusammen, drehte die Handflächen nach oben und legte mit einem Grinsen den Schlüssel für das Boot hinein.

»Wir könnten … rausfahren. Ganz allein.« Er beugte sich zu ihr hinunter und küsste ihre Nasenspitze. »Nur du … und ich.«

Rückkehr nach Laguna Beach

Zehn Jahre später

Die Sonne brannte Jackson gnadenlos auf den Kopf und er wischte sich mit dem Handrücken den Schweiß von der Stirn, ehe er den nächsten der Nägel, die er zwischen den Lippen hielt, in die Dachpappe schlug.

Schon eine Weile saß eine Möwe ein kleines Stück von ihm entfernt auf dem Dach des Old Harbour Inn und beobachtete ihn mit schief gelegtem Kopf. Sie wirkte skeptisch. Und auch Jackson war nicht sicher, ob er die Arbeit wirklich richtig ausführte. Der Blutblase an seinem Zeigefinger nach zu urteilen, machte er einiges falsch. Er nahm einen weiteren Nagel, positionierte ihn an der Pappe und trieb ihn mit drei kräftigen Schlägen ins darunter befindliche Holz.

Die Renovierung des alten Fischlokals, das er vor drei Wochen direkt vor seiner Rückkehr nach Laguna Beach gekauft hatte, war anstrengender als gedacht. Er wollte endlich fertig werden. Stöhnend rutschte er ein Stück weiter nach rechts und blies sich die blonden Strähnen aus dem Gesicht. Seine Beine waren von der kauernden Haltung längst eingeschlafen und auch der Rücken machte sich inzwischen unangenehm bemerkbar. Er glaubte so langsam, dass der Kauf überstürzt gewesen war und seine Fähigkeiten bei Weitem nicht ausreichten, um seinen Traum vom eigenen Restaurant zu verwirklichen.

»Hey, da oben! Na, wie läuft's?«

Jackson sah hinunter und seine Miene hellte sich auf. Gegen eine kleine Pause hatten er und seine müden Knochen nichts einzuwenden. Er setzte sich aufs Dach und wartete, bis der rostrote Haarschopf von Alison Page über der Dachrinne erschien.

Selbstsicher kletterte sie zu ihm und begutachtete sein Tagwerk. »Stopfst du erst mal die gröbsten Löcher?«, fragte sie und fuhr mit den Fingern unter ein Stück Dachpappe, das an einigen Stellen vom Holz abstand. »Da musst du noch mehr Nägel reinschlagen, sonst fährt der Wind drunter und reißt dir den ganzen Mist wieder ab«, erklärte sie, ehe sie ihm den Hammer aus der Hand nahm und selbst einen Nagel in die angezeigte Stelle jagte. »Da darf nichts hochstehen.« Dann begutachtete sie das gläserne Oberlicht, das Jackson unter größten Anstrengungen direkt über seinem Schlafzimmer ins Dach eingesetzt hatte, um vom Bett aus den Sternenhimmel sehen zu können.

Er erwartete schon Kritik, weil die Dichtmasse in dicken Würsten überstand. Jackson seufzte. »Wie viel kostet es mich, wenn du das für mich übernimmst?«, fragte er und wischte sich die von der geteerten Pappe schwarzen Hände an der Jeans ab.

Alison lächelte bedauernd, fasste ihre rötlichen Locken zu einem lockeren Zopf zusammen, der zwischen ihren Schulterblättern hinunterhing, und ließ sich neben ihm auf dem Dach nieder. »Sorry, aber im Moment kann ich dir da wirklich nicht weiterhelfen. Meinem Dad geht's gar nicht gut und ich habe gerade noch zusätzlich die Aufsicht für zwei seiner

Baustellen übernommen. Damit habe ich im Moment mehr als genug zu tun.«

Jackson winkte ab. »Kein Ding. Ich könnte mir deine Dienste ohnehin nicht leisten«, sagte er neckend und griff nach der Wasserflasche, die er in die Dachrinne gelehnt hatte. Er nahm einen großen Schluck, ehe er wie Alison den Blick übers Meer schweifen ließ. Immer, wenn er vom Old Harbour Inn über das Wasser blickte, wusste er, warum er in das alte Restaurant investiert hatte. Die Lage war unbeschreiblich. Von hier hatte man eine traumhafte Aussicht über ganz Laguna Beach – die Palmen, den weißen Sandstrand, die schroffe Schönheit der Klippen, auf denen das Restaurant thronte, und auf der anderen Seite die weißen Segel der unzähligen Boote im Hafenbecken. Man hörte das Tosen der Wellen und die Schreie der Seevögel, die in den Felsen nisteten, dazu der Duft des Salzwassers und der Wind, der pure Freiheit versprach, sobald man ihn auf der Haut spürte.

»Du weißt, dass du bei mir Kredit hast«, sagte Alison ernst und stupste ihn in die Seite. »Denn wenn du das Schmuckstück hier erst wiederhergerichtet hast, dann brummt der Laden, das schwöre ich dir.«

Jackson zog eine Grimasse. »Du sagst es: *Wenn* ich das geschafft habe.« Er zuckte schmunzelnd mit den Schultern. »Ich fürchte, ich war etwas blauäugig, was den ganzen Aufwand angeht.«

Alison lachte und schob sich die Träger ihres olivgrünen Tanktops über die Schultern nach unten. Sie legte sich zurück aufs Dach und schloss die Augen, als würde sie sich sonnen. »Das kenn ich. Damit schlage ich mich jeden Tag rum. Wenn man mit den Arbeiten beginnt, treten auf der Baustelle oft noch ganz neue Probleme zutage, mit denen man nicht gerechnet hat. So ist das am Bau.«

Jackson musterte sie. Er mochte Alison. Sie kannten sich schon seit der gemeinsamen Schulzeit und hatten sich auch nicht aus den Augen verloren, als er immer wieder einige Jahre in Europa verbracht hatte. Und obwohl sie wirklich niedlich war mit all den Sommersprossen auf jedem Millimeter ihrer Haut und dem sanften roten Haar, hatte es zwischen ihnen nie gefunkt. Sie waren sich vermutlich zu ähnlich.

»Du meinst, da kommt noch Schlimmeres auf mich zu?«, fragte er und leerte die Wasserflasche.

Alison blinzelte ihn an. »Wäre ein Wunder, wenn's anders wäre.« Sie stützte sich mit den Ellbogen auf und blickte zum Strand hinunter. »Wie lange stand das Haus jetzt leer?«, überlegte sie laut, ohne eine Antwort zu erwarten. »Ich meine, der Sturmschaden an den Fenstern und am Dach, am Geländer und die eingedrungene Feuchtigkeit …«

Jackson wurde ganz mulmig, als er sie so sachlich von all den Problemen reden hörte, denen er sich noch stellen musste.

»… und das über all die Jahre, in denen sich keiner darum geschert hat … Der Verfall wird stellenweise bis ins Fundament gedrungen sein, fürchte ich.«

Jackson stöhnte. »Gott, Alison! Der Tag war so schön, ehe du hier aufgetaucht bist!«, keuchte er und griff sich den Hammer, um vor Sonnenuntergang wenigstens noch das Dach dicht zu bekommen. »Du weißt echt, wie man einem Mann –«

»Die Eier schrumpfen lässt?«, erwiderte Alison kichernd und reichte ihm eine Handvoll Dachpappennägel.

Jackson rollte mit den Augen. »Wie man einem Mann den Mut nimmt, wollte ich eigentlich sagen«, verbesserte er sie und nahm den ersten Nagel von ihr entgegen. »Rutsch mal«, sagte er und rückte ihr auf die Pelle, denn sie sonnte sich genau da, wo er weitermachen wollte.

»Ich werde niemals nahtlose Bräune bekommen«, zeterte Alison gespielt theatralisch und richtete ihre Träger wieder, ehe sie aufstand und über Jacksons bereits angebrachte Dachpappe zum First ging.

»Das hier ist ja auch kein Sonnenstudio«, erklärte Jackson und widmete sich den Mängeln, auf die Alison ihn zuvor aufmerksam gemacht hatte. Er schlug Nägel ein, während Alison ihn beobachtete. »Mach ich das auch richtig?«, forderte er sie heraus und grinste. »Oder findest du noch mehr zum Meckern?«

Alison lachte. »Das sieht schon ganz gut aus. Bis wann willst du denn fertig sein?«

»Heute Abend«, gab Jackson zurück und verkniff sich einen Fluch, weil er schon wieder statt des Nagels seinen Finger erwischt hatte.

»Ich meine doch nicht das Dach«, verbesserte sie ihn lachend. »Ich meine, überhaupt.« Sie machte eine allumfassende Bewegung. »Wann willst du eröffnen?«

Jackson steckte sich den getroffenen Finger in den Mund und strich sich die Haare aus dem Gesicht. »Die Bank will ihr Geld ja schnellstmöglich wiedersehen. Darum muss der Laden zum Surfcup laufen«, erklärte er. »Ich will mich um die Ausrichtung des Abschlussessens bewerben.«

Alison hob überrascht die Augenbrauen und sah sich noch einmal um. »Du spinnst!«, erklärte sie geradeheraus. »Das schaffst du nie!« Sie deutete auf das von hier oben kaum zu sehende marode Geländer, das die Terrasse des Lokals zu den Steilklippen hin absicherte. »Allein das hier sicher zu machen, wird dich eine ganze Woche kosten. Und dann die Küche? Ich will gar nicht wissen, in welch erbärmlichem Zustand die ist!«

Jackson schluckte. Darüber hatte er sich auch schon Gedanken gemacht.

Alison schüttelte noch immer den Kopf. »Aber selbst, wenn du das alles wie durch ein Wunder hinbekommst – was ich, wie gesagt, für vollkommen unmöglich halte –, dann müsstest du dich immer noch mit Ian St. James um die Ausrichtung streiten. Und der gibt so schnell nicht auf«, erklärte Alison überzeugt. »Du kennst ihn doch. Das ist für ihn ein Homerun. Seit Jahren veranstaltet er im Coral Cave Resort das Abschlussessen. Bessere Werbung für sein dämliches Hotel kann er doch gar nicht bekommen.«

Jackson brummte. Es gefiel ihm nicht, dass Alison recht hatte. Mit mehr Kraft als nötig versenkte er die letzten Nägel und sammelte schweigend sein Werkzeug ein. Er brauchte noch mehr Nägel und Dachpappe, doch das musste er erst mal alles aufs Dach schaffen. »Irgendwie muss das klappen«, murrte er und bot Alison an, vor ihm die Leiter hinunterzusteigen.

»Wen hast du denn als Koch eingestellt?«, fragte sie, während sie geübt über die Dachrinne stieg und sich an der Leiter festhielt. »Ian hat Eden. Das spricht definitiv für ihn.«

Jackson sparte sich eine Antwort. Deutlich unsicherer als seine Besucherin rückte auch er zur Dachkante vor und stieg auf die Leiter. »Ich bin noch auf der Suche nach einem Koch«, gab er zu und war froh, als er den festen Erdboden unter den Füßen spürte.

Alison lachte wieder. Dann bückte sie sich nach den meterbreiten Bahnen maroder Dachpappe, die er zuvor der Einfachheit halber vom Dach geschmissen hatte. Er musste sie noch einsammeln und in den Bauschuttcontainer verfrachten, der am Pier vor dem Lokal stand.

Alison machte es nichts aus, sich die Hände daran schmutzig zu machen. Ohne zu zögern, packte sie mit an. »Du hast also kein Lokal, keine funktionsfähige Küche und keinen Koch«, fasste sie zusammen und zwinkerte ihm über die Schulter hinweg zu. »Und willst trotzdem in vier Monaten eröffnen?«

Jackson zuckte mit den Schultern, warf die Dachpappe über die Containerwand und lehnte sich an Alisons olivgrünen Pick-up. »Eigentlich in drei.«

* * *

»Ich tendiere definitiv zu Gambas«, versuchte Eden, sich gegen Matt durchzusetzen. »Wir hatten in den letzten vier Wochen sechs Gerichte mit Lachs. Wir müssen Abwechslung reinbringen«, erklärte sie und tippte mit der Kugelschreiberspitze auf die neue Wochenkarte, die auf dem Tisch zwischen ihnen lag.

Matt schien nicht überzeugt. Er rieb sich den kurz getrimmten Bart und kniff ein wenig beleidigt die Lippen zusammen. Eden stöhnte innerlich. Das mit dem Lachs hätte sie sich verkneifen sollen. Sie wusste ja, dass Matt nicht gut auf Kritik reagierte.

»Die Gäste mögen Lachs«, verteidigte er sich wie erwartet. »Lachs geht immer.«

Eden seufzte. »Es spricht ja auch nichts gegen Lachs«, versuchte sie es versöhnlicher. »Aber mal eine Woche keinen anzubieten und stattdessen Gambas in die Karte aufzunehmen, wird auch keinen umbringen, meinst du nicht?«

Matt vermied es, ihr ins Gesicht zu blicken. Er starrte auf die Karte, als stünde dort die Antwort auf ihr Dilemma.

Als das Schweigen sich in die Länge zog, atmete Eden tief ein und straffte die Schultern. »Hör zu, Matt. Ich will das nicht mit dir diskutieren. Ian hat dich zu meiner Unterstützung eingestellt. Aber ich bin hier die Küchenchefin. Und ich streite mich nicht mit dir wegen dem Lachs.«

Jetzt sah Matt sie doch an. »Ach nein?«

Eden hielt seinem feindseligen Blick stand. »Nein. Wir nehmen die Lachsnudeln von der Karte und ersetzen sie durch Gambas in Hummersoße auf Tagliatelle«, erklärte sie entschieden. Sie war froh, dass Matt nicht sah, wie ihre Hände bei ihrer Ansage unter dem Tisch zitterten. Sie hasste Auseinandersetzungen, darum redete sie schnell weiter. »Ich möchte, dass du dich um die Bestellung der frischen Gambas kümmerst.« Sie schob ihm die Rezeptkarte zu, die sie für das Menü ausgearbeitet hatte, damit er sich die Zutaten ansehen konnte. »Ich gebe das neue Rezept morgen an unseren Soßenkoch weiter und lasse ihn einen Testlauf zubereiten.«

Matt starrte sie noch immer wortlos an. Die Karte, auf der das Rezept stand, hatte er nicht einmal kurz angesehen.

Eden begann sich unter seinem Blick immer unwohler zu fühlen. Sie öffnete den obersten Knopf ihrer Kochjacke und nahm die Haube ab. Ihr Feierabend rückte näher und sie hatte nicht vor, die Küche noch einmal zu betreten. Nicht, wenn Matt in so einer beschissenen Stimmung war.

»Dann hätten wir das ja so weit«, stellte sie fest und rutschte mit ihrem Stuhl vom Tisch ab. »Die Karte für kommende Woche steht. Du übergibst bitte die Küche an Maurice von der Spätschicht. Ich bringe den Speisekartenentwurf noch in die Chefetage, damit Ian ihn absegnen und den Druck der Wochenkarte veranlassen kann.«

Ehe Matt etwas erwidern konnte, stand Eden auf, schob ihren Stuhl zurück und verließ den Mitarbeiterbereich neben der Großküche des Coral Cave Resorts. Sie eilte in die Umkleide, als wäre der Teufel hinter ihr her. Seit Ian ihr diesen dämlichen Matt an die Seite gestellt hatte, war jeder Tag ein Kampf. Der Kerl versuchte, sie auszubooten, wo er nur konnte.

Frustriert warf sie die Haube in den Mülleimer und lehnte sich gegen ihren Spind. Ihre Finger knackten, so angespannt war sie. Und das nicht erst seit der wöchentlichen Speisekartenplanung. Schon den ganzen Tag ging Matt ihr mit seiner Besserwisserei auf den Keks. Sie knöpfte die Kochjacke auf. Matt war ein echtes Problem. Und sie wusste nicht, wie sie damit umgehen sollte. Er zwang sie dazu, Dinge zu tun, auf die sie keine Lust hatte. Zum Beispiel, die neue Karte persönlich bei Ian St. James abzugeben. Sie vermied es, wenn möglich, ihr Reich in der Hotelküche zu verlassen.

Sie schlüpfte aus der Jacke und hängte sie in den Schrank für die Arbeitskleidung, die der Hygiene wegen strikt von der Privatkleidung getrennt aufbewahrt wurde. Dann nahm sie ein frisches Shirt aus dem Spind. »Scheiß-Matt!«, murrte sie. Eigentlich hätte sie ihn damit beauftragt, die Karte zur Prüfung in die Chefetage zu bringen, doch in den letzten Wochen hatte sie den Eindruck gewonnen, dass Matt diese Gelegenheit dazu nutzte, sie beim Geschäftsführer anzuschwärzen. Also erledigte sie das heute selbst.

Sie wechselte die Hose und knöpfte ihre Jeans zu, ehe sie ihre Sneakers anzog und sich den Fahrradhelm schnappte.

Mit dem Helm in der einen und dem Entwurf der Karte für die nächste Woche in der anderen Hand stieg sie in den Fahrstuhl. Sie hielt ihre Mitarbeiterzugangskarte vor den Scanner und drückte auf den Knopf für die zehnte Etage, in die man ohne entsprechende Berechtigung nicht gelangen konnte.

Sie streckte ihrem Spiegelbild, das ihr von der Fahrstuhlwand entgegensah, die Zunge heraus und glättete mit den Fingern ihre schulterlangen dunklen Haare. Durch den Seitenscheitel fielen ihr die Haare einseitig immer etwas vor die Augen und sie strich sie sich ordentlich hinters Ohr. Dann glitt die Fahrstuhltür schon auf und sie stieg aus.

Beinahe glaubte sie, frisch gedruckte Geldscheine zu riechen, während sie den mit hellem, spiegelglatt geschliffenem Travertin gefliesten Flur entlangging. Die Gummisohlen ihrer Sneakers quietschten bei jedem Schritt und sie biss sich verlegen auf die Lippe.

Sie hatte das Vorzimmer zu Ian St. James' Büro noch nicht erreicht, da hörte sie seine tiefe Stimme bereits lautstark durch die Etage hallen. »Wir sollten expandieren! Das Coral Cave Resort wirft satte Gewinne ab«, hörte sie ihn sagen und hielt angespannt die Luft an. Er kam definitiv näher. »Ein weiteres Resort weiter südlich ist längst überfällig.«

Eden erstarrte. Sollte sie sich zurückziehen? Oder …

»Ich arbeite daran«, antwortete jemand anderer. Und dieser Jemand war niemand Geringeres als Dallas St. James – das Oberhaupt des St.-James-Clans. Ein Mann, vor dem jeder zitterte. »Solange die Bauanträge bei den Ämtern liegen und Staub ansetzen, während wir auf die Genehmigung warten, sieht es schlecht aus.«

Eden schluckte hart. Dallas St. James hatte offenbar üble Laune.

»Wir brauchen einen Mann im Verwaltungsapparat!«, erklärte er. Im nächsten Moment standen sie Eden gegenüber.

»Die Bürgermeisterwahl steht an und wir könnten …«

Da Eden mitten im Flur unterwegs gewesen war, wäre der groß gewachsene, grauhaarige Dallas St. James beinahe in sie hineingerannt.

»Miss Green«, stieß er streng hervor. Sein Blick blieb irritiert an ihrem Fahrradhelm hängen. »Was tun Sie hier?«

Unter seinem stechenden Blick bekam Eden kaum Luft. »Ich …« Sie räusperte sich, benetzte nervös ihre Lippen und hob zaghaft die Hand mit der Speisekarte. »Ich … wollte nur …«

»Ist das die Karte für kommende Woche?«, fragte Ian und rettete sie damit aus ihrer Starre. Wobei auch Ian mehr als einschüchternd wirken konnte. Er sah umwerfend gut aus, war ebenso groß wie sein Vater und das markante Kinn und sein harter Kiefer ließen ihn gefährlich wirken. Sein schwarzes Hemd war am Hals etwas geöffnet, die Ärmel lässig bis zu den Ellbogen hochgeschlagen. Trotzdem wirkte nichts an ihm leger. Business von Kopf bis Fuß – das war unverkennbar, wenn man in die kühl berechnenden Gesichter der beiden St.-James-Männer blickte.

Ian nahm ihr den Entwurf aus der Hand und überflog ihn beiläufig. »Gut. Kann so in Druck gehen«, erklärte er knapp und reichte ihn Eden zurück. Dann warf er einen Blick auf die

Uhr, als fragte er sich, warum sie ihn damit so lange aufhielt. »Sonst noch etwas?«

Eden schüttelte den Kopf. »Nein. Alles bestens in der Küche.«

»Das hört man gern«, wandte sich Dallas an seinen Sohn statt an sie. »Insbesondere im Hinblick auf den Surfcup.«

Ian nickte und sah Eden an. »Miss Green weiß, dass die Ausschreibung für das Abschlussessen ansteht. Sie wird wie immer ein Menü kreieren, das die Organisatoren des Surfcups davon überzeugt, dass niemand das Abschlussessen besser ausrichten kann als wir. Der Zuschlag ist uns sicher.« Er hob seine Mundwinkel zu einem kühlen Lächeln. »Wir haben keine ernstzunehmende Konkurrenz.«

Edens Hände schwitzten und sie fürchtete, die Menükarte werde Schweißflecken davontragen. Den Surfcup hatte sie in ihrem Ärger mit Matt vollkommen verdrängt. Und dabei sahen die beiden sie an, als wollten sie das Menü direkt kosten. Warum entließ Ian sie nicht aus dieser Unterhaltung? Warum musste sie hier im Flur stehen und sich auch noch Dallas' bohrenden Blicken stellen?

Die Stimme des Seniors hallte so tief von den Wänden wider, dass es wie ein Erdbeben durch Edens Magen fuhr. »Tatsächlich? Da habe ich aber anderes vernommen«, warf Ians Vater ein und strich sich herrisch die grau gesträhnten Haare nach hinten. Sein kurzer Vollbart war ebenfalls grau meliert und betonte noch das kantige Kinn, das alle St. James ausmachte.

Da es nicht so aussah, als erwartete er eine Antwort von ihr, sah sie Ian fragend an.

Der lachte knapp. »Du meinst nicht etwa Jackson Coopers kläglichen Versuch, dem Old Harbour Inn neues Leben einzuhauchen, oder?«

Dallas runzelte die Stirn. »Dein Bruder sagt, Jackson sei heimgekehrt. Wer weiß, wie ernst es ihm diesmal ist.«

Ian winkte ab. »Und wenn? Jackson Cooper ist zurück – wen juckt's?«

* * *

»Jackson ist zurück«, wisperte Eden und trat kräftiger in die Pedale. Der sanfte Anstieg von Sunset Beach nach Laguna Beach kam ihr gerade recht, um sich abzureagieren. Seit sie fluchtartig das Hotel verlassen hatte, hämmerte ihr das Blut bis unter die Schädeldecke. Jackson war zurück. Sie wusste nicht, was sie dabei empfinden sollte. Und warum sie das derart aus der Bahn warf.

Sie klingelte, damit die Fußgänger auf der Promenade seitlich des Pacific Boulevard Platz machten. Geschickt lenkte sie an ihnen vorbei, ehe sie wieder schneller wurde. Vor Anstrengung brach ihr der Schweiß aus, und der Fahrtwind schaffte es nicht, ihre überreizten Nerven zu beruhigen. »Jackson!« Sie spie seinen Namen wie einen Fluch aus, während sie sich dafür schämte, dass ihr Herz noch immer verräterisch schneller schlug, sobald sie an ihn dachte.

Ich will nur dich

Als Eden das Ortsschild von Laguna Beach erreichte, war sie noch immer viel zu aufgewühlt, um nach Hause zu fahren, obwohl sie eine kühle Dusche wirklich nötig hatte. Doch noch viel nötiger hatte sie einige Antworten. Und sie wusste genau, wo sie die bekommen würde. Sie verließ die parallel zum Pacific Boulevard verlaufende Küstenpromenade und radelte auf den mit Holzplanken belegten Pier. Es war kein richtiger ins Wasser ragender Pier, vielmehr hatte man den Platz oberhalb des Strandzugangs nur so genannt – den Platz vor den baufälligen Überresten des einstigen Fischlokals von Laguna Beach. Des Old Harbour Inn. Ohne auch nur in Richtung des hellblau getünchten Lokals zu blicken, lenkte Eden ihr Rad die schräge Zufahrt zum Strand hinunter und ignorierte dabei die Verbotsschilder für Radfahrer und Skater. Die steil zum Strand abfallende Zufahrt aus Holzplanken war gefährlich rutschig, aber das war Eden im Moment vollkommen egal. Sie war viel zu wütend, um sich um so was zu scheren.

Als sie den Strand schlingernd erreichte, nahm sie sich nicht einmal die Zeit, ihr Rad abzusperren. Sie ließ es einfach in den Sand fallen, warf ihren Helm dazu und rannte los.

»Connor!«, rief sie, obwohl sie noch viel zu weit vom Rettungstower 1 der Beach-Lifeguards entfernt war, als dass ihr Bruder sie hätte hören können. »Connooooor!«, schrie sie erneut und presste sich die Hand in die stechende Seite.

»Eddy?« Connor kam stirnrunzelnd aus dem Wachturm. Er hatte das Fernglas in der Hand, mit dem er die Wasseroberfläche und die Felsen im Blick behielt. »Was ist denn los? Ist was passiert?« Er kniff die Augen zusammen und suchte den Strand hinter ihr ab, als wäre er unsicher, ob er nicht etwas übersehen hatte.

»Was los ist?«, keuchte Eden und stampfte wütend den weißen Steg zum Wachturm hinauf. Dort versetzte sie Connor einen Faustschlag gegen die Schulter. »Du weißt doch genau, was los ist!«, fuhr sie ihn an und deutete wutschnaubend hinüber zu den Klippen. Hinüber zum Old Harbour Inn.

Connor verzog ertappt das Gesicht. »Du hast es also mitbekommen«, stellte er nüchtern fest und rieb sich die Schulter.

»Oh Gott!« Eden beugte sich nach vorn, als würde sie gleich ohnmächtig werden. »Dann stimmt es? Jackson ist wieder da?«

»Mensch, Eddy.« Connor legte ihr den Arm um die Schultern und richtete sie wieder auf. »Ich wollte es dir ja sagen, aber …«

»Aber dann dachtest du, es ist besser, wenn ich es von Dallas St. James erfahre, oder wie?«, fuhr sie ihn an.

»Von Dallas?« Connor hob überrascht die Augenbrauen »Wie denn das …?«

Eden winkte ab. »Vergiss es! Tut ja nichts zur Sache!« Sie ballte die Hände zu Fäusten und klopfte nervös auf das weiße Geländer des Wachturms, während sie ihren Bruder noch immer böse ansah. »Trotzdem hättest du mich warnen müssen!«

Er machte ein betroffenes Gesicht.

»Du hättest … ach! Keine Ahnung!« Eden warf hilflos die Arme in die Luft.

»Soll ich ihn verprügeln?«, schlug Connor vor und hob wie ein Boxer die Fäuste. »Ihm so richtig eine verpassen?«

»Nein«, stöhnte Eden. »Natürlich nicht. Ich will nicht, dass er denkt …«

Connor grinste. »Du willst nicht, dass er denkt, dass du überhaupt an ihn denkst, richtig?«

Eden kniff die Lippen zusammen. Connor hatte ins Schwarze getroffen.

»Pass auf, Eddy«, flüsterte er und drückte sie fest. »Du vergisst diesen Typen einfach ganz schnell und …«

»Wie sieht er denn aus?«, unterbrach sie ihn und spähte hinüber zum Restaurant auf der Klippe.

»Jackson?«

Eden rollte mit den Augen. »Wer sonst? Von wem reden wir denn?«

Connor hob entschuldigend die Hände. »Sorry, aber ich dachte bis eben, du findest es scheiße, dass er wieder da ist.«

Eden spürte das Blut in ihre Wangen steigen. »Finde ich ja auch. Aber … aber ich muss doch wissen … worauf ich mich einstellen soll. Wenn er echt übel aussieht, dann kann ich mich …«

Connor zuckte mit den Schultern. »Furchtbar würde ich jetzt nicht sagen«, unterbrach ihr Bruder sie. »Nicht, dass ich das mit den Augen einer Frau … du weißt schon, aber so von Kerl zu Kerl … hat er sich wohl ganz gut gehalten.«

Eden schnaubte. »War ja irgendwie klar, oder?«

»Und jetzt?«, fragte Connor und hob das Fernglas wieder ans Gesicht. Das Funkgerät an seiner Hose knackte, aber es war nur eine Routinemeldung vom südlichen Rettungstower 2. Auch dort war alles ruhig.

Nur in Edens Herz, da tobte ein Sturm. Sie atmete tief durch. Die Meeresluft beruhigte normalerweise ihre Nerven, doch heute kam es ihr vor, als läge Unheil in der Luft.

»Jetzt brauch ich erst mal einen Kaffee, um das zu verdauen«, stöhnte sie und blickte wieder hinüber zum Restaurant. »Denkst du, er bleibt diesmal hier? Für immer?«

Connor trat in den Wachturm und schüttelte seine Thermoskanne. Eden folgte ihm und setzte sich auf einen der Drehstühle vor der großen Fensterfront zum Meer hin. »Sorry, Kaffee ist aus.« Connor ließ sich an seinem Platz vor dem Mikrofon nieder und schob Eden ein Glas mit Wasser hin.

Sie nippte daran und ließ sich dann matt zurück in die Lehne sinken. »Hat er eine Frau im Schlepptau?«, sprach sie schließlich die Frage aus, die ihr seit Stunden auf der Seele brannte. Sie tunkte den Finger ins Glas und fuhr anschließend damit über den Glasrand, bis ein singender Ton entstand.

Connor runzelte die Stirn und strich sich durchs Haar. Etwas Sand rieselte auf den Boden. »Ich hab ihn nur allein gesehen. Er ist ja auch erst seit ein paar Wochen hier.«

»Ein paar Wochen? Und er war nur allein? In diesem baufälligen Schuppen? Wo wohnt er denn?«

»Ich wusste nicht, dass ich eine Vierundzwanzigstundenobservierung bei deinem Ex hätte machen sollen«, erwiderte Connor mit einem Lachen und zwinkerte ihr zu, ehe er wieder konzentriert aufs Meer blickte. »Fuck, da sind doch nicht schon wieder diese Halbstarken an den Flat Rocks!«, fluchte er und griff nach dem Funkgerät. »Tower 1 an Südturm: Personen am Flat Rock. Ich übernehme.« Damit stand er auf, griff sich die rote Rettungsboje und ging aus dem Turm.

»Connor!«, rief Eden ihm nach und beeilte sich, ihrem Bruder hinterherzukommen. Sie sprang gerade noch in den Strandbuggy, als Connor schon losfuhr.

»Diese Idioten! Die Felsen sind messerscharf!«, knurrte er und gab Gas.

Das Baden und Klettern an den Flat Rocks war strengstens verboten, denn die Wellen hatten das Gestein zu messerscharfen

Klingen geschliffen. Doch immer wieder fanden sich dort Personen ein, um von den Felsspitzen tollkühne Sprünge in die tosende Brandung zu machen.

»Du glaubst also nicht, dass er eine Freundin hat?«, griff Eden das Gespräch wieder auf und hielt sich fest, denn der Buggy hüpfte regelrecht über die Dünen.

»Eher nicht«, antwortete Connor knapp und lenkte in Richtung der Felsen, die hier an den Steilklippen weit ins Meer hinausragten. »Sein Motorrad steht fast den ganzen Tag vor dem Restaurant und abgesehen von Luke und Alison hab ich niemanden bei ihm gesehen.«

Eden schwieg. Sie wusste nicht, was sie fühlen sollte. Die Erleichterung, die sie bei Connors Worten durchfuhr, hatte einen bitteren Beigeschmack, denn sie zeigte deutlich, dass sie sich selbst etwas vormachte, wenn sie glaubte, über Jackson Cooper hinweg zu sein.

Als sie die Klippen erreichten, sprang Connor aus dem Buggy und blies in die Trillerpfeife, die er um den Hals trug, um die Aufmerksamkeit der Jugendlichen auf sich zu lenken. »Hey, ihr Spinner! Runter da!«, brüllte er streng. »Das Klettern an den Flat Rocks ist verboten!«

Wegen der tosenden Brandung hörte Eden nicht, was die Teenies antworteten, aber es schien Connor nicht zu gefallen, denn er ballte die Fäuste und stieg nun selbst auf die gefährlichen Felsen. »Wer hier stürzt, filetiert sich!«, rief er den Jugendlichen zu und kletterte weiter. »Und dann kommt ihr wieder blutend und heulend an!«

Eden schüttelte den Kopf und atmete tief durch. Sie musste aufhören, an Jackson zu denken. Sonst würde sie es am Ende sein, die heulte. Und sie hatte schließlich vor zehn Jahren beschlossen, für Jackson Cooper keine einzige Träne mehr zu vergießen. Sie war nicht mehr siebzehn. Nicht mehr schockverliebt in diesen süßen Strandboy mit dem halblangen blonden

Haar, der sommerlichen Bräune und der supersportlichen Figur. Sie war nicht mehr so naiv, dass eine einzige Berührung sie glauben machte, etwas ganz Besonderes zu sein. Sie war nicht mehr so dumm, anzunehmen, dass Jackson Cooper jemals Gefühle für sie gehegt hatte.

Das leise Tuckern des Motors und das sanfte Schaukeln des Boots verstärkten Edens Nervosität. Die Sonne versank vor ihnen als rot glühender Ball im Pazifik. Ihre letzten wärmenden Strahlen vergoldeten die weit ins Meer ragenden Felsen nördlich des Sandstrands von Laguna Beach. Ein Anblick von unbeschreiblicher Schönheit, doch Eden hatte nur Augen für Jackson. Sein halblanges Haar wehte im Wind und sein Lächeln zog ihr die Schuhe aus.

Noch nie hatte ihr Herz so schnell geschlagen wie jetzt, als er den Motor abstellte und den Hebel für die Ankerkette umlegte.

Im Gegensatz zu ihr wirkte Jackson absolut selbstsicher und verführerisch.

»Nett von Luke, uns das Boot zu organisieren«, sagte Eden, um die erwartungsvolle Stille zwischen ihnen zu brechen.

Jackson lächelte. »Manchmal kann man ihn ganz gut gebrauchen.«

Eden rollte mit den Augen und rückte etwas zur Seite, damit er neben sie auf die gepolsterte Sitzbank kommen konnte. »Meistens nervt er.«

»Die Mädchen stehen auf ihn«, widersprach Jackson und setzte sich neben sie. Er strich ihr eine Strähne ihres dunklen Haars hinters Ohr und streichelte dann ihre Wange.

»Weil er Geld hat«, erklärte Eden und schmiegte ihr Gesicht in seine Hand.

Jackson zog eine Grimasse. »Dann muss ich ja froh sein, dass du trotzdem … mich gewählt hast«, raunte er und küsste sie sanft.

Eden schloss die Augen. Seine Berührung, so zärtlich und leicht, ließ sie zittern. Sie hob die Hände in seinen Nacken und zog ihn näher an sich. »Ich wusste nicht, dass ich die Wahl hatte«, neckte sie ihn.

»Du könntest doch jeden haben«, murmelte er und seine Finger zeichneten die Linie ihres Halses und ihrer Schulter nach, bis zum weit gerafften Carmenausschnitt ihrer Bluse.

»Na, wenn das so ist …«, flüsterte sie und sah ihm in die goldbraunen Augen. Sie spürte seine Zurückhaltung, aber auch sein Verlangen nach mehr. Jackson Cooper war nicht so unerfahren wie sie selbst. Und doch drängte er sie nicht. Es lag nichts Forderndes in der Art, wie er seine Hände an ihre Taille legte, wie er ihr Shirt Stück für Stück nach oben schob. Es lag liebevolle Zurückhaltung darin, wenn er sie küsste. Wenn seine Zunge wie jetzt die ihre streichelte, sie einlud, ihn zu erkunden. Eden bebte, als er sie hochhob und auf seinen Schoß setzte. Sie zitterte, als er ihren Po unter dem Rock umfasste, den Spitzensaum ihres Höschens mit dem Finger nachfuhr und dabei seine Wange an ihrer rieb.

»Ich bin verrückt nach dir, Eden«, flüsterte er und sah ihr in die Augen. »Ich wünschte, dieser Moment …«, er umfasste ihr Gesicht und küsste sie voll Verlangen, »… dieser Moment würde nie enden.«

Edens ganzer Körper kribbelte. Sie hatte nie etwas Vergleichbares gefühlt. Sie hätte nie für möglich gehalten, dass Jackson Cooper sie so glücklich machen würde. Sie erwiderte seinen Kuss mit der gleichen Leidenschaft und als er ihr das Shirt über den Kopf zog und seine Hände über ihren Bauch und ihre Rippen bis zu ihren Brüsten wandern ließ, da wollte sie auch die letzten Barrieren zwischen ihnen einreißen.

Im Sonnenuntergang

»Auf das Wetter!«, prostete Luke Jackson zu und hob das Glas mit der Bacardi-Cola-Mischung hoch. Sie saßen auf der Terrasse auf einer Palette mit Wandpaneelen, die Jackson irgendwann über die alte blassblaue Fassade nageln wollte.

»Mhm«, brummte Jackson und nahm einen Schluck aus seinem Glas. »Du stößt auch auf alles an.« Lukes gute Laune prallte an ihm vollkommen ab. Ihm tat jeder Knochen weh – von der harten Arbeit am Restaurant, aber auch von seinem spartanischen Nachtlager, einer einfachen Doppelmatratze oben unter dem Dach. Die Wohnräume im ersten Stock waren nur spärlich ausgebaut und er schlief zwischen Gipsplatten und Dachbalken. Eine nackte Glühbirne baumelte als Lichtquelle an der Decke.

»Ich bin nicht wählerisch. Es gibt immer einen Grund zum Trinken«, gab Luke zu.

Jackson rieb sich den verspannten Nacken und nahm einen weiteren Schluck. Dann stemmte er die Füße gegen die wackelige Brüstung, die kaum noch vor einem Sturz die Klippen hinunter schützte, und blickte in den purpurfarbenen Himmel. Dieses Farbenspiel hatte er in Europa vermisst. Zwar ging dort auch die Sonne unter, doch das leuchtende Pink, das sich mit fortschreitender Stunde in blasses Lila und schließlich strahlendes Nachtblau verwandelte, hatte er in dieser Schönheit dort nie gesehen.

»Wie läuft's denn mit den Arbeiten?«, fragte Luke und ließ die Flüssigkeit in seinem Glas kreisen, sodass die Eiswürfel klimperten. »Hast schon ordentlich Schrammen an den Händen«, stellte er fest und deutete auf Jacksons blau gefärbten Daumennagel.

»Ach, das.« Jackson winkte ab. »Das passiert eben. Ist nicht so wild.« Er kratzte sich am Dreitagebart und verschränkte dann die Hände hinter dem Kopf. »Ich komm klar, aber es ist viel anstrengender als gedacht«, gestand er. »Und laut Alison mach ich zudem noch alles falsch.«

Luke lachte. »Alison ist untervögelt. Der kann man es nicht recht machen.«

»Lass sie in Ruhe, Luke. Ich will nicht, dass du dich über sie lustig machst.«

Luke prostete ihm zu. »Willst wohl bei ihr landen?«

»Will ich nicht. Du weißt, dass wir schon immer befreundet sind. Und genauso wenig, wie ich es gern höre, wenn man Scheiße über dich erzählt, will ich von dir dumme Sprüche über Alison hören.«

Luke griff nach der Rumflasche und goss sich nach. »Die Sprüche über mich sind aber meistens genauso wahr wie die Tatsache, dass Alison Pages Sexleben quasi nicht existent ist.« So schnell gab Luke nicht auf.

»Na, du musst es ja wissen!«, brummte Jackson und leerte sein Glas.

»Dann willst du Alison also nicht klarmachen.«

»Nein.«

Luke nickte. »Hast du schon eine andere im Auge? Hier spazieren doch jeden Tag die süßesten Girls von ganz Laguna Beach vorbei, wenn sie zum Strand unterwegs sind.«

Jackson rollte mit den Augen. »Ich arbeite von morgens bis abends«, erinnerte er seinen Freund. »Glaubst du, da hab ich Zeit für einen Flirt?«

»Man kann doch nicht nur arbeiten, Jax. Man muss auch mal ein bisschen Party machen.«

Jackson lachte. »Aus dem Mund eines St. James klingt das echt ironisch.« Er hob eine Augenbraue und grinste Luke an. »Hast du denn überhaupt jemals auch nur einen Finger gerührt, um da mitreden zu können?«

»Idiot!«, antwortete Luke und kippte das inzwischen fünfte Glas an diesem Abend in einem Zug hinunter. Dann grinste er auf die typisch herablassende St.-James-Art zurück. »Denkst du, es ist keine Arbeit, jeden Tag so teuflisch gut auszusehen?«, feixte er und stand auf. »Reich zu sein ist anstrengender, als man allgemein denkt«, erklärte er mit vom Alkohol schwerer Zunge. »Und jetzt komm. Mein Fahrer bringt uns in den Club. Dort suchen wir dir eine heiße Tante, um endlich deine Heimkehr zu feiern.«

Jackson winkte ab. »Geh mal allein feiern. Ich bereite mich lieber schon mal seelisch darauf vor, dass ich morgen die ganzen alten Toiletten rausreißen werde.«

Luke lachte. »Schande, Jax! Bezahl doch jemanden für diesen Mist!«

»Das kann ich mir nicht leisten. Und außerdem …«

»Sag jetzt nicht, dass es dich zu einem besseren Menschen macht, Scheißhäuser umzubauen. Ich kann dir was borgen, du vergibst diese Kack-Arbeit an deine Alison und wir reißen uns dafür ’ne heiße Braut auf. Wie klingt das?« Luke klopfte Jackson aufmunternd auf die Schultern. »Wir machen mal wieder so richtig einen drauf.«

Jackson schmunzelte. »Nicht heute, okay? Und das mit dem Geld borgen … das ist echt … danke, aber ich will das hinbekommen, ohne mich finanziell noch weiter aus dem Fenster zu lehnen.«

Luke zuckte mit den Schultern. »Wie du meinst, Jax. Wie du meinst. Dann viel Spaß mit deinen Kloschüsseln – und den Rest holen wir ein andermal nach. Dann machen wir eine für dich klar!«

»Guter Plan«, stimmte Jackson zu und rieb sich noch einmal müde das stoppelige Kinn. Er sah Luke nach, der leicht wankend die künftige Panoramaterrasse des Old Harbour Inn verließ und seinen Fahrer anwies, ihn hinunter nach Sunset Beach in den Club des Hotels seines Bruders zu fahren.

Erst als der Motor der Limousine nicht mehr zu hören war, stieß Jackson den angehaltenen Atem aus.

»Eine klarmachen«, flüsterte er und legte die Stirn in die Hände. Auch ihm stieg der Alkohol in den Kopf und er weckte Bilder, die …

Jackson drängte den Gedanken zurück. Als er die Augen wieder öffnete, hatte sich der Himmel schon von seinem satten Lila in ein geheimnisvolles Lichtblau verfärbt. Es war wunderschön. Und erinnerte ihn an eine andere Nacht hier in Laguna Beach. Eine Nacht, die er nie ganz vergessen hatte. Wenn er sein Gesicht in den Wind hob, spürte er noch wie damals ihren heißen Atem auf seiner Wange.

»Jax«, flüsterte sie seinen Namen und drängte sich an ihn, als er zärtlich ihre Brust umfasste. Der seidige Stoff ihres schwarzen BHs fühlte sich sündig unter seinen Fingern an. Edens Zittern übertrug sich auf ihn und er wusste, er wäre weniger zurückhaltend, wenn sie die Wahrheit kennen würde. Doch wenn er jetzt, in diesem Moment damit rausrückte, würde er den Abend ruinieren, noch ehe …

Ein köstlicher Schauer rann durch seinen Körper, als Eden ihre Hände unter sein weißes Shirt gleiten ließ. Hungrig vertiefte er den Kuss, während ihre Fingerspitzen seine Bauchmuskeln erkundeten. Es war tatsächlich, als würde sie auf ihm spielen wie zuvor auf den Gläsern.

Jackson keuchte und schlüpfte aus seinem Shirt, ohne den Kuss länger als nötig zu unterbrechen. Edens Haar kitzelte nun seine nackte Schulter und er zog sie so fest an sich, dass ihn der Stoff ihres BHs am Körper streichelte.

Er würde ihr die Wahrheit sagen. Später …

Denn jetzt hatte er anderes im Sinn. Edens schlanke Taille unter seinen Fingern verdrängte jeden klaren Gedanken. Jeden Rest von Schuldgefühl.

Er beugte sich nach vorn, küsste ihre Nasenspitze, ihre Lippen, ihr Kinn. Dann fuhr er mit seiner Zunge über ihre Halsbeuge, hinunter zum Schlüsselbein. Mit sichtbar fliegendem Puls grub sie ihm die Hände ins Haar und zog ihn näher an sich. Nicht nur er wollte mehr. Ein leises Lachen entstieg seiner Brust, als ihm klar war, dass dies wirklich ihre Nacht werden würde.

Er stand auf und zog sie mit sich hoch. Das Boot schwankte leicht und Eden klammerte sich Halt suchend an ihn. Er strich ihren Rücken hinunter, umfasste ihren Po und drückte ihr Becken an seines, um ihr zu zeigen, was ihre Nähe bei ihm anrichtete.

»Was …?«, flüsterte sie atemlos und sah ihm irritiert in die Augen.

»Vertrau mir«, raunte er und führte ihre Hände an die Knöpfe seiner Jeans. Kurz flackerte Unsicherheit in ihren dunklen Augen auf, dann öffnete sie den ersten Knopf. Jackson hielt den Atem an, denn mit jedem weiteren Knopf kam sie seinem besten Stück näher. Die kaum wahrnehmbare Berührung trieb ihm das Blut in die Lenden. Sie war so süß, so scheu und so verführerisch unschuldig, wie sie ihm die Jeans über den Po nach unten schob. Sie biss sich

dabei auf die Lippe und wagte es kaum, ihn anzusehen. Jackson schlang die Arme um sie, schüttelte die Jeans ab und löste den Reißverschluss ihres kurzen Rocks, sodass der direkt neben seine Jeans aufs Bootsdeck sank. Dann griff er ihre Hand und zog sie mit sich zur Reling. »Na komm!«, rief er und machte – nur in Boxershorts – einen Kopfsprung ins Wasser.

»Bist du verrückt?«, rief Eden ihm nach und blickte auf ihn hinab. Bei ihrem Anblick war Jackson froh um das kühle Wasser, das ihn davor bewahrte, sich zu blamieren. Sie sah aus wie eine Göttin. Die schwarze Spitzenunterwäsche hob sich von ihrem hellen Körper ab und betonte ihre Verletzlichkeit, während die untergehende Sonne ihrer Haut einen betörenden Goldton verlieh. Ihr Haar glühte im Licht und es sah aus, als wollten die Sonnenstrahlen ihre Brüste liebkosen. »Komm!«, bat er und winkte sie zu sich.

Edens Blick glitt hinüber zur Sunset Cave. Die Höhle trug diesen Namen, weil es das Licht nur bei Sonnenuntergang bis ins Innere der Felsengrotte schaffte. Und nur dann entstand der Eindruck, man befände sich in einer Höhle aus reinstem Gold.

Jackson konnte sich keinen besseren Ort vorstellen, einen Schatz wie Eden zu seinem zu machen. Mit einem Lächeln auf den Lippen warf er ihr eine Kusshand zu und schwamm dann die wenigen Meter bis zum Eingang der Grotte.

»Du spinnst doch!«, rief Eden, ehe ein spitzer Schrei und das Platschen, als sie ins Wasser tauchte, hinter ihm verrieten, dass auch sie dem Ruf der Grotte nicht widerstehen konnte.

Er schwamm ihr entgegen und schlang seine Arme um sie. Küssend gingen sie unter und die Wellen schlugen über ihren Köpfen zusammen. Edens schlanke Beine schlangen sich um seine Hüfte und sie tauchten lachend wieder auf. Er zog Eden auf seinen Rücken und trug sie wie ein Delfin in die Grotte.

»Oh mein Gott!«, wisperte Eden und sah sich staunend um. »Das ist ja …«

Jackson strich ihr das nasse Haar auf den Rücken. Eden strahlte ihn an. »Gott, ist das schön hier«, flüsterte sie und ihre Worte hallten von den Wänden wider.

»So schön wie du«, antwortete er und kam über sie.

Das Wasser war hier nicht tief und Eden schob sich rückwärts auf einen der glatt geschliffenen Felsen. Sie streckte die Arme nach ihm aus. »Du glänzt im Licht«, flüsterte sie und grub ihre Hände in sein Haar. Wassertropfen regneten auf sie herab und es sah aus, als wäre sie mit flüssigem Gold überzogen. Er konnte nicht anders, als seine Lippen auf ihre Haut zu pressen. Seine Hände über ihren Körper gleiten zu lassen, als könnte er so das Funkeln in sich aufnehmen. Er liebkoste ihren Hals, ihre Brüste durch den BH und wanderte tiefer. Mit der Zunge umkreiste er ihren Bauchnabelring, ehe er eine Bahn aus kleinen Küssen bis zum Spitzensaum ihres Slips zog. Eine Welle schwappte über sie hinweg und verlieh Edens Haut neuen goldenen Schimmer. Er sah ihr in die Augen, als er ihr behutsam das Höschen auszog.

»Jax?« Sie klang unsicher und er glaubte schon, sie wollte ihn aufhalten, doch das wollte sie nicht. Ohne den Blick von seinem zu wenden, setzte sie sich ein Stück auf. Dann öffnete sie den Verschluss ihres BHs und streifte die Träger ab.

Jackson blinzelte. Wie aus Gold gegossen hoben sich ihm ihre Brüste entgegen und zogen ihn magisch an.

»Du bist wunderschön«, flüsterte er bewundernd und legte sich neben sie. Wieder spülte eine Welle bis auf ihren Felsen und benetzte sie mit Tausenden funkelnden Tropfen. Eden streckte die Arme nach ihm aus. Er berührte eine ihrer Brüste, umfasste sie und als er seinen Daumen über ihre harte Knospe streichen ließ, zog sie ihn zu einem hungrigen Kuss über sich.

»Ich liebe dich, Jax«, wisperte sie.

Neuer Tag – neues Pech

Jackson brummte der Schädel. Er hatte einen heftigen Kater. Zum ersten Mal seit Jahren.

»Verfluchter Luke!«, murrte er, dabei wusste er sehr genau, dass Luke ihn nicht gezwungen hatte, so tief ins Glas zu schauen. Im Grunde war Luke überhaupt nicht mehr bei ihm gewesen, als er sich um den Verstand gesoffen hatte.

Jackson löste die Schraube an der Wandhalterung und stemmte sich gegen die Toilettenschüssel. Sie war nicht nur verschraubt, sondern zusätzlich auch noch mit Silikon an die geflieste Wand geklebt. Genau wie die drei Schüsseln, die er bereits entfernt hatte.

Mit einem schmatzenden Ploppen löste sich die Keramik von der Wand und das Abwasserrohr glitt aus der Muffe. Ekliger Gestank schlug ihm entgegen und er beeilte sich, die Toilette aus dem Raum zu schaffen. Er schleppte sie durch den künftigen Gastraum hinaus auf den Pier, wo er sie ächzend in den Container wuchtete.

»Verflucht!«, keuchte er und wischte sich mit dem Ärmel den Schweiß von der Stirn. Als wäre dieser Job nicht auch ohne pochende Kopfschmerzen schon ätzend genug. Lustlos schlappte er zurück ins Restaurant und beugte sich über die

Spüle. Er drehte den Hahn auf und ließ sich das kalte Wasser zuerst über die Hände laufen, ehe er einige große Schlucke direkt aus der Leitung nahm.

Er wusste genau, warum er sich gestern die Bacardi-Flasche noch vorgenommen hatte, nachdem Luke gegangen war. Er wusste es nur zu gut.

Mit einem weiteren Fluch auf den Lippen schöpfte er sich Wasser ins Gesicht, ehe er den Hahn seufzend wieder abstellte. Mit einem Mal kam es ihm wie eine ziemlich blöde Idee vor, ausgerechnet in Laguna Beach ein Restaurant zu eröffnen. Was sich gestern noch nach Heimkehr angefühlt hatte, wurde plötzlich schmerzhaft.

Er biss die Zähne zusammen und holte mehrfach tief Luft. »Verfluchter Luke«, brummte er und stapfte wieder zurück zu den Toiletten. Er wusste, er tat seinem Freund unrecht, denn die Person, auf die er wirklich sauer war, war er selbst. Er – und natürlich Eden Green.

* * *

Eden schaute der neuen Aushilfe in der Salatküche über die Schulter. Dafür, dass es erst ihr zweiter Tag war, machte sie die Sache sehr gut. Eden war zufrieden.

»Zu diesem Salat gehört immer das Senfdressing«, erklärte sie geduldig und deutete auf den entsprechenden gekühlten Behälter. »Und jedes Mal, wenn du das Dressing drübergegeben hast, musst du den Deckel wieder draufmachen.«

Die Neue nickte.

»Sehr schön. Dann kann das so rausgehen. Kommst du mit der nächsten Order allein klar?«, fragte Eden und deutete auf das Tablet vor der Mitarbeiterin, auf dessen Bildschirm die Salatbestellungen aufgelistet waren. »Sobald das da grün aufleuchtet, gehen die übrigen Bestellungen für den Tisch raus.

Dann ist es höchste Zeit, dass der Salat kommt, sonst wird das Essen kalt.«

»Verstanden«, bestätigte die Neue.

Eden überließ sie ihrer Arbeit und sah sich in der Küche um. Um diese Uhrzeit herrschte Hektik. Hunderte Essen mussten raus. Neben dem Soßenkoch türmten sich die schmutzigen Töpfe und die Spülkraft war eifrig damit beschäftigt, sie zu reinigen. Die Rufe der einzelnen Küchenteams kreuzten den dampfigen Raum, aber das war normal. Alles lief genau nach Plan. Eden war zufrieden. Die Vorspeisenküche bereitete mehrere Teller gleichzeitig vor und sie beschloss, den Koch dort etwas zu unterstützen. Auch um Matt aus dem Weg zu gehen, der mit herrischen Befehlen das Ruder bei den Steaks an sich gerissen hatte.

Sie verteilte die Julienne-Karotten in kleinen Nestern auf den Vorspeisentellern, damit der Koch das pochierte Wachtelei mit der Kaviarhaube und den gerösteten Mandeln darauf platzieren konnte.

Als sie gerade damit fertig war, schneite der Hotelpage Pietro herein.

»Stopp!«, rief Eden und ging ihm entgegen. In seiner Livree durfte er die Küche nicht betreten. »Was gibt es denn?«, fragte sie und trat durch die Schwingtür nach draußen in den Flur.

»Hey, Eden, ich weiß, dass ihr gerade Mittagsstress habt, aber …«

»Was brauchst du?« Eden wusste, dass Pietro nicht zum Spaß störte.

»Der Clan hat oben im Konferenzraum ein Meeting mit Vertretern der Presse und des Bauausschusses«, beeilte Pietro sich, die Sache auf den Punkt zu bringen. Es war unnötig, zu erklären, dass er mit dem Clan die Familie St. James meinte.

»Die haben Hunger?«, riet Eden und der Page nickte.

»Viermal die Pasta, einmal ohne Gambas, dazu zweimal das Rindersteak, medium rare mit Kartoffeln und Sour Cream«, ratterte Pietro die Wünsche der Chefetage herunter. Diese Bestellungen liefen nicht über den PC, also drehte Eden sich um und rief den Köchen über die Schulter zu: »Ich brauche sofort viermal Pasta, einmal ohne Gambas, und zweimal Rind medium mit Beilage A!« Der Soßenkoch streckte den Daumen in die Höhe als Zeichen, dass er verstanden hatte. Auch Matt nickte knapp und machte sich an die Arbeit.

»Gib mir vier Minuten«, erklärte Eden und ließ Pietro stehen. Sie wischte sich die Hände an der Schürze ab und ging zurück an die Arbeit.

Als sie neben den Soßenkoch trat, schöpfte der gerade die Hummersoße auf die Tagliatelle, während eine Hilfsköchin schon die Pfanne mit den frisch gebratenen Gambas in der Hand hielt.

Wie Eden ihm gezeigt hatte, richtete er die rot glänzenden Gambas kreisförmig auf den Tagliatelle an, bevor er den fertigen Teller auf dem Servicetisch abstellte. Anstelle der Kellner übernahm diesmal Eden die Speisen, stülpte eine silberne Haube darüber und stellte sie auf den Servierwagen. Schließlich würden die Teller eine Reise quer durchs Hotel antreten.

»Auf den vierten nur Basilikum und einige Spritzer Balsamicocreme für die Optik!«, erinnerte sie den Koch, während sie von Matt die dampfenden Steaks entgegennahm. Dann übergab sie den Servierwagen an Pietro und atmete gestresst aus.

Der zwinkerte ihr zufrieden zu. »Schnell wie immer!«, lobte er und machte sich auf den Weg.

Eden grinste. »War mir ein Vergnügen!«, rief sie ihm nach, ehe sie sich wieder in die dampfige Hitze der Küche begab. Es gefiel ihr ausnehmend gut, dass ihr neues Menü so oft bestellt wurde. Auch Matt an seinem Steakgrill bekam das mit und so böse, wie er sie musterte, schmeckte ihm das überhaupt nicht.

Beschwingt von ihrem kleinen Sieg über Matt, den Großkotz, verging der Rest der Mittagsschicht wie im Flug. Nach dem größten Ansturm auf die Küche zog sie sich in das kleine Büro zurück, in dem sie die Bestellungen aufgab, Mails von Lieferanten checkte und die Stundenabrechnungen ihrer Mitarbeiter verwaltete. Sie saß gerade über dem Dienstplan des nächsten Monats, als sie den schrillen Klang von Sirenen vernahm.

Besorgt horchte Eden auf. Die Sirenen kamen näher und es hörte sich an, als hielte ein Krankenwagen direkt am Hotel.

Eden zuckte mit den Schultern. Wäre etwas in der Küche passiert, hätte man sie gerufen. Leider kam es bei heißen Töpfen, kochendem Wasser und scharfen Messern immer wieder zu Unfällen. Doch seit Eden die Küche führte, hatte sie die Sicherheitsvorkehrungen deutlich verstärkt und tatsächlich war schon lange nichts mehr passiert.

Da die Zeit drängte, versuchte Eden, das Heulen der Sirenen auszublenden, während sie überlegte, ob sie die Neue in der Salatküche schon allein arbeiten lassen konnte oder eine zweite Kraft für die Schicht einplanen musste.

Sie tippte sich mit dem Kugelschreiber gegen die Lippe, als lautes Geschrei aus der Küche sie erschrocken hochfahren ließ. »Was ist denn da los?«

Kurz kam ihr der Gedanke, es habe sich doch ein Unfall ereignet, denn das Geschrei wurde immer lauter. »Shit!«, fluchte sie, ließ den Stift fallen und rannte in die Küche.

Sie stieß die Schwingtür auf und rannte regelrecht in Ian St. James' Rücken, gerade als der ihren Namen rief.

»Miss Green!«, fauchte er, drehte sich zu ihr um und packte ihre Arme. »Wer hat das zu verantworten?«, brüllte er und jedes andere Geräusch in der Küche erstarb. Alle Augen waren auf sie gerichtet. Oder vielmehr auf den wutschnaubenden Hotelleiter. Sein markanter Kiefer zuckte gefährlich und die Augen waren zu schmalen Schlitzen zusammengekniffen. Seine Finger gruben sich schmerzhaft in Edens Oberarme und erst jetzt bemerkte sie die hellen Flecken auf Ians schwarzem Hemd.

»Was …? Was ist … denn … passiert?«, stotterte sie und sah irritiert in die fragenden Gesichter ihrer Küchenmannschaft.

»Was passiert ist?«, zischte Ian und stieß sie hart von sich. Er deutete auf sein ruiniertes Hemd und anschließend in Richtung Flur. »Sind Sie taub? Hören Sie das nicht, Miss Green?«, schrie er, ehe er sich räusperte. »Sehen Sie mein Hemd?« Seine Stimme hatte sich verändert. Nachdem er gerade noch vor Wut geschrien hatte, flüsterte er nun fast. Das kam Eden allerdings noch gefährlicher vor und sie wich automatisch einen Schritt zurück. Die Stahltür zum Kühlraum versperrte ihr den Rückzug und Ian kam bedrohlich auf sie zu. »Das ist Kotze!«, erklärte er leise und Eden hätte sich beinahe verschluckt. Sie riss die Augen auf, verstand aber noch immer kein einziges Wort von dem, was Ian ihr offenbar zu sagen versuchte.

»Kotze?«, wiederholte sie deshalb verwirrt seine Worte.

»Genau.« Ian stand ihr nun so nah gegenüber, dass sie anhand des Geruchs, den sein Hemd verströmte, verstand. »Kotze, Erbrochenes, eklige Siffe aus dem Magen von Mister Romero vom Bauausschuss!«, brachte er es auf den Punkt.

Eden verstand noch immer nicht. Was hatte sie damit zu tun?

Ihr wurde schlecht, denn Ians Hemd stank zum Himmel und wenn überhaupt möglich, war er noch näher gerückt.

Er sah verächtlich auf sie herab. »Wir wollten den Bauausschuss überzeugen. Nicht vergiften!«, hob er die Stimme wieder und Eden spürte seinen Atem auf ihrer Wange. Wie der Atem eines Drachen, ehe der einen in einem Bissen verschlang.

»Vergiften?«, hörte sie sich selbst sinnlos nachhaken.

»Was ist denn passiert?«, mischte sich nun Matt ein und trat an Edens Seite. Beinahe war sie ihm dankbar, als Ian sich von ihr abwandte und Matt mit seinem kalten Blick strafte. »Wer hat die Menüs für die Chefetage rausgehen lassen?«, fragte Ian schroff, ohne Matt eine Antwort zu geben.

Eden schluckte. »Das … war ich.« Ihre Gedanken überschlugen sich. War etwas mit dem Essen nicht in Ordnung gewesen? Das war unmöglich. Jedes Menü, das rausging, war heute an Dutzende Gäste serviert worden. Sie hätte mitbekommen, wenn etwas verdorben oder ungenießbar gewesen wäre.

Ian nickte, als hätte er nichts anderes erwartet. »Nun, Miss Green …« Die Art, wie er ihren Namen ausspie, verhieß nichts Gutes. »Können Sie mir dann erklären, warum Mister Romero – der eine Allergie auf Schalentiere hat – Pasta serviert bekommt, die ihn zum Kotzen bringt? Die ihm die Luft abschnürt, sodass ich annehmen musste, er krepiert in meinem Konferenzsaal? Mitten in einer Sitzung? Und vor den Augen der örtlichen Presse?« Von Ians selbst auferlegter Zurückhaltung war nun nicht mehr viel übrig, er schrie wieder aus vollem Hals. »Können Sie mir das erklären, Miss Green?«

Edens Knie verwandelten sich in Pudding. »Oh Gott«, keuchte sie und schlug sich die Hand vor den Mund. »Die Gambas«, entfuhr es ihr. »Das müssen … die Gambas …«

Wieder deutete Ian auf sein beschmutztes Hemd. Zornig fing er am Hals an, das Hemd aufzuknöpfen. »Ich selbst habe die Bestellung bei Pietro aufgegeben, Miss Green. Viermal Pasta, einmal ohne Gambas. Ist das so bei Ihnen angekommen?«, fragte er und schlüpfte mit einer aggressiven Bewegung aus dem Hemd. Dann knüllte er es zusammen und drückte es Eden in die Hand. »Einmal *ohne* Gambas!«, wiederholte er noch lauter.

»Ohne Gambas.« Eden wich sämtliches Blut aus dem Gesicht. »Ich dachte … ich dachte … Er mag keine Gambas.

Nicht, dass ich eine andere Soße als die Hummersoße hätte servieren sollen.«

Ihre Erklärung schien Ian nicht milder zu stimmen.

»Ich habe ja gesagt, wir sollten bei Lachs bleiben!«, warf Matt wenig hilfreich ein.

»Ich …« Eden fühlte sich vollkommen überfahren. Sie wusste nicht, wo sie hinsehen sollte. Auf das besudelte Hemd in ihren Händen, auf Matts überhebliches Grinsen oder in Ians zorniges Gesicht. »Ich … das war ein Missverständnis, Mister St. James«, erklärte sie leise. »Ich … dachte …«

Ians kantige Lippen wurden zu einer schmalen Linie. »Dann übernehmen Sie die Verantwortung hierfür, Miss Green?«, hakte er nach und Eden fühlte sich wie ein Fisch am Haken.

»Nun … ja, natürlich … ich meine …« Sie atmete durch und straffte die Schultern. »Ja. Das tue ich. Ich habe die Order falsch verstanden. Ich dachte, der Gast möchte die Pasta, eben nur ohne die Gambas. Bitte, Mister St. James, Sie müssen mir glauben, dass …«

»Mister Romero liegt im Krankenhaus. Er wird im Bauausschuss vermutlich nicht für uns sprechen, nachdem wir ihn beinahe umgebracht haben, denken Sie nicht auch? Und was die Presse über den Vorfall schreiben wird, daran will ich gar nicht denken!«, erklärte Ian wieder etwas gefasster. Es schien ihm nichts auszumachen, dass er mit nacktem Oberkörper vor ihnen stand. Wenn überhaupt, dann wirkte er dadurch nur noch bedrohlicher.

»Es tut mir leid«, flüsterte Eden und suchte in seinen Zügen nach dem kleinsten Zeichen von Verständnis für sie.

Ian nickte. »Und mir tut es auch leid, Miss Green.« Dann wandte er sich um und klopfte Matt auf die Schulter. »Ab sofort übertrage ich Ihnen die Leitung der Küche des Coral Cave Resort, Mister Miller. Wir brauchen umgehend eine neue Karte. Die Pressestelle arbeitet bereits an einer Stellungnahme.«

Eden blieb die Luft weg. »Was?«, entfuhr es ihr laut und sie starrte die beiden Männer vor ihr entgeistert an. »Matt übernimmt meine Küche?«

Ian kniff die Augen zusammen. »Matt übernimmt *meine* Küche. Und Sie sollten froh sein, dass ich Sie nur degradiere, anstatt Sie rauszuwerfen.« Er schüttelte den Kopf, als könnte er sich da selbst nicht verstehen. »Ich mag es nämlich nicht, wenn man mich ankotzt. Ich hoffe, das leuchtet Ihnen ein, Miss Green!«

Aus der Ferne betrachtet

»Das ist doch kein Weltuntergang«, versuchte Connor, Eden zu beruhigen. »Das war eben ein Missverständnis.« Er hatte das Fernglas vor den Augen und lehnte dabei lässig am Geländer des Wachturms.

Eden schnaubte und kreiste mit dem feuchten Finger immer schneller um den Flaschenhals ihrer Cola. »Ein Missverständnis, das mich meinen Job gekostet hat!«

Connor grinste. »Du hast deinen Job nicht verloren, Eddy. Du musst nur etwas Gras über die Sache wachsen lassen, dann wird Ian dir ganz bestimmt wieder die Leitung übertragen. Du bist viel besser als dieser dämliche Matt.«

Eden strich sich das Haar aus dem Gesicht und blickte grübelnd über den Strand. »Dieser Matt-Arsch wird mich furchtbar behandeln«, malte sie den Teufel an die Wand. »Der mochte mich noch nie, und jetzt, wo er der Boss ist …« Sie seufzte. »Das wird echt übel, Connor.«

»Vermutlich.« Connor nahm das Fernglas herunter und griff zum Funkgerät. An Eden gewandt hob er den Zeigefinger, um ihr zu signalisieren, sie solle kurz warten. »Hey, Südturm, seht ihr dort drüben das Kind am Strand? Junge, blond, etwa vier Jahre. Er sieht orientierungslos aus. Und sucht jemanden, wenn ich das richtig deute.« Es knackte in der Leitung, ehe der Südturm antwortete. »Sehen ihn. Haben hier aber gerade eine üble Schnittverletzung reinbekommen. Kannst du mal rüberkommen und checken, ob der Junge Hilfe braucht?«

»Verstehe. Bin schon auf dem Weg«, gab Connor zurück, drückte Eden das Fernglas in die Hand und griff nach der roten Boje. »Bin gleich wieder da«, erklärte er seinem Kollegen und sprintete zum Strandbuggy.

Eden sah ihm nach, wie er in südlicher Richtung davonbrauste. Die Sicherheit eines Kindes war natürlich wichtiger als ihre Probleme im Resort, aber trotzdem nervte es sie, dass Connor sie mit ihrem Ärger allein ließ. Verloren gegangene Kinder waren hier am Strand nichts Ungewöhnliches. Und sie wusste, die meisten dieser Fälle ließen sich ganz schnell aufklären. Connor würde gleich wieder hier sein. Ungeduldig nahm sie einen Schluck von der Cola und hob dann das Fernglas an ihre Augen. Sie suchte den Strand nach dem Buggy ab und sah eine Weile zu, wie Connor mit dem Jungen an der Hand den Strand entlanglief, um dessen Eltern zu finden. Schmunzelnd stellte sie wieder einmal fest, dass ihr Bruder mit Kindern richtig gut umgehen konnte. Er würde irgendwann einen großartigen Vater abgeben – wenn er sich jemals auf eine Frau festlegte. Doch danach sah es im Moment eher nicht aus. Connor genoss sein Singleleben und seine kurzen und bedeutungslosen Flirts mit den Strandschönheiten. Als Rettungsschwimmer saß er quasi an der Frischfleischquelle.

Eden seufzte. Ihr letzter Flirt lag Ewigkeiten zurück. Und hatte zu nichts geführt, weil sie sich nicht mit Kollegen im Hotel einlassen wollte. Zumindest war das die offizielle Version. In Wahrheit schlug ihr Herz … »Blödes Herz«, murmelte sie und gab dem Drängen in sich nach. Sie drehte sich um, bis sie die Panoramaterrasse des Old Harbour Inn durchs Fernglas sah.

Es fiel ihr schwer, sich ihre Enttäuschung einzugestehen, denn von Jackson war nichts zu sehen.

Nicht, dass sie unbedingt darauf aus war. Sie war … nur neugierig, ob er sich verändert hatte. Sie hatte ihn schließlich lange nicht mehr gesehen. Gerade wollte Eden das Fernglas sinken lassen, als sie doch eine Bewegung am Restaurant wahrnahm. Aber es war nicht Jackson, der ins Blickfeld trat, sondern Alison Page. Sie trug zu ihrem blauen Overall eine Basecap mit dem Firmenlogo von Page & Son und ihre langen roten Haare waren wie immer zu einem lockeren Zopf gefasst.

Eden kannte Alison schon ihr ganzes Leben. Sie war mit ihren dreißig Jahren so alt wie Connor. Trotzdem ertappte Eden sich gerade dabei, wie sie Alison einen missgünstigen Blick zuwarf, den die junge Frau über die Entfernung natürlich nicht sehen konnte. Dabei hatte die Anwesenheit einer Bauarbeiterin auf einer Baustelle eigentlich nicht wirklich was Besonderes zu bedeuten. Oder doch?

Eden trat in den Schutz eines Holzpfeilers und beobachtete nun ungeniert das Geschehen oben auf den Klippen. Alison lachte und lehnte sich an das marode Geländer. Sie rüttelte skeptisch daran und sagte dann etwas über ihre Schulter. Eden hielt den Atem an.

Was sie hier tat, war lächerlich. Und erbärmlich. Das wusste sie selbst, aber als Jackson Cooper vor ihr Fernglas trat, da war ihr das alles egal. »Shit«, flüsterte sie atemlos. »Der sieht ja noch besser aus als früher.« Obwohl sein Lächeln nicht ihr galt, zog es ihr die Schuhe aus. Oder hätte es, wenn sie hier am Strand Schuhe getragen hätte.

Seine blonden Haare hingen ihm etwas länger als kinnlang ums Gesicht und waren leicht gewellt, als hätte er sie nach einem Bad im Meer einfach an der Luft trocknen lassen. Einige Strähnen an den Augen waren kürzer und Eden hatte das Gefühl, als bräuchte sie nur die Hand auszustrecken, um sie ihm hinters Ohr zu streichen. Er trug einen Bart – nur wenig mehr als ein Dreitagebart, aber doch genug, um ihn verwegen aussehen zu lassen. Der Bart betonte seine Lippen und die gerade Nase. Seine Brauen waren dichter als zu Schulzeiten, aber der unvergleichliche Blick seiner Augen war derselbe. Neckend, frech, dabei mit viel Gefühl. Das war sein Geheimnis. Ohne diesen Blick hätte sie sich nie in ihn verliebt.

Eden grub die Zähne in ihre Unterlippe, um nicht noch einmal zu fluchen, denn auch wenn Connor gerade nicht hier war, der Wachturm war nicht unbesetzt. Und sie wollte nicht, dass sein Kollege Shane sich über ihr Verhalten wunderte. Sie hoffte, er würde gar nicht mitbekommen, dass sie Jackson stalkte. Denn genauso fühlte es sich an, ihn aus der Ferne zu beobachten.

Gerade trat er neben Alison und rüttelte ebenfalls an dem Geländer, das die Terrasse zu den Klippen hin absicherte. Er trat gegen den Pfeiler, der gefährlich wackelte. Dann drehte er Eden den Rücken zu und unterhielt sich mit Alison. Offenbar redeten sie über das Geländer, denn Alison machte ausladende Handbewegungen, die den Hang und die Klippen einschlossen. Dann deutete sie wieder auf den Pfeiler, ehe sie ihre Cap abnahm und sich einige rote Locken zurückstrich, die sich aus ihrem Zopf gelöst hatten.

Eden presste die Lippen zusammen. Jackson und Alison gaben ein hübsches Paar ab, wie sie da oben im Licht der sinkenden Sonne so nebeneinanderstanden. Und das gefiel ihr gar nicht. Nicht, dass es sie etwas angegangen hätte. Aber es hätte sich irgendwie schon unfair angefühlt, wäre Jackson glücklicher gewesen als sie selbst.

Eden seufzte. Sie erkannte sich kaum wieder. Keiner ihrer Freunde hätte sie je als missgünstig bezeichnet. Abgesehen davon, dass sie Matt seinen Posten in der Hotelküche nun wirklich nicht gönnte. Doch Alison und Jax … Eden ließ das

Fernglas sinken und hob die Colaflasche. »Sollen sie doch glücklich werden!«, murrte sie und prostete ihnen sarkastisch mit der Flasche zu. Sie war wirklich froh, als Connor mit dem Strandbuggy zurückkam.

»Ich bin mit Jackson durch!«, beschwor sie sich selbst leise und nahm einen großen Schluck von der Cola. Dann ging sie die schräge Wachturmbrücke hinunter und wartete, bis ihr Bruder aus dem Buggy gestiegen war. Er nahm seine Boje heraus und hob sie sich lässig auf die Schulter, ehe er sie angrinste.

»Na, Kind gerettet?«, rief sie und schlenderte ihm entgegen. Der Sand unter ihren Füßen war kühl, denn die Sonne versank schon hinter den Felsen.

Connor grinste. »Jep. Und die Single-Mom fühlt sich sehr zu Dank verpflichtet.« Sein Grinsen zeigte deutlich, in welche Richtung sich ihre Dankbarkeit entwickeln würde. »Wir gehen morgen aus.«

Eden schüttelte den Kopf über ihren Bruder. »War sie schon Single, ehe sie einen Blick auf deine gestählte Brust geworfen hat, oder hat sie sich erst bei deinem göttlichen Anblick vom Kindsvater getrennt?«, scherzte sie.

Connor zwinkerte und strich sich gespielt selbstverliebt über den Oberkörper. »Sie war schon Single. Aber auch wenn nicht, hätte sie mir wohl kaum widerstehen können.«

»Natürlich nicht«, bestätigte Eden großmütig und hieb ihm den Ellbogen in die Seite. »Du Retter aller unbefriedigten Frauen!«

Connor lachte und nahm ihr die Colaflasche ab. »Mein Dienst an der Menschheit kennt eben keine Grenzen«, witzelte er zurück und nahm einen Schluck. Als die Flasche leer war, nickte er mit dem Kopf in Richtung Wachturm. »Na komm. Ich räum mein Zeug noch weg, dann mach ich Feierabend. Wollen wir noch eine Runde aufs Board?« Er ging ihr voran in den Wachturm, wo Shane gerade am Funkgerät hing.

»Ich weiß nicht. Ich denke, ich sollte nach Hause gehen. Morgen wird ein Scheißtag in der Küche und …«

»Und ein kleiner Ritt auf den Wellen pustet dir diese Sorgen zumindest vorübergehend aus dem Kopf.« Connor stellte die Flasche in den Kasten, hängte seine Boje an die Wand und tippte zügig einen kurzen Bericht in den Computer. Da Shane noch immer funkte, hob er nur die Hand und tippte dann auf seine Uhr, um ihm zu zeigen, dass er sich verabschiedete.

»Shane hat heute die lange Schicht«, erklärte er Eden und hängte zum Abschluss noch den Schlüssel für den Strandbuggy an den Haken, ehe er hinter Eden den Turm verließ. »Also, was ist, Eddy? Die Wellen sind heute der Hammer«, versuchte er, sie zu überzeugen. Und er hatte recht. Die Wellen waren wirklich perfekt.

»Na schön. Aber nicht lange.«

»Ein schneller harter Ritt – das ist es, was ich mag«, stimmte Connor grinsend zu.

»Idiot!«, lachte Eden und trat hinter den Wachturm. Hier befanden sich die Umkleide der Lifeguards und ein Schuppen für den Buggy. Hier bewahrte Connor auch ihre Boards auf.

Während Eden sich in den Neoprenanzug zwängte, den sie immer hier hatte, klemmte sich Connor schon sein Surfbrett unter den Arm und lief hinunter zum Wasser.

Eden beeilte sich, ihm mit ihrem Board zu folgen, aber sie holte ihn erst ein, als sie schon gute fünfzehn Meter ins Meer hinausgepaddelt waren. Das kühle Wasser schwappte bei jeder Welle über ihr Board und die salzige Gischt spritzte ihr ins Gesicht. Trotzdem fühlte Eden sich besser als während des restlichen Tages. Sie atmete tief ein, paddelte weiter hinaus aufs Meer. Mit jedem Meter, den sie den Laguna Beach hinter sich ließ, verloren ihre Sorgen an Bedeutung. Sie spähte hinüber zu Connor, dem das dunkle Haar nass am Kopf klebte, während er mit nacktem Oberkörper und nur in seinen Shorts für den ersten Ritt auf seinem Board in die Höhe kam.

»Also los!«, rief er und drehte das Board in die Welle. Sofort nahm es Fahrt auf und trieb pfeilschnell davon.

Edens Kehle entstieg ein freudiges Lachen. Sie machte noch drei kräftige Züge, drückte sich dann geschmeidig aus dem Liegen in die Hocke hoch und nahm die erste Welle. Sie glitt parallel zum Strand immer vor dem Wellenkamm übers Wasser, direkt hinter Connor her, und ließ dabei all ihre Sorgen hinter sich zurück.

* * *

»Und du denkst, da fällt genug Holz für das ganze Geländer ab?«, fragte Jackson interessiert. »Das wäre super und käme meinem viel zu schnell schrumpfenden Budget echt zugute.«

Alison nickte. »Müsste gerade so reichen. Aber das Holz ist ungehobelt. Du müsstest es dann schon noch aufmotzen.«

Jackson rieb sich nachdenklich das Kinn. »Also alles schleifen und lackieren …«, überlegte er laut.

»Oder du umwickelst es mit Schiffstau. Das würde gut zu dem maritimen Flair passen.«

Jackson rümpfte die Nase. »Glaub nicht. Das hat was von griechischer Taverne. Das ist nicht der moderne Look, den ich erzielen will.«

Alison hob lachend die Hände. »Sorry, da kann ich nicht mitreden. Du bist derjenige, der sich mit Kneipen in Europa auskennt, nicht ich.«

»Und bis wann kann ich die Rundhölzer haben?«, fragte Jackson und sah sich im Geiste schon das Geländer erneuern. Ihm graute. Das würde eine Heidenarbeit werden, denn allein die alten Pfeiler samt ihren Betonfundamenten auszugraben war verrückt. Dann mussten neue Löcher gegraben werden, neue Pfeiler aus den Rundhölzern, die Alison ihm kostenlos besorgen konnte, gesägt und einbetoniert werden, anschließend waren die Querstreben einzusetzen und das alles musste er dann auch noch schleifen und lackieren.

Jackson rieb sich den Bart. »Und was denkst du, wie lange ich dafür brauche?«

Alison grinste. »Ich kann dir das Material zum Ende der Woche liefern, aber wenn du damit so lange brauchst wie mit den Toiletten, dann …«

»Ich war heute nicht auf der Höhe«, verteidigte sich Jackson matt. Die Schwere aus seinem Kopf war Gott sei Dank verschwunden, aber sein Rausch vom Vorabend hatte ihn heute während der Arbeit ganz schön beeinträchtigt. Er war mit der Toilettensanierung dem Zeitplan hinterher.

»Wenn du mich fragst, dann wirft es dich zurück, wenn du mit den St.-James-Brüdern rumhängst.«

Jackson rollte mit den Augen. »Schon klar. Ihr mögt euch nicht. Aber Luke ist …«

»Luke ist noch nicht mal der Schlimmste«, gab Alison zerknirscht zu. »Auch wenn alle Welt das anders sieht. Trotzdem kommst du nicht weiter, wenn du dich mit ihm besäufst, und …«

»Ja, Mama. Du hast ja recht.«

Alison grinste frech, nahm ihre Cap ab und versuchte, ihr Haar zu bändigen. »Mama? Du Arsch nennst mich Mama?« Sie funkelte ihn drohend an. »Dann sag mal schön Danke zu Mama, dafür, dass sie dir die Hölzer besorgt!«, forderte sie und verschränkte mit gespielter Strenge die Arme vor der Brust.

Jackson lachte. »Danke, Mama«, gehorchte er. »Du bist die Beste!«

Alison nickte und machte sich auf den Weg zu ihrem Pick-up. »Ach, und Jax«, rief sie kess. »Wehe, du vergisst, mir was zum Muttertag zu schenken.«

»Der war doch schon«, rief er zurück und sah zu, wie sie in ihren Pick-up stieg. Der große Bernhardiner auf dem Beifahrersitz hob verschlafen den Kopf.

»Dann eben nächstes Jahr!«, rief Alison zum heruntergekurbelten Fenster heraus und beugte sich dabei über den Hund.

»Ich lad dich dann zum Essen ein«, schlug Jackson vor und Alison grinste. »Deal!«, rief sie. »Aber bitte nicht in so einen heruntergekommenen Schuppen wie diesen hier!«

Sie fuhr an, bevor Jackson eine Antwort auf ihre unverschämten Worte einfallen wollte.

»Heruntergekommener Schuppen!«, murrte er und sah sich das Old Harbour Inn von außen an. Dummerweise musste er zugeben, dass Alisons Bewertung nicht ganz aus der Luft gegriffen war.

»In ein paar Tagen sieht es hier schon ganz anders aus«, versuchte er, sich selbst Mut zu machen, und schlenderte zurück zum Geländer. Er stützte sich schwer auf den Querbalken, der unter seinem Gewicht ein ganzes Stück nach vorn sank. »Sagen wir ein paar Wochen«, korrigierte er sich selbst und schnaubte sich die Haare aus den Augen. Sein Blick glitt ziellos über den sich langsam leerenden Strand. Ein ganzes Stück weiter unten am Strand ging Connor gerade mit seinem Surfbrett ins Wasser, und noch ehe er sich fragen konnte, ob Connor wohl allein surfen war, sah er sie.

Eden Green joggte über den Strand, ihr Brett unterm Arm, als wöge es nichts. Der schwarzblaue Neoprenanzug betonte ihren schlanken Körper und der Wind spielte mit ihrem dunklen Haar.

Jackson kniff die Augen zusammen, um besser zu sehen. »Teufel, Eden!«, fluchte er und die Leichtigkeit, mit der sie fast über den Sand zu schweben schien, zog seinen Blick magisch an. Sie stürzte sich ins Wasser, als wäre es ihr Element, und als sie auf dem Brett liegend hinauspaddelte, bewunderte er ihre geschmeidigen Bewegungen.

Jackson konnte den Blick nicht von ihr wenden. Die tief stehende Sonne vergoldete ihre Erscheinung wie vor vielen Jahren in der Grotte. Doch verglichen mit damals strahlte ihre ganze Haltung heute kein bisschen Unsicherheit aus. Im Gegenteil. Sie beherrschte ihr Board und die Wellen. Geübt kam sie auf dem Brett in die Höhe und ging in einen breiten Stand über, um das Gleichgewicht zu halten. Sie beugte die Beine und hob die Arme, um sich auszubalancieren.

Sie war so schön, dass es wehtat. So nah und doch so fern.

Er wandte sich ab, denn sie sollte nicht bemerken, dass er sie beobachtete. Dass er sie aus der Ferne betrachtete und sich dabei wünschte …

Dennoch guckte er noch einmal über die Schulter und bekam mit, wie sie vom Board ins Wasser köpfte und lachend wieder auftauchte.

Sie sah aus wie damals, als sie vom Boot zu ihm ins Wasser gesprungen war. Nass und prustend und unheimlich verlockend.

»Eddy.« Zärtlich kam ihm ihr Kosename über die Lippen und als er die Augen schloss, schmeckte er noch immer das Salz auf ihrer Haut.

Ein Kuss wie ein Erdbeben

»Ich liebe dich, Jax«, flüsterte Eden und streckte die Arme nach ihrem Freund aus. Der brennende Blick seiner dunklen Augen sandte ihr einen wohligen Schauer über den Rücken und als er sie berührte, hörte die Welt auf, sich zu drehen. Sie wollte Jackson über sich ziehen, bis er ihre Nacktheit mit seinem Körper verbarg, denn obwohl sie sich nach genau dem hier sehnte, machte es sie verlegen, sich ihm so offen zu zeigen. Doch Jax entwand sich ihr und sah ihr direkt in die Augen.

»Du bist wunderschön«, flüsterte er und ließ seinen Blick genüsslich über ihren Körper wandern. Er senkte den Kopf, als wollte er ihre Hand küssen, und zog mit seiner Zunge eine heiße Spur über ihre Haut. Vom Handrücken über den fliegenden Puls an ihrem Handgelenk, dann die Ellenbeuge hinauf zum Schlüsselbein. Er hob kurz den Kopf und küsste sie auf den Mund, ehe er direkt wieder abtauchte. Seine Lippen glitten über ihre Kehle nach unten zu den goldenen Hügeln ihrer Brüste. Sein feuchtes Haar hinterließ kalte Tropfen auf ihrer glühenden Haut und ein Zittern durchlief ihren Körper.

»Ist dir kalt?«, hauchte Jackson auf ihre Brustwarze, die sich ihm hart wie ein Kirschkern entgegenreckte.

Wieder zitterte Eden. »Nein, mir … ist nicht kalt«, gab sie schwach zurück und keuchte, als Jackson ihre Brustwarze in seinen Mund saugte. Seine Zunge reizte sie weiter, während seine Hände von ihrer Taille über ihre Beine strichen und dabei dem Dreieck dunklen Haares immer näher kamen.

Edens Haut war zart wie ein Pfirsich unter seinen Händen, und die leisen Laute, die er ihr entlockte, wenn er, wie jetzt, mit seinen Zähnen die empfindlichen Spitzen ihrer Brüste liebkoste, raubten ihm den Verstand. Er wollte nicht an morgen denken. Oder daran, wie wenig Zeit ihnen blieb. Er wollte nur immer mehr von Eden spüren. Sie lag nackt wie eine Nixe vor ihm, umschmeichelt von den Wellen, übergossen mit goldenem Licht. Er blinzelte, um sicherzugehen, dass er nicht träumte.

Dieses Mädchen war so schön. Und sie war sein. Er wollte, dass sie seinen Namen flüsterte, während sich die nächste Welle nach ihnen streckte. Die kalte Gischt spritzte bis zu ihnen auf den Felsen und zauberte Tausende von diamantenen Tropfen auf Edens Haut. Ihr Zittern zeigte ihre Unerfahrenheit und das hielt ihn zurück, obwohl alles in ihm danach drängte, den nächsten Schritt zu gehen. Sie in so verlockender Unschuld vor sich zu haben, mit vor Erregung geröteten Wangen und ihren von seinen Küssen geschwollenen Lippen … kein Mann würde da an etwas anderes denken als daran, mit ihr zu schlafen. Und ihm ging es genauso. Er wollte sie. Und sie wusste es.

Sie streichelte seinen Rücken, grub ihre Fingernägel in seinen Nacken. Als er mit dem Kopf von ihren Brüsten immer tiefer wanderte, am Bauchnabel vorbei, packte sie seine Haare, um ihn aufzuhalten. »Jax«, keuchte sie und wollte sich aufsetzen, aber er legte ihr flach die Hände auf den Bauch und sah sie an.

»Vertrau mir«, sagte er wieder und spielte mit seiner Zunge an ihrem Bauchnabelring. Sie hatte keine Ahnung, wie sehr er sie wollte. Sein Schwanz pochte hart in seinen Boxershorts, gestählt von ihrem verführerischen Anblick.

»Aber …« Sie biss sich auf die Lippe und sah ihn unsicher an. Er spürte, dass sie mehr wollte. Sah, wie ihr aufkeimendes Verlangen mit ihrer Scheu rang. Es war süß – und es machte ihn unglaublich an.

Er lachte leise und drängte sie wieder zurück zum Liegen. »Vertrau mir, Eddy«, murmelte er und senkte den Kopf zwischen ihre Beine, um ihr zu zeigen, was sie verpassen würde.

Eden glaubte zu sterben. Sein Kuss war wie ein Erdbeben, das sie regelrecht zerstörte. Sie stöhnte so laut, dass es von den Wänden der Grotte zurückhallte, und als er mit den Händen ihre Beine weiter spreizte, um seinen intimen Kuss zu vertiefen, löste sie sich unter seiner Zungenspitze regelrecht auf.

»Jax!«, keuchte sie und hob ihm instinktiv ihr Becken entgegen. Eine Welle brach gegen die Felsen und spülte über sie hinweg. Dennoch stand jede Zelle ihres Körpers in Flammen. Ihr Blut floss heiß wie Lava durch ihre Adern und sie glaubte unter seiner Liebkosung zu verbrennen. Sein Atem strich über ihre empfindlichste Körperstelle, als er die Hände unter ihren Po schob, um sie noch tiefer küssen zu können. Immer schneller drehte sich die Spirale der Lust in ihrer Mitte. Ihr Atem kam hart und sie zuckte unter seiner Berührung, als er ihre Knospe mit seiner Zunge umkreiste.

»Bitte«, flehte sie, ohne zu wissen, worum genau sie bat. Seine Zunge gab ihr einen Takt vor, in dem sie ihm ihr Becken entgegenwölbte. Immer schneller marterte er sie und als die nächste Welle über sie hinwegspülte, entstieg ihrer Kehle ein lustvoller Schrei. Das kalte Wasser an ihrer Hitze, die salzige Kühle neben Jacksons brennender Zunge. Eden bäumte sich auf und zog Jax an den Haaren über sich. Sie kniff die Beine fest zusammen, um das wilde Pulsieren festzuhalten, das wie Donnerschläge in ihrem Körper widerhallte. Keuchend und nach Atem ringend klammerte sie sich an Jacksons Schultern, als könnte er verhindern, dass sie sich in diesem erlösenden Höhepunkt verlor. Seine Strähnen schlossen wie ein Vorhang die Welt aus, als er ihr lächelnd in die Augen sah.

»Gut so weit?«, fragte er mit einem leisen Lachen in der Brust und seine Lippen glitten leicht wie eine Feder über ihren Mund. Eden schmeckte das Salz auf seiner Haut und fühlte seine Härte zwischen ihren Beinen. Nichts war je besser gewesen.

»Gut?«, wisperte sie benommen von dem, was er gerade mit ihr gemacht hatte. Ihre Blicke trafen sich und sie las eine irritierende Sehnsucht darin. So, als täte ihm etwas leid. Doch er ließ ihr keine Zeit, das zu hinterfragen.

»Nicht gut?«, hakte er nach und zupfte mit seinen Zähnen an ihrer Lippe. »Soll ich versuchen, es besser zu machen?«, neckte er sie und schob seine Hand zwischen ihre Beine. Schon diese leichte Berührung verursachte ihr ein neuerliches Beben und sie schloss fest die Beine um seine Hand. »Stopp!«, japste sie und küsste ihn hungrig. »Warte einen Moment, okay?«

Jackson lachte. »Warten?« Er bewegte sein Becken, um ihr zu zeigen, wie wenig er davon hielt. »Ich denke nicht, dass ich noch besonders lange warten kann«, gestand er und führte ihre Hand behutsam an seine Shorts. Edens Pupillen weiteten sich, als sie ihn berührte.

Das Blut schoss ihr in die Wangen und Jackson schloss die Augen, damit ihr zauberhafter Anblick ihn nicht noch mehr erregte. Schon jetzt musste er sich zwingen, Edens zarten Berührungen nicht entgegenzudrängen. Zärtlich umschloss sie seinen Schaft und biss sich auf die Lippen. Ihr Lächeln veränderte sich und auch ihr Griff wurde selbstbewusster. Sie zog ihm die Shorts hinunter. Sein Körper reagierte sofort darauf, sein Penis zuckte in ihrer Hand.

»Gut so weit?«, fragte Eden und bewegte vorsichtig ihre Hand an seinem Glied auf und ab.

Jackson biss die Zähne zusammen und gab sich ihrer scheuen Erkundung hin. Sie hatte ja keine Ahnung, wie sehr er sich beherrschen musste, nicht einfach ihre Beine zu spreizen und sich tief in ihr zu versenken. Er konnte an nichts anderes denken. Viel zu köstlich waren Edens Berührungen. Er streckte sich nach dem Kondom in seiner Shorts und riss hektisch die Folie auf. Edens Blick folgte seinen Bewegungen und als sie zustimmend nickte, drängte er sich näher an sie und zog sich dabei den Gummi über. Er küsste ihre Lippen, ihre Augenlider und ihre Nasenspitze, grub die Hände in ihr Haar, während er über sie kam und mit dem Knie ihre Schenkel teilte. Ihre Blicke trafen sich. Eden hob die Hände an sein Gesicht und strich ihm die Haare aus den Augen. Ihr kaum wahrnehmbares Nicken war alles, worauf er gewartet hatte.

Er senkte seine Lippen auf ihre und als seine Zunge sich lustvoll an ihre schmiegte, drang er behutsam in sie ein.

Keuchend strampelte Eden die Bettdecke von sich. Ihr war heiß und der Schweiß stand ihr zwischen den Brüsten. Ihre Knospen waren hart und zwischen ihren Beinen pulsierte es.

»Gott!«, japste sie und knipste die Nachttischlampe an. Durch den Spalt der nicht ganz zugezogenen Vorhänge sah sie, dass der Himmel sein nächtliches Blau bereits abgelegt hatte und mit einem glühenden Rosa prangte. *Wie spät ist es denn?*, versuchte Eden, sich zu orientieren, und rieb sich die Augen, um die Zeiger auf dem Wecker erkennen zu können. »Gleich fünf«, stöhnte sie und stand auf. An Schlaf war nach diesem Traum nicht mehr zu denken. Verärgert über sich selbst, fuhr sie sich mit den Händen durchs Haar und versuchte dabei, das Kribbeln in ihren Brüsten zu ignorieren.

Jacksons Rückkehr brachte sie ganz schön aus der Fassung.

»Ich hab ganz andere Probleme!«, fluchte sie und wünschte sich fast, sie hätte statt von Jackson Cooper nur vom dämlichen Matt aus der Küche geträumt. Dann würde sie jetzt nicht diese gemeine Sehnsucht nach einem Mann verspüren, der … der es nie ernst mit ihr gemeint hatte.

Frustriert stapfte Eden ins Badezimmer, wusch sich kühl ab und fasste dann ihre Haare über dem Kopf zu einem hohen

Pferdeschwanz zusammen. Dann zog sie sich Shorts, ein Top und ihre Laufschuhe an und verließ die Wohnung. Ihr Apartment im zweiten Stock des mehrstöckigen Komplexes war klein, aber modern. Sie mochte es, weil es nicht weit vom Strand entfernt war. Sie musste nur die Straße hinunterlaufen, den Pacific Boulevard überqueren, an der Villa der St. James vorbei und direkt hinter Bürgermeister Bagleys nobler Hütte die Stufen an den Klippen hinunter. Schon schlug ihr die Meeresbrise entgegen und ihre Schuhe versanken im Sand. Sie ging das kurze Stück über den trockenen Sand gemächlich, ehe sie dort, wo die Wellen den Sand feucht und fest machten, mit federnden Schritten zu laufen begann. Im Sand zu joggen war anstrengend, aber genau das Richtige nach diesem beunruhigenden Traum. Eden spürte, wie ihr der Schweiß ausbrach. Ihr Herz hämmerte, aber jetzt konnte sie sich einreden, es käme von der Anstrengung. Und nicht von dem Mann mit den dunklen Augen und dem unvergleichlichen Lächeln. Von dem Mann, der mit ihr geschlafen und sich danach nie wieder bei ihr gemeldet hatte. Die Wut trieb ihr die Tränen in die Augen und als sie sich die Nässe mit dem Handrücken aus dem Gesicht wischen wollte, übersah sie eine Vertiefung im Sand und vertrat sich den Knöchel. Schmerz schoss ihr vom Sprunggelenk bis in die Leisten und sie stürzte keuchend zu Boden.

»Au!«, schrie sie und zog ihr Bein heran. »Shit! So ein Shit!« Zitternd tastete sie ihren Knöchel ab. »Au!«

Sie biss die Zähne zusammen, dennoch rannen ihr die Tränen ungebremst über die Wangen. Das tat so weh.

Hilfe suchend blickte sie sich um, aber der Strand war abgesehen von einigen Möwen verlassen. »Shit!«, rief sie noch einmal, diesmal lauter. Dann schleppte sie sich aus dem feuchten Sand, der ihr nun an den Beinen klebte, zum trockenen. Dort versuchte sie, ihren Fuß zu bewegen, aber jeder kleinste Ruck fühlte sich wie ein Messerstich in ihr Gelenk an. Zitternd umklammerte Eden ihr Bein, um den Schmerz etwas zu dämpfen, doch jeder Pulsschlag pochte ihr qualvoll bis in die Zehen.

Verzweifelt legte sie den Kopf in den Nacken und blinzelte in den rosafarbenen Sonnenaufgang hoch über den Klippen. Um diese Uhrzeit war der Wachturm noch nicht besetzt. Von dort war keine Hilfe zu erwarten. Und ihr Handy, das sie sonst immer bei sich trug, lag irgendwo in ihrer Wohnung. Der Traum hatte sie so schnell aus dem Haus getrieben, dass sie nicht daran gedacht hatte, es mitzunehmen.

Eine Möwe kam näher und sah sie mit schief gelegtem Kopf an.

»Verpiss dich!«, fauchte Eden und schlug frustriert auf den Sand. »Ich brauch keine Zuschauer!« Sie rappelte sich keuchend auf, aber schon der kleinste Versuch, den Fuß zu belasten, trieb ihr erneut den Schmerz bis unter die Kopfhaut. »Fuck!«, rief sie und hüpfte auf dem anderen Bein. »Und jetzt?« Sie fragte die Möwe, aber die drehte sich bloß um und hopste davon. »Erst doof glotzen und dann einfach abhauen!«, schimpfte Eden und wischte sich die Tränen ab. Sie wusste, es war nicht nur der Schmerz im Bein, der sie zum Weinen brachte.

Wenn alles den Bach runtergeht

Heute würde ein guter Tag werden, davon war Jackson überzeugt. Es war noch früh am Morgen, als er hoch motiviert aus der Dusche stieg. Mit dem Handtuch um die Hüften schlenderte er in den noch unrenovierten Gastraum, nahm sich ein Glas Joghurt aus dem Kühlschrank und einen Löffel aus der Spüle. Der war zwar aus der Kaffeetasse vom Vortag, aber nachdem Jackson den angetrockneten Kaffee abgeschleckt hatte, bestand er die oberflächliche Hygieneprüfung. Mit dem Glas in der einen und dem Löffel in der anderen Hand, trat er durch die mit Folie abgeklebte zerbrochene Glasschiebetür auf die Terrasse. Er schob sich einen Löffel Joghurt in den Mund und genoss den erfrischenden Geschmack kalter Erdbeeren. Dabei ließ er den Blick über seine Baustelle wandern und überlegte, wo er am dringendsten weitermachen musste. Die Toiletten waren entsorgt, neue bestellt. Die Fliesen würde er ausbessern, sobald er die neuen Wasserleitungen gezogen hatte. Damit konnte er heute beginnen. Er kratzte den letzten Rest Joghurt aus dem Glas, als er einen entfernten Schrei vom Strand her vernahm.

Mit gerunzelter Stirn steckte er den Löffel ins Glas und trat an sein wackeliges Geländer. Er wusste sofort, wen er da vor sich sah. Aber was zum Teufel machte Eden Green um diese Zeit am Strand? Und warum schrie sie einen Vogel an?

Jackson stellte das Joghurtglas ab und rieb sich übers Kinn. Es war unschwer zu erkennen, dass dort unten am Strand irgendetwas nicht stimmte, aber zugleich war er sich sicher, dass es eine dumme Idee war, das zu seiner Angelegenheit zu machen. Eden Green war nicht gerade das, was er als einen guten Start in den Tag bezeichnet hätte. Und er brauchte doch endlich mal einen guten Tag.

Der Impuls, sich einfach umzudrehen und zurück ins Lokal zu gehen, war stark, doch etwas hielt ihn zurück.

Der Strand lag im Schatten der Klippen und die Wellen rollten in einem geheimnisvollen Pastellblau über den silbrig schimmernden Sand. Auch Edens Haar schimmerte silbern im Morgenlicht. Jackson schnaubte. Diese Frau sah wohl zu jeder Tageszeit gut aus.

Er kam zu dem Schluss, dass ihr morgendlicher Strandausflug ihn nichts anging – und er sicherlich produktiver wäre, wenn er nicht den ganzen Tag ihr Gesicht vor seinem geistigen Auge sehen würde. Er brauchte keine Ablenkung, während er die neuen Wasserleitungen zog. Er brauchte nicht wieder dieses verdammte Gefühl in seiner Brust, das ihn immer heimsuchte, sobald er an diese Frau dachte. Er musste sich um seinen Kram kümmern und endlich mit der Arbeit beginnen. Doch er rührte sich keinen Millimeter. Stattdessen sah er Eden mit zusammengekniffenen Augen zu, wie sie sich etwas ungelenk aus dem Sand erhob und humpelnd einige Schritte unternahm.

»Fuck!« Wieder scholl ihr gequälter Ruf über den Strand bis zu ihm herauf. Sie stemmte die Hände in die Hüften und beugte sich vornüber, als hätte sie Schmerzen.

Jackson stöhnte und fuhr sich resigniert durchs Haar. »Und ich dachte, das könnte ein guter Tag werden«, schnaubte er und fasste sein noch nasses Haar am Hinterkopf zusammen. Dann löste er das Handtuch, das um seine Hüften geschlungen war, und ging nackt zurück ins Lokal. Oben schlüpfte er in Boxershorts und eine kurze Cargohose und hoffte, dass sich in der Zwischenzeit das Problem am Strand in Luft aufgelöst hatte.

Doch dem war nicht so. Ein weiterer Blick übers Geländer zeigte, dass Eden sich in den letzten Minuten gerade mal ein paar wenige Meter fortbewegt hatte. Sie humpelte und schrie nach wie vor die Möwe an.

Ein widerwilliges Lächeln erschien auf Jacksons Gesicht. Er konnte nicht leugnen, dass ihre Wut auf die Möwe irgendwie süß war. Trotzdem beschlich ihn ein ungutes Gefühl, als er die Holzplanken am Pier zum Strand hinunterlief. Und es gefiel ihm nicht, dass sein Puls sich beschleunigte, als er auf die Frau zuging, an die zu denken er sich viele Jahre verboten hatte.

»Das hat mir gerade noch gefehlt«, wisperte Eden, als sie sich nach den Schritten umdrehte, die sie hinter sich näherkommen hörte. Beinahe war sie froh um den schmerzenden Knöchel, der verhinderte, dass sie sich zu einer peinlichen Flucht hinreißen ließ.

Sie straffte die Schultern und wischte sich über die tränennassen Augen, ohne den Blick auch nur eine Sekunde von Jackson Cooper zu nehmen. Er war barfuß und trug kein Shirt. Die graue Cargohose hing ihm tief auf den Hüften, der Saum seiner Boxershorts mit buntem Comic-Aufdruck spitzte heraus. Seine Brust war glatt und sein Bauch fest und trainiert. Er sah viel zu gut aus.

»Hey, Eddy«, sprach er sie an, blieb aber zum Glück für Edens Seelenheil gute vier Meter von ihr entfernt stehen. Er sah auf sie herab und sie wünschte, sie hätte seine Gedanken lesen können, denn er wirkte unsicher. Wenn auch garantiert nicht so unsicher wie sie selbst. Sie war in der beschissenen Lage, kaum aufrecht stehen zu können. Und dann sprach er sie auch noch mit seiner samtweichen Stimme an! Die Art, wie ihr Kosename über seine Lippen kam, sorgte dafür, dass ihr nun auch noch das zweite Bein den Dienst verweigern wollte. Ihre Knie waren mit einem Mal butterweich.

»Jackson«, gab sie sich kühl und verlagerte ihr Körpergewicht bewusst auf das heile Bein. Sie sah überallhin, nur nicht in sein Gesicht. Sie wollte nicht in seine Augen sehen. Wollte nicht zulassen, dass sein unvergleichlicher Blick sie noch einmal dazu brachte, ihm zu vertrauen. Allerdings war der Anblick seines Körpers auch nicht wirklich ungefährlich. Verdammt, er war wirklich heiß!

»Was treibst du hier?«, fragte er und es kam ihr vor, als klänge er amüsiert.

Darum sah sie ihm nun doch in die Augen. »Ich jogge!«

Tatsächlich lag da ein belustigtes Funkeln in seinem Blick. Das konnte doch nicht wahr sein! Nun hoben sich auch noch seine Mundwinkel zu einem Lächeln! »Du … joggst recht langsam, wenn ich das so sagen darf.«

»Das geht dich ja wohl nichts an«, gab sie spitz zurück und verschränkte die Arme vor der Brust.

Jackson kam einen Schritt näher und sein Blick glitt so genüsslich über ihren Körper, dass Eden das Blut in die Wangen schoss. Schnell wischte sie sich den getrockneten Sand vom Oberschenkel und funkelte Jackson böse an. »Was willst du überhaupt hier?«

Jackson schmunzelte. »Vielleicht jogge ich ja auch?«, schlug er wenig ernst vor und löste seinen *Man Bun*.

Eden zwang sich, ihn nicht anzustarren. Er sah teuflisch gut aus. Noch viel besser als durchs Fernglas. Und zu allem

Übel trug der Wind den Duft seiner frisch geduschten Haut zu ihr herüber. Sie fuhr sämtliche Schutzschilde hoch, ehe er merken konnte, wie sehr er ihr unter die Haut ging. »Ich seh schon«, antwortete sie kühl. »Immer noch ein Lügner, genau wie früher.«

Jacksons Lächeln verschwand. Er fragte sich, was sie meinte. »Und du? Immer noch so ablehnend«, konterte er.

»Was willst du damit sagen?« Eden vergaß vor lauter Ärger, dass ihr Bein schmerzte, aber als sie es versehentlich aufsetzte, zuckte sie gequält zusammen.

»Was ich damit sagen will?« Jackson schüttelte den Kopf. »Ich komm hier runter, weil du offenbar Hilfe brauchst.« Er deutete auf den noch immer menschenleeren Strand. »Soll ich wieder gehen oder …«

»Ja! Genau! Das sollst du!«, rief Eden frustriert. »Ich brauch deine Hilfe nicht! Ich … will dich hier nicht haben!«

Jackson kniff die Lippen zusammen und sein Blick traf ihren. Eden schluckte. Warum zitterte sie? Warum fühlte sie sich mit einem Mal, als wäre sie in dieser Sache zwischen ihnen die Böse? Warum sah er sie so an? Mit diesem enttäuschten Blick?

»Du willst mich hier nicht haben?«, wiederholte er leise und nickte. »Du wirst dich damit abfinden müssen, Eddy. Denn ich habe nicht vor, wieder zu gehen.«

Eden kämpfte gegen ihr wild pochendes Herz an. *Er wird bleiben*, hämmerte es in ihren Schläfen, doch sie verbot sich, sich darüber zu freuen. »Dann bleibst du eben! Das ist mir doch egal! Halt dich nur einfach von mir fern, kapiert?«

Jackson antwortete nicht. Er sah sie nur an.

»Was ist? Was glotzt du so?«

»Ich glotze nicht.« Er trat einen weiteren Schritt auf sie zu und hob in einer beschwichtigenden Geste die Hände. »Das hier läuft gerade wirklich nicht gut. Und du hast ganz offensichtlich

Schmerzen. Also … bevor ich mich jetzt umdrehe und gehe, dich in Ruhe lasse …« Er fuhr sich durchs Haar, als wüsste er nicht, wie er ihr begreiflich machen sollte, was er wollte. »Bist du sicher, dass du keine Hilfe brauchst?« Ehe Eden antworten konnte, redete er schnell weiter. »Keine Angst, Eddy. Wenn du sagst, ich soll verschwinden, mach ich das. Aber dein Fuß …«

»Mir geht's gut!«, unterbrach Eden ihn. »Alles bestens!« Sie humpelte einen weiteren Schritt, um ihm zu zeigen, dass sie ihn nicht brauchte, doch der Schmerz fuhr ihr wie ein Blitzschlag das Bein hinauf. Sie verzog das Gesicht und biss sich auf die Lippe.

»Das sehe ich.« Jackson schüttelte den Kopf. »Na schön … dann …«

»Genau. Dann willkommen zurück, Jackson!« Der Sarkasmus in ihrer Stimme war nicht zu überhören.

»Klingt nicht, als meintest du es ernst«, stellte er treffend fest, ehe er ihr den Rücken zuwandte und ging.

»Hat je einer von uns irgendwas ernst gemeint, das er gesagt hat?«, rief Eden ihm verletzt hinterher. »Ich denke nicht!«

Sie hatte gehofft, er werde sie noch mal ansehen, doch sie wurde enttäuscht.

»Vermutlich nicht!«, hörte sie ihn murmeln, als er sich entfernte.

Eden hopste möglichst unauffällig zwei Schritte weiter in Richtung der Felsen, wo sie mit ersticktem Schluchzen in der Brust in den Sand sackte. Ihre Gefühle fuhren Achterbahn und schmerzten viel mehr als ihr dummer Fuß.

Jackson war wütend. Er hätte gar nicht erst zu ihr gehen sollen. Warum war er nicht einfach oben geblieben und hatte sich um seine Leitungen gekümmert? Er stampfte mit mehr Kraft durch den Sand als nötig. Irgendwie war ihm jetzt viel mehr nach

Abriss als nach Wiederaufbau. Vielleicht sollte er die Leitungen an einem anderen Tag machen und lieber das marode Geländer einreißen.

Hat je einer von uns irgendwas ernst gemeint, das er gesagt hat?, hallten ihre Worte in seinem Kopf. Er ballte die Fäuste. Es war kühn von ihr, gerade ihm so etwas vorzuwerfen.

»Wer im Glashaus sitzt, sollte nicht mit Steinen werfen«, murrte er, als er zurück am Restaurant war. Er warf einen kurzen Blick übers Geländer. Wie er erwartet hatte, kauerte Eden noch immer mit schmerzverzerrtem Gesicht an den Felsen.

»Stures Weib!«, fluchte er und wandte sich ab. Sie wollte seine Hilfe nicht. Wollte ihn nicht hier haben. »Tja, manchmal bekommt man eben nicht das, was man will«, raunte er.

* * *

»Verdammt, Eddy!«, rief Connor und rannte auf sie zu. »Was ist denn passiert?«

Erleichtert kämpfte Eden sich auf die Beine. »Gott sei Dank!«, rief sie und ließ zu, dass ihr Bruder sie umarmte. »Ich dachte schon, es kommt heute überhaupt keiner mehr hierher«, japste sie erleichtert und stützte sich schwer auf seine Schulter.

»Ich wäre eigentlich frühestens in zwei Stunden hergekommen. Vor neun wird der Strand nicht überwacht, das weißt du doch.« Er musterte sie sorgenvoll. »Also, was ist los? Sag schon?«

Eden runzelte verwirrt die Stirn. »Was machst du dann hier, wenn du noch gar nicht zum Dienst musst?«

Connor schnitt eine Grimasse. »Das frage ich mich allerdings auch«, gab er kopfschüttelnd zu. »Da ist diese Frau in meinem Bett und …«, er zuckte mit den Schultern und deutete zum Old Harbour Inn hinauf, »… und da wäre ich wohl auch noch, wenn Jackson nicht angerufen hätte.«

»Jackson hat dich angerufen?«, fragte Eden ungläubig. »Warum?«

Connor lachte. »Er meint, du seist ein stures Weib mit einem dicken Knöchel. Und dass du seine Hilfe nicht wolltest.«

»Stimmt genau!«

»Was? Dass du stur bist?«

Eden schnaubte. »Dass ich seine Hilfe nicht wollte!«, verbesserte sie ihn und nickte mit dem Kopf in Richtung Stufen. »Kannst du mich jetzt von hier wegbringen oder nicht? Ich muss dringend ins Hotel, sonst denkt Ian noch, ich würde mich wegen der Sache von gestern vor der Arbeit drücken.«

Connor beäugte misstrauisch ihren Fuß. »Ich fürchte ja, dass du die Arbeit ausfallen lassen musst. Das da sieht nicht gut aus.«

»Das sehe ich selbst!«, fauchte sie und humpelte los. »Aber ich hab keine Wahl. Heute nicht in der Küche zu erscheinen, wäre fatal!«

»Du könntest anrufen und dich krankmelden.«

Eden hob ungläubig die Augenbrauen. »Dann könnte ich auch gleich kündigen!«

»Du musst zum Arzt!«

»Jetzt nicht. Jetzt muss ich in meine Wohnung, mich anziehen und ins Hotel.« Sie sah Connor an. »Ich fürchte, deine Eroberung wird noch etwas auf deine Rückkehr warten müssen.«

Connor rollte mit den Augen. »Mann, Eddy … du weißt ja nicht, wie heiß die Kleine ist«, beschwerte er sich, ehe er seine Schwester kurzerhand hochhob und die Stufen auf die Klippen hinauftrug. Er ächzte. »Du warst auch schon mal leichter!«

Eden versetzte ihm einen Knuff gegen die Schulter. »Und du offenbar schon mal stärker!«

Connor lachte. »Vermutlich bleibt etwas Energie auf der Strecke, wenn man mitten in der Nacht aus dem Schlaf gerissen wird, weil man seiner Schwester den Arsch retten muss«, konterte er.

»Haha, sehr witzig. Ich glaube eher, du hast dich mit deiner Flamme verausgabt!«, spielte sie den Ball zurück.

»Na, sagen wir so, im Gegensatz zu dir muss ich meine überschüssige Energie nicht im Morgengrauen joggend am Strand abbauen.«

»Idiot!«, fauchte Eden, klammerte sich aber an seine Schultern, während er sie über den Pacific Boulevard trug.

»Ich muss ein Idiot sein, wenn ich dir aus deinen verschwitzten Klamotten helfe, anstatt die Kleine in meinem Bett aus ihrer Unterwäsche zu schälen!«

Trotz ihres pochenden Knöchels musste Eden kichern. »Hast du nicht erst gestern von deinem unermüdlichen Dienst an der Menschheit gesprochen?«

Connor rollte mit den Augen. »Dich hab ich damit aber echt nicht gemeint!«

* * *

Als Eden eine geschlagene Stunde später am Hintereingang des Hotels aus Connors Auto stieg, hatte der Schmerz im Knöchel noch kein bisschen nachgelassen. Zwar hatte sie den Fuß fest bandagiert und war mit Eisspray gegen die Schwellung vorgegangen, aber wirklich belasten konnte sie ihn nicht. Außerdem war sie spät dran.

So schnell ihr Fuß es zuließ, humpelte sie in die Umkleide und wechselte in ihre Küchenkluft. Dann band sie sich die Haare zusammen und setzte sich die Haube auf, ehe sie sich in die Küche schleppte.

»Guten Morgen«, japste sie und trat durch die Schwingtür. Alle Augen waren auf sie gerichtet. Die Kollegen standen merkwürdig untätig herum und Eden brauchte einen Moment, um zu begreifen, dass Matt wohl gerade eine Mannschaftsbesprechung abhielt.

»Du kommst fünfundvierzig Minuten zu spät«, stellte er tonlos fest und blickte dabei auf die Uhr, die über der Tür zum Kühlraum hing.

»Ja, sorry, ich …«

Erst jetzt sah Eden die blonde Frau hinter Matt. Sienna St. James trat hinter dem selbstgefällig grinsenden Matt hervor und musterte sie missbilligend. Wie alle St. James war Sienna groß gewachsen und schlank. Ihr beinahe hüftlanges blondes Haar lag in weichen Wellen, als hätte sie es am Morgen mit dem Lockenstab in Form gebracht, und ihr leichtes Tages-Make-up wirkte elegant und sexy zugleich. Sie hatte katzenhafte Augen und einen strengen Zug um die dezent getönten Lippen. In ihrem apricotfarbenen Kostüm wirkte die Leiterin der Presseabteilung und des Marketings in der Küche vollkommen fehl am Platz.

»Miss Green?«, wandte Sienna sich frostig an sie. »Wie schön, dass Sie es noch einrichten konnten.« Der Vorwurf war unüberhörbar.

»Die Verspätung tut mir leid«, setzte Eden zu ihrer Verteidigung an. »Ich hatte heute Morgen einen Unfall beim Joggen und …«

»Nun, jeder von uns könnte Gründe finden, sich zu verspäten«, ging Sienna unbeeindruckt dazwischen. »Fakt ist, es ist unschön, nun alles noch einmal durchgehen zu müssen.«

»Wie gesagt«, presste Eden schwach hervor und sank in sich zusammen. Nun pochte nicht mehr nur ihr Knöchel, sondern auch ihr Kopf. »Es tut mir leid.«

Sienna nickte. »Wie dem auch sei. Um das eben Gesagte noch einmal zusammenzufassen …« Sie strich sich die Haare elegant auf den Rücken. »Es ist uns glücklicherweise gelungen, den gestrigen Vorfall aus der Berichterstattung der Presse herauszuhalten.« Sie warf Eden einen unfreundlichen Blick zu und schritt auf ihren High Heels durch die Küche auf und ab. »Mister Romero verzichtet darauf, uns wegen Körperverletzung zu verklagen, was – wie ich sagen möchte – nicht selbstverständlich ist.«

Eden wünschte, der Boden möge sich auftun und sie verschlingen. Mit jedem Satz aus Siennas Mund reckte Matt seine Brust noch weiter raus. Das war sein Tag. Sein Moment. Sein Sieg über Eden. Und er würde sie das spüren lassen, davon war Eden überzeugt.

»Um den Schaden zu begrenzen, wird, wie schon gestern entschieden, die Leitung der Küche auf Mister Miller übergehen.«

Matt neigte huldvoll den Kopf. »Sehr gern«, säuselte er.

Eden ballte die Fäuste und zwang sich zu einem zustimmenden Lächeln.

»Das war Punkt eins.« Sienna atmete kurz durch. »Punkt zwei betrifft den Surfcup. In diesem Jahr feiert Laguna Beach den zehnten Surfcup. Ein Jubiläum. Die Ausrichtung des Abschlussessens wird, wie schon in den Vorjahren, für viel mediale Aufmerksamkeit sorgen. Darum versteht es sich von selbst, dass das Coral Cave Resort dieses Event auch in diesem Jahr ausrichten wird.« Sienna warf einen Blick durch die Küche. »Mister Miller, bitte erstellen Sie ein Menü, wie es Laguna Beach noch nicht gesehen hat. Schließlich wollen wir, dass sich das Organisationsteam des Surfcups erneut dafür entscheidet, das Abschlussessen ans Coral Cave zu vergeben.«

Matts Augen leuchteten. »Natürlich, Miss St. James. Es ist mir ein Vergnügen, diese Küche zu ihrer wahren Größe zu führen.«

Eden verschluckte sich und ein leises Husten überschattete Matts epische Rede. Sofort bedachte er sie mit einem vernichtenden Blick und als Sienna durch die Schwingtür verschwunden war, kam er direkt mit großen Schritten auf Eden zu.

»Was sollte das?«, fuhr er sie an. »Willst du mich lächerlich machen?«

»Ich?« Eden hob die Augenbrauen und verschränkte die Arme vor der Brust. »Dazu brauchst du mich nicht. Das schaffst du in deiner wahren Größe schon selbst.«

Matt kniff die Augen zu schmalen Schlitzen zusammen. »Du bist ein schlechter Verlierer, Eden«, erklärte er. »Du bist raus und jetzt bin ich am Zug. Das stinkt dir? Pech!« Er deutete auf die Salatküche. »Sienna sagt, du sollst dich ganz klein machen und nicht weiter auffallen, bis Gras über die ganze Sache gewachsen ist. Also bitte.« Er deutete auf die Kiste mit Salatköpfen, Karotten, Paprika und Tomaten, die vorbereitet werden mussten. »Mach dich an die Arbeit.«

Eden traute ihren Ohren nicht. »Du steckst mich in die Salatküche?«, fragte sie ungläubig.

Matt nickte. »Erst mal den Ball flach halten«, stimmte er zu.

»Die Salatküche?« Eden war fassungslos. »Das machen ungelernte Hilfskräfte, Matt!«

Er war schon dabei, sich abzuwenden, als er innehielt. »Hilfskräfte und Mitarbeiter, die versucht haben, jemanden zu vergiften.«

»Du spinnst doch!«, brach es aus Eden heraus. »Ich hab doch niemanden vergiftet!«, schrie sie. »Das war ein Missverständnis und hätte dir genauso passieren können.«

Matt sah sie ohne jedes Mitgefühl an. »Mit Lachs auf der Karte wäre es nicht passiert«, beschied er ihr. »Darum ist es nun mal nicht mir passiert. Sondern dir. Dein Pech!«

»Du bist ein Riesenarsch!«, entfuhr es Eden und sie presste mit aller Kraft ihren schmerzenden Knöchel auf den Boden, um etwas anderes zu fühlen als diese schreckliche Ungerechtigkeit.

Drohend baute sich Matt vor ihr auf. »Du gehst jetzt besser, Eden«, warnte er sie. »In meiner Küche spricht niemand in diesem Ton mit mir.« Er sah sie verächtlich an. »Und wenn du morgen hier auftauchst, um die Scheißsalate zu putzen, dann komm verdammt noch mal pünktlich.«

Neuer Look

»Teufel, Jax, das sieht ja schon viel besser aus!«, rief Luke und steckte sich eine Zigarette an. Er lehnte sich lässig gegen einen der Pfeiler, die die Terrassenüberdachung trugen, und nickte wohlwollend. »Echt ganz nett.«

Jackson schnaubte und ließ den Hammer sinken. »Eine elende Plackerei ist das.« Er hatte den halben Tag damit verbracht, die verwitterten Bretter der Fassadenverkleidung abzureißen, und befestigte nun seit zwei Stunden neue. Ihr weißer Lack ließ das Old Harbour Inn in neuem Glanz erstrahlen und verlieh dem Lokal einen modernen und leichten Look. »Aber es wird super aussehen, wenn es erst fertig ist.« Er drehte sich zu Luke um und runzelte die Stirn. »Nimm den Fuß da weg«, forderte er, denn Luke hatte seinen Stiefel lässig gegen den Pfeiler gestemmt.

Sein Freund lachte, hob unschuldig die Hände, trat aber ein Stück vom Pfosten weg. »Sorry. Ist der schon neu, oder was?« Er betrachtete den Pfeiler skeptisch.

»Nein. Aber …« Jackson winkte ab. »Vergiss es, ich bin wohl etwas … kleinlich, wenn es ums Restaurant geht.«

Luke blies Rauch aus und nickte. »Das geht dir ganz schön an die Substanz, oder?«

Jackson warf den Hammer auf den Arbeitstisch und fuhr sich durch die Haare. »Die Bank macht Druck. Will ihr Geld zurück. Dabei fang ich doch gerade erst an.«

»Ich kann dir was borgen«, erinnerte Luke ihn.

»Das will ich nicht. Ich schaff das schon. Es ist nur …« Jackson zuckte mit den Schultern. »Ich hatte echt fest damit gerechnet, dass ich bis zum Surfcup eröffnen kann.«

Luke schnippte seine Kippe auf die Terrasse und bückte sich nach dem nächsten weiß lackierten Brett für die Fassade. »Da steigen deine Chancen übrigens gerade«, erklärte Luke und hielt das Brett an die Wand, damit Jackson die Nägel einschlagen konnte.

»Wie meinst du das?«

»Ian war recht aufgebracht, weil es irgendein Chaos in der Küche des Resorts gab. Keine Ahnung, worum es ging, aber ich nehme mal schwer an, dass es was mit dem Surfcup zu tun hat.«

Jackson klopfte Nägel ein. Inzwischen hatte er den Umgang mit dem Hammer besser drauf und seine Finger blieben heil. »Wäre schon hilfreich, wenn du da mehr wüsstest«, meinte er und befestigte mit dem letzten Nagel ein Brett. Dann nickte er Luke zu, ihm die nächste Diele zu reichen.

»Bin ich hier, um zu schuften?«, fragte der genervt, schlüpfte aber aus seiner Lederjacke und richtete das nächste Brett an der Wand aus. »Du Ausbeuter!«

Jackson grinste. »Freu dich doch. Bist ein echter Pionier. Der erste St. James in der Geschichte deiner Familie, der sich je die Hände schmutzig macht.«

Luke lachte laut. »Das schwarze Schaf mit den schmutzigen Händen … ich fürchte, mir ist nicht klar, inwieweit das meinen Ruf verbessern sollte.«

Jackson nagelte auch dieses Brett fest. »Deinen Ruf kann nichts mehr retten.«

Luke zwinkerte. »Hat mich ja auch Jahre gekostet, ihn mir zu erarbeiten. Skandale schreiben sich nicht von allein.«

Sie arbeiteten noch eine Weile zusammen weiter, und als sie schließlich jeder mit einer Bierflasche auf einem umgedrehten Eimer saßen und ihr Werk bewunderten, hatten sie die Seite zum Pier hin vollständig neu vertäfelt.

»Auf den neuen Look«, freute sich Jackson und stieß mit der Flasche gegen Lukes, sodass Schaum aus seinem Flaschenhals stieg. Schnell trank er ihn ab. »Danke für deine Hilfe.«

»Pah!« Luke winkte ab und klopfte sich eine Zigarette aus der Schachtel. »Denk jetzt bloß nicht, dass das zur Regel wird.« Er zündete die Zigarette an und klappte das Sturmfeuerzeug zu. Dann betrachtete er seine Hände. »Die Damen in den Clubs wollen keinen Kerl mit Schwielen an den Händen.«

Auch Jackson betrachtete seine Finger. Risse in der Haut, einige Schnitte und Hornhaut dort, wo er den Hammer hielt. »Dann bin ich wohl raus«, stellte er fest und löste seinen Man Bun.

»Komm am Wochenende mit mir in den Club. Dann suchen wir dir eine, die mehr Wert auf Schwänze legt als auf Hände.«

Jackson rollte mit den Augen. »Danke, aber kein Bedarf. Ich hab echt überhaupt keine Zeit für Frauengeschichten.«

»So viel Zeit nimmt ein One-Night-Stand nicht in Anspruch«, warf Luke grinsend ein. »Vor allem dann nicht, wenn du lange keine Frau mehr unter dir hattest«, scherzte er.

»Ich verbringe mein Wochenende mit Alison. Sie bringt mir die Rundhölzer fürs Geländer vorbei. Ich will dann gleich mit den Ausbesserungsarbeiten anfangen, ehe noch jemand die Klippe runterstürzt.« Er nippte an seinem Bier.

»Dann musst du vielleicht die kleine Alison Page flachlegen«, überlegte er laut. »Ich stell mir gerade vor, wie sie eine ganze Ladung harter Stämme anpackt, und …«

»Du bist echt von Grund auf verdorben, oder?«, unterbrach Jackson ihn kopfschüttelnd.

»Ey, sag nicht, dass du nicht an so was denkst. So ein Rundholz ist doch das absolute Phallussymbol und die Kleine bringt gleich eine ganze Ladung davon mit.« Luke kratzte sich am Kinn. »Klar, Alison ist nicht gerade megaheiß. Sie könnte sich mal ein Glätteisen für ihre Mähne kaufen oder … Kleidung für Frauen, aber …«

»Du klingst echt wie ein Arsch!«

Luke grinste. »Ich bin ein Arsch.«

»Und dabei glaubt Alison, du wärst nicht mal der Schlimmste von eurer Sippe. Ich fürchte, sie täuscht sich.«

»Echt? Wusste gar nicht, dass die kleine Füchsin ein Problem mit den St. James hat. Ihr Alter hat doch erst kürzlich mehrere Aufträge für uns übernommen.«

Jackson leerte seine Flasche und stand auf. »Wenn er hören würde, wie du über seine Tochter sprichst, würde er euch und eure Bauaufträge zum Teufel jagen.«

Luke lachte und erhob sich ebenfalls. Er klopfte sich den Baustaub von der Hose und drückte Jackson seine leere Flasche in die Hand. »Dann sollte ich hier bei dir vielleicht lernen, wie man selbst Hand anlegt – nur, für den Fall, dass der alte Page Wind davon bekommt.« Luke zwinkerte Jackson zu. »Und wenn du wirklich nicht mit in den Club kommen magst, dann wirst du wohl bei dir auch noch etwas länger selbst Hand anlegen müssen.«

Jackson schnaubte. »Gott, ich kann gar nicht so viel Bier trinken, wie ich bräuchte, um dich zu ertragen.«

»Versuchs doch und hol uns eine neue Flasche.«

»Nur wenn du aufhörst, über Alison herzuziehen«, forderte Jackson, machte sich aber schon auf den Weg zur alten Bar im Gastraum. Die wollte er unbedingt erhalten. Praktischerweise verfügte sie über einen großen Getränkekühlschrank und zwei kleine Gaskochplatten, so käme er vorerst über die Runden, bis die neue Restaurantküche eingebaut wäre. Nicht, dass er Zeit fand, für sich selbst zu kochen.

»Über wen darf ich denn reden?«, hakte Luke nach und folgte Jackson zur Bar. Dort hockte er sich auf den Tresen und ließ die Stiefel gegen die Verkleidung baumeln. »Über Eden vielleicht?«, fragte er mit einem wissenden Grinsen. »Hab heute an der Coco-Locco-Bar gehört, dass …«

Jackson blickte auf. Er hatte nicht gedacht, dass seine Begegnung am Morgen irgendwem aufgefallen wäre. »Was hast du gehört?«, hakte er nach.

Luke streckte die Hand nach der frischen Bierflasche. »Leider nichts Genaues. Nur, dass ihr euch getroffen habt.« Luke grinste. »Aber da ich jetzt seit Stunden hier bin und du das nicht mit einem Wort erwähnt hast …«

»Weil es nichts zu berichten gibt. Es … hat null Bedeutung.«

»Dann hättest du es doch erwähnen können.«

»Ich hab's vergessen. Es war ja nicht wichtig.«

Luke lachte. »Gott, Jax. Du bist echt ein schlechter Lügner.«

»Das sieht Eden aber ganz anders.«

»Weiber verdrehen die Tatsachen doch immer so, wie es ihnen passt«, kam Luke ihm zu Hilfe. »Da brauchst du nichts drauf zu geben. Wenn du einen Rat willst, dann vergiss die Kleine. Sie ist es gar nicht wert.«

Jackson nickte und setzte die Flasche an seine Lippen. Luke hatte recht. Eden Green war nur eine von vielen Frauen, mit denen er geschlafen hatte. Und es war zehn Jahre her.

Die Barriere ihrer Jungfräulichkeit brach und Eden schnappte nach Luft. Schmerz sprach aus ihrem Blick und Jackson wünschte, er hätte ihr diesen irgendwie nehmen können. Er stoppte in der

Bewegung, umfasste zärtlich ihr Gesicht, küsste ihre Lippen ganz sanft und wartete, bis sie sich langsam wieder entspannte.

»Alles gut?«, flüsterte er und sah sie an, während er mit seiner Selbstbeherrschung rang. Er wollte sich tiefer in ihre Hitze versenken, wollte, dass sie die gleiche Lust empfand wie er.

Eden nickte zaghaft, aber in ihren Augen schwammen Tränen. Sie biss sich auf die Lippe und hob zitternd ihr Becken etwas an.

»Schscht.« Jackson lächelte liebevoll. »Mach langsam, okay?«, raunte er und küsste ihr die Tränen von der Wange. Der goldene Glanz in ihren dunklen Augen war vom Schmerz getrübt, aber er wollte, dass das Funkeln zurückkam. Er zog sich behutsam ein Stück aus ihr zurück und Eden atmete erleichtert aus.

»Jax, ich … ich will nicht, dass du denkst, ich …«

Er unterbrach sie mit einem Kuss und schob seine Hand zwischen ihre Körper. »Vertrau mir, Eddy«, wisperte er gegen ihre Lippen und begann, sie behutsam zu streicheln. Er genoss, wie sich ihre Pupillen weiteten, wie sie lustvoll nach Luft schnappte und sich ihm unbewusst wieder entgegenhob. Als er diesmal in sie eindrang, verkrampfte sie sich nicht. Sie legte ihre Arme um seinen Nacken und zog ihn enger zu sich. Dabei grub sie ihm die Fingernägel in die Schultern, was Jackson als gerechte Strafe dafür empfand, ihr wehgetan zu haben. Der Schmerz schoss heiß seine Wirbelsäule hinab und er bäumte sich auf. Wasser aus seinem feuchten Haar perlte auf ihren Körper und rann über ihre Brüste. Die nächste Welle spülte über sie hinweg und Eden hielt sich an ihm fest. Sie schlang ihre Beine um seine Hüften und murmelte seinen Namen. Ihr Atem kam gepresst, als er sie schließlich zur Gänze ausfüllte.

Ihr Schmerz schien verflogen, denn mit jeder weiteren Bewegung von Jackson erblühte auch Edens Leidenschaft. Und obwohl er schon mit anderen Mädchen geschlafen hatte, fühlte es sich auch für ihn vollkommen neu an. Eden war wunderschön. Ihr nasses, dunkles Haar auf dem sandigen Felsen, ihre Brüste, golden vom Licht des Sonnenuntergangs, und ihre Bewegungen, die mit jeder Welle, mit jedem Atemzug hemmungsloser wurden. Sie erkundete ihn – zuerst scheu, dann immer mutiger –, berührte ihn überall, liebkoste ihn, küsste ihn. Dabei sprach nichts als Liebe aus ihren großen dunklen Augen.

Ihre Enge und ihre seidige Haut unter ihm waren mehr, als Jackson länger ertragen konnte. Mit jedem Stoß, mit jedem Mal, da er sich zärtlich in sie schob und sie sich ihm willig entgegenbäumte, näherte er sich rasanter dem Gipfel.

»Jax!«, keuchte Eden und ihre Fingernägel zogen eine heiße Spur über seinen Rücken. Sie fuhr über seinen Po und presste ihn noch tiefer in sich. »Jax, ich …« Stöhnend sog sie ihre Lippe zwischen die Zähne.

Ihre Brustwarzen rieben an seinem Oberkörper und Jackson konnte sich nicht länger zurückhalten. »Mein Herz schlägt nur für dich«, gestand er, als sie gleichzeitig und innig ineinander verschlungen den Höhepunkt erreichten. Ihr Atem strich warm und vertraut über seine Wange und ihr schneller Herzschlag an seiner Brust war in Einklang mit seinem.

Eden sah glücklich aus. Und das machte auch ihn glücklich. Ihre Lippen waren leicht geöffnet und er konnte nicht anders, als dies als Einladung zu verstehen. Zärtlich küsste er sie und strich ihr die Strähnen aus dem Gesicht. Er wollte sich diesen Anblick ins Gedächtnis einbrennen. Diesen Moment für immer festhalten, denn schon bald …

Die nächste Welle spülte an ihren Felsen und kühlte ihre erhitzte Haut. Eden schmiegte sich dichter an ihn. Sie kuschelte sich in seine Armbeuge und sah ihm direkt in die Augen.

»Das war wunderschön«, flüsterte sie und streichelte seinen Rücken. Sie sah etwas unsicher aus, ehe sie die nächsten Worte aussprach. »Und du … hast so etwas … noch nie zuvor gesagt«, murmelte sie etwas verlegen gegen seine Schulter.

»Was meinst du?«, hakte Jackson nach.

»Das mit dem Herz«, erinnerte Eden ihn an seine Worte.

Er lachte leise und küsste sie sanft. »Ich bin nicht so der Typ für große Worte«, erklärte er mit einem zaghaften Schulterzucken.

Eden schmunzelte. »Ich nehme an, ich habe es gewusst«, gab sie zu. »Aber es ist doch schön, so etwas zu hören.«

»Na schön.« Jackson lachte und zog Eden mit sich ins Wasser. »Dann hör jetzt genau zu.«

Das letzte Licht des Tages tauchte die Sunset Cave in dunkles Purpur und ihre nackten Körper umflossen einander so natürlich wie das Wasser die Felsen. Jackson tauchte unter, küsste dabei ihren Bauchnabel. Als er wieder auftauchte, sah er ihr direkt in die Augen. Er erkannte darin sein eigenes Spiegelbild und bedauerte mehr als alles andere den nahenden Morgen. Er wollte nicht verlieren, was er in diesem Moment besaß – das Herz von Eden Green. Er schlang seine Arme um sie und küsste sie. »Du machst mich glücklich, Eddy«, murmelte er. »Diese Nacht werde ich nie vergessen.«

Eden schlang ihre Beine um ihn und als sie ihn stürmisch küsste, spülte eine Welle über sie hinweg, als wollte das Meer ihre Geheimnisse hüten.

Zwiebeln

Edens Finger waren vom vielen Salatwaschen schon ganz schrumpelig und sie hatte kaum mehr Gefühl in den Fingern, so kalt war das Waschwasser. Mit einem sehnsüchtigen Blick über die Schulter beobachtete sie, wie der doofe Matt in ihrer Küche den großen Macker raushängen ließ. Wie der King stolzierte er von der Soßenküche zum Fleischgrill und wieder zurück.

»Elender Mistkäfer!«, knurrte Eden und ließ das Wasser ab. Sie spülte die Salatblätter ein letztes Mal klar, ehe sie sie in die Schleuder packte und trockenschleuderte. Dann rupfte sie die Blätter, gab sie in den Behälter und widmete sich den Zwiebeln. Die hatte sie bis zum Schluss vor sich hergeschoben, weil sie es schon in ihrer Ausbildung gehasst hatte, Zwiebeln zu hacken. Die Schärfe in den Augen war etwas, was sie echt nicht gut wegstecken konnte. Und hier vor Matt mit roter Nase und geschwollenen Augen herumzuschniefen, ging ihr gewaltig gegen den Strich. Musste der sich nicht mal bald um die Lebensmittelbestellungen kümmern? In Kürze lief das Mittagsgeschäft an und es würde heiß hergehen in der Küche. Dann brauchten sie die Zwiebeln. Also warum verzog sich dieser Arsch nicht endlich in ihr Büro? Bestimmt konnte er es doch gar nicht erwarten, auf ihrem Stuhl Platz zu nehmen.

Eden biss die Zähne zusammen und schnitt den Sack mit den Zwiebeln auf. Sie zog der ersten die Haut ab und stellte sich dabei vor, es wäre Matt. Der scharfe Zwiebeldunst stieg ihr sogleich entgegen und sie atmete unauffällig nur durch den Mund weiter. Mit geübten Bewegungen glitt ihr Messer durch die Zwiebelschichten und schuf feine, gleichmäßige Würfel. Eden schabte die Würfel in den Edelstahlbehälter und schniefte. Ihre Augen tränten trotz ihrer Atemtechnik und sie wusch sich rasch die Hände. Gerade trocknete sie sich die Finger an ihrer Schürze ab, da kam Matt zu ihr. Sein Blick und seine Haltung zeigten deutlich, wie es ihm gefiel, sie hier bei dieser Hilfsarbeit zu sehen.

»Na, na, Miss Green«, mokierte er sich. »Sie werden doch keine Körperflüssigkeiten in die Nähe der Lebensmittel bringen?« Er deutete auf ihre tränennassen Wangen.

Eden schluckte ihren Ärger hinunter. *Miss Green* … es ärgerte sie, dass er sie jetzt so ansprach, wo er ihr zuvor nicht den Respekt gezollt hatte, sie zu siezen, als sie noch seine Vorgesetzte gewesen war. Sich jetzt so von ihr zu distanzieren, war erbärmlich. So ging das schon eine ganze Woche und sie hielt es kaum mehr aus.

Eden knüllte ihre Schürze zwischen den Fingern, bis ihre Knöchel weiß hervortraten. Eine Antwort auf seine unverschämte Frage verkniff sie sich. Sie drehte ihm den Rücken zu und nahm wieder das Messer zur Hand.

»Es wäre gut, wenn die Vorbereitungsarbeiten langsam ein Ende fänden«, fuhr Matt fort und trat dicht neben sie, um ihr über die Schulter zu blicken. »Wir brauchen heute deutlich mehr Zwiebeln als üblich. Ich habe Zwiebelsuppe in die Karte aufgenommen.«

Eden umfasste ihr Messer fester. Er hatte Glück, dass sie generell eher nicht zu Gewalt neigte, wobei sie allmählich zu dem Entschluss kam, dass man seine Einstellung gelegentlich ruhig mal überdenken sollte.

»Natürlich weiß ich, dass Sie etwas empfindlich auf Zwiebeln reagieren, aber ich gehe davon aus, dass Sie gerade jetzt, wo es besser wäre, die Füße still zu halten, Ihr Bestes geben werden.« Er drehte sich mit einem süffisanten Grinsen um und murmelte: »Wie gut auch immer das sein mag.«

»Du Arsch!« Eden feuerte ihm eine Zwiebel zwischen die Schulterblätter und funkelte ihn zornsprühend an, als er sich ungläubig umdrehte. »Spielst dich hier auf, als wärst du der Küchengott!«, fauchte Eden und warf eine weitere Zwiebel nach ihm. Alle in der Küche starrten zu ihnen herüber, aber das war ihr egal. Sie riss sich die Haube vom Kopf und knallte sie verächtlich auf den Boden. »Dabei schaffst du es nicht mal, ein Ei vernünftig zu pochieren!«

»Miss Green …!«, mahnte Matt mit zorngerunzelter Stirn. »Ich warne Sie …«

»Komm mir jetzt nicht so, Matt!«, schrie Eden. »Lass den verfickten Scheiß mit Miss Green!«, ätzte sie und äffte seine Stimme nach. »Jeder hier weiß, dass du den Posten des Küchenchefs nie aus eigener Kraft bekommen hättest. Du hast keine Ahnung, wie man eine Küche leitet!«

Matt grinste mit gefletschten Zähnen. »Ich weiß aber, wie man seine Gäste nicht vergiftet!«

»Ich habe niemanden vergiftet!« Eden stieg das Blut in die Wangen. Sie fühlte sich wie nach einer langen Schicht am Grill. Der Schweiß brach ihr aus und sie bekam keine Luft mehr. »Und du weißt das!«

Wieder grinste Matt so dämlich. »Ein Gast ist nach deinem Essen im Krankenhaus gelandet«, erklärte er leise. »Mehr muss wohl nicht gesagt werden. Und jetzt geh zurück an die Arbeit, ehe …?«

»Ehe was?« Eden umklammerte das Messer so fest, dass sie fürchtete, der Stahl könnte verbogen werden. »Drohst du mir? Willst du mich rauswerfen?«

Matt lachte. »Wo denkst du hin?« Er zuckte mit den Schultern und ließ seinen Blick über das gesamte Küchenpersonal wandern. »Mir gefällt es viel zu gut, dir zu sagen, wo es langgeht, als dass ich dich rauswerfen würde.«

Damit drehte er ab, klatschte in die Hände und scheuchte die Köche zurück an die Arbeit. »Und ihr starrt hier keine Löcher in die Luft! Wir haben zu tun. Immerhin will hier eine Küche geleitet werden, also lassen wir uns nicht von der Zwiebeltante aufhalten!«

* * *

»Zwiebeltante?« Connor verschluckte sich prustend an seinem Caipirinha, aber Eden sah nicht, wo das auch nur im Geringsten lustig sein sollte.

»Hat er echt gesagt!«, schmollte sie und krümmte die Zehen im warmen Sand, während sie näher an die Theke der Coco-Locco-Bar rückte, um einen weiteren Drink von Kate entgegenzunehmen.

»Hier, der geht aufs Haus«, erklärte Kate mitfühlend und schmiegte sich dann wieder an Connors Schulter.

Eden tunkte den Finger in ihren Cocktail und umkreiste dann langsam den Glasrand. »Danke.« Sie nahm den Strohhalm zwischen die Zähne, nippte aber nur kurz, um sogleich mit dem Kreisen weiterzumachen. Der traurige Ton, den sie dabei erzeugte, passte perfekt zu ihrer miesen Stimmung. »Ich kann da echt nicht mehr hingehen!«, erklärte sie niedergeschlagen.

»Was willst du denn sonst tun?«, fragte Kate und kraulte Connor den Nacken.

Eden zuckte mit den Schultern. »Ihr sucht nicht zufällig eine Kellnerin hier an der Bar, oder?«

Kate lachte. »Sorry, aktuell nicht. Aber so fertig, wie du gerade ausschaust, würdest du eh die Gäste vertreiben, fürchte ich.«

Connor schmunzelte. »Kate hat nicht ganz unrecht, Eddy. Du siehst übel aus. Warum nimmst du dir nicht ein paar Tage frei und …«

»Du glaubst doch nicht, dass Matt mir jetzt freigibt!«, unterbrach sie ihn. »Dem Arsch geht doch einer ab, wenn er mich leiden sieht. Ich will gar nicht wissen, was er sich für morgen für mich ausgedacht hat. Vermutlich darf ich die Fritteusen sauber machen oder so einen Mist!«

Kate kniff ihre vollen Lippen zusammen und flocht sich flink die blonden Haare zu einem hüftlangen Zopf. »Wenn das wirklich so weitergeht, musst du kündigen!«

Eden unterbrach die Runden auf dem Glasrand und nahm einen langen Zug aus dem Strohhalm. »Das ist vollkommen unmöglich!«, stöhnte sie. »Ich liebe es, eine Küche zu leiten. Ich liebe meine Arbeit im Hotel!«

»Auch dann noch, wenn das mit Matt jetzt der neue Alltag wird?«, fragte Kate spitzfindig und ging zurück hinter den Tresen, um Sage, den Betreiber der Surfschule hier am Strand, zu bedienen.

Connor sah ihr mit schief gelegtem Kopf nach, und Eden wusste genau, woran er dachte.

»Kate also?«, fragte sie deshalb neugierig, um sich abzulenken.

»Sie ist niedlich«, gab Connor ungerührt zu.

»Und wie lange findest du sie wohl niedlich?«

Connor zuckte unschuldig mit den Schultern. »Das weiß man doch nie, oder? Und bis jetzt … haben wir viel Spaß.«

Was sollte Eden dazu schon sagen? Ihre Einstellung zu Beziehungen unterschied sich vollkommen von Connors, aber sie würde ihn deswegen nicht kritisieren. Er war ein guter Kerl und sie bekam ja jeden Tag mit, wie die Frauen am Strand um ihn herumschwirrten. Dass es ihm dabei schwerfiel, sich auf eine Frau festzulegen, warf sie ihm nicht einmal vor. »Und wenn das mit euch vorbei ist, dann können wir uns eine neue Bar suchen, oder wie?«, dachte sie laut über die möglichen Konsequenzen seiner neuesten Kurzzeitliebe nach.

»Kate ist locker drauf«, erklärte Connor. »Sie … ist glaub ich nicht der Typ für Drama, wenn's irgendwann nicht mehr läuft.«

»Na, wenn du dich da mal nicht täuschst. Sie himmelt dich schon recht verliebt an«, gab Eden zu bedenken und beobachtete die schöne Kellnerin unauffällig. Sie war schlank und sportlich, genau wie Connor es mochte. Und ihr Haar reichte ihr bis auf die Hüften. Sie hatte sich die Brüste machen lassen und das knappe, fransige Top der Coco-Locco-Bar betonte die vollen Hügel perfekt. Es war unschwer zu erraten, warum Connor auf sie stand. Sie flirtete geschickt mit den Kunden und auch Sage Vasco, ein Berg von einem Mann, mit seinem langen, von Sonne und Salzwasser ausgeblichenen Haar, den Tattoos und dem hawaiianisch anmutenden Lederschmuck, fühlte sich von ihr angesprochen. Sie lachten einen Moment gemeinsam, ehe Kate sich winkend von ihm abwandte und zurück zu Connor schlenderte. Sie ließ sich auf seinen Schoß fallen und küsste ihn kurz. »Und?«, fragte sie. »Habt ihr schon einen neuen Job für Eden gefunden?«

»Ich würde nie einen neuen Job finden«, stöhnte Eden und saugte den Rohrzucker aus dem Caipi. »Neunzig Prozent aller Hotels und Restaurants an der ganzen Küste gehören den St. James. Und die sind ja nun nicht gerade gut auf mich zu sprechen.«

»Nicht alle Restaurants gehören den St. James«, meinte Kate und deutete in Richtung Surfschule. Die befand sich genau unter den Klippen, auf denen das Old Harbour Inn thronte. »Sage meint, Jackson würde noch eine Köchin für seinen Neuanfang suchen.«

Connor lachte. »Vom Regen in die Traufe, oder was?«

Eden fand das überhaupt nicht lustig. »Nie im Leben!«, wehrte sie ab und stieß den Strohhalm in die Limettenscheibe, um die Süße auf ihrer Zunge zu vertreiben, die sie dummerweise genau in diesem Moment an Jacksons Küsse erinnerte. »Lieber schäle ich den Rest meines Lebens Zwiebeln, als …«

»Ist zwischen dir und Jackson etwas vorgefallen?«, fragte Kate und runzelte die Stirn.

»Frag lieber nicht«, warnte Connor und erntete dafür von Eden einen Knuff in die Seite.

»Zwischen uns ist nichts«, wehrte Eden ab und schielte dabei unauffällig die Klippen hinauf. Die Sonne stand tief, nur die Silhouette des Old Harbour Inn hob sich dunkel vor dem leuchtenden Himmel ab. »Ich glaub nur nicht, dass er für länger bleibt. Er ist doch in den letzten Jahren mehrfach zurückgekommen. Und immer wieder gegangen.« Eden schlürfte das Glas leer, ehe sie aufstand. Noch immer schmerzte ihr Knöchel und doch wollte sie plötzlich nicht mehr länger hier sitzen. Sie musste sich bewegen. Irgendetwas tun, um nicht … nicht an Jackson zu denken. »Falls ich mir wirklich einen neuen Job suchen sollte, dann einen für länger. Ich hab keine Lust, mein Herz an etwas zu hängen … und dann … haut Jackson wie so oft ab nach Europa.«

Eden spürte, dass Connor wusste, dass sie nicht nur von ihrer Arbeit sprach. Er sah ihr nach, wie sie humpelnd den Strand überquerte und in Richtung Norden davonging. In Richtung Klippen. In Richtung Surfschule. In Richtung Old Harbour Inn.

Und jeder Schritt in diese Richtung fühlte sich an wie ein Schritt zurück in die Vergangenheit.

Das Boot, das Jackson für sie gemietet hatte, schaukelte sanft in den Wellen und Eden kuschelte sich dichter in Jax' Armbeuge. Obwohl die Sonne längst untergegangen und die Wärme des Tages einer nächtlichen Kühle gewichen war, war es hier unter der dünnen Decke, so nah an Jacksons nacktem Körper, wohlig warm. Sein Haar kitzelte ihre Wange und der vertraute Duft seiner Haut nach Salzwasser und Sonne umhüllte sie. Es war die schönste Nacht ihres Lebens.

Eden küsste glücklich seine Schulter. Sie waren füreinander gemacht. Füreinander bestimmt. »Wir könnten für immer hierbleiben«, flüsterte sie und streichelte seinen Bauch.

Sein leichtes Lachen vibrierte unter ihren Fingerspitzen. »Ich fürchte, wir haben nicht genug Lebensmittel an Bord, um für immer hierzubleiben«, gab Jackson zu bedenken. Seine Finger liebkosten ihren Arm und er wandte sich ihr etwas zu, um ihr in die Augen zu sehen. »Wir können nicht von Luft und Liebe leben«, flüsterte er.

»Wir könnten es zumindest versuchen«, schlug Eden vor und schlang die Arme um seinen Hals, als er über sie kam.

Die Leichtigkeit aus seinem Blick schien verflogen. Er küsste sie sanft und schüttelte unmerklich den Kopf. »Wenn wir doch nur für immer hierbleiben könnten«, wisperte er und umfing ihr Gesicht mit seinen Händen, während er behutsam zwischen ihre Schenkel glitt.

Diesmal liebte Jackson sie mit einer unvergleichlichen Zärtlichkeit, die Eden nie erwartet hatte. Er nahm sich zurück, bereitete ihr Lust und schien dabei jeden einzelnen ihrer Seufzer in seinem Gedächtnis zu speichern. Er betrachtete sie wie einen kostbaren Schatz. Und so fühlte sie sich auch, als sie sehr viel später in dieser Nacht in seinen Armen einschlief.

Als sie am nächsten Morgen von einer Welle geweckt wurde, die hart gegen den Bug schlug, stand Jackson schon am Hebel für den Anker. Er war angezogen und die Morgensonne funkelte in seinem hellen Haar.

»Wir müssen langsam los«, erklärte er und kam auf dem wankenden Deck zu ihr herüber. Er lüpfte die Decke und hauchte ihr einen Kuss auf die Brust. »Heute … steht einiges an.« Sein Ton klang bedauernd und Eden stützte sich auf die Ellbogen.

Sie wischte sich das Haar aus der Stirn und blinzelte ihn fragend an. »Warum? Was machen wir denn heute?« Sie sah sich nach ihrem Shirt um, das noch immer an der Reling lag, dort, wo sie es am Tag zuvor achtlos ausgezogen hatte.

Jackson folgte ihrem Blick, stand auf und bückte sich nach ihrem Top und ihrem Rock. Er warf es ihr zu, blieb aber an der Bordwand stehen, ganz so, als fühlte er sich plötzlich in ihrer Nähe unwohl. »Ich … ich weiß nicht, wie ich es sagen soll, Eden, aber …«

Der Ton in seiner Stimme machte sie hellhörig und sie hörte auf, sich weiter anzuziehen. »Was ist denn los?« Eine Gänsehaut überzog ihren Körper. Ein Gefühl von böser Vorahnung ließ sie schaudern.

»Es ist nichts, es … ist nur so, dass …«

Eden kniff die Augen zusammen. Die Sonne blendete sie mit einem Mal und das Schaukeln des Bootes bereitete ihr Übelkeit. »Was ist denn?« Warum druckste er so herum? Warum konnte er sie plötzlich nicht mehr ansehen?

Jackson starrte übers Meer, als läge die Antwort auf ihre Frage irgendwo hinter dem Horizont. »Ich … weiß, es kommt jetzt etwas plötzlich, aber …« Jackson startete den Motor und legte die Hände ans Steuer. »Ich …«

»Jackson Cooper!«, fauchte Eden ungeduldig. Sein ausweichendes Verhalten machte ihr Angst. »Du sagst mir jetzt auf der Stelle, was eigentlich los ist! Warum bist du mit einem Mal so komisch?«

Jackson steuerte das Boot um die Klippen, am Leuchtturm vorbei in Richtung Marina. Die Masten der anderen im Hafen liegenden Boote ragten in den Himmel und das Gebäude der Wasserpolizei hob sich vor ihnen am Ufer empor.

»Ich bin nicht komisch«, verteidigte sich Jackson und fuhr sich durchs Haar. »Ich hätte dir nur schon längst etwas sagen sollen. Aber ich wusste nicht so recht, wie.«

Eden zog sich das Shirt über den Kopf und stand auf. Ihr Herz klopfte schmerzhaft und sie hatte Angst, ohne zu wissen, wovor. »Was hättest du mir sagen sollen?«, verlangte sie zu erfahren und trat zu ihm ans Steuer.

Weil er ihrem Blick auswich und so tat, als konzentrierte er sich mit aller Macht auf die Hafeneinfahrt, fasste sie nach seiner Hand. »Jax? Sag schon! Du machst mir Angst.«

Er nickte knapp. »Sicher. Du … hast ein Recht, es … zu erfahren.« Doch anstatt weiterzusprechen, lenkte er das Boot in eine breite Lücke an der Marina und schlang das Tau um einen Poller. Eden betrachtete das Spiel seiner Muskeln, als er das Boot fest am Anleger vertäute. Die Sekunden fühlten sich an wie Stunden, während sie darauf wartete, dass er weitersprach.

Als er sich schließlich zu ihr umdrehte, steckte er die Hände in die hinteren Taschen seiner Jeans und hob das Kinn. »Ich muss weg«, sagte er schlicht. »Heute.«

Eden runzelte die Stirn. »Weg? Was meinst du? Wohin denn?«

»Florenz.« Er hob den Blick und sah ihr in die Augen. Offenbar zögerte er, mehr zu sagen, aber weil Eden vor Schreck kein Wort herausbrachte, fuhr er fast flüsternd fort: »Ich fliege heute Nacht nach Florenz zu meiner Mutter.«

»Okay …«, presste Eden enttäuscht heraus. Das Schuljahr war vorüber und sie wusste, dass Jacksons Mutter mit einem Italiener in Florenz lebte. Vermutlich hätte es sie nicht überraschen sollen, dass er sie gelegentlich dort besuchte. Sie knetete unsicher ihre Hände und nickte. Er hätte es ihr früher sagen sollen, dann wäre sie jetzt nicht so vor den Kopf gestoßen gewesen. »Und …?« Sie wusste nicht, was sie sagen sollte. »Na gut«, hörte sie sich selbst. »Und … wann kommst du zurück? Ich meine, … wir können dann ja immer noch …«

Jackson zuckte mit den Schultern und kam etwas hilflos auf sie zu. Er fasste nach ihren Händen und schüttelte wieder den Kopf. »Eddy, ich …« Seine Lippen waren blutleer und seine Finger eiskalt. »Ich komme nicht zurück.«

Es kam Eden vor, als würde sie fallen. »Du bleibst die gesamten Ferien dort?« Das war schrecklich. Gerade nach dieser Nacht konnte sie sich nicht vorstellen, so lange von ihm getrennt zu sein. Sie hatte sich einen traumhaften Sommer ausgemalt, und jetzt …?

»Du verstehst mich falsch«, murmelte Jackson und hob ihr Kinn, damit sie ihm in die Augen sehen konnte. »Eddy, ich … ich werde das gesamte nächste Jahr bei meiner Mutter verbringen«, brachte er es auf den Punkt und sprach schnell weiter. »Ich weiß, ich hätte es dir früher sagen sollen, aber ich wusste nicht, wie. Ich hatte Angst, dass …«

»Du bleibst ein ganzes Jahr weg?«, hakte Eden ungläubig nach. Sie musste sich verhört haben. Nur wenige Stunden zuvor auf dem Boot hatte Jax gesagt, er wollte für immer bei ihr bleiben. Und jetzt? Wut stieg in ihr hoch. »Du hast recht, das hättest du mir sagen sollen!«

»Tut mir leid, Eden. Wirklich. Ich …« Er versuchte, sie festzuhalten, aber Eden riss sich los und kletterte auf den Steg der Marina.

»Ich wollte uns diesen letzten Abend nicht verderben!«, rief er ihr nach, aber das Blut rauschte Eden so in den Ohren, dass sie ihn

kaum hörte. »Verdammt, Eden! Bleib doch mal stehen!«, brüllte er und kam ihr nach. »Ich weiß, ich hab Mist gebaut, aber doch nur …« Er holte sie ein und riss sie zu sich herum. »Doch nur, weil ich dir nicht wehtun wollte.« Er streichelte ihre Wange und zog sie fest an seine Brust. »Ich fand unsere letzte Nacht wunderschön, Eddy. Und ich will nicht gehen. Ich will bei dir sein, dich nicht verlieren.«

»Du hättest es mir sagen müssen!«, wiederholte sie verletzt.

»Ich weiß. Ich hatte Angst, du …«

»Ich hätte nicht mit dir geschlafen, wenn ich es gewusst hätte?«, fragte sie spitz und schlug nach ihm, aber Jax hielt sie fest.

»Ich hatte Angst, du würdest Schluss machen!«, korrigierte er sie. »Angst, du würdest dir einen anderen suchen.« Er küsste sie und obwohl Eden ihn abwehren wollte, glaubte sie ihm. »Ich will dich doch nicht verlieren, Eden. Ich will mit dir zusammen sein. Auch wenn ich nicht hier sein kann«, flüsterte er gegen ihre Lippen und lehnte matt seine Stirn gegen ihre. »Aber wie sollte ich denken, dass du das auch möchtest?« Sein Atem strich über ihre Wange und Eden schluckte ein Schluchzen hinunter.

Er durfte nicht gehen. Nicht jetzt. Nicht, wo sie ihn doch so sehr liebte. Nicht, nachdem er ihr so nahe gewesen war. Sie schluckte und schlang die Arme um seinen Hals. »Jax, ich …«, flüsterte sie schwach, weil sie nicht wusste, was sie sagen sollte.

»Wenn ich dir jetzt sage, dass dieses Jahr schnell vergeht, dann lüge ich dich an«, murmelte er und grub seine Finger in ihr Haar. »Das wird ein scheißlanges Jahr, wenn wir … zusammenbleiben wollen.« Er küsste sie sanft und trat dann einen großen Schritt zurück. »Überleg dir, ob du das willst. Eine Fernbeziehung.« Er fuhr sich durchs Haar. »Ich kann nicht erwarten, dass du auf mich wartest, aber … ich kann es mir wünschen.«

»Jackson …«

»Sag jetzt nichts«, bat er und trat noch weiter von ihr zurück.

Eden wollte protestieren, ihn aufhalten, verhindern, dass er sie hier am Pier einfach so stehen ließ, aber ihre Beine gehorchten ihr nicht. Sie konnte keinen Schritt tun.

»Ich muss jetzt gehen, aber … wenn du magst, dann … treffen wir uns zum Abschied heute Abend um neun am nördlichen Wachturm.«

»Aber …?«

»Denk darüber nach, Eddy. Ein Jahr ist eine lange Zeit. Ich … würde verstehen, wenn … du denkst, dass das nicht gut gehen kann.«

»Ich weiß, dass das scheißschwer wird!«, rief Eden ihm wütend nach. »Aber ich liebe dich! Und wenn du mich auch liebst, dann schaffen wir das.« Die Verzweiflung trieb sie zu ihm, sie packte seine Hand und umarmte ihn fest. »Dann wird uns dieses Jahr nicht auseinanderbringen, oder?«

»Nicht, wenn es nach mir geht«, flüsterte Jackson und legte seine Arme um ihre Taille.

Sein Kuss war voll Erleichterung und auch wenn Eden sich im Moment nicht einen Tag ohne ihn vorstellen konnte, wusste sie, sie wären stark genug, das zu überstehen. »Ich liebe dich«, flüsterte sie verzweifelt, denn ohne ihn würde ihr die Luft zum Atmen fehlen.

»Dann sehen wir uns heute Abend am Wachturm«, raunte er und schob sie widerwillig von sich. »Ich muss jetzt los, aber … aber wir sehen uns später, okay?«

»Okay.« Der letzte Kuss dauerte lange an, keiner von ihnen wollte sich vom anderen trennen. Es war ein Kuss, den man nicht so leicht vergessen würde. Ein Kuss, der womöglich Jahre überdauern konnte.

Noch mehr Zwiebeln

Eden riss sich die Haube vom Kopf und stampfte aus der Küche. Ein weiterer Arbeitstag voll Demütigungen von Matt lag hinter ihr und sie fühlte sich wie ein Häuflein Elend. Ihre Karriere lag in Trümmern und ihre Augen brannten von Dutzenden fein geschnittener Zwiebeln. Zwiebelsuppe und Rostzwiebelbraten sei Dank. Die Änderungen auf der Karte waren nur dazu gedacht, sie noch mehr zu quälen, das war Eden klar. Und sie wusste nicht, wie weit Matt es in Zukunft noch treiben würde.

In der Umkleide lehnte sie sich frustriert gegen ihren Spind und überlegte, welche Optionen ihr noch blieben. Kündigen lag auf der Hand, doch was dann …?

Sie hatte gerade die Küchenkluft gegen ihre Jeans und ihr Top getauscht, da hörte sie im Flur die Stimme von Ian St. James.

Wenn jemand an ihrer Lage etwas ändern konnte, dann er. Er leitete das Coral Cave Resort. Er war der Boss. Sein Wort war hier Gesetz und selbst der neue Küchenking Matt musste sich ihm fügen. Wenn sie also Ian dazu bringen konnte, den Vorfall aus ihrer Perspektive zu betrachten, dann … konnte sie womöglich ihren Posten zurückbekommen.

Schnell schlüpfte sie in ihre Sneakers und ging Ians Stimme entgegen. Sie spähte um die Ecke und sah ihn vor den Aufzügen mit seiner Schwester Sienna und deren Verlobtem Pierce Johnson sprechen.

»… schon in der kommenden Woche mit dem Wahlkampfprogramm beginnen. Laguna Beach braucht einen Mann wie dich im obersten Amt, Pierce«, hörte sie Sienna sagen.

Schnell zog sich Eden wieder hinter die Ecke zurück. Sie wollte zwar mit Ian sprechen, aber nicht dessen Gespräch stören. Das wäre ihrer Sache kaum dienlich gewesen. Also wartete sie ab.

»Es ehrt mich, dass die Familie St. James meine politischen Ambitionen fördert und unterstützt«, schallte Pierces wohlklingende Stimme an Edens Ohr. »Im Amt des Bürgermeisters würde ich mich selbstverständlich für die Unterstützung revanchieren. Ich weiß ja, dass einige Entscheidungen zu Bauanträgen getroffen werden müssen. Es ist eine Schande, wie die Behörden dies bisher auf die lange Bank schieben.«

Sienna lachte. »Pierce, Darling, du wärst ein toller Bürgermeister. Mein Vater zählt fest auf dich. Er sieht dich schon im Amt, musst du wissen.«

»Das Wahlkampfbudget ist immens. Es müsste mit dem Teufel zugehen, wenn die Wahl nicht zu unseren Gunsten ausgeht«, stimmte auch Ian zu. »Und ich brauche dich im Amt, Pierce«, fügte er leiser hinzu. »Ich will nach der anstehenden Erweiterung des Coral Cave unbedingt den Hotelkomplex an der Marina von Laguna Beach in Angriff nehmen. Und zwar bald.«

Pierce lachte. »Keine Sorge, es wird meine erste Amtshandlung, deine Baupläne durchzuwinken.«

»Komm jetzt, Darling, wir haben einen Termin mit einem Reporter der Tageszeitung. Und die Presse lässt man nicht warten«, erinnerte Sienna ihren Verlobten und Eden lauschte auf ihre Schritte und die sich schließende Aufzugtür.

Sie hatte schon davon gehört, dass Pierce Johnson sich für das Amt des Bürgermeisters bewarb, auch wenn sie fand, dass er mit seinen fünfunddreißig Jahren fast noch etwas jung dafür war. Dennoch räumte sie ihm gute Chancen ein, denn er sah gut aus, war seriös, souverän, von tadellosem Ruf und dazu noch gebildet. Durch seine Position bei der Laguna Coast Bank war er jedem ein Begriff und kaum jemand konnte wohl etwas Schlechtes über ihn sagen. Noch dazu war er der Verlobte von Sienna St. James. Wenn einem das nicht schon alle Türen öffnete …

Eden schüttelte den Kopf. Das alles war doch jetzt nicht wichtig. Sie hatte ganz andere Probleme. Und wenn sie Ian noch sprechen wollte, musste sie ihm schleunigst hinterher, denn nachdem seine Schwester mit Pierce im Fahrstuhl verschwunden war, hatte er sich umgewandt und ging gerade den Flur hinunter.

»Na los, ich hab ja nichts zu verlieren!«, machte Eden sich selbst Mut und flitzte um die Ecke.

»Mister St. James!«, rief sie zaghaft und winkte, um auf sich aufmerksam zu machen. »Bitte, entschuldigen Sie!«

Ian blieb stehen und sie schloss zu ihm auf. Sein Blick glitt über ihre kurze Jeans und ihr legeres Top, was in krassem Gegensatz zu seinem wie üblich schwarzen Hemd und der eleganten Hose stand.

»Miss Green.« Er zeigte kaum eine Regung. »Was kann ich für Sie tun?«

Gott, war dieser Mann groß. Eden musste den Kopf in den Nacken legen, um ihm ins Gesicht sehen zu können. Sie spürte seine Ungeduld und doch wusste sie mit einem Mal nicht, was sie sagen sollte.

»Ich … ich wollte nicht stören, aber …«

»Sie stören nicht.« Der tiefe Klang seiner Stimme hätte beruhigend wirken können, tat es aber nicht.

Eden schluckte. Alles an ihm sagte: Komm zur Sache. Zeit ist Geld. »Schön, denn … denn ich … ich wollte mal fragen, ob …« Sie strich sich das Haar hinters Ohr und benetzte ihre plötzlich trockenen Lippen.

»Wenn es um den Vorfall mit Mister Romero geht, dann …«

Eden ballte die Fäuste. »Genau darum geht es. Ich … ich habe einen furchtbaren Fehler gemacht, dass sehe ich ja ein, aber … aber keiner leitet Ihre Küche so gut wie ich. Das sollten Sie wissen!«, platzte sie heraus und straffte etwas verspätet die Schultern.

Ian verzog keine Miene. »Das ist mir bewusst.«

Was? Eden zog überrascht die Augenbrauen in die Höhe. »Das ist Ihnen bewusst?«, hakte sie ungläubig nach. »Aber …?«

Ian neigte leicht den Kopf, um ihr zu bedeuten, mit ihm zu kommen. »Natürlich ist mir das bewusst, Miss Green. Sie arbeiten seit acht Jahren für mich. Leiten seit fünf Jahren die Hotelküche. Denken Sie wirklich, das wäre ohne Grund so gewesen?«

»Nein, natürlich nicht, aber … aber ich hätte nicht gedacht, dass …« Hoffnung keimte in Eden auf. Wenn er über sie und ihr Können im Bilde war, war noch nicht alles verloren.

»Hören Sie, Eden.« Er blieb vor der Tür zum Foyer des Hotels stehen und sah auf sie herab. Er hatte sie noch nie beim Vornamen genannt. »Sie sind eine fantastische Köchin. Haben meine Küche hervorragend geleitet. Daran gibt es nichts zu rütteln.«

»Dann … dann geben Sie mir … noch eine Chance?«

Ians Mundwinkel kräuselten sich. »So weit kann ich leider nicht gehen. Matt Miller hat einiges von Ihnen gelernt. Er kann Ihnen nicht das Wasser reichen, aber es wird schon funktionieren.«

»Matt ist ein Arsch!«, entfuhr es Eden, die nicht glauben konnte, welche Wendung diese Unterhaltung nahm.

Ian St. James lächelte. Er krempelte die Ärmel seines schwarzen Hemds bis zu den Ellbogen hoch und strich sich die Haare zu einer coolen seitlichen Welle über den Kopf. Sein markanter Kiefer zuckte, als amüsierte er sich. »Da haben Sie nicht ganz unrecht, Eden«, benutzte er wieder ihren Vornamen. »Aber in diesem Fall muss ich ihm dennoch den Vorzug geben. Die Presse würde das Coral Cave Resort zerreißen, sollte Ihr Name weiterhin für das Restaurant stehen.«

Eden wollte protestieren, aber er hob den Finger, um sie zu bremsen. »Glauben Sie mir, ich bedaure das sehr. Ich schätze Sie, Eden. Respektiere Ihr Können. Aber der Vorfall verhindert dennoch, dass Sie je wieder ein Restaurant der Familie St. James leiten werden.«

Eden taumelte wie nach einem Schlag in die Magengrube. Ihr war schlecht und sie bekam keine Luft.

»Aber …«

Ian St. James sah auf seine Uhr. Er lächelte noch einmal knapp, dann trat er an die Tür. »Bedaure, Miss Green, dass ich Ihnen keine besseren Optionen bieten kann.«

Er lehnte sich schon leicht mit der Schulter gegen die Schwingtür, um sie zu öffnen, als Eden seinen Arm packte. Verwundert heftete sich sein Blick auf ihre Hand. »Miss Green?«, hakte er leicht zerknirscht nach und befreite seinen Arm aus ihrem Griff. »Ich muss doch bitten.«

»Ich kann nicht mit Matt Miller arbeiten! Er … er hat keine Ahnung, was er tut! Er … hasst mich!«

Konnte Ian das nicht verstehen? Das musste er doch verstehen.

Tatsächlich entspannte sich Ians harter Kiefer zum ersten Mal und der strenge Zug seiner Lippen wurde milder. Er fasste nach ihrer Hand und sah ihr in die Augen. Sein Blick war bedauernd, aber voll Entschlossenheit. »Ich verstehe, wie hart das für Sie sein muss. Aber ich kann in dieser Angelegenheit nichts weiter für Sie tun.«

»Ich kann nicht … unter Matt arbeiten«, flüsterte sie niedergeschlagen. »Ich kann das einfach nicht.«

Ian nickte. »Nun, das ist natürlich Ihre Entscheidung. Ich würde es bedauern, Sie gehen zu sehen.«

»Mehr nicht?« Eden war frustriert. »Nach acht Jahren würden Sie es nur bedauern, wenn ich kündige?«

Ian sah wieder auf seine Armbanduhr. »Wie gesagt, Miss Green. Ich muss hier Entscheidungen für ein Unternehmen treffen. Und Sie treffen Ihre Entscheidungen. Mehr kann ich Ihnen im Moment nicht sagen.« Er tippte auf das Ziffernblatt seiner Uhr. »Und nun entschuldigen Sie mich bitte. Ich werde erwartet. Wir können dies ein andermal fortsetz…«

»NEIN!« Eden stampfte mit dem Fuß auf und biss sofort die Zähne zusammen. Den noch immer empfindlichen Knöchel hatte sie vor lauter Frust schon ganz vergessen. »Das brauchen wir nicht fortzusetzen! Wenn das alles ist, was Sie mir sagen können, wenn es wirklich keine andere Möglichkeit gibt, dann …«

»Die gibt es nicht.«

Eden schluckte. Sie spürte ihr Zittern, aber sie konnte jetzt nicht nachgeben. Ein Zurück gab es längst nicht mehr. »Dann kündige ich.« Ein dicker Kloß im Hals ließ ihre Stimme beben und sie räusperte sich. »Ich kündige!«, wiederholte sie deutlicher und funkelte Ian St. James zornig an. »Und ich hoffe, dass dieser Loser Ihre verfluchte Hotelküche so richtig tief in die Scheiße steuert!«, spie sie und wandte sich um. Sie musste hier weg! Mit großen Schritten floh sie den Flur zur Personalumkleide wieder hinunter, schnappte sich ihren Fahrradhelm und rannte dann, so schnell es ihr pulsierendes Fußgelenk zuließ, aus dem Hotel.

»Verfluchtes Coral Cave!«, brüllte sie, sodass sich draußen die Pagen, die am Hintereingang eine Zigarettenpause einlegten, verwundert nach ihr umdrehten. »Verfluchter, versnobter Scheiß-Ian!«, fauchte sie und nestelte mit zitternden Fingern an ihrem Fahrradschloss. »Ich will hier eh nicht mehr arbeiten! Ich hab tausend andere Möglichkeiten!«

* * *

»Wenn sich mir doch nur irgendwelche anderen Möglichkeiten bieten würden«, klagte Eden am Abend und trank ihr zweites Glas Wein aus. Sie stand in der verglasten Kuppel des stillgelegten alten Leuchtturms, den ihr Bruder Connor bewohnte, und starrte aufs Meer. Die Treasure-Island-Bucht lag in nächtlicher Stille unter ihr, dicht an die Klippen geschmiegt, auf denen der Leuchtturm thronte. Im Süden ragten die hohen Felsnasen ins Meer und verbargen so die halbmondförmige Bucht von Laguna Beach, obwohl der Strand nicht einmal einen Kilometer von hier entfernt lag.

Connor lümmelte auf seiner Couch und streichelte Kates nackte Beine, die unter dem Bademantel hervorlugten, den sie sich bei Edens Überraschungsbesuch übergestreift hatte.

Der Raum oben, von dem aus früher das Licht aufs Meer hinausgeleuchtet hatte, bot nicht viel Platz, aber die Aussicht war so beeindruckend, dass Connor eine Couch hier heraufgeschafft hatte. Die übrigen Wohnräume weiter unten im Turm waren etwas geräumiger, auch wenn der runde Bau die Einrichtung zur Herausforderung machte.

»Setzt dich doch, du machst mich ganz irre, wenn du ständig da hin und her läufst!«, bat Connor und deutete auf einen kleinen Hocker.

»Ich kann mich jetzt nicht setzen«, murrte Eden und fuhr sich zum gefühlt tausendsten Mal durch die Haare. »Ich bin jetzt offiziell arbeitslos!«

»Bist du nicht. Wenn du morgen noch mal hingehst und Ian erklärst, dass …«

Eden hob empört die Augenbrauen. »Noch mal hingehen? Spinnst du?« Sie tippte sich an die Stirn, um ihrem Bruder zu zeigen, was sie davon hielt. »Ich kann mich da nie wieder blicken lassen!« Sie griff nach der Weinflasche und goss sich nach. Dann ließ sie sich matt auf den Hocker sinken und nippte am Wein. »Ich hab Ian gesagt, dass ich ihm wünsche, Matt würde sein Restaurant zugrunde richten!«, stöhnte Eden und schüttelte über sich selbst den Kopf.

»Autsch!«, meinte Kate und kuschelte sich enger an Connor.

Eden nickte. »Jep. Ich hab ziemlich die Nerven verloren.«

»Und wenn du doch in Betracht ziehst, im Old Harbour Inn …«

»Niemals!« Eden fuhr so ruckartig auf, dass der Wein beinahe aus ihrem Glas schwappte. Schnell trank sie einige große Schlucke ab. »Das wäre ja fast noch schlimmer, als bei Ian zu Kreuze zu kriechen!«

Connor grinste. »Warum nimmst du dir nicht einfach mal eine Woche Zeit, dir das durch den Kopf gehen zu lassen.«

Kate nickte. »Genau. Und vielleicht merken die St. James in dieser Zeit ja, wie dringend sie dich brauchen. Wäre doch möglich, oder nicht?«

Eden biss sich nachdenklich auf die Lippe. »Klar. Wäre möglich«, gab sie zu und leerte auch das dritte Glas. Sie spähte wieder aus dem Fenster, diesmal in Richtung Laguna Beach. Ihr Blick heftete sich auf die nächtliche Silhouette des Old Harbour Inn, das beinahe auf gleicher Höhe mit Connors Leuchtturm auf den Klippen lag. »Denn bei Jackson zu arbeiten, wäre wirklich die Höchststrafe!«

Absturzsicherung

Alison schlüpfte aus ihrer Hemdbluse und band sie sich lässig um die Hüfte. Ihr verschwitztes rotes Haar war zu einem lockeren Zopf geflochten und während der Arbeit hatten sich einzelne Strähnen daraus gelöst. Obwohl sie seit den frühen Morgenstunden Jackson geholfen hatte, die Hölzer vom Pick-up zu laden und die Löcher für die Fundamente zu graben, und schließlich noch den Beton angerührt hatte, sah sie nicht halb so fertig aus, wie Jackson sich fühlte.

Ihm lief der Schweiß den Rücken hinab und sein Shirt hing längst zum Trocknen über dem ersten Abschnitt des neuen Geländers, den sie fertiggestellt hatten. Er wischte sich mit dem Unterarm über die Stirn und drückte ächzend den Rücken durch. »Ich brauche eine Pause!«, keuchte er und Alison grinste ihn über die Schulter an. Ihre von Sommersprossen übersäte Haut glänzte warm in der Sonne, das weiße Tanktop unter ihrer Latzhose bildete einen hübschen Kontrast dazu.

»Schon wieder?«, rief sie lachend aus und schüttelte den Kopf. Sie griff durchs offene Beifahrerfenster ihres Pick-ups und kraulte ihren Hund am Kopf. Er gähnte müde und Alison öffnete die Tür. »Raus mit dir. Du musst dich echt mal bewegen!«, belehrte sie den Bernhardiner liebevoll. »Der ist so faul wie du,

Jax«, witzelte sie. Der Hund kletterte gemächlich aus dem Auto, hob kurz den Kopf und schnupperte in die Luft, ehe er sich schlurfend einen neuen Schlafplatz im Schatten suchte.

»Der ist nicht faul, der ist schlau. Sich in den Schatten zu werfen, ist doch das Klügste, was man an so einem heißen Tag machen kann.«

»Dann wäre es also klug gewesen, wenn ich dich diesen Mist hätte allein machen lassen«, griff Alison seine Vorlage auf. Sie schlug sich an die Stirn und zwinkerte. »Hast du ein Glück, dass ich darauf nicht gekommen bin.«

Jackson deutete mit dem Kopf in Richtung Gastraum. »Na komm, auf dieses Glück trinken wir ein Bier.«

Alison folgte ihm. Jackson spürte, wie ihr fachkundiger Blick seine Arbeiten der letzten Tage bewertete. »Da hast du ja ganz schön was geschafft«, lobte sie ihn. »Du kommst gut voran. Trotz der vielen Pausen.«

Mit zwei kalten Bierflaschen in der Hand kam Jackson zu ihr. Er hob einen Stuhl vom Tisch und klopfte den Staub aus dem Polster. »Ja, ich hab kaum geschlafen. Und ich hatte Hilfe.« Er bot Alison den Stuhl an und nahm sich selbst auch einen. Beim Ausklopfen des Polsters hob er zweifelnd die Augenbrauen. »Aber egal, wo man hinlangt, man findet immer gleich das nächste Problem.« Er deutete auf die Stühle. »Die sind vermutlich Schrott. Ich brauche neue.«

»Sieht so aus.« Alison kratzte einen abgeplatzten Lacksplitter von der Stuhllehne. »Sind eh ziemlich *old style*«, gab sie zu bedenken.

Jackson nickte. »Schon. Aber coole Möbel sind nicht billig.«

»Wohl nicht.« Alison nippte an der Flasche. »Wer hat dir denn geholfen?«

»Rate mal.« Jackson grinste.

»Sag jetzt nicht, dein schnöseliger St.-James-Kumpel hat sich die Hände schmutzig gemacht«, gab Alison erstaunt zurück.

»Nur widerwillig, aber ja. Luke hat bei der Fassade echt gut mit angepackt.«

Alison rümpfte die Nase. »Ich halte von ihm so wenig wie von allen anderen St. James. Die können mir alle gestohlen bleiben. Besonders Ian.« Sie nahm einen großen Schluck, als müsste sie etwas Bitteres aus ihrem Mund spülen. »Und Luke genauso!«, fügte sie hinzu.

Jackson hob abwehrend die Hände. »Schon klar, ihr werdet keine Freunde mehr. Hab's kapiert. Aber ich fände es schon schön, wenn ihr beide bei der Eröffnung hier friedlich zusammen mit mir anstoßen könntet. Oder muss ich mit Ausschreitungen rechnen?«

Alison winkte ab. »Quatsch. Ich kann die Gebrüder St. James gut ausblenden. Und du glaubst doch nicht im Ernst, dass der große Ian St. James sich je dazu herablässt, dein Restaurant zu besuchen?«

»Könnte doch sein, dass er die Konkurrenz abchecken will«, erwiderte Jackson schulterzuckend.

»Für den bist du keine Konkurrenz.« Alison zwinkerte. »Nur Dreck an seinem sauberen Lackschühchen, den er schnell wieder loswerden will.«

Darauf hob Jackson seine Bierflasche und prostete Alison zu. »Vielleicht täuschst du dich. Luke hat erzählt, es gab Ärger in der Küche des Coral Cave. Also vielleicht spürt er doch meinen eisigen Atem in seinem Nacken. Vielleicht …«, Jax grinste breit, »… spürt er schon die Gefahr.«

Alison lachte. »Ich enttäusche dich ja nur ungern, aber ich glaub nicht, dass der Ärger was mit dir zu tun hat«, klärte sie ihn auf. »Hab gehört, das Hotel hat einen neuen Küchenchef. Eden hat wohl gekündigt, wenn stimmt, was man im Coco-Locco so hört.«

»Eden hat gekündigt?«

»Hab ich doch eben gesagt.«

Jackson stellte die Bierflasche ab und runzelte die Stirn. Die Neuigkeit überraschte ihn. Obwohl er in den letzten Jahren in Europa nicht besonders viel mitbekommen hatte, so hatte er doch gehört, dass die Küche des Coral Cave Resort sich dank Edens Können zu einer der angesehensten der gesamten Westküste gemausert hatte. Er hatte nie dort gegessen, aber er konnte sich gut vorstellen, dass Eden gut war in dem, was sie tat. Aber warum hatte sie gekündigt?

»Warum sollte sie das tun?«, sprach er seine Frage aus und stand auf. Plötzlich konnte er nicht mehr ruhig sitzen.

Alison zuckte mit den Schultern und sah ihm zu, wie er unruhig auf und ab ging. »Vielleicht hat sie mit Ian geschlafen und … jetzt wird's kompliziert?«, schlug sie vor.

Jackson fuhr zu ihr herum. »Was? Sie hat mit Ian geschlafen? Wer hat das gesagt?«, fragte er ungläubig. Es wunderte ihn, wie sehr ihn diese Vorstellung störte.

»Vielleicht«, betonte Alison. »Wär doch nicht so abwegig. Der Teufel sieht ja zugegebenermaßen hammermäßig gut aus, auch wenn er innerlich eine stinkende Rotzkröte ist.«

»Du magst ihn wirklich nicht«, stellte Jackson fest, während er noch über die Wahrscheinlichkeit einer Affäre zwischen Eden und Ian grübelte. »Und ich glaub das auch nicht. Eden würde nicht … sie hat einen besseren Geschmack.« Er fluchte. »Ist ja auch egal. Soll sie machen, was sie will. Für mich ist das ja nur gut.«

»Warum ist es für dich gut, wenn Eden mit dem St.-James-Oberarsch vögelt?«

»Hä?« Jackson kniff die Augen zusammen. »Das meine ich doch nicht!«, maulte er. »Und kannst du jetzt mal aufhören, davon zu reden, dass dieser Lutscher … und …« Er fasste sein Haar zu einem Bun zusammen und funkelte Alison böse an. »Ich meine, es ist gut, dass Eden nicht für Ian ins Rennen um das Abschlussessen des Surfcups geht. Luke meint, gegen sie hätte ich kaum eine Chance gehabt, egal, wen ich als Koch einstelle.«

»Dann hast du immer noch niemanden eingestellt?«

»Nein, ich … hab ja noch keine vorzeigbare Küche. Ich wollte warten, bis …«

»Du solltest nicht zu lange warten, Jax. Eden findet bestimmt schnell einen neuen Job und –«

»Wie kommst du darauf, ich würde Eden einstellen?«

Alison zuckte mit den Schultern. »Warum nicht? Sie ist die Beste ihres Fachs und du willst ein erfolgreiches Restaurant führen. Das passt für mich recht gut zusammen.«

Jackson schüttelte den Kopf und griff sich seine Bierflasche. Er trat an die Panoramascheibe des Lokals und blickte auf das unfertige Geländer. Mit Eden zu arbeiten, war doch absurd. Egal ob sie kochen konnte oder nicht. Es war zu viel passiert. Zu vieles, das ihm auch so viele Jahre später nicht aus dem Kopf ging.

Er ballte die Fäuste und ging zurück an die Arbeit. Doch er schaffte es nicht, sich davon abzulenken, wie es mit ihnen geendet hatte. Wie es gewesen war, an diesem einen, letzten Abend.

Der Pier war voller Menschen, als er sein Motorrad abstellte. Er hängte den Helm an den Lenker und strich sich durchs Haar. Der nahende Abschied machte ihm das Atmen schwer. Er hatte den ganzen Tag mit seinem Vater gestritten, hatte gefleht, nicht gehen zu müssen. Vergeblich. An der geplanten Abreise war nicht zu rütteln. Also würde dies vorerst sein letzter Abend mit Eden und Luke sein. Der letzte Abend für das ganze nächste Jahr.

Jackson reckte den Hals, um einen Blick hinunter zum Wachturm werfen zu können. Ob Eden schon auf ihn wartete? Er hatte sich etwas verspätet, denn der Surfcup lockte viele Besucher nach Laguna Beach und die Straßen waren voller Autos. Er war nur langsam vorangekommen.

Dabei wollte er gerade heute keine Sekunde der wenigen Zeit verlieren, die ihnen noch blieb. Darum beschleunigte er seine Schritte und eilte den Pier hinunter in Richtung Strand. Surfer mit ihren Brettern unter dem Arm kamen ihm entgegen. Das letzte Rennen des Tages war zu Ende und die Teilnehmer kamen aus dem Wasser, während andere Surfer mit ihren Boards hinausruderten. Jackson blieb stehen, um eine Gruppe nasser Teilnehmer vorbeigehen zu lassen, und sein Blick folgte ihnen in Richtung Surfschule, wo die Boards der Wettkämpfer auf etlichen Ständern aufgereiht waren.

Gerade als Jackson sich umdrehen und weiter zum Wachturm gehen wollte, glaubte er hinter einem der Boardständer Luke in seiner schwarzen Lederjacke zu sehen. Er hob den Arm, um zu winken, doch Luke stand mit dem Rücken zu ihm. Zögernd blieb Jackson stehen. Er war mit Eden verabredet. Und spät dran. Vielleicht sollte er erst weiter zum Wachturm, und dann zusammen mit ihr hierher zurück …

Ein Strandbesucher rempelte Jackson an und er trat einen Schritt nach vorn. Im nächsten Augenblick schnappte er nach Luft. Er hatte nun einen anderen Blickwinkel auf Luke und … und was er sah, ließ ihn wie nach einem Schlag in die Magengrube taumeln.

Er öffnete den Mund, um zu protestieren, aber kein Laut entwich seiner Kehle. Er blinzelte, doch das Bild wollte nicht verschwinden. Dort hinter den Surfbrettern küssten sich seine Freundin und sein bester Freund. Eden hatte die Hände gegen Lukes Brust gelegt, ihre Lippen berührten sich und Luke umfasste ihr Gesicht.

Keuchend wandte Jackson sich ab. Das Blut rauschte ihm in den Ohren und seine Knie zitterten.

Er musste sich täuschen. Ganz sicher irrte er sich. Er atmete tief durch und fuhr sich fahrig durchs Haar. Dann spähte er erneut hinüber zu den Surfbrettern.

Eden hatte nun ihre Hände in Lukes Haar gegraben. Sie drängte sich regelrecht an ihn. Schnell wandte Jackson sich ab. Er wollte das nicht sehen. Es traf ihn wie ein Schlag, schmerzte wie ein Messerstich mitten ins Herz und er war zu keinem klaren Gedanken fähig. Er ballte die Fäuste, wollte losstürmen, um die beiden auseinanderzuzerren. Doch er tat es nicht.

Er schluckte. Einmal. Zweimal. Dann richtete er sich auf, strich sich das Haar zurück und drehte sich um. Die Milde des Abends spürte er nicht mehr. Nur eisige Kälte kroch ihm den Rücken hinauf. Er fühlte sich verraten. Verspottet. Verletzt. Seine Schritte waren schwer, als er sich auf dem Weg, den er gekommen war, wieder hinauf zum Pier schleppte. Es fühlte sich an, als hätte ein Felsen von den Klippen sein Innerstes zerschmettert. Als wäre sein Herz in Stücke gerissen – wie ein Board, das von der tosenden Brandung gegen die Flat Rocks geschleudert wurde. Er hatte das Gefühl zu sinken, zu ertrinken – und niemand bekam es mit.

Ohne zurückzuschauen, setzte er seinen Helm auf und stieg auf sein Bike. Auch als er auf dem Pier wendete, vermied er den Blick hinunter zum Strand. Er würde Laguna Beach noch heute verlassen. In vier Stunden startete sein Flieger, und er würde dies alles und hoffentlich auch diesen bitteren Verrat hinter sich lassen, ohne noch einmal zurückzublicken.

Mit voll aufgedrehtem Gasgriff jagte Jackson sein Motorrad den Pacific Boulevard entlang, vorbei an der prächtigen Villa der St. James am Ortsausgang von Laguna Beach. Bittere Galle sammelte sich in seinem Mund, als er sich vorstellte, wie Eden und Luke hier den Sommer verbringen würden. Im Infinitypool hoch oben über den Klippen, darüber lachend, wie sie ihn zum Narren gehalten hatten.

Jackson riss so am Gasgriff, dass sein Bike einen regelrechten Satz nach vorn machte. Wie ein Gepard schoss er an der Villa vorbei, auf der Flucht vor dem Schmerz, der in seinem Herzen brannte.

Er war entschlossen, ihn hinter sich zu lassen. Egal, wie lange es dauerte.

Jackson rammte den Spaten so fest in die harte Erde, dass seine Unterarme zitterten. Nein, daran wollte er jetzt nicht denken. Vielmehr fragte er sich, ob er das alles wohl hinter sich lassen konnte, um mit Eden eine der besten Köchinnen der Region ins Old Harbour Inn zu holen. Und würde sie das überhaupt in Betracht ziehen? Für ihn zu arbeiten?

Alison schlenderte an seine Seite und bückte sich nach dem nächsten Rundholz. »Sie ist deine Achillesferse, richtig?«, fragte sie unnötigerweise.

»Wer?«, stellte Jax sich dumm.

»Eden.«

Er brummte. »Quatsch. Da ist nichts. Oder … sagen wir, es ist so lange her und hatte … nie eine Bedeutung.« Er stützte sich auf den Spatenstiel und sah Alison an. »Wir waren mal zusammen. Ich musste nach Europa und … sie … wollte nicht auf meine Rückkehr warten. Ganz einfach.« Jackson merkte selbst, dass seine Stimme vor Bitterkeit troff. »Keine große Sache. Und längst verjährt.«

Alison nickte. Sie setzten den Pfeiler und betonierten das Loch aus. Erst dann griff sie das Gespräch noch einmal auf. »Wenn's längst verjährt ist, dann … solltest du sie in dein Restaurant holen, Jax. Sie ist quasi ein Erfolgsgarant.«

»Fang nicht wieder damit an, okay? Sie wird nicht für mich arbeiten wollen. Sie hatte sich neulich am Fuß verletzt und wollte meine Hilfe nicht annehmen. Nicht einmal in einer Notsituation.« Er fuhr sich durchs Haar und schüttelte den Kopf über so viel Sturheit. »Denkst du, da würde sie aus freien Stücken bei mir anfangen? Nie im Leben!«

»Schreib die Stelle doch einfach mal aus, dann siehst du ja, ob sie sich dafür interessiert.«

* * *

Eden langweilte sich. Den zehnten Tag in Folge. Sie legte das Buch neben sich aufs Handtuch und griff nach der Sonnencreme. Ein Blick auf ihr Handy zeigte, dass es noch nicht einmal elf Uhr war. Im Restaurant wäre es jetzt so langsam stressig geworden, die letzten Vorbereitungen mussten zum Abschluss gebracht werden, ehe der Mittagsrun begann. Sie schnaubte.

»Vermutlich würde ich gerade Zwiebeln schneiden«, fauchte sie und verrieb die Creme auf ihrer Haut. Sie ärgerte sich, dass sie es selbst nach über einer Woche nicht fertigbrachte, den Morgen am Strand zu genießen. Warum dachte sie ständig an die Arbeit? Warum fühlte es sich so furchtbar an, untätig zu sein? Sie konnte doch endlich das Buch zu Ende lesen, das sie schon Weihnachten angefangen hatte. Sie sollte die Sonne genießen und das Wasser. Ihr Board lag neben ihr im Sand und die Wellen waren genau richtig. Nicht zu hart, sodass sie ein ungutes Gefühl gehabt hätte, allein rauszugehen, aber doch so lebhaft, dass ein Ritt richtig Spaß machte. Warum also empfand sie es regelrecht als Strafe, hier zu sein?

Sie sah sich um. Der Strand war um diese Tageszeit nicht besonders stark besucht. Sie sah Connor am Geländer des nördlichen Wachturms stehen, das Fernglas in der Hand. Er blickte in Richtung der Flat Rocks. Wie so oft machten dort gerade Kinder Anstalten, eine Klettertour zu starten, obwohl etliche Verbotsschilder davor warnten.

Eden seufzte und schraubte die Cremetube zu. Selbst Connor war beschäftigt. Ihr Blick glitt weiter zur Coco-Locco-Bar. Kate war in ein Gespräch mit einem Gast vertieft.

Wieder seufzte sie. Sie sollte einfach in dem Buch weiterlesen. Sie griff nach dem Schmöker, schlug ihn aber nicht auf. »Ich brauch Gesellschaft, sonst dreh ich durch!«, stöhnte sie, während sie das Buch zurück in den Sand fallen ließ und aufstand. Sie schlenderte zur Bar und setzte sich im Schatten der Palmen an den Tresen.

»Du hast's gut!«, begrüßte Kate sie und deutete auf das verlassene Handtuch. »Genießt du deine freien Tage?«

Eden winkte ab. »Genießen? Ich find's furchtbar! Ich langweile mich zu Tode!«

»Echt? Also ich würde ja sofort mit dir tauschen!« Sie reichte Eden die Getränkekarte und hob fragend die Augenbrauen. »Willst du 'nen Kaffee oder lieber was Stärkeres?«

»Ein Wasser reicht vorerst.«

Kate wandte sich ab und gab Eiswürfel in ein Glas. Dann goss sie sprudelndes Wasser darüber und schob es Eden hinüber.

Plötzlich registrierte Eden eine Bewegung am anderen Ende der Bar. Sie biss die Zähne zusammen. Das konnte doch nicht wahr sein!

»Hi, Kate!«, rief Jackson und winkte der Kellnerin zu. Eden duckte sich hinter den Stamm der Palme, denn sie war sich sicher, dass er sie noch nicht gesehen hatte. Sie hatte ja Gesellschaft gewollt – aber nicht gerade ihn!

Kate hob vielsagend die Augenbrauen und zwinkerte Eden zu, ehe sie zu Jackson hinüberging.

»Hi, Jax. Wie läuft's auf der Baustelle?«, begrüßte sie ihn.

Eden lauschte.

»Ganz gut. Allmählich geht es voran.«

»Das sieht man. Von außen hat sich das Restaurant in den letzten Wochen ja vollkommen verändert.«

Jackson bestellte einen Kaffee und legte dann einen Zettel auf den Tresen. »Damit es auch innen irgendwann vorangeht, brauche ich noch einen Koch. Meinst du, ich könnte dieses Stellenangebot bei dir aushängen?«

»Aber klar. Immer her damit.« Kate nahm den Zettel und heftete ihn mit einer Reißzwecke an die Rückwand der Bar – neben der Eiskarte und einem Wahlplakat für Pierce Johnson als Bürgermeisterkandidat.

»Danke, das ist super.«

»Kein Thema.« Sie machte sich daran, seinen Kaffee zuzubereiten.

Eden fühlte sich mit jeder Minute unbehaglicher. Sie hätte sich nicht hinter der Palme verstecken sollen. Falls Jax sie jetzt erblickte, würde er vermuten, sie habe sich versteckt. Was zwar zutraf, er allerdings nun wirklich nicht wissen musste. Aber sich jetzt bemerkbar zu machen, wäre auch irgendwie schräg gewesen.

Als Kate Jackson die Tasse reichte, nickte der in Edens Richtung. »Gib ihr auch einen. Dann hört sie vielleicht auf, mich mit ihren heimlichen Blicken von hinter dem Grünzeug zu erdolchen.«

»Shit!«, wisperte Eden und presste die Lippen zusammen. Wie konnte er sie gesehen haben? Um die Situation nicht noch peinlicher zu machen, kam sie hinter der Palme hervor und zwang sich zu einem Lächeln. »Ach, hi, Jackson. Hab dich gar nicht erkannt«, log sie und umklammerte ihr Glas. Ihr war so heiß, dass sie fürchtete, das Wasser werde verdampfen.

»Ach nein?« Ungläubig hoben sich seine Augenbrauen.

Eden zuckte mit den Schultern. »Ich schau nicht auf irgendwelche dahergelaufenen Surferboys, die am Strand rumhängen. Sorry.«

Kate hob um Frieden suchend die Arme. »Hey, Leute, kommt mal runter. Setzt euch, trinkt den Kaffee und vertreibt mir nicht die anderen Gäste!«, bat sie und winkte einer Frau mit zwei Kindern an der Hand zu, ruhig näherzukommen.

Jackson grinste, als käme ihm das gerade recht. Er nahm seine Tasse und rutschte zu Eden herum. Er sah sie nur an und weil Eden vor der Frau und den Kindern keinen Streit vom Zaun brechen wollte, starrte sie schweigend in den ihr ausgegebenen Kaffee.

»Zucker?«, fragte Jackson, ohne seine Musterung zu unterbrechen. Bildete sie sich das nur ein oder ruhte sein Blick etwas zu lange auf ihrem Bikinioberteil?

»Was?«, hakte sie irritiert nach.

»Brauchst du Zucker in deinen Kaffee?«

»Nein. Danke. Ich …« Sie schob die Tasse von sich und stellte sich seinem Blick. »Du brauchst mir keinen Kaffee auszugeben. Ich will …«

»Lass mich raten: Du willst, dass ich hier verschwinde«, beendete er ihren Satz.

»Stimmt.«

»Weißt du, was ich will?«, fragte er herausfordernd und Eden kniff die Lippen zusammen. Sie wollte nicht hören, was er wollte, darum nippte sie an ihrem Wasser.

»Ich will dich.«

Der Schluck Wasser blieb ihr im Hals stecken und sie schrak hustend auf. »Wie bitte?«, keuchte sie und japste nach Luft.

Jackson hätte sich in den Arsch treten können. Hatte er das eben wirklich gesagt? War er denn von allen guten Geistern verlassen? Und er war nicht der Einzige, der über seine Worte überrascht war. Auch Eden sah ihn entgeistert an.

»Ich brauche einen Küchenchef fürs Old Harbour Inn«, setzte er zu einer Erklärung an, obwohl er sich fragte, was er da eigentlich tat. »Und ich …«

»Du willst mich? Für deine Küche?« Eden klang ungläubig.

Jackson kratzte sich am Kinn und zuckte mit den Schultern. »Vergiss es. War ’ne doofe Idee.« Er musste unbedingt zurückrudern, ehe er noch mehr Unsinn von sich gab. Hastig schüttete er den Kaffee hinunter und legte das Geld dafür auf den Tresen. Er nickte in Richtung der Tasse, die Kate Eden serviert hatte. »Der geht auf mich. Man sieht sich«, erklärte er und stand auf.

Beim Gehen spürte er ihren Blick im Rücken, selbst dann noch, als er schon längst wieder dabei war, das Geländer auszubessern. Eigentlich hatte er sich endlich um die Leitungen kümmern und am Abend das Geländer mit Alison weiterbauen wollen, aber irgendetwas hinderte ihn daran, nach drinnen zu gehen. Er rammte den nächsten Pflock in das dafür ausgehobene Loch und wischte sich den Schweiß aus der Stirn. Am Strand unter ihm schritt Eden mit dem Board unter dem Arm in die Wellen. Sie wandte sich um, sah zu ihm herauf. Schon wieder. Sie hatte das heute schon dutzendfach getan. Und er wusste das, denn er hatte sie kaum aus den Augen gelassen. Warum sah sie immer wieder hier herauf? Was dachte sie, während sie das tat? Sie zog doch nicht wirklich sein unüberlegtes Angebot in Betracht?

»Verfluchte Scheiße!«, murrte er und bückte sich nach dem Zementsack, um den Pfeiler auszubetonieren.

Das Knattern eines Motorrads kündigte Lukes Ankunft an.

»Der hat mir gerade noch gefehlt!«, knurrte Jackson und startete die Bohrmaschine mit dem Quirl, um den Beton anzurühren.

»Hey, Alter!«, rief Luke und tippte ihm auf die Schulter, um sich über den Lärm der Bohrmaschine hinweg bemerkbar zu machen.

»Was?«, brummte Jax und klopfte den Quirl ab, ehe er den Beton aus dem großen Eimer in das Loch goss.

»Heute Abend kommst du mir nicht davon!«, erklärte Luke. »Promiparty im Club. Eine super Gelegenheit, für dein neues Lokal die Werbetrommel zu rühren. Die Presse wird auch da sein, weil Sienna ihren Pierce als neuen Bürgermeisterkandidaten vorstellen will.«

»Kein Interesse.«

Luke runzelte die Stirn. »Was hast du denn für eine Scheißlaune?«

»Alles bestens mit meiner Laune«, widersprach Jax und griff schon wieder nach dem Spaten.

»Das sieht man.« Luke drückte leicht gegen den frisch einbetonierten Pfeiler.

»Lass das!«, fuhr Jackson ihn an und rammte den Spaten in die Erde.

»Mach ich, wenn du mir sagst, was los ist.«

Jackson hob den Blick und funkelte Luke böse an. »Fuck, Alter, ich … ich krieg heut einfach dieses beschissene Bild nicht aus dem Kopf!«, fluchte er.

Luke hob abwehrend die Hände. »Welches Bild?«, fragte er und wich vorsichtshalber einen Schritt zurück.

Energisch fuhr Jackson sich durchs Haar. »Du weißt schon! Dich und Eden!«, erklärte er wütend. »Das raubt mir heute den letzten Nerv!«

Luke stutzte. »Gott, Jax, das ist doch Jahre her!«, tat er die Sache ab. »Dass du da überhaupt noch dran denkst!«

Jax murrte etwas Unverständliches und rieb sich den Nacken. »Keine Ahnung. Bin heute … leicht gereizt.«

»Dann komm mit in den Club. Wir pusten dir mal so richtig schön das Hirn frei.«

Jackson zögerte. Sein Blick glitt wie so oft an diesem Tag hinunter zum Strand. Eden tanzte auf ihrem Board regelrecht über die Wellen und ihn packte ein Verlangen, wie er es seit Jahren nicht mehr erlebt hatte. Zwar baute er mit Hochdruck an einem neuen Geländer, aber er glaubte dennoch, dass diese Frau ihn erneut zu Fall bringen konnte.

Ein gezielter Absturz im Club war da vielleicht wirklich das kleinere Übel.

Ablenkung

Jackson hatte die Augen geschlossen. Trotzdem blitzten die Lichter der Stroboskope rhythmisch hinter seinen Lidern. Der Alkohol stieg ihm so langsam in den Kopf und die Lautstärke der Musik machte ihn unruhig. Er war nicht der Typ für durchtanzte Nächte in irgendwelchen Clubs. Und Luke, der ihn hergeschleift hatte, war direkt nach der Ankunft mit einer aufstrebenden jungen Serienschauspielerin im VIP-Bereich verschwunden.

Jackson seufzte und ließ seinen Blick über die Clubbesucher wandern. Er konnte nicht sagen, wie viele sexy Körper sich auf der Tanzfläche rekelten. Trotzdem wollte er nicht unbedingt hier sein. Er fühlte sich fehl am Platz.

»Schmeiß dich ins Getümmel«, hatte Luke ihm zum Abschied geraten, und vielleicht hatte er damit sogar recht. Er musste mal aufhören, über die Arbeit am Restaurant nachzudenken. Und darüber, dass die Bank ihr Geld nun viel früher wiedersehen wollte als gedacht.

Sein Blick heftete sich auf lange Beine in hochhackigen Schuhen. Glitt höher auf den von einem dunklen Paillettenkleid umschmeichelten Po zur schlanken Taille der Blondine. Ihre

Brüste wippten im schnellen Takt ihrer Tanzschritte und sie hob die Arme, wie um ihn anzulocken.

Jackson leerte seinen Drink, dann stand er auf und betrat die Tanzfläche. Er musste sich unbedingt ablenken.

»Ich passe hier nicht her!«, murrte Eden und spähte die lange Schlange am Eingang des Clubs entlang. »Ich schwör dir, Connor, wenn die mich nicht reinlassen, dann …« Ihr Bruder lachte und legte ihr den Arm um die Schultern. »Du hättest ja nur einen kurzen Rock anziehen müssen«, meinte er und deutete auf ihre schwarze Skinny-Jeans. »Wer Bein zeigt, kommt sicher rein.«

»Na toll. Das ist ja wohl überhaupt nicht sexistisch!«, beschwerte sich Eden und rückte in der Schlange weiter auf. Allein hier vor einem Club der St. James anstehen zu müssen, widerstrebte ihr.

»Zum Glück hast du ein hübsches Gesicht, da wird der Türsteher bestimmt über deine Kleiderwahl hinwegsehen«, zog Connor sie auf und erntete dafür von Kate einen Seitenhieb in die Rippen.

»Idiot«, beschieden ihm beide Frauen wie aus einem Mund, als Unruhe in der Reihe der vor dem Eingang anstehenden Gäste aufkam. Eden reckte den Hals, doch das war gar nicht nötig. Eine weiße Stretchlimousine fuhr an den Gästen vorbei und hielt direkt vor dem Eingang zum Club an.

»Ein St. James müsste man sein«, sagte Kate, als Ian mit einer jungen Frau, die Eden aus einer Model-Castingshow im Fernsehen wiedererkannte, ausstieg. Ian sah umwerfend aus und die Modelanwärterin an seinem Arm schmachtete ihn ehrfürchtig an. Direkt danach folgten Sienna und Pierce. Auch sie gaben ein attraktives Paar ab und Eden fühlte sich mit einem Mal so richtig mies. Vor ihr nur Paare, hinter ihr nur knutschende

Pärchen und sie selbst kam sich als Begleitung ihres Bruders und seiner Flamme wie ein fünftes Rad am Wagen vor. Das war doch peinlich.

Der Tumult am Eingang ebbte ab, als es der St.-James-Clan ins Innere geschafft hatte. Die Schlange rückte weiter auf und Eden mit ihr. Die Musik schlug ihr schon entgegen und rötliches Licht fiel durch die offen stehende Tür auf den Gehweg.

Letzte Chance zur Flucht. Doch was war die Alternative? Allein zu Hause sitzen und ihrem Job nachzutrauern? Das kam auch nicht infrage, besonders da sie seit ihrem Zusammentreffen mit Jackson am Morgen eine unerklärliche Unruhe verspürte. Das Angebot, sein Restaurant zu leiten, war vollkommen verrückt. Und trotzdem ging es ihr nicht mehr aus dem Kopf.

»Ich will dich«, hatte er gesagt und damit Dämme zum Bersten gebracht und Erinnerungen geweckt, die …

»Komm schon!«, riss Connor sie aus ihren Gedanken, fasste nach ihrer Hand und zog sie am Türsteher vorbei in den Club.

Eden blinzelte gegen die blitzenden Lichter und brauchte einen Moment, um sich zu orientieren. Es war laut und Connor beugte sich zu ihr, um ihr ins Ohr zu rufen: »Erst mal an die Bar?«

Eden nickte. Von dort konnte sie sich einen Überblick verschaffen. Sie schob sich hinter Connor und Kate bis zur Bar, und auch wenn dort kein Sitzplatz mehr frei war, fanden sie einen Platz am Tresen. Sie orderten eine Runde Daiquiris und stießen auf den gemeinsamen Abend an.

Eden musste zugeben, dass der Geschmack nach Limette auf ihrer Zunge besser war, als zu Hause eine Packung Marshmallows in heiße Schokolade zu rühren.

Da Connor nun dazu überging, Kate zu küssen und ihr Ohrläppchen anzuknabbern, zog sich Eden etwas zurück und überließ die zwei sich selbst. Eng aneinandergeschmiegt schoben die beiden sich in Richtung Tanzfläche.

Mit der Cocktailschale in der Hand lehnte Eden am Tresen und wippte im Takt der Musik mit dem Fuß. Ihr Blick glitt über die Menge.

Jackson hatte den Kopf in den Nacken gelegt und die Augen geschlossen. Spitze Fingernägel fuhren ihm durchs Haar und die weibliche Hüfte unter seinen Händen kreiste verführerisch gegen seinen Schritt. Ihm war heiß. Die Luft brannte. Die Frau – er kannte nicht mal ihren Namen – schmiegte sich willig an ihn. Sie wollte ihn küssen, das spürte er. Entschlossen drehte er sie um und drängte sich von hinten an sie. Sie bog sich ihm entgegen, hob seine Hände an ihre Brüste und legte den Kopf in den Nacken, um ihm ihren Hals darzubieten. Jackson vergrub sein Gesicht in ihren blonden Haaren. Sein Körper reagierte auf ihre Nähe und ihr Hintern an seinem besten Stück heizte ihm ordentlich ein.

Vielleicht war sie genau das, was er brauchte, um die Bilder aus seinem Kopf zu bekommen, die ihn wie ein Fluch verfolgten.

Selbst jetzt, als er die Brüste dieser Fremden fühlte, ihren Duft einatmete und ihre Körpersprache ihm deutlich zeigte, dass er sie haben konnte, sah er nur die Frau vor sich, die er nicht haben konnte. Die nicht auf ihn hatte warten wollen und ihm dies sehr deutlich gezeigt hatte.

Jackson presste seine Lippen auf den Hals der Fremden, um zu vergessen, wie Eden Luke geküsst hatte – nur wenige Stunden, nachdem sie ihm ihre Jungfräulichkeit geschenkt hatte. Nur wenige Stunden, nachdem sie ihm versichert hatte, dass sie ihn liebte und auf ihn warten werde.

Er sah es vor sich, als würde er noch immer oben am Pier stehen und zum Strand hinunterblicken. Zur Surfschule mit der Reihe von Surfbrettern, hinter der er seinen besten Freund

und seine Freundin erblickt hatte. Sie hatte nicht einmal abgewartet, bis er ins Flugzeug gestiegen war. Sie hatte ihn einfach ersetzt. Durch seinen besten Freund.

Vor seiner Rückkehr nach Laguna Beach hatte er gedacht, er sei darüber hinweg. Schließlich war es Jahre her. Und dennoch …

Heiße Wut loderte in ihm auf und Jackson fluchte. Er wollte nicht mehr daran denken. Er wollte das vergessen! Und verdammt, zumindest für ein paar Stunden würde er es vergessen! Dafür würde er sorgen.

Schwungvoll drehte er die Frau wieder zu sich um. Seine Hände wanderten hungrig auf ihren Hintern und pressten sie an sich. Die Härte in seiner Hose ließ keine Fragen offen. Ihre Pupillen weiteten sich und sie kam ihm auf Zehenspitzen entgegen, um ihn zu küssen. Jackson wandte den Kopf und beugte sich über sie. Er schob ihr Haar auf den Rücken und flüsterte ihr ins Ohr: »Wir sollten hier verschwinden.« Als sie nickte, nahm er ihre Hand und zog sie mit sich von der Tanzfläche.

»Ertränkst du deinen Frust im Alkohol?«, wurde Eden von der Seite angesprochen. Sie verzog das Gesicht. Das hatte ihr gerade noch gefehlt.

»Verpiss dich, Matt«, fauchte sie und wandte ihm den Rücken zu.

»Na, na, immer noch nachtragend?« Er grinste, hob die Hand und orderte ein Bier. »Ich muss sagen …«, fuhr er fort, als merkte er nicht, wie unangenehm ihr seine Gesellschaft war, »… ich war überrascht, als du hingeschmissen hast.«

»Ist mir scheißegal!«

Eden reckte den Hals, um Connor zu suchen. Wo steckte er, wenn sie Hilfe brauchte?

»Ich habe echt gedacht, du hast mehr Eier in der Hose«, fuhr Matt unbeirrt fort. »Hast schneller aufgegeben als gedacht.«

»Fick dich, Matt. Lass mich einfach in Ruhe, okay?« Sie leerte ihren Drink und mit einem Mal schmeckte die Limette unangenehm bitter. Sie verzog den Mund und machte einen Schritt zurück. Warum zum Teufel war sie nicht einfach zu Hause geblieben?

»Wir sind hier nicht im Coral Cave!«, erinnerte sie ihn und stemmte die Hände in die Hüften. »Ich muss mich hier von dir nicht blöd anmachen lassen!« Zwei weitere Schritte zurück sollten ihn auf Abstand halten, aber so weit kam sie nicht. Sie rempelte gegen einen Gast. »Sorry!«, presste sie heraus. Sie wollte sich nur kurz nach ihm umwenden, doch ihr Blick blieb an den braunen Augen hängen, an den kinnlangen sonnengebleichten Haaren und den sinnlichen Lippen, die gerade ihren Namen formten.

»Eden?«

»Jax?« Sie sah von ihm zu der blonden Schönheit, deren Hand er hielt, und zurück zu Matt. Sie taumelte. Ihr Herzschlag musste ausgesetzt haben, denn es kam einfach kein Blut in ihrem Kopf an. Sie brachte keinen klaren Gedanken zustande.

»Vorsicht!«, warnte Matt und grinste Jackson an. »Die Kleine trampelt einem gern auf die Füße!«

»Fick dich, Matt!«, fauchte sie und ballte die Fäuste. Die Situation war unerträglich. Jacksons Partnerin schmiegte sich an dessen Arm und musterte sie irgendwie mitleidig. Nur Matt schien die Sache regelrecht zu genießen.

»Alles klar bei dir?«, fragte Jax besorgt und kniff die Augen zu schmalen Schlitzen zusammen. »Belästigt der Typ dich?«, wollte er wissen, da Matt sich von ihren Worten nicht einschüchtern ließ, sondern unbeirrt weitermaulte.

»Kennt ihr euch etwa?«, fragte Matt und bleckte die Zähne. »Sie ist recht reizbar, seit sie arbeitslos ist«, witzelte er in Jacksons Richtung.

Das war zu viel! »Ich bin nicht arbeitslos!«, schrie Eden und stampfte mit dem Fuß auf.

Jacksons fragender Blick machte sie ganz wahnsinnig. Konnte er nicht seine Barbie schnappen und weitergehen? Musste er hier stehen und zusehen, wie Matt sie blöd anmachte? Sie stieß Jacksons Hand beiseite und warf ihm und seiner Blondine einen ebenso bösen Blick zu. »Ich habe gekündigt, weil ich …« Sie straffte die Schultern und suchte nach Worten.

Jackson kam sich dämlich vor. Die Frau an seiner Hand war ihm mit einem Mal peinlich, und obwohl er es gerade noch heiß gefunden hatte, wie sie sich an ihn geschmiegt hatte, wäre ihm nun etwas Abstand lieber gewesen.

Edens kalter Blick war ihm nicht entgangen und auch nicht ihre offensichtliche Not. Sie sah aus, als wünschte sie sich ein Loch im Boden herbei, das sie aus ihrer Lage befreite.

Sie hatte die Lippen stur nach vorn geschoben, ihre Augenbrauen waren über der Nasenwurzel zusammengezogen. Er konnte nicht sagen, ob die Hitze im Club oder ihr Ärger für ihre geröteten Wangen verantwortlich war, nur, dass er es niedlich fand.

»Ich habe gekündigt, weil ich …« Sie sah sich Hilfe suchend um und als sich niemand erbot, ihr dieses Loch im Boden zu graben, schwand etwas von ihrem Kampfgeist und ihre Schultern sackten leicht nach vorn.

Verdammt! Jackson hätte diesem grinsenden Kerl an Edens Seite gern eine verpasst. Wer war der Typ, dass er eine Frau wie Eden derart unfreundlich anging?

»… weil …«, stotterte sie und fuhr sich mit zitternden Fingern durchs Haar.

»Verflucht!«, murmelte Jackson leise und trat einen Schritt näher. Jede ihrer Mikroregungen weckte seinen Beschützerinstinkt.

Sie warf ihm einen knappen Blick zu. Erst ihm, dann seiner Tanzflächenbekanntschaft. Dann straffte sie erneut die Schultern. »Weil ich bei ihm anfange!«, erklärte Eden und sah ihn flehend an, ihr nicht gerade jetzt zu widersprechen.

»Was?«, hörte Jackson sich selbst verwundert fragen. Nicht nur der Typ mit dem Bier in der Hand war überrascht.

Vermutlich um ihm keine Gelegenheit zu geben, seiner Verwunderung weiter Ausdruck zu verleihen, knuffte sie ihn hart gegen die Schulter. »Eigentlich wollte ich dir am Montag Bescheid geben«, erklärte sie hastig und ihr Blick flehte ihn an, das Spiel mitzuspielen. »Aber da wir uns ja eh gerade sehen, kann ich es auch gleich sagen.« Sie schenkte diesem Biertypen ein gefährliches Grinsen. »Ich nehme dein Angebot, die Küche des Old Harbour Inn zu leiten, an.«

Jackson traute seinen Ohren nicht. Das war ein Scherz. Sicher konnte das nicht Edens Ernst sein. Sie würde nach allem, das zwischen ihnen gewesen war, niemals mit ihm arbeiten wollen. Oder doch? Es irritierte ihn, wie sehr diese Aussicht seinen Herzschlag beschleunigte.

»Und jetzt verpiss dich, Matt«, erklärte Eden und leerte ihre Cocktailschale. »Denn ich wollte hier einen schönen Abend verbringen. Und du verpestest mir die Luft!«

Es war fast beruhigend, dass Jackson offenbar nicht der Einzige war, den sie mit diesem schroffen Ton bedachte. Matts überhebliches Lächeln war inzwischen eingefroren. Mit einem abwertenden Schulterzucken trollte er sich tatsächlich in Richtung Toiletten. Jax sah ihm nach, denn dorthin war auch er mit … verdammt, er sollte doch zumindest ihren Namen kennen … unterwegs gewesen, ehe … Sein Blick heftete sich auf Eden. Sie sah ihn mit ungeduldig gehobenen Augenbrauen an. *Was willst du noch hier*, schien sie sagen zu wollen und damit auch seiner Begleiterin aus der Seele zu sprechen.

»Wollen wir auch langsam mal …« Die Blonde umfasste seinen Bizeps und drückte ihre Brüste gegen seinen Arm. Ihre Körpersprache war eindeutig und nicht nur er verstand, worauf sie hinauswollte.

Eden schnaubte. »Genau! Ihr solltet auch mal … Lasst euch von mir nicht aufhalten!«

»Machen wir nicht«, gab Jackson zurück, fragte sich aber doch, was er mit seiner Begleiterin jetzt noch anfangen sollte. Das mit der Ablenkung, die er so dringend gebraucht hatte, konnte er nach diesem Zusammentreffen ohnehin vergessen. Er schenkte der namenlosen Fremden ein Lächeln und löste ihre Hand von seinem Arm. »Warum … gehst du nicht schon mal vor?«, fragte er. »Ich … muss hier nur noch kurz was klären, dann …«

»Wir müssen nichts klären!«, ging Eden dazwischen und sah dabei aus, als wollte sie seine Bekanntschaft mit Blicken erdolchen.

»Ich denke doch!«, widersprach Jackson entschieden und schob seine Eroberung auf Abstand. »Wie gesagt«, wandte er sich ihr zu und küsste sie knapp auf die Wange. »Ich … hab's gleich.«

Die Frau zögerte. Dann schob sie gekränkt die Unterlippe vor. »Eine Frau wie mich lässt man nicht warten!«, beschied sie ihm schmollend und schnippte vor seiner Nase mit dem Finger. Dann warf sie sich das blonde Haar über die Schulter und stapfte mit provokant wiegenden Hüften davon.

Eden unterdrückte einen Fluch. Das Letzte, worauf sie Lust hatte, war, mit Jackson allein zu sein. Na gut, sie musste zugeben, dass sie sich in der Nähe seiner sexy Begleiterin noch dämlicher gefühlt hatte, denn was die beiden vorgehabt hatten, erschloss sich selbst einem Blinden. Doch warum zum Henker stand er dann immer noch hier, anstatt mit dieser Disco-Tusse ins Bett zu steigen?

»Was soll das, Jax?«, fragte sie schnippisch und verschränkte die Hände vor der Brust. »Warum gehst du nicht einfach mit deiner Freundin? Ich brauch hier keinen Aufpasser. Und dich schon gar nicht!«

Sein Grinsen gefiel ihr nicht. Und auch nicht, dass er näher kam. »Sie ist nicht meine Freundin. Und wie du siehst … habe ich deinetwegen bei ihr verspielt.« Er zuckte mit den Schultern. »Du sagst, du brauchst keinen Aufpasser. Aber als Ausrede war ich gut genug«, stellte er fest, wobei er sich nah über sie beugte und in ihr Ohr sprach, um die Musik zu übertönen. Dann sah er ihr ins Gesicht und schmunzelte. »Oder war das keine Ausrede?«

Sein Dreitagebart kratzte leicht an ihrer Wange und seine nahen Lippen fesselten ihre Aufmerksamkeit.

»Was?«, hakte sie leicht atemlos nach und wich vor ihm zurück, bis der Tresen in ihrem Rücken ihren Rückzug beendete. Doch anstatt damit Distanz zwischen ihnen zu schaffen, hatte sie sich nur in eine Falle manövriert, denn Jackson war ihr gefolgt und sie spürte nun seine Oberschenkel an ihrer Jeans.

»Ich will wissen, ob das eben nur eine Ausrede war«, raunte er und ließ seinen Blick genüsslich über ihren Körper wandern, ehe er ihr in die Augen sah. »Oder willst du wirklich bei mir im Restaurant anfangen?«

»Was? Nein, ich meine … das war nur Quatsch.« Sein Duft stieg ihr in die Nase und sie ärgerte sich darüber, auch nur zu bemerken, dass er gut roch. »Um Matt loszuwerden.«

»Matt …« Jackson neigte fragend den Kopf. »Dein Freund? Oder Ex?«

»Matt?« Eden prustete. »Den kenn ich nur von der Arbeit! Ein echter Vollhonk!« Es ärgerte Eden fast, dass Jax dachte, sie würde sich mit so einer Flasche einlassen. »Darum doch überhaupt die Sache mit dem Restaurant.«

Shit, warum hatte sie den Eindruck, er komme immer näher?

»Dann … reden wir doch noch mal über die Sache mit dem Restaurant«, flüsterte er und seine Stimme klang trotz des Lärms verführerisch sanft.

Eden schluckte. »Da müssen wir jetzt echt nicht drüber reden. Das war … nur ein Scherz. Und du … ich meine, deine Begleiterin … wenn du ihr jetzt schnell nachgehst, dann …«

»Vergiss sie.«

»Was?« Eden konnte unter seiner Musterung keinen klaren Gedanken fassen. Mit einem Mal waren ihr hier im Club zu viele Menschen, war zu viel Gedränge. Jackson wurde regelrecht gegen sie gedrückt. Um sie nicht umzustoßen, hatte er seine Hände an ihre Hüfte gelegt. Seine Finger brannten sich durch ihr Shirt, aber seine Hände abzuschütteln wäre albern gewesen. Es war eine harmlose Berührung. Oder nicht?

»Vergiss sie«, wiederholte er geduldig, diesmal noch näher an ihrem Ohr. Sein Atem versengte ihre Haut und ein Prickeln rann ihre Wirbelsäule hinab.

»Aber es war doch recht klar, dass ihr … ich meine, es sah eindeutig danach aus, als wolltet ihr …«

»Will ich jetzt nicht mehr.« Seine Hände an ihrer Taille setzten ihren Körper in Brand.

»Nicht?«

»Nein. Allerdings … schuldest du mir jetzt was.«

»Wie bitte? Ich? Wie meinst du das denn?«

Jackson lachte heiser und drängte sacht gegen ihren Körper. »Das musst du echt noch fragen?«, murmelte er lachend und diesmal war sie sich nicht mehr sicher, ob wirklich die Menge daran schuld war, dass er ihr so nahe kam. Sein Blick war so verheißungsvoll, dass Eden schlucken musste.

Sie wollte protestieren, als er sie auf die Tanzfläche zog.

»Du hast meine Begleiterin vergrault. Da schuldest du mir zumindest einen Tanz.«

»Du spinnst doch!« Eden verschränkte die Arme vor der Brust, aber ihre starre Haltung führte dazu, dass sie von allen Seiten angerempelt und angetanzt wurde. »Du hättest weitergehen und dich um deinen Kram kümmern können.«

Jackson fasste nach ihrer Hand und drehte sie leicht. »Schon okay. Hab ich gern gemacht.« Als hätte er jedes Recht dazu, ließ er seine Hände über ihren Körper wandern. Eden hätte ihn wegstoßen können, einfach gehen können, doch die tanzende Menge um sie herum vereitelte jede Flucht. Wie eine Welle wogten die Körper um sie herum im Takt der Musik und drängten sie näher an Jackson. Sie stieß gegen sein Becken, gegen seine durch die Jeans deutlich zu spürende Männlichkeit. Gegen ihren Willen entwich ihr ein Seufzen.

Es war vollkommen verrückt, wie gut es sich anfühlte, Jackson so nahe zu sein. Wie ihr Körper auf ihn reagierte nach all den Jahren. Dabei erinnerte kaum etwas an Jacksons Körper an den Jungen, mit dem sie vor so langer Zeit intim gewesen war. Heute war Jackson ein ganz anderer Mann. Er war dem sportlichen Teenagerkörper entwachsen und zu einem kraftvollen Mann geworden. Sie spürte seine Muskeln unter ihren Fingern, als sie die Hand an seine Brust hob, um ihn auf Abstand zu schieben. Sie spürte seine Kraft, als er ihre Taille umfasste, seine Hände über ihre Rippen nach oben wandern ließ und sie noch näher an sich zog, um sie vor einem viel zu wild mit den Armen wedelnden Tänzer zu schützen.

Sie taumelte gegen ihn und für einen Moment nahm sie das Gedränge um sie herum überhaupt nicht wahr. Sie hörte nicht die Musik, die den Takt für ihre Schritte vorgab. Den Takt für ihr rasendes Herz.

Sie wollte nicht tanzen. Schon gar nicht mit Jackson, aber je länger sie hier so steif stand, umso eher wurde sie angerempelt, was sie unweigerlich Jackson wieder näher brachte. Vielleicht sollte sie … Jede Faser ihres Körpers stand in Flammen und sein Duft stieg ihr schneller in den Kopf als der Drink. Sie fühlte sich leicht, beflügelt und dabei so atemlos, als würde sie die höchsten Wellen reiten. Vielleicht sollte sie einfach … was war schon dabei. Ein Tanz. In einem Club, inmitten Hunderter Leute.

Sie schloss die Augen und begann ihr Becken kreisen zu lassen.

Es war nur ein Tanz. Ohne jede Bedeutung. Und dass Jackson beinahe siegessicher grinste, blendete sie aus. Sie tanzte ja nicht für ihn. Sie überließ sich dem Takt und hob die Arme. Sollte er ruhig sehen, was er verspielt hatte.

»Warum bist du zurückgekommen?«, rief Eden ihm über die Musik hinweg ins Ohr. Dabei beugte sie sich vor und ihre Brüste streiften seinen Arm.

Jax grinste. »Hast du mich vermisst?«

»Nein!« Eden stolperte, denn diese zufällige Berührung setzte ihren Körper in Flammen.

»Hast du an mich gedacht?« Seine Stimme klang rau und er tanzte sie an. Sein Atem so nah an ihrem Ohr sandte einen köstlichen Schauer über ihren Rücken.

Ob sie an ihn gedacht hatte? Meinte er das ernst? Es war kaum ein Tag vergangen, an dem sie nicht an ihn gedacht hatte. An dem sie ihn nicht dafür verflucht hatte, ihr Gefühle vorgespielt zu haben, um sie ins Bett zu bekommen, nur um dann ohne Abschied zu verschwinden. Dabei hatte er ihr nie gesagt, dass er sie liebte. Sie hätte es wissen müssen. Hätte es spüren müssen! Und dennoch hatte sie an ihn gedacht. Lange. Und oft. Aber das würde sie ihm niemals eingestehen.

»Du bildest dir ganz schön was ein«, gab sie deshalb kühl zurück und drängte sich kämpferisch gegen ihn. Sie würde ihm nicht zeigen, dass er ihr unter die Haut ging. Dass seine Nähe sie aus dem Konzept brachte.

Ihre Nähe war wie Feuer. Jackson wusste, er würde sich die Finger verbrennen, wenn er das nicht beendete. Die Menge auf der Tanzfläche zwang ihnen einen engen Tanz auf – nicht, dass er das nicht genossen hätte. Und doch waren sie die Einzigen hier, die sich mit Blicken erdolchten. Hinter ihr wurde der Tanz wilder und Jackson zog sie automatisch enger an sich. Ihre Brüste drängten sich fest gegen sein Shirt und er ließ wie zufällig seine Hände von ihrer Taille nach oben gleiten. Sie tanzten nur. Da war es okay, dass er ihre Arme um seinen Hals hob. Er fühlte, wie sie sich kurz versteifte. Dann trat ein kämpferischer Ausdruck in ihr Gesicht. Er spürte ihren Atem, die Hitze ihrer Haut und er wollte nur eines. Mit ihr hier verschwinden.

Doch ganz im Gegensatz zu der namenlosen Tanzpartnerin von vorher, war Eden alles andere als willig. Das hier war kein Verführungstanz. Das hier war ein Kampf. Und Eden kämpfte gut.

»Du hast also nicht einmal an mich gedacht?«, hakte er nach und drehte sie, sodass ihr Po in diesen engen Jeans gegen seinen Schritt wippte. Ihm entfuhr ein Seufzen. Gott, diese Frau war schärfer als die Felsen am Flat Rock. Einem Impuls folgend schob er ihr Haar beiseite und seine Zunge glitt über ihren Hals. »Nicht ein Mal?«

»Nein!«, keuchte sie erschrocken und riss sich los. Tränen traten ihr in die Augen und sie funkelte ihn wütend an. »Hab ich nicht.«

Jackson wusste, dass sie log. Er spürte es, und doch wirkte ihre Reaktion wie ein Eimer eiskaltes Wasser. Er sah, wie ihr Puls flog, und er presste die Lippen zusammen, um den Nachhall des unbedachten Kusses zu vertreiben. »Nein, hast du nicht«, wiederholte er ihre Worte und drehte sie um, sodass sie ihm in die Augen sehen musste. Er grub seine Hand in ihren Nacken und verhinderte so, dass sie ihm ausweichen konnte. »Du hast ja nie lange gebraucht, mit etwas abzuschließen.« Er fuhr sich durchs Haar. Ihm war heiß und die Menge um sie herum gewann plötzlich wieder an Dichte. Nun, wo er sich nicht mehr mit der Musik bewegte, fühlte er sich hier fehl am Platz. Eden und er standen sich gegenüber und die Welt kam wieder zwischen sie. Gerade, dass Eden ihn so fragend ansah, als wüsste sie nicht, wovon er sprach, war zu viel. Der Tanz war vorbei. Die Nähe … ein furchtbarer Fehler. Das mit der Ablenkung war gewaltig in die Hose gegangen. In die mit einem Mal viel zu enge Hose.

»Ich war nicht lange genug weg«, verfluchte er sich selbst, als er aus dem Club stürmte.

Die kühle Nachtluft traf ihn wie ein Hammerschlag. Sie klärte seine Gedanken. Ein türkis beleuchteter Springbrunnen trennte den Parkplatz des Clubs von der Strandpromenade ab. Die Fontäne funkelte und der Wind trug feinste Wassertröpfchen mit sich. Er überquerte den Parkplatz und stieg auf sein Motorrad. Er war wirklich nicht lange genug weg gewesen.

Frittiertes

»Das ist allein deine Schuld!«, schimpfte Eden und rammte Connor hart ihren Ellbogen in die Seite.

»Au!«, beschwerte sich der und ging auf Abstand. Er ließ das Fernglas sinken, mit dem er den Strand im Auge behielt, und sah seine Schwester an. »Meine Schuld?«, fragte er ungläubig und mit unterdrücktem Lachen. »Wie kann das meine Schuld sein?«

Eden machte einen Schmollmund. »Du hast mich in den Club geschleppt und dort dann alleingelassen.«

Weil ihr Bruder nur weiter grinste, ohne darauf einzugehen, legte Eden nach: »Wegen dir war ich dort!«

Connor hob unschuldig die Arme. »Tut mir leid, dass du wegen mir Beinahesex mit Jackson hattest!«, spottete er und rollte mit den Augen, ehe er erneut das Fernglas vors Gesicht hob.

»Idiot!«

Eden zupfte am Bund seiner roten Badehose und ließ den Gummi gegen seinen Rücken schnalzen.

Connor verzog das Gesicht. »Ich lass dich gleich vom Wachturm entfernen, Schwesterherz, wenn du jetzt nicht aufhörst, deine schlechte Laune an mir auszulassen.«

Eden warf die Arme in die Luft und schnaubte. »Du hast leicht reden! Du hast ja nicht mit Jackson getanzt!«

Connor lachte. »Muss ja furchtbar gewesen sein, so wie du dich jetzt darüber aufregst.«

»Quatsch!« Eden spürte, wie ihr das Blut in die Wangen stieg. »Es war … überhaupt nicht furchtbar. Das ist ja das Schlimme! Er … ist unfassbar heiß! Immer noch!«

»Du hättest also lieber mit jemandem getanzt, der … nicht heiß ist?«

Eden kniff verärgert die Lippen zusammen. »Du findest das furchtbar lustig, stimmt's?«

»Etwas«, gestand Connor und wischte sich getrockneten Sand von der Brust.

Eden verkniff es sich, noch einmal nach ihm zu schlagen. Stattdessen sah sie hinüber zu den Felsen mit dem Old Harbour Inn auf der Spitze. »Wenn du so schlau bist, dann sag mir doch mal, was ich jetzt machen soll. Ich kann ja kaum hingehen und so tun, als wäre das gestern nicht passiert.«

»Dann geh halt nicht hin.«

»Und der Job?«

Connor ließ seufzend das Fernglas sinken. »Ich dachte, du willst unter keinen Umständen mit Jax arbeiten«, erinnerte er sie an ihre ursprüngliche Aussage.

»Wollte ich auch nicht«, gab Eden kleinlaut zu. »Aber im Grunde … ist sein Angebot super. Und ziemlich das einzige weit und breit.« Sie fuhr sich entnervt durchs Haar. »Ist ja nicht so, als hätte ich viel Auswahl.«

Connor nickte nachdenklich. »Okay, dann …« Er lehnte sich mit dem Rücken gegen das Geländer des Wachturms. »Dann sag ich dir jetzt was. Jax ist ein Mann. Und wir Männer sind nicht soooo kompliziert.«

Eden grinste. »Ach, was du nicht sagst.«

»Willst du jetzt hören, was ich zu sagen hab, oder nicht?«

»Spuck's schon aus!«

»Na schön. Ich lehn mich mal aus dem Fenster: Ihr hattet mal was miteinander. Das ging ordentlich den Bach runter, aber inzwischen ist echt viel Zeit vergangen. Jetzt seht ihr euch wieder und ihr fummelt euch an.«

»Toll, danke für die vollkommen unnötige Zusammenfassung!«

»Hör doch zu. Ein Mann macht nicht mit einer Frau rum, die er absolut nicht abkann. Und selbst wenn Jax die gestrige Tanznummer auch bereut, ist da noch irgendwas zwischen euch. Und darauf kannst du doch bauen. Ich wette, er gibt dir den Job. Du musst nur klarstellen, dass die Fummelei eine einmalige Sache war. Denn sonst landet ihr schnurstracks in der Kiste, knattert ein paarmal, dann gibt's Stunk, alte Scheiße kocht hoch und du kannst dir wieder einen neuen Job suchen.«

Eden schnaubte. »Ich bin überwältigt von deiner poetischen Ausdrucksweise. Du hast ein natürliches Gespür für Worte, die keiner hören will!«

»Und du hast ein natürliches Gespür für Kerle, mit denen es kompliziert wird.«

* * *

»Also möchten Sie die Anschlüsse für den Herd und den Gasgrill an dieser Seite haben?«, fragte der Elektriker und notierte sich etwas in seinem kleinen grünen Notizbuch. Er deutete mit dem Stift zur Decke. »Dann läuft das Abluftsystem hier entlang und wir brechen hier durch die Wand nach draußen.«

Jackson runzelte die Stirn. »Moment, das … ist ungünstig. Wir leiten doch die Abluft mit den Essensgerüchen nicht auf die Terrasse, wo die Gäste sitzen.«

»Das ist leider die einzige Möglichkeit.« Der Arbeiter klappte sein Notizbuch zu und trat an die Wand, wo er den Herd plante. »Wie viele Kochplätze sind angedacht? Und wie breit soll das werden, denn die Industriespülmaschine benötigt auch noch Platz.«

»Puh …« Jackson rieb sich die Stirn. Er löste den Haarknoten und massierte seine Kopfhaut. Er war heute einfach nicht in der Lage, solche Entscheidungen zu treffen. Der gestrige Abend hing ihm nach und er konnte nicht aufhören, an Eden zu denken. Er hatte es versaut. Ihr so nahe zu kommen, war ein Fehler gewesen. Und es hatte vermutlich jede Chance ruiniert, sie als Köchin zu gewinnen. Und ohne Köchin brauchte er im Grunde überhaupt keine Küche zu planen. Er selbst konnte vielleicht halbwegs kochen, aber ein Lokal zu führen, dabei wirtschaftlich zu arbeiten und etwas ganz Besonderes für den Gaumen der Gäste zuzubereiten, das überstieg seine Fähigkeiten bei Weitem.

»Hätte ich mal bedenken sollen, ehe ich diesen Schuppen hier gekauft habe«, murrte er und rieb sich den Bart.

»Bitte?« Der Elektriker sah auf. »Was meinen Sie?«

Jacksons Kopf hämmerte schmerzhaft. »Ich meine, dass wir nicht weiterzuplanen brauchen, wenn wir es nicht schaffen, die Abluft woandershin abzuleiten. Kein Gast wird hier essen wollen, wenn er im Dunst von Frittiertem sitzen muss.«

»Eine innovative Speisekarte kommt ohne Frittiertes aus.«

Der Elektriker sah verwundert auf und auch Jackson wandte beim Klang der weiblichen Stimme den Kopf in Richtung Tür.

»Eden?«, fragte er überrascht und fuhr sich hastig durchs Haar. »Was machst du denn hier?«

Sie knetete ihre Hände und ihre Wangen waren knallrot. »Ich … bin … wegen des Jobs hier.«

Es war unschwer zu erkennen, dass ihr die Worte schwer über die Lippen kamen.

»Einen Moment bitte«, richtete sich Jackson an den Handwerker und trat dann auf Eden zu. Er deutete nach draußen auf die Terrasse. »Wir sollten kurz …«, bat er und folgte ihr durch die provisorische Folientür hinaus, »… reden.«

Eden ging über die Bruchsteinplatten der Terrasse bis ans neue Geländer. Wie sie nun so dastand – mit dem Wind im Haar, am Rand der Klippe –, flammte sein Verlangen vom Vorabend wieder auf und Jackson musste sich beherrschen, ihr nicht zu nahe zu kommen.

»Ist der Job noch zu haben?«, platzte Eden heraus, ohne ihn direkt anzusehen. »Oder …?«

»Gestern hast du gesagt, das sei nur eine Ausrede gewesen«, wiederholte Jax ihre Worte aus dem Club.

Nun sah Eden ihn doch an. »Alles, was ich gestern gesagt und getan habe, war ein Fehler!« Sie holte tief Luft. »Ich hatte zu viel getrunken und war wütend, weil Matt … egal. Aber wenn du noch immer eine Küchenchefin suchst, dann …«

»Du weißt, dass ich immer noch jemanden für die Küche brauche. Aber wie stellst du dir das vor?«, hakte Jackson nach. Er wollte den gestrigen Abend nicht erwähnen, auch wenn die Erinnerung wie ein Film vor seinem geistigen Auge ablief. Er spürte noch ihre Brüste unter seinen Händen. Wie sollte er da mit ihr arbeiten können?

»Keine Ahnung.« Eden warf die Arme in die Luft. »Wir sind ja erwachsen. Da … sollte man doch in der Lage sein, die Vergangenheit hinter sich zu lassen, oder?«

Jackson lachte leise. »Eddy, vor gerade mal vierzehn Stunden … da …«

»Jaaa?« Sie hob abwartend die Augenbrauen.

»Was ich sagen will: So weit liegt die Vergangenheit nicht zurück.«

Eden stieß sich vom Geländer ab und ging einige Schritte auf und ab. »Gott, Jax!«, fluchte sie dabei und funkelte ihn böse an. »Wir haben getanzt. Mehr war das nicht! Und wir waren betrunken. Das war nur … der Club. Nicht das echte Leben«, fauchte sie frustriert, ehe sie ihre Stimme etwas senkte. »Du hast mir den Job angeboten und ich will ihn«, stellte sie klar. »Du weißt, dass ich die beste Köchin bin, die du bekommen kannst, und ich weiß, dass …«

»Wir werden uns nur streiten und …«

Sie hob die Hand, um ihn zu unterbrechen. »Nein, nein. Lass mich ausreden. Wir werden uns absolut professionell verhalten. Wir werden zusammenarbeiten und das Abschlussessen des Surfcup ins Old Harbour Inn holen. Ich will Matt fertigmachen und …«

Jackson schluckte hart. Was sie sagte, war vollkommener Unsinn. Sie beide waren wie Feuer und Wasser. Sie würden nie professionell miteinander arbeiten können. Dazu war zu viel vorgefallen. Und wann immer er sie ansah, konnte er an nichts anderes denken als daran, wie ihre Haut schmeckte, wie ihr lustvolles Stöhnen ganz nah an seinem Hals klang und wie sich ihr Hintern in ihrer Jeans angefühlt hatte.

»Okay«, hörte er sich ihre Ausführungen unterbrechen. »Okay, Eden.« Hatte er den Verstand verloren? »Lass es uns versuchen.«

Oh ja, er hatte ganz eindeutig den Verstand verloren. Er rieb sich das stoppelige Kinn und sein Blick heftete sich auf die Frau, die für seinen Verstandsverlust verantwortlich war. In ihrer knappen Jeansshorts und dem hellen Top sah sie aus wie der Sommer selbst. Und ihr überraschter Gesichtsausdruck war so niedlich, dass er am liebsten die Arme nach ihr ausgestreckt hätte.

»Echt?« Ihre Lippen hoben sich zu einem Lächeln. »Das überrascht mich jetzt«, gab sie zu.

»Warum? Ich dachte, deswegen bist du hier.«

»Ja, ja, klar, aber …« Sie verzog das Gesicht. »Normalerweise enttäuschen mich die Männer, von denen ich etwas … erhoffe.«

Der Seitenhieb saß.

»Na, wenn du auf den Job gehofft hast, dann kannst du ihn haben, wenn du willst. Aber dann geh jetzt da rein und erklär dem Heini, was für eine Ausstattung deine Küche haben soll, denn ich kenn mich damit überhaupt nicht aus.«

»Dein Ernst?« Eden sah wirklich überrascht aus.

Jackson wusste selbst nicht so genau, ob er das alles ernst meinte. Das hier war vielleicht die schlechteste Idee seit Langem. Aber mit einem hatte Eden ganz klar recht: Sie war die Beste, die er bekommen konnte. Und er wollte sie. Wenn vielleicht auch nicht nur für seine Küche, wie er sich seit gestern Nacht eingestehen musste. Verdammt, selbst jetzt fühlte er sich zu ihr hingezogen!

»Absolut«, versuchte er, überzeugter zu klingen, als er war. »Es muss eine Lösung für die Abluft her, sonst brauchen wir gar nicht erst für den Surfcup anzutreten.«

Eden nickte. Sie strich sich geschäftig über ihr Shirt und blickte in Richtung Restaurant, wo der Handwerker schon ungeduldig zu ihnen herübersah. »Na schön, dann … dann los.« Sie schritt mit unübersehbarer Vorfreude aufs Lokal zu, wandte sich aber an der Tür noch einmal zu ihm um.

Jackson wusste, was sie sagen wollte, noch ehe die Worte ihren Mund verließen. Und er wusste auch, dass er definitiv nicht ihrer Meinung war.

»Ach, und Jax, das gestern …«, bestätigte sie seine Vorahnung, »… das war eine einmalige Sache. Wir sollten definitiv Abstand zueinander halten. Der … Körperkontakt war ein Fehler«, stellte sie klar. »Wir werden in Zukunft keinen Fehler mehr machen.«

Eden versuchte, sich das Zittern nicht anmerken zu lassen, als sie mit großen Schritten vor Jackson in den Gastraum trat und dem Elektriker die Hand schüttelte.

»Eden Green«, stellte sie sich vor, kaum in der Lage, ihr schnell hämmerndes Herz zu übertönen. »Ich leite die Küche.« Sie warf Jackson ein dankbares Lächeln zu und strich sich die Haare hinters Ohr. »Und ich habe da eine Idee für die Abluft.« Sie zwang sich, sich auf das Gespräch und die Planung mit dem Handwerker zu konzentrieren, doch jedes Mal, wenn ihr Blick zufällig Jackson streifte, bemerkte sie, dass er sie nicht aus den Augen ließ.

Wenn sie doch nur seine Gedanken hätte lesen können! Hatte er gespürt, dass sie während ihres gesamten Gesprächs nur daran gedacht hatte, wie er sie berührt hatte? Oder daran, wie unfassbar gut seine Hände sich auf ihrem Körper angefühlt hatten? Wie sehr er sie mit seiner Nähe aus dem Gleichgewicht gebracht hatte? Und dass sie bei allen Heiligen nicht die leiseste Vorstellung davon hatte, wie es sein würde, ihn in Zukunft jeden Tag zu sehen? Sich mit ihm im selben Raum aufzuhalten, obwohl sie weder den Tanz von letzter Nacht noch die furchtbare Enttäuschung von vor zehn Jahren je vergessen würde.

»Dann drehen wir den ganzen Entwurf und durchbrechen an dieser Seite die Außenwand«, übernahm der Techniker ihre Vorschläge in sein Heft. »Das geht.« Er kratzte sich am Kopf und deutete dann auf die Mitte der Küche. »Und hier bleibt die Küche offen, damit die Gäste bei der Zubereitung ihrer Speisen zusehen können?«, hakte er nach.

Eden sah fragend zu Jackson, der ihr bisher freie Hand bei der Planung gelassen hatte.

Der stieß sich jetzt vom Tisch ab, an dem er gelehnt hatte, und kam näher. »Richtig. Ich will absolute Transparenz. Dies wird eine moderne, saubere Küche, die allen Standards genügt.

Der Gast darf das ruhig sehen.« Er schritt einen Bereich ab und breitete dabei die Arme aus. »Die alte Bar hier trennt die neue Küche ab. Dahinter mit Abstand dann der Gastraum. Darüber moderne Lampen im Industrielook. Ich kenne da jemanden, der die anfertigt«, erklärte er und fasste sich dabei unbewusst die Haare auf dem Oberkopf zusammen.

Eden musste sich zwingen, ihn nicht anzustarren. Er sah wirklich ungemein gut aus. Und die Leidenschaft, mit der er sein zukünftiges Lokal vor sich sah, ließ seine ohnehin umwerfenden Augen noch mehr glänzen. »Das wird super«, schwärmte er, und Eden konnte ihm da kaum widersprechen.

»Schön. Hab alles notiert«, bestätigte der Techniker und klappte das Notizbuch zu. »Wenn Sie dann bis nächste Woche die Vorbereitungsarbeiten abgeschlossen haben, können wir loslegen.«

Jackson nickte und Eden sah, wie er im Geiste schon die kommenden Arbeiten durchging. »Eine Woche ist ziemlich knapp«, meinte er und rieb sich das Kinn. »Ich … muss sehen, ob ich Hilfe herbekomme. Ansonsten in zwei Wochen.«

Der Handwerker nickte. »Ich gebe die Sonderwünsche in Auftrag und bestelle die Technik für den Kühlraum. Melden Sie sich, wenn es losgehen kann.«

Er reichte Jackson die Hand und steckte das Notizbuch in die Brusttasche seines Blaumanns. »Frohes Schaffen noch«, wünschte er zum Abschied.

»Bis nächste Woche«, rief Eden ihm nach und fühlte sich direkt fehl am Platz, als Jackson den Herrn hinausbegleitete. Gleich würde er zurückkommen. Dann wären sie wieder allein miteinander. So wie gestern. Und was daraus geworden war, hatten sie ja gesehen.

»Du weißt genau, was du willst, oder?« Jackson kam zurück und schlenderte an die mit dunklem Holz verkleidete Theke. Er ließ sich einen Kaffee aus der Maschine.

»Was meinst du?«

»Na, die Kücheneinrichtung. Du hast da echt Ahnung.«

»Wäre ja schlimm, wenn nicht, oder?«

Jackson bot ihr mit einem Handzeichen auch eine Tasse an und Eden nickte. Sie sah ihm zu, wie er die Milch aufschäumte und einen Cappuccino zubereitete. Dann reichte er ihr die Tasse und setzte sich auf den Tresen. Eden nahm auf einem Stuhl Platz und balancierte die Tasse auf ihren Knien. Jacksons Musterung war ihr furchtbar peinlich und das Schweigen so drückend, als wäre die Sunset Cave über ihr eingestürzt.

»Ich wollte mich für mein Verhalten neulich Morgen am Strand entschuldigen«, setzte sie leise an und rührte dabei unnötig lange in ihrer Tasse. »Ich war furchtbar unhöflich.« Sie musste nicht aufsehen, um zu wissen, dass Jackson grinste. Sie hörte es an seiner Stimme.

»Warst du«, stimmte er ihr zu. »Aber ich schieb das jetzt einfach mal auf deinen kaputten Fuß.«

Eden schlürfte ihren Cappuccino. Wieder zog sich das Schweigen in die Länge. Es war beinahe schmerzhaft. Immer, wenn sie aufsah, trafen sich ihre Blicke und es war unschwer zu erkennen, dass sie beide nicht anders konnten, als an ihren viel zu heißen Tanz zu denken.

Verdammt, warum sagte er denn nichts? Warum saß er so still da, ohne …

Er leerte seine Tasse. »Ich … muss mich jetzt mal an die Arbeit machen«, rettete er sie aus dieser furchtbaren Stille und Eden seufzte hörbar.

»Ja klar.« Sie sprang auf und stellte klirrend ihre halb volle Tasse neben ihm ab. »Du hast ja noch einiges zu tun.«

»Richtig.« Auch er glitt vom Tresen. Nun standen sie sich mit einem guten Meter Distanz gegenüber.

Eden hätte schreien mögen, denn wieder baute sich das Schweigen wie eine Mauer zwischen ihnen auf. Sie nickte verlegen mit dem Kopf und sah zur rettenden Tür. Sie musste hier raus. Und zwar schnell.

»Na dann …« Eden machte einen Schritt auf die Tür zu.

Jackson folgte ihr. »Ja. Dann … bis …«

Ein schwarzer Schatten in der Tür ließ beide sich umdrehen.

Eden erstarrte mitten in der Bewegung. Das konnte jetzt echt nicht wahr sein!

»Krasse Nummer!« Luke St. James verstellte die Tür. »Wen haben wir denn da?«, fragte er gut gelaunt und breit grinsend. Er nickte in Jacksons Richtung und zwinkerte. »Meine beiden Lieblingsmenschen«, spottete er und kam rein.

Eden wich ihm aus, als er schnurstracks zum Kühlschrank schlenderte. Er legte seinen Motorradhelm auf den Tresen und nahm ein Bier aus dem Kühlschrank. Dann wandte er sich an Jackson. »Wollte nicht stören«, flötete er und schlug den Kronkorken am Tresen ab.

»Du störst nicht«, gab Jackson zerknirscht zurück. Sein Blick war verschlossen, als er Eden wieder ansah. »Sie wollte eben gehen.«

»Stimmt genau.« Eden rammte die Hände in ihre Hosentaschen und wippte unruhig auf den Fußballen herum. »Dann … dann komm ich wieder, wenn … die Küche fertig ist?«

»Nein. Ich brauch dich früher hier.«

»Früher? Wofür?« Sie wollte endlich gehen. Lukes raubtierhaftes Grinsen verursachte ihr eine Gänsehaut.

»Wir müssen eine Speisekarte und ein Menü für den Surfcup erarbeiten. Außerdem brauche ich eine Liste mit allem, was du an Ausstattung für die Küche brauchst. Töpfe, Pfannen, Kochlöffel oder was weiß ich, was man da eben so braucht. Außerdem …« Lukes Lachen brachte Jax aus dem Konzept. »Was ist los?«, fragte er und fuhr sich durch die Haare.

»Was los ist? Sagt ihr es mir«, forderte er. »Ihr steht so steif da, als hätte ich euch gerade beim Poppen erwischt.« Er hob die Augenbrauen spöttisch. »Oder wolltet ihr gerade poppen?«

»Der spinnt doch!«, entfuhr es Eden und ihre Knie zitterten.

»Dann habt ihr eben gepoppt?«, ließ er nicht locker.

»Schnauze, Luke!«, brummte Jackson und funkelte seinen Freund warnend an. Dann wandte er sich an Eden. »Komm am Mittwoch. Dann besprechen wir alles«, bat er und als er sich wieder an Luke wandte, war das für Eden das Signal, zu gehen. Sie zwang sich, nicht zu rennen, als sie das Restaurant verließ.

Was hatte sie sich nur gedacht! Hier zu arbeiten, das würde niemals gut gehen!

Freunde

»Was sollte das?«, fragte Jackson und wandte sich verärgert zu Luke um. »War das wirklich nötig?«

»Sag du es mir!«, forderte der breit grinsend. »Gestern Abend hab ich euch gesehen, wie ihr auf der Tanzfläche rumgemacht habt, und heute komm ich her und siehe da …«

»Wir haben nicht rumgemacht«, ging Jax dazwischen. Es ärgerte ihn irgendwie, dass Luke sie gesehen hatte. Besonders, weil er den Tanz falsch deutete. Aber gerade mit Luke wollte er das nicht diskutieren. Doch wie es aussah, kam er nicht drumherum, denn Luke machte keinerlei Anstalten, das Thema zu wechseln.

»Ich hab dir ja gesagt, du musst dich mal austoben«, meinte der grinsend. »Aber dass du dir dafür gerade Eden aussuchst …« Er zuckte mit den Schultern. »… War sie die ganze Nacht hier?«

»Natürlich nicht! Es ist nicht so, wie du denkst!«

»Dann habt ihr nicht …?«

Entnervt rollte Jax mit den Augen. »Das geht dich nichts an!«

Luke lachte und hob sein Bier. »Leugnen klingt anders!«

»Wir haben nur getanzt. Und das nicht mal richtig. Na und? Das hatte nichts zu bedeuten. Wir haben uns kaum berührt.

Und ich will, dass du vor Eden kein Wort darüber verlierst, verstanden?«

»Sollte kein Problem sein. Ist ja nicht so, als würden wir uns ständig über den Weg laufen.«

Jax rieb sich das Kinn. »Was das angeht … das könnte sich ändern. Eden ist meine neue Küchenchefin.«

Prustend verschluckte Luke sich an seinem Bier. »Hör auf!« Er wischte sich den Mund mit dem Handrücken ab und sah Jackson ungläubig an. »Dann hat sie sich also direkt hochgeschlafen, richtig?«

»Du bist ein Arsch!«, stellte Jax fest und drehte sich um. Er griff sich den Werkzeugkoffer und fing an, die Schlagbohrmaschine zusammenzustecken.

Luke kam ihm nach. »Und was genau ist das für ein Arrangement?«, fragte er spöttisch? »Essen gegen Sex oder Küche und Bett gegen Bezahlung oder …«

Jackson stellte den Bohrer an und schlug einen Schlitz für die neue Verkabelung in die Wand. Das Hämmern vibrierte ihm in den Armen und er hörte nicht, was Luke sonst noch so von sich gab. In Momenten wie diesem fragte er sich ernsthaft, warum er eigentlich mit ihm befreundet war. Luke St. James war sicher kein Sympathieträger. Aber er rechnete es Luke hoch an, dass er sich vor zehn Jahren nicht auf Eden eingelassen hatte, obwohl sie sich ihm an den Hals geworfen hatte, kaum dass Jax ihr mitgeteilt hatte, er werde fortgehen. Ihre Liebesschwüre und ihr Versprechen, auf ihn zu warten, hatten nicht einmal einen Tag gewährt.

Er setzte die Bohrmaschine ab und schüttelte die Hände aus. Dann sah er Luke an. »Denkst du, es war ein Fehler, sie einzustellen?«

Sein Freund zuckte mit den Schultern. »In der Küche weiß sie, was sie tut. Im Bett … da fehlt mir die Erfahrung, aber ich sag dir gleich, Alter, wenn sie sich wieder an mich ranmacht, geh ich ihr an die Wäsche. Freundschaft mit dir hin oder her.«

Jax schnaubte. Die Bilder von Edens und Lukes Kuss standen ihm viel zu deutlich vor Augen. »Nett, dass du mich diesmal vorwarnst.«

Luke hob unschuldig die Hände. »Hab dir schon hundert Mal gesagt, ich war damals genauso überrascht wie du.«

»Ich hätte echt nie gedacht, dass ihr das, was wir hatten … so wenig bedeutet hat.« In den letzten Jahren hatte er sich oft gefragt, ob er ihr damals vielleicht hätte sagen müssen, dass er sie liebte, doch er hatte es einfach nicht geschafft, seine Gefühle so offen zuzugeben. Und im Grunde war er froh darüber. Sonst hätte er sich noch viel elender gefühlt.

Luke leerte sein Bier. »Weiber!«, tat er das Thema ab. »Sind doch alle gleich.«

Jackson nickte. »Ist grad eh nicht der richtige Zeitpunkt, sich darum Gedanken zu machen. Ich muss das Lokal fertigbekommen. Sonst zieht mir zur Abwechslung mal ein Kerl die Hosen runter. Nämlich der Pisser von der Bank, der sein Geld zurückhaben will.«

»Gib Bescheid, wenn ich helfen kann. Ich male mir nur ungern aus, wie dich die Bank fickt!«, bot Luke lachend an.

»Und ich erst.« Jackson schlug mit dem Schlagbohrer den nächsten Schlitz. Die Betonbröckchen rieselten zu Boden und grauer Staub hing in der Luft. Hustend setzte er ab und prüfte die Tiefe mit dem Kabel, das er verlegen wollte.

»Passt«, stellte er fest und wandte sich der nächsten Leitung zu.

Luke trank schweigend ein zweites Bier. Als Jackson vollkommen verstaubt drei weitere Schlitze für die Verkabelung der Küche in den Stein geschlagen hatte, legte er schnaufend die Maschine beiseite und schüttelte seine schweren Arme aus.

»Gott, was für eine Plackerei!«, keuchte er und wischte sich den Staub aus dem Gesicht.

»Nimmt doch Form an«, stellte Luke fest und sah sich um. »Sieht schon ganz anders aus als noch vor wenigen Wochen.«

»Schon.« Jax öffnete den Kühlschrank und stellte fest, dass Luke das letzte Bier genommen hatte. Also ging er zu ihm und nahm ihm die Flasche ab. »Das ist meins«, erklärte er und spülte sich mit einem Schluck den Staub aus der Kehle. Dann sah er Luke wieder an und schüttelte über sich selbst den Kopf. Er konnte Schlitze schlagen, um an etwas anderes zu denken. Solange das harte Hämmern durch seine Arme floss und er seine ganze Kraft aufbringen musste, die schwere Maschine über den Kopf zu heben, klappte das auch. Doch sobald die Stille zurückkam, wurde ihm wieder klar, wie kompliziert das alles werden würde. »Was hab ich mir nur dabei gedacht?«, stöhnte er.

»Als du das Lokal gekauft hast? Das frag ich mich auch, Alter!«

»Ich rede nicht vom Old Harbour Inn!«, verbesserte Jackson. »Ich meine Eden. Wie soll das funktionieren? Mit ihr, mir … und dir?«

Luke lachte. »Schlägst du einen flotten Dreier vor?«

Jax schüttelte den Kopf und schnippte den Kronkorken in Lukes Richtung. »Glaub mir, das ist das Letzte, was ich will!«

»Klar. Im direkten Vergleich mit mir kackst du vermutlich total ab«, spottete Luke.

»So wird's sein.« Jackson rieb sich das Kinn. Er hatte immer noch Schmutz im Gesicht, wie er feststellte. »Aber mal im Ernst. Das wird doch hoffentlich nicht schräg, oder? Dieses Lokal muss laufen. Darum darf das hier mit uns dreien nicht schräg werden.«

Luke zuckte mit den Schultern. »Dann halt dich doch einfach von ihrem kleinen Hintern fern«, schlug er vor.

»Keine Sorge, das hat sich eh erledigt. Eden hat deutlich gemacht, dass wir in Zukunft besser Abstand halten.«

Luke grinste. »Die Kleine bricht dir doch nicht schon wieder das Herz?«

Jackson trank den letzten Schaum aus der Flasche. Dann schlenderte er zum Tresen und stellte die Flasche in den Kasten zurück. »Ich hab zehn Jahre gedacht, die Sache mit Eden wäre erledigt. Und jetzt?« Er betrachtete seine schwieligen Hände. »Jetzt komm ich mir wieder vor, als wäre ich achtzehn und kein bisschen klüger.«

»Dann stehst du echt immer noch auf sie.«

Jackson verzog das Gesicht. »Gott, Luke, sie ist einfach unheimlich süß. Und so … sexy.«

»Im Club gibt's haufenweise Frauen, auf die diese Beschreibung zutrifft. Du musst einfach etwas flexibel bleiben. Vergiss Eden Green. Sie ist jetzt deine Mitarbeiterin.« Luke zwinkerte. »Und aus Respekt davor verspreche ich hoch und heilig, meinen natürlichen Charme und mein Sexappeal zu unterdrücken, wann immer ich herkomme, damit sich die Sache von damals nicht wiederholt.«

Jackson schnaubte. »Na, danke. Du bist ein wahrer Freund!«

»Ich weiß. Und jetzt geh ich mal, ehe du mich im Namen unserer Freundschaft erneut zur Sklavenarbeit in diesem Drecksloch verdonnerst.«

»Wenn du mein Baby noch mal Drecksloch nennst, bekommst du lebenslanges Hausverbot!«

Luke lachte und schlenderte zur Tür. »Ich komm einfach erst wieder her, wenn es hier aussieht wie in einem Schuppen, den ein St. James auch betreten möchte!«

»Wer sagt, dass die St. James hier überhaupt je willkommen sein werden?«, rief Jackson ihm nach und griff wieder nach der Bohrmaschine.

Luke zwinkerte ihm bissig zu. »Die St. James sind überall willkommen. Frag Eden.«

Jackson schaltete den Schlagbohrer an und hämmerte auf die Wand ein. Wer solche Freunde hatte, brauchte wirklich keine Feinde.

* * *

Eden zog den Reißverschluss ihres Neoprenanzugs bis zum Hals nach oben und griff sich ihr Board. Sie musste sich ablenken. Seit drei Tagen kreiste jeder einzelne ihrer Gedanken um Jackson Cooper. Sie spähte zum Wachturm hinauf, aber von Connor war nichts zu sehen, obwohl er Dienst hatte. Dabei war sie hergekommen, weil sie gehofft hatte, die Neckereien mit ihm würden sie ablenken. Aber der Strand war an diesem Mittwochnachmittag voller Menschen und auch im Wasser tummelten sich die Badegäste. Connor war zu beschäftigt, um sich zu unterhalten.

Darum floh sie nun aufs Wasser. Sie musste weit hinauspaddeln, um niemanden zu gefährden. Ein Stück südlich am Strand sah sie ihren Bruder mit dem Strandbuggy.

Eden tauchte mit dem Board durch eine Welle. Dann wandte sie sich zum Strand um, um die Distanz zu prüfen. Sie war weit genug draußen. Mit einem sportlichen Satz kam sie auf dem Brett zum Stehen und lenkte durch eine Drehung ihrer Hüfte das Brett in die Welle. Sofort nahm es Fahrt auf und der Wind riss an Edens Haaren. Salzige Strähnen schlugen ihr ins Gesicht, als sie einen Bogen schlug und die Welle kreuzte.

Der Atem kam hart aus ihrer Brust. Sie liebte es, wie die Wellen mit ihr rangen. Wie sie versuchten, sie vom Brett zu holen. Aber Eden stand jede Welle.

Sie verdrängte den Gedanken, dass sie eigentlich zu Jackson hinauf ins Lokal gehen und mit ihm die Speisekarte erarbeiten sollte. Aber was, wenn es wieder zu diesem peinlichen Schweigen käme? Wenn Luke wieder aufkreuzte und irgendwelche dummen Sprüche abließ?

Eden strauchelte auf dem Board, konnte sich aber halten. Nur kurz erlaubte sie sich einen Blick nach oben auf die Klippen. Jax hatte ihr neulich keine Uhrzeit genannt. Wartete er vielleicht längst auf sie?

Als würde die Welle ihr diese Frage beantworten, riss sie sie vom Brett und spülte kalt über sie hinweg.

Schnaufend tauchte Eden auf und zog das Brett an der Leine zu sich heran. Der Nachmittag war noch lang. Sie konnte leicht noch einmal hinausrudern. Sie stemmte ihren Oberkörper zurück aufs Brett und stützte das Kinn auf die gefalteten Hände, während ihre Beine noch im Wasser baumelten. Wieder sah sie die Klippen hinauf.

»Verdammt, Jax! Warum bist du nur zurückgekommen!«, fluchte sie, dann drehte sie das Board in die Strömung und ließ sich an den Strand treiben.

* * *

Von dem Selbstbewusstsein, mit dem sie das Board beherrscht hatte, war nicht mehr viel übrig, als Eden den gebretterten Weg zum Pier hinauf verließ und zum Old Harbour Inn abbog. Sie war froh um die Sonnenbrille. So blieb Jax vielleicht die Unsicherheit in ihrem Blick verborgen, die sie definitiv empfand. Jedes Mal, wenn sie hierherkam, fühlte es sich an wie der Weg zur Guillotine. Das Herz hämmerte ihr viel zu schnell in der Brust und ihre Lunge machte auch nicht, was sie sollte. Sie fühlte sich so atemlos, als würde eine riesige Welle über ihr zusammenschlagen.

»Reiß dich zusammen!«, ermahnte sie sich, zog den Knoten des bauchfreien Wickelshirts an ihrer Taille noch einmal fest und schlenderte möglichst gelassen seitlich am Lokal vorbei zur Terrasse. Von dort hörte sie Musik. Die defekte Glasschiebetür stand offen und sie trat zaghaft näher.

»Jackson?«, rief sie und sah durch die mit Folie verklebte gesplitterte Scheibe, ehe sie zögernd eintrat. »Hallo?« Unsicher blieb sie stehen und wartete.

»Alison?«, hörte sie Jacksons Stimme gedämpft. »Warte, ich komme!«

Sie sah in die Richtung, aus der die Stimme kam. Im hinteren Teil des Restaurants führte eine Treppe hinauf in den ersten Stock. Beine in Jeans kamen in ihr Sichtfeld, dann der restliche Mann dazu. Jackson zog sich gerade ein weißes Shirt über. Als er sie sah, stutzte er.

»Oh. Hi.« Er fuhr sich durchs Haar und blieb an der Treppe stehen. »Ich hab gedacht, du …«

»Du hast Alison erwartet?« Eden hätte sich am liebsten die Zunge abgebissen. Hatte da ein Hauch von Eifersucht in ihrer Stimme gelegen?

Jacksons nasses Haar lockte sich leicht und er fuhr mehrfach mit den Fingern hindurch, ehe er es am Hinterkopf zusammenfasste. »Ja, ich …« Er sah sie kühl an. »Ich hab ehrlich gesagt nicht mehr mit dir gerechnet.«

Jetzt kam Eden sich vollkommen dämlich vor. Vermutlich hatte er nicht mehr mit ihr gerechnet, weil er das mit dem Job nur so dahingesagt hatte. Vielleicht hatte er sich durch ihr überraschendes Auftauchen überrumpelt gefühlt und ihr nicht in Gesellschaft des Küchenplaners eine Abfuhr erteilen wollte. Vielleicht bereute er, ihr den Job gegeben zu haben.

»Sorry, ich …« Sie zuckte mit den Schultern und nahm die Sonnenbrille ab. »Dann hab ich das wohl falsch verstanden.«

Jackson sah teuflisch gut aus und das machte es ihr nicht gerade leicht, souverän zu bleiben. Sein Shirt sog die

Restfeuchtigkeit von der Dusche auf und sein frischer Duft weckte ihre Sinne, als er näherkam.

»Ich habe dir eine Nachricht geschickt. Wollte dich bitten, erst morgen herzukommen.« Jackson ging zum Küchentresen, wo sein Gürtel lag. Er hob das Shirt an, sodass seine Bauchmuskeln zu sehen waren, und fädelte den Gürtel in die Schlaufen der Jeans. »Jetzt ist es ungünstig.« Er schloss den Gürtel und Eden zwang sich, ihm nicht in den Schritt zu schauen.

Stattdessen kramte Eden in ihrer Tasche nach dem Handy. Es war aus, vermutlich mal wieder der Akku. Na toll! »Weil du mit Alison verabredet bist?«, schlussfolgerte sie unsicher und verfluchte sich dafür, nie ihren Akkustand im Auge zu haben.

»Genau.«

Verdammt, eine Verabredung mit Alison! Sie wusste nicht, was sie sagen sollte. Was hatte sie denn gedacht? Sie hatten nur getanzt. Und sie selbst hatte ihm gesagt, dass sie sich voneinander fernhalten mussten. Dass er sich mit Alison verabredete, war sein gutes Recht.

»Schön!« Sie hörte selbst, wie schnippisch das klang. »Dann …«

»Warum kommst du nicht mit?«

»Bitte?« Das konnte ja wohl kaum sein Ernst sein. Oder doch? Er sah nicht so aus, als hätte er einen Scherz gemacht.

»Das ist eine gute Idee«, lobte er seinen Einfall und lächelte. »Ich könnte deine Hilfe gebrauchen.«

»Du spinnst doch! Ich geh doch nicht mit dir und Alison auf ein Date! Ich glaub auch nicht, dass …«

»Jackson?« Alison trat durch die Tür und sah von ihm zu Eden und zurück. »Hi. Sorry, ich hab mich etwas verspätet. Hey, Eden.«

Falls ihr Edens Anwesenheit unangenehm war, ließ sie es sich nicht anmerken. »Bist du so weit? Können wir los?«, fragte sie und hakte die Daumen unter die Hosenträger ihrer Arbeitslatzhose.

»Sicher.« Jackson deutete auf die Tür, dann machte er die Musik aus und kam an Edens Seite. »Aber wenn es dir nichts ausmacht, Alison, dann … fände ich es super, wenn Eden uns begleitet.«

Eden spürte, wie ihr das Blut in die Wangen schoss. Sie funkelte Jax böse an und hob abwehrend die Hände. »Was? Nein, auf keinen Fall! Ich …«

Jacksons Lachen brachte sie ganz aus dem Konzept.

»Ich find's eine gute Idee. Frauen haben den besseren Geschmack«, meinte Alison und schlenderte schon durch die Tür nach draußen. »Aber ich hab Doodle im Auto. Das wird etwas eng.«

»Wird es nicht!«, erklärte Eden energisch. »Ich … komm nicht mit. Egal, was ihr vorhabt, macht das mal … ohne mich.«

»Ich dachte, du hast vielleicht Lust.« Jacksons Stimme war viel zu nah an ihrem Ohr, und als sie sich nach ihm umdrehte, zwinkerte er ihr auch noch neckisch zu. »Wir möchten Fliesen für die Küche aussuchen.« Er sah ihr direkt in die Augen.

Verdammt, das hatte sie doch unbedingt vermeiden wollen. Sie schluckte, während noch mehr Blut ihre Wangen zum Glühen brachte. »Dann …«, stotterte sie, »dann …«

»Dann kommst du also mit?«, hakte Jax nach, ohne sie aus seinem Blick freizugeben. »Dauert bestimmt nicht lange.«

»Jacksons Budget ist winzig. Die Auswahl wird nicht besonders groß sein!«, rief Alison und wippte wartend mit dem Fuß. »Ich habe heute auch noch was anderes vor. Wir müssen uns also etwas ranhalten.«

»Klar«, stimmte Jax zu. Dann drehte er sich um und Eden fühlte sich, als würde sie fallen. Bestimmt war ihm aufgefallen, dass es ihr nicht gefiel, ihn mit Alison zu einem Date gehen zu sehen. Dabei konnte er tun und lassen, was er wollte. Und mit wem. Solange er ihr nicht noch einmal zu nahe kam.

»Ich bin so weit.« Er musterte Eden und sein Blick glitt über ihr weißes Shirt mit dem Knoten in der Taille zu dem silbernen Ring in ihrem Bauchnabel. Er lächelte. »Und was ist mit dir? Kommst du nun mit oder nicht?«

»Nein, ich …«

»Sie soll mitkommen!«, rief Alison ihnen zu. »Dann muss ich dir nicht sagen, wie altmodisch dein Geschmack ist!«

Jackson lachte und folgte Alison hinaus. »Mein Geschmack ist kein bisschen altmodisch!«, wehrte er sich und zog sie sanft am rostroten Zopf.

Alison quietschte und schlug seine Hand weg. »Ich weiß, ich weiß, du behauptest jetzt gleich wieder, das sei dein europäischer Einfluss!«, spottete sie. »Aber der ist eben altmodisch!«

Eden schluckte. Sie hörte nicht, was Jax darauf entgegnete, aber er lachte. Und er sah aus wie damals zu Schulzeiten, als er vollkommen unbeschwert herumgelabert hatte. Sie hatte ganz vergessen, wie sehr sie seine lässige Art und sein Lachen geliebt hatte.

»Na schön, ich komme mit!«, antwortete sie, von sich selbst überrascht, zog zur Sicherheit den Knoten noch einmal nach und folgte den beiden hinaus auf die Terrasse. Diesmal suchte sie Jacksons Blick, um zu sehen, ob er sich darüber freute. Sein Lächeln war ihr Antwort genug.

»Prima«, meinte Alison und stieg in den Pick-up. »Dann los.«

Kreative Lösungen

Jackson umrundete das Fahrzeug und hielt Eden mit gespielter Höflichkeit die Beifahrertür auf. »Nach Ihnen, Küchenchefin«, ließ er ihr den Vortritt.

Doodle, der den gesamten doppelten Beifahrersitz einnahm, hob verschlafen den riesigen Kopf.

»Nach mir?«, fragte sie mit gehobener Augenbraue. »Klar, damit ich mich neben den Hund quetschen muss!«

»Du kannst auch gern auf meinen Schoß, wenn …«

»Danke!« Eden zog sich in den Fahrgastraum und warf Jax über die Schulter einen bösen Blick zu. »Aber es wird auch so gehen«, murrte sie, während sie sich neben den langhaarigen Bernhardiner quetschte.

Im nächsten Moment saß Jackson neben ihr und Alison startete den röhrenden Motor. Doodle legte seinen Kopf schwer auf ihre Beine und Eden betete, er möge sie nicht ansabbern.

Sie zwang sich, stur geradeaus auf die Straße zu sehen, denn sie wollte unbedingt vermeiden, das amüsierte Funkeln in Jacksons Augen zu sehen, von dem sie spürte, dass es da war. Sie spürte es so deutlich wie die Hitze seiner Haut durch ihre Kleidung. Er saß viel zu nah neben ihr, aufgrund der Enge streifte sein Bein ihres.

»Du hast Sand auf der Haut«, stellte er fest und strich ihr über die Oberschenkelaußenseite, was den trockenen Sand herabrieseln ließ.

Die sanfte Berührung durchfuhr Eden wie ein Stromschlag und sie zuckte so heftig zusammen, dass Doodle blinzelte. »Ich war surfen«, erklärte sie und rieb sich hart über die Stelle, die Jax eben berührt hatte, um das teuflische Kribbeln zu vertreiben.

»Ich war noch gar nicht auf dem Wasser, seit ich wieder hier bin. Hatte keine Zeit.«

Alison lachte. »Selbst schuld. Du müsstest ja nur nicht immer so viele Pausen einlegen, dann könntest du früher Feierabend machen und das Leben genießen.«

»Sagt die Richtige«, gab Jax zurück. »Wann warst du zuletzt am Strand?«

Alison winkte ab. »Ich geh erst an den Strand, wenn ich nahtlose Bräune vorweisen kann.«

»Also nie?«

»Sieht so aus. Macht aber nix. Der Strand ist was für Romantiker. Mir gibt das nichts. Ewig den Sand zwischen den Zehen, das salzige Wasser … und am Ende noch ein Krebs, der mir in den Fuß zwickt. Nein danke, das brauche ich nicht.« Sie lenkte den Wagen in die Einfahrt des Baustoffhandels und legte den Schalthebel in Parkstellung.

Jacksons Blick heftete sich auf Edens Oberschenkel. »Gibt doch nichts Besseres als Sand und Salz auf der Haut«, raunte er und hob den Kopf. »Und eine Welle, die über dich hinwegspült.« Ihre Blicke trafen sich und Eden schnappte nach Luft. Sie glaubte, sich selbst in den Pupillen seiner dunklen Augen zu sehen. Sich und ihn, im Sonnenuntergang in der Sunset Cave, umgeben von goldenem Licht und den sich brechenden Wellen.

Jackson zwinkerte, dann öffnete er die Tür und stieg aus dem Pick-up. Ohne auf Eden zu warten, schlenderte er an

Alisons Seite auf den Eingang des Baumarkts zu. Das war gut, denn Eden traute weder ihrer Stimme noch ihren Knien.

»Verdammt!«, murrte sie, schob sich unter Doodles schwerem Kopf hervor und kletterte etwas umständlich aus dem Wagen. *Das liegt zehn Jahre zurück!*, ermahnte sie sich selbst. *Vergiss diese Nacht!*

Sie folgte den beiden in den Markt und die kühle, klimatisierte Luft tat ihren Nerven gut. *Vergiss Jackson Cooper!*, fügte sie ihren Gedanken hinzu, zwang sich zu einem Lächeln und fragte sich zugleich, warum sie überhaupt mitgefahren war. Das war nicht gerade konsequent gewesen. Andererseits ging es ja um die Arbeit – im weitesten Sinn. Doch es fühlte sich nicht nach einem professionellen Arbeitsverhältnis an, als sie mit dem Nachhall von Jacksons Berührung an ihrem Bein zu ihm an die erste Fliesenwand trat.

»Weiß ist zu kühl«, meinte Alison und schlenderte weiter. »Wie wäre es mit maritimem Blau?«

»Ich will keine Farben, die in einem Jahr wieder uncool sind«, erklärte Jackson und neigte den Kopf schief, als würde die weiße Fliese dadurch anders wirken.

Eden zwang sich, nicht den Mann, sondern die Ware zu betrachten.

»Wie findest du diese hier?«, rief Alison und deutete auf eine mit sandfarbenen Ornamenten.

Jackson verzog das Gesicht und Eden musste kichern. »Furchtbar!«, sagten sie wie aus einem Mund.

Jackson lächelte sie an. »Wie gut, dass du mitgekommen bist. Am Ende hätte ich mich noch von Alison zum Kauf dieser Scheußlichkeit überreden lassen.«

»Na, dann schauen wir doch mal, zu welcher Scheußlichkeit ich dich überreden kann«, scherzte Eden und schlenderte weiter, um Distanz zwischen ihnen zu schaffen.

Er kam ihr nach, ohne ihr zu nahe zu kommen. »Wenn die Gäste wegen der furchtbaren Fliesen ausbleiben, kann ich mir keine Köchin leisten«, drohte er und hob mahnend den Finger. »Überleg dir also gut, wozu du mich überredest.«

»Hey, ihr zwei! Konzentriert euch mal auf die Auswahl. Ich muss noch auf 'ne andere Baustelle, wenn wir hier durch sind!«, rief Alison und winkte Jackson zu sich. »Schau mal diese hier. Sind vom Format super und selbst ein Laie wie du müsste in der Lage sein, sie ordentlich verlegt zu bekommen.«

Jackson betrachtete die angebotenen Fliesen und nickte nachdenklich. »Ich hätte gern ein ganz großes Format gehabt. Wirkt edler.«

»Große Fliesen sind aber nicht so leicht zu verlegen. Da muss der Untergrund total eben sein, sonst kippeln sie und dann sehen die Fugen grausam aus.«

Eden fand Alisons Fachwissen beeindruckend. Jackson schien viel Wert auf ihre Meinung zu legen. Er rieb sich das Kinn und sah wieder die von Alison vorgeschlagenen Fliesen an. »Mag sein«, gab er ihr teilweise recht. »Aber … diese hier sind … irgendwie …«

»Was ist mit denen hier?«, warf Eden ein und deutete auf eine Wand, die mit hellen Fliesen belegt war, welche ein blassblaues Muster im Retrostyle aufwiesen.

»Meinst du?« Jackson kam zu ihr und fuhr sacht mit dem Finger über das Motiv. »Könnte gut aussehen.«

»Du hättest wahnsinnig viel Verschnitt bei so einer gemusterten Fliese«, gab Alison zu bedenken.

»Stimmt. Aber … es trifft ganz gut, was ich mir vorstelle.« Er lächelte Eden an. »Verdammt, Eddy, das könnte wirklich fantastisch aussehen!« Seine Freude war nicht zu übersehen.

»So ein Muster hinter dem Herd … das hat was«, stimmte sie ihm zu und unterdrückte das Gefühl der Vorfreude. Es war absurd, sich so darüber zu freuen, dass ihre Auswahl Jackson zusagte.

Er nickte begeistert, bis sein Blick auf das Preisschild fiel. »Shit! Das geht auf keinen Fall.«

»Was ist?«

»Viel zu teuer.« Verärgert kniff er die Lippen zusammen. »Das übersteigt mein Budget um ein ganzes Stück.«

Es traf Eden, wie niedergeschlagen er mit einem Mal aussah. »Und jetzt?«

Jackson stand zwischen ihr und Alison. Er starrte auf seine Füße, ehe er mit einem Seufzen wieder aufsah. »Wir nehmen die weißen von neben dem Eingang. Die sind zwar langweilig, aber preislich im Rahmen.« Damit wandte er sich um und ging mit zielstrebigen Schritten auf die Kasse zu, wo eine Verkäuferin direkt seine Bestellung aufnahm.

Alison rümpfte die Nase. »Geld regiert die Welt«, flüsterte sie traurig und zuckte mit den Schultern. »So ist das, wenn man kein St. James ist.«

Eden sah ihr nach, wie sie zu Jackson schlenderte, ihm auf die Schulter klopfte und dann zum Auto deutete. Jax nickte. Dann ging Alison nach draußen und Eden blieb allein an der wunderschönen Retro-Fliesenwand zurück. Ihr Blick fiel auf das Preisschild und sie schluckte. Jax hatte recht. Sie waren sehr teuer.

»Aber hinter dem Herd …« Eden legte den Kopf schief. Dann lief sie zum Eingang und nahm eine der weißen Fliesen zur Hand. Das konnte funktionieren. Sie spürte eine freudige Erregung, während sie zurück zu ihrer Lieblingsfliese hastete. Als sie die weiße danebenhielt, stahl sich ein Lächeln auf ihr Gesicht. »Jax!«, rief sie über die Schulter, ohne sich nach ihm umzudrehen. Sie war viel zu begeistert von ihrer Idee. »Komm noch mal her!«

Sie hörte seine Schritte. »Sorry, Eden. Ich weiß, die sind super, aber viel zu –«

»Teuer. Ich weiß!« Sie wandte sich ihm zu und strahlte ihn an. »Aber nicht, wenn wir …«, Eden hielt Jax die weiße Fliese vor die Nase, »… die großen Flächen damit machen, und mit der hübschen einige Akzente setzen.«

Jackson konnte seinen Blick nicht von Eden nehmen. Ihre Wangen waren vor Aufregung gerötet und ihre Augen funkelten noch stärker als ihr Bauchnabelring. Und der lockte ihn schon wie ein Köder den Fisch. Er wollte einfach nur den Knoten ihres Shirts lösen, die losen Enden ihres Wickeltops auseinanderschlagen und zubeißen – wissend, dass das sein Untergang wäre. Er musste sich wirklich zusammenreißen, ihr zuzuhören.

»Stell sie dir vor, diese wunderbare Fliese. Hinter dem Herd oder an einigen Stellen im Gastraum«, bat sie und Jax versuchte es, aber er sah nicht die Fliese, sondern Eden. Wie sie am Herd in seinem Restaurant stand. Wie sie sich mit geröteten Wangen über die Töpfe beugte und ihn glücklich anlächelte. Er würde zu ihr gehen und von hinten seine Arme um ihre Hüfte legen, sein Kinn auf ihre Schulter betten und den Duft ihrer Haut einatmen.

»Das wäre so super!«, rief sie begeistert. »Was meinst du?«

Was er meinte, konnte er ihr kaum anvertrauen. Er räusperte sich und löste sein Haar. Dann kratzte er sich den Kopf und nickte. »Die günstige Fliese für die großen Flächen und dazwischen … einige Details mit der hübschen«, fasste er ihre Idee zusammen.

»Genau. Das müsste passen, die Fliesen haben das gleiche Format.«

Jax trat näher und nahm ihr die günstige Fliese ab. »Dass das Format passt, ist schon mal gut. Aber die Dicke ist genauso wichtig. Sonst steht was vor. Er nahm zu der weißen noch eine Retrofliese auf und verglich die beiden Stärken. Eden hatte recht. Wenn das funktionierte, konnte es den langweiligen Look der weißen Wand aufwerten. »Müsste passen.« Er ließ die Arme sinken und lächelte. »Eden Green – du bist ein Genie!«

Er trat auf sie zu, um sie zu umarmen, so begeistert war er, erstarrte jedoch im letzten Moment. Eden sah ihn angespannt an. Sie hielt den Atem an, genau wie er.

Verdammt, es fühlte sich so einfach an, sie in seine Arme zu schließen. So richtig. Und doch musste er Abstand wahren, wenn sie zusammenarbeiten wollten.

Eden hüstelte und deutete dann auf den Stapel mit Fliesen. »Dann … willst du es so machen?«, hakte sie nach und trat ein paar kleine Schritte zurück. Sie fummelte am Knoten ihres Shirts herum und Jax spürte, dass es eine Flucht war, auch wenn sie versuchte, es als natürlichen Rückzug zu tarnen.

Er nickte und legte die Fliesen auf den Stapel. Dann schob er demonstrativ seine Hände in die Hosentaschen und deutete mit einem Kopfnicken zur Kasse. »Klar. Ist eine super Idee. Ich geb das schnell weiter, damit sie die richtigen Fliesen aufladen können.«

Während Jackson mit der Frau an der Warenausgabe sprach, ihr die genauen Mengen und Quadratmeterflächen auflistete, kam er nicht umhin, immer wieder zu Eden hinüberzusehen. Sie wirkte verloren. Schielte immer wieder unter ihren Haaren hervor in seine Richtung oder zu Alison. Sie sah Alison zu, die den Baumarktmitarbeitern erklärte, wie die Paletten mit Fliesen auf den Pick-up geladen werden sollten.

Jackson bewunderte Alison für ihre Tatkraft, aber Eden machte daneben auch keine schlechte Figur. Immerhin hatte sie den Look seines Lokals gerettet. Sie war schon immer kreativ gewesen. Er schmunzelte, als er an früher dachte. An die peinliche Nummer mit der Glasrandmusik beim Surfcup. Der hatte es an vielem gemangelt, aber nicht an Kreativität. Das machte Eden für ihn so sympathisch. Sie war vielleicht nicht perfekt in der Ausführung, aber sie suchte immer nach einer ungewöhnlichen Lösung für ein Problem.

Als er seine Bestellung bezahlt hatte, ging er hinaus auf den Parkplatz. »Na, die Damen? Haben wir alles, was wir brauchen?«, versuchte er, die merkwürdige Stimmung zwischen Eden und Alison zu überspielen.

»Fliesenkleber, Fliesen, Fugenmasse und Silikon für die Fugen«, zählte Alison auf und strich sich den Zopf auf den Rücken. »Dann eine Zahnspachtel zum Auftragen des Klebers und ein Schwammbrett für die Fugen, eine Spachtel und Fugenkreuze.« Sie zwinkerte. »Für den Anfang sollte das genügen.«

»Klingt so, als würde ich das nie hinbekommen«, stöhnte Jackson und dachte zum wiederholten Mal, dass er sich mit dem Lokal deutlich übernommen hatte.

»Unsinn! Ich komm morgen früh und dann legen wir los. Nach der ersten Stunde schaffst du das dann locker allein.«

»Das wage ich zu bezweifeln.«

Alison klappte die Ladeklappe hoch und zog eine Abdeckplane über die Säcke mit Fliesenkleber. »Keine Panik, Jax. Das wird schon.« Sie sah auf ihr Handy und rümpfte die Nase. »Hör zu, es ist schon spät. Macht es euch was aus, wenn ich gleich weiterdüse und die Sachen erst morgen früh mit zum Old Harbour Inn bringe?« Sie hob ihr Handy hoch und zeigte eine Reihe von Nachrichten, die eingegangen waren. »Da hat es ein Bauherr mal wieder besonders eilig«, erklärte sie.

Jackson rieb sich den Nacken. Für ihn war es keine große Sache, das Stück nach Laguna Beach zu laufen, aber Eden hatte sich erst kürzlich am Fuß verletzt.

»Ich weiß nicht, Alison. Ich würde ja laufen, aber Edens Knöchel …«

»Dem geht es gut!«, fiel Eden ihm ins Wort. »Wirklich, Alison. Fahr ruhig.«

»Bist du sicher?«

»Ganz sicher. Ich laufe gern.«

Als Alison sie wenig später mit einem Hupen zum Abschied in einer Abgaswolke zurückließ, fragte Jax sich, ob es etwas zu bedeuten hatte, dass Eden so darauf gedrängt hatte, zu laufen. Wollte sie mit ihm allein sein?

Als hätte sie seine Gedanken gelesen, wandte Eden sich unsicher zu ihm um. »Nicht, dass du denkst, ich bin so scharf auf einen Spaziergang auf der Promenade, aber ich hätte es nicht ausgehalten, noch mal unter dem Hund sitzen zu müssen«, erklärte sie und strich sich die Haare hinter die Ohren. »Hundesabber ist echt nicht so mein Ding.«

»Hundesabber ist vermutlich niemandes Ding«, scherzte Jax und fühlte sich doch etwas befangen, so allein mit ihr auf dem Parkplatz. Es war inzwischen dunkel und die Straßenlaternen malten helle Lichtkegel auf die ansonsten finsteren Wege. Eden schlenderte los und er folgte ihr nach einem tiefen Atemzug. »Schaffst du das mit deinem Fuß?«

»Dem geht's wieder gut. War nur in den ersten Tagen schlimm.« Eden kniff die Lippen zusammen. »Hat meinem Ego viel mehr zugesetzt, dass du mich so gesehen hast, als meinem Fuß an sich.« Sie lachte leise. »Du warst wirklich der Letzte, den ich an diesem Tag sehen wollte.«

»Ach, echt? Ist mir gar nicht aufgefallen«, neckte er sie. »Du warst so freundlich wie immer.«

Sie ließen die Stadt hinter sich und bogen auf den Fußweg der Promenade ab, die entlang der gesamten Küste verlief.

»Ich habe mich entschuldigt«, gab Eden kleinlaut zu. Der Mond beschien ihr Gesicht und Jax glaubte, ihre Wangen aufflammen zu sehen. »Außerdem haben wir gesagt, wir lassen die Vergangenheit hinter uns, wenn wir zusammenarbeiten wollen«, erinnerte sie ihn und hob den Finger. »Das gehört zur Vergangenheit.«

»Ah! Gut, dann klär mich mal kurz auf. Welcher Tag genau bildet die Grenze zur Vergangenheit, die wir hinter uns lassen?«

»Heute!«

Jackson lachte. »Heute?«, hakte er nach. »Dein Ernst?«

»Absolut!«

»Und … schließt das den heutigen Tag ein oder … darf heute noch angesprochen werden?«

»Du bist doof!« Eden schmunzelte, zog den Knoten unter ihrer Brust fester und beschleunigte ihre Schritte. Vermutlich wollte sie nicht, dass er sie lächeln sah.

»Bin ich nicht. Ich will nur auf Nummer sicher gehen. Weil wenn heute nie mehr angesprochen werden darf, dann wird deine unglaubliche Lösung meines Fliesenproblems für immer unter den Tisch gekehrt.«

Eden lachte. »Na gut. Über heute darf gesprochen werden.«

Der leichte Klang ihres Lachens ging Jackson unter die Haut. Unwillkürlich schloss er näher zu ihr auf. Er hätte nur die Hand ausstrecken müssen, um sie zu berühren. Seine Fingerspitzen kribbelten, als täten sie es bereits.

»Du dachtest, ich gehe mit Alison aus«, forderte er sie heraus.

»Was?« Eden blieb stehen. »Du spinnst doch! Das dachte ich nicht!«

»Nicht?«

»Nein!«

Jackson nickte bedächtig und schlenderte weiter. »Hätte es dich gestört?«

»Was? Natürlich nicht! Auf keinen Fall!« Ihre Stimme klang schrill.

Jackson legte den Kopf schief. »Also, ich weiß ja nicht, ob ich so einfach damit klarkäme, wenn du mit jemandem ausgingst«, gab er zu und grinste. »Dein Hintern hat sich bei unserer kleinen Tanzeinlage neulich einfach zu gut angefühlt, als dass ich …«

»Du hast doch ’nen Knall!«, rief Eden und holte drohend zum Schlag aus. »Das liegt definitiv nicht im Bereich der Dinge, über die wir reden werden!« Sie fasste nach seiner Hand und Jackson überkam eine heiße Sehnsucht. Die Welt hörte auf, sich zu drehen, wann immer er ihr wie jetzt direkt in die Augen sah. Sie war so schön – und dabei so traurig und entschlossen, dass es ihm das Herz brach. »Im Ernst, ich weiß, du machst nur Spaß, Jax, aber … wir sind doch keine Kinder mehr.« Sie blinzelte, als wollte sie ihre Gedanken verbergen. Als wollte sie ihn aus ihrem Kopf aussperren. »Lass uns lieber über den Surfcup reden«, wechselte sie das Thema und starrte dann auf ihre ineinander verschlungenen Hände, als wunderte sie sich, wie es dazu gekommen war. Schlagartig ließ sie ihn los und trat zurück.

Jackson schmunzelte widerwillig. Ihr Themenwechsel war wieder einmal ein Beweis für ihre kreative Art, Probleme zu lösen. Es war nicht perfekt, aber doch … eine Lösung.

Überall Wasser

»Der Surfcup also.« Jackson kickte einen Kiesel über die Klippe und Eden war dankbar, dass er den Themenwechsel akzeptierte. »Schwebt dir da schon was Spezielles vor?«

Eden spürte seinen Blick auf sich und strich sich die Haare hinters Ohr. So im Dunkeln neben ihm zu spazieren, hatte etwas Intimes. Etwas Geheimes – so, als gäbe es nur sie beide. Sie schüttelte diesen unsinnigen Gedanken ab und dachte über das Menü für den Surfcup nach. »Keine Ahnung. Ich wollte erst mal hören, was du dir so vorstellst.«

Jackson lachte. »Ich hab keine Vorstellung. Ich will nur unbedingt das Abschlussessen ausrichten. Ich brauche diesen Abend, um das Old Harbour Inn ins Gespräch zu bringen.« Er sah sie an und schmunzelte. »Ich brauch den Abend so sehr, dass ich sogar eine Frau einstelle, deren Hintern mich vollkommen aus dem Konzept bringt«, fügte er hinzu und machte einige schnelle Schritte, als fürchtete er, sie könnte nach ihm schlagen. Und genau das wollte Eden, aber sie unterdrückte den Impuls, denn sie war Jackson schon jetzt viel zu nahe.

»Du wirst das Essen nie ausrichten!«, warnte sie ihn stattdessen. »Denn wenn du nicht sofort aufhörst, über meinen

Hintern zu reden, dann wirst du mich und meinen Hintern in deiner Küche niemals mehr sehen!«

»Schon gut, schon gut.« Jax hob ergeben die Hände, hörte aber nicht auf zu grinsen und Eden ahnte, dass er genau in diesem Moment auf ihre Kehrseite schielte. »Frieden?«

Sie kniff streng die Lippen zusammen und atmete tief durch. »Seebarsch!«, überging sie seine Frage und schlenderte weiter. »Seebarsch mit einer leicht scharfen Senfkruste, dazu duftender Minzreis und ein Limettenjoghurt-Dip. Wie klingt das?« Sie drehte sich, um Jacksons Reaktion auf ihre Idee zu sehen. Sie ging einige Schritte rückwärts, bis er wieder zu ihr aufgeschlossen hatte. »Also?«

»Klingt gut. Was noch?«

Eden lachte. »Dann ist das schon entschieden?«

»Nein. Ich dachte, wir … sammeln Ideen.« Er sah ihr ins Gesicht und zwinkerte. »Der Weg nach Laguna Beach runter ist noch weit, und wenn wir nicht übers Essen reden, fang ich am Ende sonst wieder mit deinem Hintern an. Also … was hast du noch?«

Eden verkniff sich ein Lachen und rollte mit den Augen. »Abgesehen davon, dass ich ganz offenbar ein Problem mit meinem neuen Chef habe, hätte ich noch eine kalte Gurkensuppe mit Dill in petto. Oder klassisch eine klare Brühe mit –«

»Keine Brühe«, fiel Jax ihr ins Wort. »Und dein neuer Chef ist eigentlich ganz nett – wenn man ihn erst etwas näher kennt.«

Eden hob die Augenbrauen. Sie wusste, dass sie sich nicht auf Jacksons Spielereien einlassen sollte, aber sie konnte ihm nicht widerstehen. »Wenn man ihn so gut kennt wie ich, dann … dann …«

»Ja?« Jacksons Stimme hatte den scherzhaften Unterton verloren. Er sah sie ernst an.

»Dann …« Sie schüttelte den Kopf. Sie konnte nicht aussprechen, was sie dachte. Dass man sich dann darauf einstellen musste, verletzt zu werden. Sie wollte keine alten Wunden aufreißen. Das war schließlich stets ihre Regel gewesen. Und doch spürte sie noch immer die Enttäuschung jenes Tages vor zehn Jahren, als sie am Strand auf ihn gewartet hatte. Vergeblich gewartet, denn Jackson Cooper war nicht gekommen, um Abschied zu nehmen. Er war gegangen ohne ein Wort. Er hatte mit ihr geschlafen und war dann einfach fortgegangen.

Eden schluckte. »Wenn man ihn so gut kennt wie ich, dann weiß man, dass vieles, was er sagt, nur heiße Luft ist«, presste sie heraus, zog den Knoten nach und ging schnell weiter. Der Schmerz in ihrer Brust war beinahe körperlich zu spüren und sie drängte diese fiese einzelne Träne zurück, die hinter ihren Lidern brannte. »Und wenn du keine Brühe willst, könnten wir statt einer Suppe für den Vorspeisengang auch einen Salat andenken. Oder ein Carpaccio vom Thunfisch«, redete sie schnell weiter. »Rindercarpaccio ist etwas old style, aber mit Thunfisch wäre es eine Option.«

Jackson spürte ihren Vorwurf wie einen Hieb. Er blieb stehen und fragte sich, was zwischen ihnen eigentlich falsch lief. Warum tat sie so, als hätte er ihr das Herz gebrochen, wo es doch genau andersherum gewesen war? Warum … sah sie so traurig aus?

»Eden, ich …«, setzte er an und strich sich durchs Haar.

»Wenn wir uns für den Thunfisch in der Vorspeise entscheiden, müssen wir natürlich einen Ersatz für den Seebarsch im Hauptgang finden. Zweimal Fisch wäre mir zu viel.« Die Worte sprudelten nur so aus ihr heraus, aber Jax hörte ihr kaum zu. Sie ging viel schneller, als bei einem Spaziergang üblich, beinahe, als würde sie davonlaufen. »Hast du schon mal über eine moderne Interpretation eines Burgers nachgedacht? Oder ist dir das zu sehr Fast Food?«, redete sie ohne Pause weiter. »Wir könnten saftige Scheiben Rindersteaks, medium rare, mit Zwiebelkompott und Balsamico-Dressing auf Burgerbrötchen packen und dazu … Tomaten … nein, keine Tomaten. Salat und vielleicht ein frischer Klecks Joghurt aufs Fleisch.«

»Klingt alles sehr köstlich«, stimmte Jackson ihr nachdenklich zu, ohne die Distanz, die sie durch ihre schnellen Schritte vorgab, zu verringern. Wenn sie diesen Abstand brauchte, dann bitte. Er selbst konnte auch klarer denken, wenn sie ihm nicht so nahe kam. Es irritierte ihn ungemein, dass sie offenbar ihm die Schuld an … was auch immer gab.

Er blickte über das Geländer, das die Promenade von den Steilklippen trennte, hinunter aufs Meer. Das Mondlicht ließ die weißen Schaumkronen auf den Wellen wie Silber aufleuchten und der nasse Strand funkelte wie Obsidian. Der gleiche Glanz lag auch auf Edens dunklem Haar und ihrer Haut. Das Mondlicht verlieh ihr einen ungeahnten Zauber und betonte ihre schlanke Silhouette.

Er fragte sich ernsthaft, warum er Eden Green nicht auf dem Radar gehabt hatte, als er sich überlegt hatte, das Old Harbour Inn zu kaufen. Warum hatte er nicht kommen sehen, dass Laguna Beach für sie beide zu klein wäre? Dass die Vergangenheit wiederaufleben würde, wenn er auf sie träfe. Und nun traf er nicht nur auf sie, sondern hatte auch noch vor, mit ihr zu arbeiten.

Er schüttelte den Kopf über sich selbst. Denn das Verrückteste daran war, dass er es kaum erwarten konnte, sie in Zukunft jeden Tag zu sehen.

»Du schüttelst den Kopf«, stellte Eden fest und klang enttäuscht.

»Was? Nein. Ich … war in Gedanken. Deine Ideen sind großartig. So gut, dass ich mich gerade gar nicht entscheiden kann.«

»Echt? Das … ist toll.« Eden lächelte und das Licht der Sterne tanzte in ihren Augen. »Ich hab auch noch super Ideen für das Dessert. Ich dachte an frittierte, zartschmelzende Bällchen aus Kokosraspeln mit einem Kern aus dunkler Schokolade. Wenn man dann die goldene Kokoskugel auf dem Teller auseinanderbricht, kommt die geschmolzene Zartbitterschokolade zum Vorschein!« Sie klang so begeistert, dass Jackson lächeln musste. »Du kannst dir nicht vorstellen, wie das schmeckt!«

Doch, das konnte er. Er ahnte, dass dieses Dessert so süß wäre wie ein Kuss von Eden. Von so unvergesslicher Süße und Zartheit, dass man nie wieder eine andere küssen wollte. *Nie wieder etwas anderes essen wollte*, verbesserte er sich im Geiste und kickte erneut einen Kiesel in den Abgrund.

»Was denkst du?«, hakte Eden erwartungsvoll nach. »Sag doch mal was dazu.«

»Hast du nicht gesagt, eine innovative Speisekarte kommt ohne Frittiertes aus?«, versuchte er, sich auf ihr Gespräch zu konzentrieren. Immerhin hing der Surfcup und damit der Erfolg des Old Harbour Inn davon ab, dass sie das passende Menü ins Rennen schickten.

Eden lachte. »Sag bloß, du hast mir zugehört.« Sie grinste. »Ich sagte, sie kommt ohne Frittiertes aus. Nicht, dass sie dadurch besser ist.«

Die geteerte Promenade ging in die hölzerne Beplankung über, die schließlich zum Pier und zum Old Harbour Inn bis hinunter zum Strandzugang führte. Eden blieb stehen und sah Jackson an. »Man kommt ja auch ohne Liebe aus. Aber ich sag nicht, dass das besser ist.« Sie hob zum Gruß die Hand. »Wenn du magst, komm ich morgen und wir schreiben das Menü zusammen«, schlug sie vor, ohne stehen zu bleiben.

Jackson streckte die Hand nach ihr aus, hielt sich aber im letzten Moment davor zurück, sie zu berühren. »Warte«, bat er. Als sie den Kopf in den Nacken legte, um ihn anzusehen, verspürte er den Drang, sie zu küssen. »Ich fürchte, ich werde morgen den ganzen Tag Fliesen legen«, sagte er. »Kannst du nicht …«, er schluckte, »… am Abend rüberkommen?«

Eden ließ sich Zeit mit der Antwort. Er hörte förmlich ihre Gedanken rattern.

»Ich … könnte … auch jetzt noch bleiben«, schlug sie mit einem leichten Schulterzucken vor und deutete aufs Lokal. »Ich meine … jetzt, wo ich ja schon mal hier bin.«

Jackson schluckte. Wenn es nach ihm gegangen wäre, hätte sie gern für immer bleiben können – jetzt, wo sie schon mal hier war. »Okay«, tat er so, als müsste er erst darüber nachdenken. »Das … geht wohl auch.« Er neigte den Kopf in Richtung Eingangstür. »Dann erledigen wir das gleich.«

»Genau.« Eden rieb sich etwas unsicher die Hände an der Jeansshorts ab und prüfte wie schon tausendmal zuvor an diesem Abend den Knoten ihres Tops. »Erledigen wir das.«

Jacksons Herz schlug härter als gewöhnlich, als er den Schlüssel im Schloss drehte.

»Jetzt, wo ich schon mal hier bin …«, gingen ihm ihre Worte nicht mehr aus dem Sinn. Was er alles mit ihr tun wollte – jetzt, wo sie schon mal hier war. Er wollte sie küssen, sie in seine Arme schließen, ihr die Kleider von Leib reißen und sie daran erinnern, was sie einst miteinander gehabt hatten. Er wollte sie keuchend unter sich, um ihr zu zeigen, dass es ein Fehler von ihr gewesen war, ihn noch vor seiner Abreise durch Luke zu ersetzen. Sie sollte sich unter ihm winden vor Lust und seinen Namen rufen – jetzt, wo sie schon mal hier war. Er schloss die Augen, um diese Bilder zu vertreiben, und öffnete die Tür.

»FUCK!«, entfuhr es ihm, als ein Schwall Wasser über seine Füße durch die Tür kam. »Was ist denn das?«, rief er und tastete nach dem Lichtschalter. Mit einem Knall flog die Sicherung heraus.

»Gott, Jackson!«, keuchte Eden hinter ihm. »Da ist ja überall Wasser!« Sie kam neben ihn und starrte mit genauso großen Augen auf die nass schillernde Fläche vor ihnen. Das Lokal stand unter Wasser.

Panisch rieb Jackson sich den Kopf. »Verdammt! Ein Wasserschaden!« Er drehte sich um, lief zum Stromkasten, der an der hinteren Hauswand montiert war, und drehte zur Sicherheit auch noch die Hauptsicherung heraus. Dann hastete er zurück zur Tür und drängte sich an Eden vorbei ins Haus. Es war dunkel und das Wasser lief ihm in die Schuhe.

»Was machen wir denn jetzt?«, fragte Eden besorgt und schlüpfte aus ihren Schuhen. Dann folgte sie ihm hinein, aber Jackson bemerkte es kaum.

Das bisschen Mondlicht, das durch die Fenster schien, reichte kaum aus, sich zurechtzufinden, und das Plätschern von Wasser, das irgendwo aus einer Leitung troff, verursachte ihm regelrecht Übelkeit. »Das kann doch nicht wahr sein!«, fauchte er und tastete sich voran bis in den Bereich der neu gezogenen Leitungen in den Toiletten. Das Rauschen des Wassers war hier deutlicher zu hören. Das platschende Geräusch von Edens Schritten kam näher, als Jax die erste Kabinentür der neuen Gästetoiletten öffnete. Aus dem Spülkasten sprudelte das Wasser und lief ungehindert über den Deckel auf den Boden.

»FUCK!«, wiederholte Jax und drehte das Wasser an der Zuleitung seitlich des Kastens ab. »So eine Scheiße!«, fluchte er und hämmerte mit der nassen Hand gegen die Wand. »FUCK!«

»Guter Gott«, flüsterte Eden hinter ihm schockiert. »Sieh dir das nur an.« Sie fuhr sich durchs Haar und betrachtete kopfschüttelnd das entstandene Chaos.

Werkzeugkisten trieben umher, Kartonagen hatten sich mit Wasser vollgesogen und etliche der noch losen Enden der neu gezogenen Stromkabel hingen ins Wasser.

»Das ist eine Katastrophe!«, stöhnte Jackson und rieb sich hart übers Gesicht. Er hatte keine Ahnung, was er nun tun sollte. All die Mühe … und nun das. Matt ließ er sich auf die Toilette sinken und stützte den Kopf in die Hände. »Ich denke …«, murmelte er. »Das mit der Karte für den Surfcup eilt jetzt nicht mehr.«

Es krampfte Eden den Magen zusammen, Jackson so zu sehen. Ihr Puls raste, Adrenalin jagte heiß durch ihre Adern und sie zitterte am ganzen Körper. Sie legte Jackson die Hand auf die Schulter und drückte sanft zu. »Hey, na komm schon. Das … das kriegen wir schon wieder hin«, versuchte sie, ihm Mut zu machen, auch wenn sie kaum eine Ahnung hatte, wie groß der Schaden sein konnte. Sie deutete auf den Boden und auf die Tür nach draußen. »Du hast es abgestellt, es läuft ab.« Sie strich sich die Haare hinter die Ohren und atmete tief durch. »Wir kehren das Wasser raus, schaffen das durchweichte Zeug raus und wischen den Boden trocken. Dann kümmern wir uns um den Rest.«

Sie grub ihre Finger in Jacksons Haar und zwang ihn so, sie anzusehen. Die Verzweiflung in seinem Blick machte ihr Angst und sie ging vor ihm in die Hocke. »Jax!«, beschwor sie ihn eindringlich. »Komm schon! Wir schaffen das.«

»Geh einfach nach Hause, Eden«, murmelte er und wandte den Kopf ab. »Ich hab keinen Bock mehr auf diesen Mist!« Wieder vergrub er sein Gesicht in den Händen. »Ich hätte einfach nicht zurückkommen sollen.«

»Das ist doch Unsinn!« Eden stemmte die Hände in die Hüften und funkelte ihn böse an. »Es ist gut, dass du wieder da bist! Und es ist toll, was du mit dem Lokal vorhast.« Sie zuckte mit den Schultern. »Das hier ist ein Rückschlag, aber ich …«

»Geh nach Hause«, murmelte Jackson und stemmte sich keuchend von der Toilette hoch. Er ging gebückt durch den dämmrigen Gastraum, als läge eine unheimliche Last auf seinen Schultern. Dann zog er sich das Shirt aus und warf es achtlos auf den Tresen. Als er sich nach den ersten durchweichten Schachteln mit Baumaterial bückte, schien es, als hätte er vergessen, dass Eden noch da war.

Die Überflutung war inzwischen durch die Tür abgelaufen, aber aus den nassen Gegenständen troff das Wasser. Im Nu war Jacksons Hose nass und je mehr von dem nassen Zeug er anhob, umso mehr lief ihm die Brühe in die Jeans.

»Was soll's!«, schnaubte Eden, tastete sich in den Hauptraum zurück und bückte sich nach einer der Schachteln. Als sie die durchweichte Pappe hochhob, überlief sie ein Schauer, denn kaltes Wasser rann ihr oben in den Bund ihrer Shorts. »Ist das eklig!«, stöhnte sie und schleppte den Karton hinaus auf die Terrasse, wo auch Jax gerade zwei nasse Säcke mit Zement fallen ließ.

Er sah sie niedergeschlagen an und löste seinen Bun. Dann kratzte er sich kräftig die Kopfhaut, als müsste er seine Lebensgeister wecken. »Was machst du noch hier, Eddy?«, fragte er leise. »Warum gehst du nicht einfach?«

Das war eine gute Frage. Eine, die sie sich selbst ebenfalls stellte. Sie rieb sich über den feuchten Bauch und zog den Knoten fest. »Ich lass dich damit doch jetzt nicht allein«, versicherte sie ihm. »Ich brauche den Job, und wenn dir das Lokal unterm Hintern wegschwimmt, dann könnte das für mich übel ausgehen. Also packen wir es an.«

Sie wartete nicht ab, was er dazu sagte, sondern kehrte in den Gastraum zurück und bückte sich nach dem nächsten vom Wasser ruinierten Zeug. Es war eine Schachtel mit Töpfen, Pfannen und allerlei Küchenutensilien. Der Karton war durchweicht, also leerte sie ihn und stapelte den Inhalt auf den Getränkekühlschrank. Dann faltete sie die pitschnasse Pappe zusammen, um sie hinauszuschaffen. Als sie sich umwandte, stand Jackson in der Tür. Trotz der Dunkelheit sah sie die Zweifel in seinen Augen.

»Du musst das nicht tun.«

»Ich weiß.« Ein weiterer Schwall kaltes Wasser rann ihr die Beine hinunter und troff aus der nassen Pappe auf ihre Füße. Sie drängte sich an ihm vorbei aus der Tür, wobei sie ihm so nahe kam, dass das nasse Paket zwischen ihnen auch ihn berührte. Er nahm es ihr ab und ihre Hände berührten sich. Sie sah ihm in die Augen und es war, als würde sie hineinstürzen in die traurige Leere, die sie darin zu sehen glaubte. »Ich bleibe trotzdem«, hauchte sie.

Jackson nickte kaum merklich. Dann wandte er sich um und trug den Karton zu dem übrigen Zeug hinaus auf die Terrasse.

Wortlos schafften sie die Stühle, die Tische und die Kisten mit aufgeweichten Grundlebensmitteln ins Freie.

Eine ganze Weile später hatte Eden den Boden mit dem Mopp so gut es ging trocken gewischt, während Jackson die letzten Abfälle beseitigte.

Zum Schluss wrang Eden den Wischlappen aus und folgte Jackson hinaus auf die Terrasse. Der Himmel hatte seine Farbe verändert, ein heller Silberstreifen am Horizont hinter der Stadt ließ die Häuser von Laguna Beach erglühen. Müde kippte sie den Inhalt des Putzeimers in die Stechpalmen und trocknete sich die aufgeweichten Hände an den ebenfalls nassen Shorts ab.

»Uns läuft die Zeit davon«, fluchte Jackson, während er eine Schachtel voll Salzpäckchen in den Müllcontainer kippte. »Der Surfcup rückt näher und ich entsorge meine Lebensmittel!«

Er lehnte sich niedergeschlagen gegen den rostrot gestrichenen Container und wischte sich den Schweiß von der Stirn. Eden betrachtete ihn. Er war nass von Kopf bis Fuß, genau wie sie. Feuchtigkeit glänzte auf seiner Brust und seine Jeans war dunkel vom Wasser. Sie hatten stundenlang das Lokal ausgeräumt, und obwohl sie die Sache langsam wieder in den Griff bekamen, war Etliches zerstört worden.

Unbewusst trat sie näher an Jackson heran. Die Verzweiflung umgab ihn wie eine Mauer. Er war ungewöhnlich still, von seiner sonst so lässigen Art war nichts geblieben. Und Eden hatte keine Ahnung, wie sie diese Mauer wieder einreißen sollte. »Wir holen uns den Surfcup«, versprach sie eindringlich und ging auf ihn zu. Sie war wie magisch angezogen von der Niedergeschlagenheit in seinem Blick. Sie wollte ihn so nicht sehen. Wollte, dass das Leuchten in seine Augen zurückkehrte. »Schließlich kann es von jetzt an nur noch aufwärts gehen, oder nicht?«

Tatsächlich lachte Jackson und rieb sich einmal müde übers Gesicht. Dann trafen sich ihre Blicke, und wenn sie es sich nicht einbildete, war da der Anflug eines Funkelns zu erkennen. »Du hast recht«, stöhnte er. »Schlimmer kann es nicht mehr kommen. Also machen wir das Beste draus.« Er griff nach ihrer Hand und zog sie mit sich zurück in den Gastraum. Ehe Eden protestieren konnte, hob er sie auf den Tresen und reichte ihr eine Cola. Er selbst nahm sich auch eine und lehnte sich dann ihr gegenüber an den Getränkekühlschrank. Er sah skeptisch auf seine nasse Hose hinunter, ehe er seinen Blick zurück zu ihr wandern ließ. »Danke für deine Hilfe heute Nacht«, sagte er und stieß leicht mit seiner Colaflasche gegen ihre.

»Kein Problem, das habe ich … gern gemacht.« Etwas an der Art, wie er sie ansah, beschleunigte Edens Puls. Das, und die Tatsache, dass sie sich plötzlich seiner nackten Brust bewusst wurde. Er war wirklich gut gebaut, und sein Duft …

Jackson nahm ein Handtuch aus dem Schrank über der Spüle und kam zu ihr. Er stellte die Flasche neben ihr ab und sah sie an. »Du bist völlig durchnässt«, stellte er fest und reichte ihr das Handtuch. »Ist dir nicht kalt?« Er berührte ihre Waden und strich dann nach oben bis zu ihrem Knie. »Du fühlst dich eisig an.«

»Das geht schon«, wisperte sie, denn seine Berührung fühlte sich viel zu gut an. Wie konnten seine Hände so warm sein, wo er doch ebenfalls die ganze Nacht feuchte, kalte Sachen geschleppt hatte?

Er nahm ihr das Handtuch ab und tupfte zaghaft ihre Oberschenkel trocken. Dann spreizte er ihre Beine und kam dazwischen. Er hob das Handtuch an ihre Wange und wischte ihr zart über die Schläfe. »Da war Schmutz«, erklärte er und sein Atem strich heiß wie Wüstenwind über ihren Hals.

Eden konnte kaum atmen. Sein Blick versengte ihre Haut und erinnerte sie daran, dass ihr Shirt nass und durchscheinend wie eine zweite Haut an ihrem Körper klebte. »Wie geht es denn jetzt weiter?«, versuchte sie, die zwischen ihnen wachsende Spannung zu zerstreuen. Jackson war ihr viel zu nah. So nah, dass sie sich nach der Wärme sehnte, die von seiner Haut ausging. Sein Mund war so dicht vor ihrem, sie hätte sich nur ein kleines Stück nach vorn beugen müssen, um … Sie führte die Flasche an ihren Mund und nahm einen Schluck. Doch das lenkte nur Jacksons Blick auf ihre Lippen.

Als er leise lachte, streifte sein Atem ihr Gesicht. »Wie es jetzt weitergeht?«, wiederholte er ihre Frage und kam noch näher, obwohl das eigentlich nicht möglich war. »Ich würde vorschlagen … wir ziehen die nassen Sachen aus.« Er zupfte am Knoten ihres Shirts, wie um zu zeigen, was er meinte. »Und dann …« Er sah sie mehrere Herzschläge lang an.

Das blasse Morgenlicht stahl sich durch die Fenster. Jacksons Haar glänzte in pastelligem Gold und die Stoppeln seines Dreitagebarts funkelten im schwachen Licht. Sie wollte die Hand heben, um ihn zu berühren. Wollte seine Wange, sein markantes Kinn, seine Brust fühlen, aber sie tat es nicht. Sie konnte überhaupt nichts tun, so gebannt war sie von seiner Nähe.

»Und dann …?«, wisperte sie so leise, dass sich eigentlich nur ihre Lippen bewegten.

Jackson konnte seinen Blick nicht von ihren Lippen lösen. Ihre Zungenspitze fuhr über die weiche Wölbung ihrer Unterlippe, als würde sie ihn locken. Sie sah ihn an, mit diesen großen, dunklen, erwartungsvollen Augen, und er glaubte, ihren Herzschlag hören zu können, so still war es mit einem Mal.

»Eins nach dem andern«, raunte er und zog ganz langsam am Knoten ihres Shirts. Ein Tropfen rann ihm über die Finger und über ihren Bauch. Eden schnappte nach Luft, als er seine Hände unter ihr Oberteil schob und die beiden Hälften ihres Wickeltops sanft öffnete. Der Stoff glitt auseinander und offenbarte den schwarzen Triangel-Bikini, den sie darunter trug.

»Jax, ich …« Ihre Stimme zitterte und eine Gänsehaut überzog ihren Körper.

»Schscht«, flüsterte er und streifte ihr den feuchten Stoff von den Schultern. Es fiel ihm schwer, sich vom Anblick ihrer perfekten Brüste zu lösen. Ihre Haut verströmte einen wunderbar warmen Duft. Er gab seinem Verlangen nach und zeichnete den geschwungenen Verlauf ihres Schlüsselbeins mit der

Fingerspitze nach. Eden sog den Atem ein und hob den Kopf, um ihm in die Augen zu sehen.

»Danke«, murmelte er und strich ihr von den Schultern über die Arme, wobei er ihre Gänsehaut vertrieb. »Du hast mich heute … mehrfach gerettet.« Er neigte sich über sie, bis sein Haar sie wie ein Vorhang vom Rest der Welt abschirmte. Seine Hände ruhten auf ihren Unterarmen und er fühlte ihren rasenden Puls. »Erst mit der Idee für die Fliesen. Und dann hier, mit all dem Chaos.«

»Das … war doch …«

»Sei still!«, befahl er und sah ihr in die Augen. Er atmete tief durch und zwang sich, die nächsten Worte auszusprechen. »Du hast mich heute gerettet, Eddy. Und viel mehr getan, als … eine neue Mitarbeiterin tun müsste. Ich würde mich schrecklich fühlen, wenn du dir jetzt noch eine Erkältung einfängst«, murmelte er und nur Millimeter trennten ihn von dem, wonach er sich sehnte – einem Kuss. Er schloss die Augen und rang um Selbstbeherrschung. Noch weiter beugte er sich über sie, bis er das Shirt erreichte, das er zu Beginn der Arbeiten ausgezogen hatte. »Hier«, flüsterte er und drückte es ihr in die Hand, ehe er ein Stück von ihr zurückwich. »Zieh das an, ehe du krank wirst.«

Sie blinzelte. Einmal, zweimal. Dann öffnete sie die Lippen. »Jackson, ich …«

Er stieß sich vom Tresen ab und zwang sich, seinen Blick von ihrem verführerischen Körper zu reißen. »Schon okay. Gib es mir einfach demnächst wieder.« Gott, sie sah aus, als wollte sie, dass er sie hier auf dem Tresen der Bar liebte. So verdutzt, als würde sie sich genau wie er danach sehnen. Doch so gern er das in ihren Blick hineininterpretieren wollte, so genau wusste er doch, dass er sich täuschte. Eden war nur nett gewesen. Hilfsbereit. Nicht mehr.

Nun rückte sie auf dem Tresen bis an die Kante und glitt herunter, ehe sie sich etwas verlegen das Shirt vor die Brust presste.

»Ja, danke«, flüsterte sie und stellte zitternd ihre Cola ab. »Du … bekommst es zurück.« Sie streifte es über und strich sich den überschüssigen Stoff am Bauch glatt. Noch ehe sie mehr sagen konnte, röhrte vor dem Lokal ein Motor.

»Guter Gott, ich bin hundemüde, und da kommt schon Alison mit den Fliesen«, stöhnte Jackson, und es war, als würde etwas enden, das nie begonnen hatte.

Lebensgeister

Jackson kratzte den letzten Rest Fliesenkleber aus dem Eimer und trug ihn mit der Zahnspachtel auf die vorbereitete Wand auf. Dann ließ er die Spachtel in den Eimer fallen, wischte sich den Kleber von den Fingern und bückte sich nach der letzten Fliese. Es war eine von denen, die Eden ausgesucht hatte, und als er sie in das Kleberbett setzte und mit der Faust festklopfte, bis sie flach und satt in den Mörtel eingebettet war, überkam ihn plötzlich tiefe Zufriedenheit.

Er war müde, seine Kleidung mit Fliesenkleber besudelt und sein Haar staubig von dem feinen Staub, der beim Schneiden der Fliesen entstand. Er war seit vierzig Stunden wach und hatte die meiste Zeit davon geschuftet. Erst das Verlegen der Leitungen am Vortag, dann der Wasserschaden mit all der Plackerei und dann seit dem Morgengrauen die Arbeit mit den Fliesen. Er war so durch wie ein viel zu lang gebratenes Steak. Und trotzdem war er zufrieden. Die gefliesten Wände der Küche sahen toll aus.

Es war verrückt, denn noch vor wenigen Stunden hatte er einfach hinschmeißen wollen. Da war es ihm verlockend erschienen, einfach sein weniges Hab und Gut zurück in die Tasche zu stopfen und Laguna Beach endgültig den Rücken zu kehren. Als ihm das Wasser über die Schuhe gelaufen war, hatte er jede Perspektive verloren. Und es war nur Eden Green zu verdanken, dass er gestern nicht aufgegeben hatte.

»Verdammt, Jax, ich flipp aus!« Alison nickte wohlwollend und hakte die Daumen in die Schnallen ihrer Latzhose. »Das sieht ja mal verflucht edel aus!«, lobte sie. Sie kam näher und strich prüfend mit der Hand über seine Fliesenarbeit. »Das hast du viel besser hinbekommen als gedacht.« Sie grinste. »Wenn das mit dem Old Harbour Inn nicht klappen sollte, sag ich meinem Dad, dass er dich bei uns in der Firma einstellen soll.«

Jackson lachte und trat ein Stück von der Wand zurück, um wie Alison sein Werk zu begutachten. »Na, ich weiß ja nicht, ob ich mich darüber freuen soll. Dein Vertrauen in meine handwerklichen Fähigkeiten in allen Ehren, aber ans Lokal scheinst du ja noch nicht so wirklich zu glauben.«

Alison zwinkerte. »Unsinn. Das wird schon. Und während du hier die letzten Quadratmeter gefliest hast, hab ich mir angesehen, ob das Wasser von heute Nacht irgendwelche Schäden verursacht hat.«

Jackson atmete tief durch, um sich für neuerliche Probleme zu wappnen. »Und? Wie sieht es aus? Was kostet mich dieses Debakel?«

»Keine Panik. Das ist alles halb so schlimm. Zum Glück habt ihr das alles recht schnell wieder trocken bekommen«, erklärte sie und knuffte ihm aufmunternd in die Seite. »Der Elektroinstallation hat das kaum Schaden zugefügt. Ich hab die Kabelenden, die ins Wasser gehangen sind, gekürzt, sodass da nichts korrodieren kann. Und in die Trockenbauwände ist auch kaum Feuchtigkeit eingedrungen. Es stand ja nicht hoch. Du musst nur gut lüften, um die Restfeuchte rauszulassen. Das dürfte bei den aktuellen Temperaturen recht flott gehen.«

»Und sonst?«

Alison zuckte mit den Schultern und fing an, ihr Werkzeug einzusammeln. Sie bückte sich nach der Fliesenschneidemaschine und klopfte die Fliesensplitter ab. »Baulich alles okay. Nur der ganze Mist, der jetzt draußen auf der Terrasse liegt, ist halt im Arsch.«

Jackson winkte ab. »Das ist nur Kleinzeug.« Er half Alison, den Quirl für den Fliesenkleber sauber zu machen und die Bohrmaschine im Koffer zu verstauen. »Das hat mich gestern zwar wirklich fertig gemacht, aber ich hab das vorhin mal überschlagen. Ein paar Lebensmittel sind hinüber, ein paar Sack Putz und Zement sind im Wasser gestanden und mein nagelneuer Akkuschrauber ist abgesoffen, aber ansonsten sind nur einige Umzugskartons mit meinen Klamotten durchweicht und die ganzen Tischdecken, die noch vom Vorbesitzer des Old Harbour Inn hier herumgestanden haben, ebenfalls.«

»Die kannst du doch waschen, dann sind die wie …«

Jackson lachte. »Sag nicht, dass die dann wie neu sind. Die waren schon vorher furchtbar alt.«

»Vielleicht sind sie auch nur europäisch?«, schlug Alison kichernd vor und klemmte sich die Zahnspachtel unter den Arm, um noch den Sack mit dem übrigen Fliesenkleber hochheben zu können. So beladen ging sie zum Auto und räumte alles in Kisten auf die Ladefläche.

Jackson half ihr mit dem Rest und obwohl er beinahe im Stehen hätte einschlafen können, genoss er das späte Abendlicht auf seiner Haut. Er fühlte sich, als wäre er seit dem Wasserschaden noch nicht wirklich getrocknet, denn im ganzen Lokal war es heute trotz weit geöffneter Fenster und Türen dampfig warm und schwül gewesen. Nun fuhr ihm der Wind unter das verdreckte Shirt und trocknete ihm das feuchte Haar im Nacken.

»Du hast vermutlich ein falsches Bild von Europa«, gab er zu bedenken und schmunzelte.

Auch Alison hob ihr dickes rotes Haar an und fächelte sich Luft zu. »Gott, tut das gut«, schnurrte sie und legte den Kopf schief, um den Wind unter ihr Haar zu lenken. »Solange das Bild, das wir hier vom Old Harbour Inn zaubern, ein gutes ist, ist mir der Rest egal«, gab sie schulterzuckend zu. Dann ließ sie ihr Haar sinken und schloss die Ladeklappe ihres Pick-ups. »Und ich finde, das bekommen wir recht gut hin. Wenn du jetzt noch neue Stühle besorgst, kann es schon fast losgehen.«

»Losgehen?« Jackson lachte. »Wir haben noch keine Küche«, erinnerte er sie.

»Wenn du den Fliesenkleber bis morgen Nachmittag trocknen lässt, kannst du direkt mit dem Verfugen anfangen. Dann kann die Küche doch planmäßig am Montag geliefert werden.«

»Du meinst also, wir schaffen das zeitlich?«

Alison nickte und umrundete den Pick-up. An der Fahrertür hielt sie noch einmal inne. »Wenn ich du wäre, würde ich mein Menü für den Surfcup langsam mal in der City Hall einreichen«, schlug sie vor und zwinkerte ihm zu. »Den Rest rocken wir schon bis zur Eröffnung.«

Als sie den Motor startete, hob Jackson zum Abschied den Arm, ein dümmliches Grinsen auf den Lippen. »Ein Menü einreichen«, murmelte er. »Fuck, dann wird es wirklich ernst.« Er drehte sich um und betrachtete das alte Fischlokal von außen. Es hatte nicht mehr viel Ähnlichkeit mit dem heruntergekommenen Schuppen, den der Vorbesitzer nach einem Sturmschaden den Naturgewalten überlassen hatte. Das neue Dach war dicht, die weiße Fassade strahlte hell im Licht der sinkenden Sonne und das Geländer war wieder sicher. Nun musste er nur noch die kaputten Fenster erneuern und die Schiebetür zur Terrasse richten. Die Küche würde eingebaut werden, während er sich um die Lebensmittelvorräte kümmerte. Dann noch die Beleuchtung und … Stühle …

Es klang nach viel, aber vielleicht hatte Alison recht. Sie konnten das rocken.

Er unterdrückte den Impuls, sofort Eden anzurufen, um sie an das Menü zu erinnern. Es war ein langer Tag gewesen und er war schmutzig und verschwitzt. Nicht das beste Timing, um … ein Menü zu kreieren. Abgesehen davon, dass er Eden so auch nicht gegenübertreten wollte.

Im Grunde bereute er es schon, in der Nacht so eine Schwäche vor ihr gezeigt zu haben. Er war wirklich down gewesen. Wie von selbst glitt seine Hand in sein Haar. Hier hatte Eden ihn gepackt, ihn gezwungen, zu ihr aufzusehen. Sie hatte versucht, ihm Mut zu machen, war ihm einfach gefolgt in das nasse Lokal, mit bloßen Füßen im schmutzigen Wasser. Hatte während der gesamten Nacht nicht einmal geklagt, sondern einfach mit angepackt, um seinen Traum vom Old Harbour Inn zu retten. Er schuldete ihr was. Und das fühlte sich nicht gerade gut an. Es drängte seinen Ärger über ihr früheres Verhalten in den Hintergrund und weckte Gefühle, die … er jetzt nicht gebrauchen konnte.

Frustriert ließ er die Finger weiter durch sein Haar gleiten und fasste es zu einem Bun zusammen. »Ein Menü kreieren – mit Eden Green«, murmelte er und zog sich das schmutzige Shirt über den Kopf. Dann stieg er die Stufen hinauf, um zu duschen. Trotz seiner Übermüdung war er so aufgewühlt, dass im Moment an Schlaf nicht zu denken war.

* * *

Eden gähnte. Sie blinzelte gegen die untergehende Sonne und drehte sich auf den Bauch. Dann bettete sie ihren Kopf auf die gefalteten Hände und sah mit nur einem halb geöffneten Auge hinauf zum Wachturm, in dessen Schatten sie den ganzen Tag hier am Strand gedöst hatte. Über ihr am Himmel zog zum wiederholten Male an diesem Nachmittag ein Flugzeug mit Werbebanner im Schlepptau am Himmel vorüber. Eden musste sich nicht umdrehen, um zu wissen, was auf dem flatternden Banner stand: »Pierce Johnson – Ihr Kandidat für Laguna Beach. Ihre Stimme für eine moderne Stadtentwicklung«.

Eden seufzte. Die Anstrengungen der letzten Nacht hingen ihr nach und sie fühlte sich verkatert. Obwohl sie von Jacksons Lokal aus am Morgen direkt nach Hause, unter die Dusche und dann in ihr Bett gegangen war, hatte sie kaum Schlaf nachgeholt. Ihre Gedanken hatten einfach nicht aufhören wollen, um Jackson zu kreisen. Da halfen auch die Werbebanner nichts.

Immer wieder fragte sie sich, was das zwischen ihnen eigentlich war. Sie musste sich eingestehen, dass sie es gestern zugelassen hätte, von ihm geküsst zu werden. Und das war echt übel. Nicht nur wegen der Ereignisse vor zehn Jahren, sondern auch, weil er ihr neuer Chef war.

Eden strich etwas Sand von ihrem Handtuch und lauschte auf die Geräusche aus dem Wachturm. Der Strand hatte sich fast geleert und die Rettungsschwimmer hatten Schichtende. Sie hörte Connor etwas zu Shane sagen, dann klappte die hölzerne Verkleidung vor die große Fensterfront des Wachturms. Nur einen Augenblick später kam Connor den schrägen Steg herunter.

»Lebst du noch?«, fragte er und stupste sie mit dem Fuß an. »Du hast dich seit Stunden nicht bewegt.«

Eden blinzelte. »Wenn dir das aufgefallen ist, hättest du ja ruhig früher mal nach mir sehen können. Wenn ich tot wäre, dann …«

»Dann würdest du mir jetzt keine Predigt halten«, beendete Connor ihren Satz. Sein Blick glitt über das lila schimmernde Meer. »Und jetzt?«, fragte er. »Bleibst du bis morgen früh hier liegen oder kommst du mit? Kate und ich wollen ’nen Burger essen gehen.«

Eden setzte sich auf und kämmte sich mit den Fingern durchs Haar. Sand rieselte auf ihre Schulter. »Geht ruhig ohne mich. Ich …« Sie deutete auf ihren Neoprenanzug und das Board. »Wenn du mir den Schuppen offen lässt, geh ich noch mal raus und schließe danach ab.«

Connor runzelte die Stirn. »Du weißt, dass ich es nicht gut finde, wenn du noch rausgehst, obwohl keiner mehr Wachdienst hat.«

»Ich geh nicht weit raus. Ich verspreche es.« Eden stand auf und holte ihr Board aus dem Schuppen, ehe Connor widersprechen konnte. Sie nahm ihren Neoprenanzug vom Haken und warf ihn sich über den Arm.

Connor verzog missmutig das Gesicht. Sein geübter Blick glitt über die Wellenkämme und studierte die Brandung. Eden sah, dass er sich die starken Strömungen ausmalte, die ihr an manchen Stellen gefährlich werden konnten. Dann heftete sich sein Blick auf etwas seitlich von ihm am Strand und sein Gesichtsausdruck veränderte sich. »Na gut«, gab er nach. »Offenbar bist du ja nicht allein.«

»Nicht?« Sie machte einen Schritt Richtung Wasser und spähte um ihn herum.

Connor grinste, als sie sah, was er meinte.

»Das gibt's doch nicht!«, murrte Eden und packte ihren Neoprenanzug fester, während sie beobachtete, wie Jackson ins flache Wasser stieg, sein Board unter dem Arm, und sich dann nach wenigen Metern in die Fluten warf. Die sinkende Sonne zeichnete seine Silhouette scharf und er schien näher zu sein, als er in Wirklichkeit war.

»Willst du doch lieber mit in die Burgerbude kommen?«, fragte Connor grinsend und neigte leicht den Kopf in Jacksons Richtung. »Oder riskierst du es, dich von ihm retten zu lassen, wenn du absäufst?«

Eden warf Connor einen strengen Blick zu. »Ich sauf nicht ab. Und deshalb muss ich auch nicht gerettet werden. Ich bleib dabei«, beharrte sie. »Ich geh noch mal raus.« Sie zuckte mit den Schultern. »Jax sagt, ich habe ihn gestern gerettet. Da kann er im Notfall ruhig auch mal was für mich machen.«

Connor lachte. »Wie du meinst. So, wie du heute Morgen geklungen hast, hättest du gegen eine kleine Mund-zu-Mund-Beatmung wohl nichts einzuwenden, wenn sie von unserem lieben Jackson käme, richtig?«

»Halt die Klappe!«, fauchte Eden und schlug nach Connors Brust. »Ich weiß echt nicht, warum ich überhaupt noch mit dir rede!«

»Weil ich in Liebesdingen einfach mehr Erfahrung hab«, gab Connor witzelnd zurück. »Viel mehr Erfahrung!«

»Sehr witzig, du Herzensbrecher! Nur, weil bei dir im Schlafzimmer permanent Tag der offenen Tür ist, hast du noch lange keine Ahnung von Herzensdingen!«

Connor zuckte mit den Schultern. »Na, wenn du meinst. Dann wünsch ich dir jetzt viel Spaß im Wasser und mit deinen … Herzensdingen«, spottete er und zwinkerte Eden frech zu. »Hier, der Schlüssel für den Schuppen!«, rief er schon im Gehen und warf Eden einen Schlüsselbund zu. »Bis morgen dann. Ich freu mich jetzt schon drauf zu hören, wer von euch beiden am Ende wen aus dem Wasser gezogen hat.«

»Niemand zieht hier jemanden aus dem Wasser«, murrte Eden und schlurfte mit deutlich weniger Motivation als zuvor in den Schuppen, um sich den Neoprenanzug über ihren Bikini anzuziehen. Dann nahm sie ihr Brett und ging aufs Wasser zu.

Weiter nördlich stand Jax auf seinem Brett und jagte über einen Wellenkamm. Er hatte eine super Haltung auf dem Board und Eden gefiel, wie sich sein Haar im Wind bewegte. Sein Oberkörper hatte so eine tolle V-Form, die durch seine seitlich ausgestreckten Arme noch betont wurde. Einen Moment stand sie da und schaute ihm zu. Sie hätte einfach hier ins Wasser gehen können, aber am nördlichen Strandende, nah an den Felsen, waren die Wellen lebendiger. Das Tosen der Brandung schäumte die Gischt auf, die Strömungen waren wilder. Eine Herausforderung für jeden Surfer. Aber dorthin zu gehen, hätte bedeutet, auf Jax zuzugehen.

Wie von selbst setzte sie sich in Bewegung. Sie lief den Strand entlang, während ihr die Wellen über die Füße schwappten. Das erinnerte sie an den gestrigen Abend und an Jacksons Verzweiflung.

Vielleicht war es gut, dass er sich das Brett geschnappt hatte und hinausgepaddelt war. Er hatte ja gesagt, er sei seit seiner Rückkehr nicht am Strand gewesen. Vielleicht würde dieser Surfgang ihm zeigen, dass es nicht nur wegen des Old Harbour Inn gut war, zurückgekommen zu sein.

Eden stutzte. War es denn gut, dass er zurück war? Hatte sie sich nicht furchtbar über seine Rückkehr aufgeregt? Und nun? Nun fühlte sie sich wie magisch von ihm angezogen. Wie an einer durchsichtigen Schnur zog es sie immer weiter in seine Richtung, bis sie ins Wasser stieg, sich auf ihr Brett warf und zu ihm hinausruderte.

Jackson registrierte eine weitere Person im Wasser, als er das Brett unter sich wendete, um mit der Welle zu surfen. Der Wind fuhr ihm kalt über die Haut, was seine Lebensgeister weckte. Nach der Dusche hatte er versucht, zu schlafen, aber trotz seiner Müdigkeit kein Auge zugetan. Stattdessen hatte eine innere Unruhe von ihm Besitz ergriffen, die ihn schließlich hierhergeführt hatte. Und es war eine gute Entscheidung gewesen. Die Wellen hießen ihn willkommen und erst jetzt wusste er, warum er in all den Jahren in Europa diese Sehnsucht nach Laguna Beach verspürt hatte. Die Gischt schlug bis in sein Gesicht hoch und er atmete hart aus, als er mit ganzer Kraft gegen die Welle unter seinem Board ankämpfen musste.

Wieder nahm er die Bewegung eines weiteren Surfers aus dem Augenwinkel wahr. Er wandte sich um und wusste sofort, wer da auf ihn zupaddelte. Eden lag noch auf dem Bauch und stach mit geschmeidigen Zügen ihre Arme ins Wasser und tauchte, um hinter den Wellenkamm zu kommen. Er wusste selbst, wie anstrengend es war, dort hinzugelangen, von daher bewunderte er ihre Kraft. Er drehte das Board und steuerte in ihre Richtung. Als er in ihrer Nähe war, sprang er ins Wasser und tauchte kurz unter, ehe er sich im Auftauchen ebenfalls bäuchlings auf sein Brett stieß. Er ruderte auf Eden zu und wischte sich das Wasser aus den Augen.

»Hey«, sagten sie im Chor, was sie beide zum Lachen brachte. »Ich hab dich gar nicht gesehen«, gab Jackson zu und steuerte sein Brett neben ihres. »Bist du schon länger hier?«

»Länger?« Eden lachte. »Kann man wohl sagen. Ich hab den ganzen Tag nur hier am Strand herumgelegen und gar nichts gemacht, außer immer wieder zu schlafen.«

»Klingt super!«, gab Jackson zu und legte mehr Kraft in seine Armbewegung, um über den Wellenkamm zu gelangen. Auch Eden ächzte, als sie die Linie überquerte, an der die Gezeiten gegen die Felsen spülten und so die Kante bildeten, an denen sich die Wellen das erste Mal brachen.

Dahinter war das Wasser ruhiger und Eden setzte sich breitbeinig auf ihr Brett.

Jackson gefiel, wie ihr das Wasser aus dem Haar rann. »Hätte ich auch gern gemacht.«

Eden sah ihn mitfühlend an. »Hast du noch lange gearbeitet, nachdem ich gegangen war?«

Jackson lachte. »Bis vor einer Stunde«, gab er zu und rieb sich übers Gesicht. »Ich hatte die Wahl: Heute mit Alison die

Wände zu fliesen oder eine Woche zu warten, bis sie wieder etwas Zeit für mich erübrigen kann.«

Eden machte große Augen. »Du hast nach dieser Nacht noch die Küche gefliest?«, fragte sie ungläubig.

»Dafür, dass ich zwischendrin immer wieder eingeschlafen bin, ist es überraschend gut geworden.«

Eden grinste. »Du bist doch verrückt.«

»Vielleicht.« Er ging auf dem Brett in die Hocke, um gleich aufstehen zu können. »Aber mir hat gestern jemand gesagt, dass Aufgeben keine Option ist. Immerhin … muss ich an meine Angestellten denken, richtig?« Er sah zu, wie auch Eden sich bereit machte, sich in die Fluten zu stürzen. Der Anzug schmiegte sich wie eine zweite Haut an ihren Körper – genau wie heute Morgen ihr nasses Shirt. Er schluckte und war froh um den Sog, den er schon unter dem Brett spürte. Er musste sich ablenken von ihren Kurven, die ihn wünschen ließen, er könnte sie aus diesem Anzug befreien.

»Ich finde es ausgezeichnet, wenn ein Chef an seine Mitarbeiter denkt«, rief Eden ihm zu, denn die Strömung trennte sie ein Stück voneinander.

»Na dann«, rief Jackson und grinste, »ist es ja gut, dass ich den ganzen Tag an nichts anderes gedacht habe als an dich.«

Beinahe hätte die Welle Eden von den Beinen gerissen. Oder war es gar nicht die Welle, sondern brachten Jacksons Worte sie so aus dem Gleichgewicht?

Sie sah ihm nach, wie er der Strömung folgend nach Süden glitt, und lenkte ihr Brett ganz bewusst etwas weiter nördlich in Richtung Strand. Als sie dort ankam, schlug ihr Herz nicht nur wegen des Ritts auf den Wellen schneller. Sie löste das Band, das ihr Brett mit ihrem Fußgelenk verband, und hob das Brett aus dem Wasser. Inzwischen lag der Strand wirklich verlassen vor ihr und nur Jackson, der ebenfalls ans Ufer watete, war außer ihr noch hier. Er strich sich das Wasser aus den Haaren und klemmte sich sein Brett unter den Arm. Dann kam er in ihre Richtung.

Sie tat, als hätte sie seine letzten Worte nicht gehört. Das war am unverfänglichsten. Sie strich sich die nassen Haare hinters Ohr und rammte ihr Brett stehend in den Sand. Jackson hatte sie fast erreicht. Sie sah die Klippen hinauf zum Restaurant und fragte sich, ob Jackson jetzt gehen würde. Und … ob sie das wollte.

»Ich hab das Wasser echt vermisst«, sagte er, als er bei ihr war. Sein Blick glitt über die dunklen Fluten, die jetzt, so ohne Sonne, viel tiefer wirkten. Beinahe unheimlich. Auch das Donnern der Wellen gegen die Felsen klang jetzt lauter als am Tag, wenn es gegen das Lachen der Badegäste ankommen musste.

Edens Herz schlug in wildem Tempo. »Du hast das Surfen offenbar nicht verlernt.«

Jackson sah sie an. »Manche Dinge … vergisst man nicht«, murmelte er.

Eden schluckte. Sie rieb sich den langsam trocknenden Sand vom Ellbogen und deutete zum Wachturm, wo noch immer ihr Handtuch ausgebreitet im Sand lag. »Ich … muss dann mal.«

Jackson nickte. Er entfernte sich einige Schritte, ehe er noch einmal stehen blieb. »Wir sollten unser Menü einreichen«, erinnerte er sie. »Alison meint, wir schaffen die Arbeiten rechtzeitig.«

Eden nickte. »Klar. Ich komm einfach morgen bei dir vorbei, okay?«

»Mach das.« Jackson grinste. »Dann … mach ich morgen einen bauarbeitenfreien Tag – vorausgesetzt, es säuft nicht wieder das ganze Lokal ab.«

»Also, wenn sich das jetzt wiederholt, muss ich ernsthaft annehmen, dass da eine Absicht dahintersteckt. Womöglich legst du es drauf an, mich im nassen Top zu sehen!« Schon als die Worte ihren Mund verlassen hatten, war ihr klar, dass sie das nicht hätte sagen sollen.

Und das Funkeln in Jacksons Augen bestätigte das. »Im Wasser … warst du immer am schönsten«, gab er zu, zwinkerte und ging mit seinem Brett unterm Arm weiter in Richtung Pier.

Eden wollte etwas erwidern, doch ihr fiel einfach nichts ein. Ihr Gehirn war zu nichts zu gebrauchen, denn es war gefangen in Erinnerungen an eine Liebe, die verloren gegangen war.

Die richtige Richtung

Eden hatte den Strand noch nie so voll erlebt. Im Wasser befand sich gut ein Dutzend Wassersportler auf ihren Surfbrettern, mit Startnummern an den Neoprenanzügen und vielen Farben an den Segeln. Die Wellenreiter waren schon den ganzen Tag in einzelnen Durchgängen gegeneinander angetreten. Jetzt zum Abschluss waren die Surfer an der Reihe und der Wind blies kräftig über die halbmondförmige Bucht von Laguna Beach. Das brachte die Surfer richtig in Fahrt und ihre Sprünge, schnellen Wenden und anderen Kunststücke lockten eine große Menge Zuschauer an den Strand. Mit Rasseln, Hupen und lauten Rufen feuerten sie ihre Favoriten an.

Es waren viele Menschen gekommen, um das Spektakel zu feiern. Doch die Person, wegen der sie hergekommen war, war nirgends zu sehen.

Von ihrem Platz am nördlichen Wachturm aus hatte Eden eigentlich eine gute Sicht auf den ganzen Strand. Trotzdem ging sie auf die Zehenspitzen, um in der Menge nach Jackson Ausschau zu halten. Sie war überpünktlich, das wusste sie selbst, aber sie wollte nicht einen der wenigen Augenblicke verpassen, die ihnen noch blieben.

Sie schluckte, denn der Abschied rückte immer näher. Sie hasste es, dass Jax nach Europa ging. Sie hasste es, dass er ihr nicht die Gelegenheit gegeben hatte, sich darauf einzustellen. Jetzt hatte sie das Gefühl, es gebe noch Tausend Dinge zu tun, noch Millionen Worte zu sagen, um auch nur annähernd an den Punkt zu gelangen, wo sie sich eine vorübergehende Trennung von ihm überhaupt vorstellen konnte. Und selbst in ihrer Vorstellung war der Schmerz kaum auszuhalten.

Eine Windbö blies Eden Sand in die Augen. »Mist!«, murmelte sie, wandte dem Spektakel der tollkühnen Surfer den Rücken und sah hinauf zum Pier. An der maroden Fassade des heruntergekommenen Fischlokals lehnten Dutzende Fahrräder der Strandbesucher. Irgendwo dort würde Jackson auch sein Motorrad abstellen. Darum suchte sie den Pier mit den Augen ab, ehe sie sich wieder dem Strand zuwandte. Die Sonne stand schon tief am Horizont, was die stimmungsvolle Atmosphäre aber nur unterstrich. Die hohen Palmen warfen lange Schatten über den Strand und die üppig blühenden Hibiskussträucher an der Promenade sandten im Abendlicht noch einmal ihren süßesten Duft aus.

Ein Paar dort oben an der Promenade hielt sich eng umschlungen und küsste sich. Edens Herz krampfte sich zusammen. Den Sommer, den sie sich ausgemalt hatte, würde es nicht geben. Sie würde nicht – wie dieses Paar – mit Jackson dort oben stehen und Arm in Arm den Sonnenuntergang beobachten. Sie würden nicht gemeinsam am Strand liegen, sich gegenseitig den Rücken eincremen und es dann zusammen im Wasser mit den Wellen aufnehmen. Sie würden nicht noch einmal zur Sunset Cave hinausfahren, um … um die gestrige Nacht zu wiederholen. Das alles war vorbei, denn der Junge, den sie liebte, musste nach Europa. Für ein ganzes verdammtes Jahr.

Ein harter Kloß bildete sich in Edens Kehle und Tränen stiegen ihr in die Augen, als die Glocken der City Hall zur vollen Stunde schlugen. Es war neun. Und Jackson war nirgends zu sehen. Die Zeit lief ihnen davon. Warum kam er nicht? Was hielt ihn auf?

Eine Gruppe Kinder raste mit Mini-Surfbrettern unter den Armen dicht an Eden vorbei und sie machte einen Satz zurück, um nicht eines der Bretter abzubekommen. Jeder hier am Strand hatte gute Laune. Nur ihr war zum Heulen zumute. Mit zitternden Fingern strich sie sich das Haar hinter die Ohren und schlenderte dann unruhig den Strand entlang. Der Wind fuhr ihr unter den Rock und sie fröstelte.

Hatte sie Jax falsch verstanden? Wollten sie sich nicht hier am Nordtower treffen? Mit einem letzten Blick zurück zum Wachturm ging sie weiter in Richtung Pier. Irgendwo dort würde er ankommen. Sie konnte ihn dort treffen, anstatt hier auf ihn zu warten.

Unruhig lief sie über den Strand. Fühlte sich schon jetzt verlassen, und das Wissen, dass dieser letzte Abend nicht ausreichen würde, machte ihr die Kehle eng. Sie fühlte sich furchtbar allein.

Als sie die Surfschule fast erreicht hatte, registrierte sie aus dem Augenwinkel ein Motorrad oben am Old Harbour Inn. Wie von selbst beschleunigten sich ihre Schritte und sie hastete die Planken hinauf.

»Hey«, sagte sie und das Herz sank ihr in die Hose, als der Motorradfahrer seinen Helm abnahm und sich zu ihr umdrehte.

* * *

Die Kühle des Morgens belebte Edens Haut, als sie mit dem Rad die Promenade entlang in Richtung Old Harbour Inn fuhr. Am Strand unter ihr stoben einige Möwen auf und stiegen kreischend in den wolkenlosen Himmel. Der rote Hibiskus am Wegrand hatte seine Blüten noch geschlossen und nur Pierce Johnsons Antlitz auf den Wahlplakaten an den Laternenpfosten leistete ihr Gesellschaft. Kurz glaubte Eden, der einzige Mensch auf Erden zu sein. Sie atmete tief durch und radelte langsamer, um den schönen Morgen zu genießen. Und weil sie nicht recht wusste, was dieser Tag noch an Überraschungen bringen würde.

Ein Zeitungsjunge kam ihr mit einem Fahrradanhänger voll druckfrischer News entgegen und Eden lenkte etwas zur Seite, um ihm Platz zu machen. So ganz allein war sie also doch nicht. Das bestätigte sich auch, als sie auf den mit Planken belegten Vorplatz des Lokals fuhr.

Jax lehnte mit einer übergroßen Tasse in den Händen am neuen Geländer und sah ihr zu, wie sie abstieg.

Schnell löste Eden den Verschluss ihres Helms und hängte diesen an den Lenker. Mit einigen knappen Bewegungen brachte sie ihre Frisur in Ordnung und drehte sich erst dann zu ihm um. »Hey, du bist ja tatsächlich schon wach«, grüßte sie, um ihre Unsicherheit zu überspielen. »Ich habe fast befürchtet, du schläfst noch. Schließlich hattest du ja einiges an Schlaf nachzuholen.« Sie schob ihre Finger unter die Schultergurte ihres prall gefüllten Rucksacks und ging etwas unsicher näher.

»Hattest du gehofft, mich im Bett anzutreffen?«, foppte er sie und grinste frech.

»Was? Nein! Das …«

»War ein Scherz, Eddy. Ganz ruhig, okay? Musst nicht gleich ausflippen.«

»Ich flippe nicht aus«, erklärte sie streng. »Aber ich bin nicht zum Scherzen hier, sondern um ein Menü zu planen.«

»Natürlich.« Jax verneigte sich und deutete auf einen zweiten Humpen mit Kaffee, der auf einem Stapel leerer Paletten stand. »Ich dachte nur, wir gehen es mit einem Schluck Kaffee an.«

Eden kam sich blöd vor. Sie hasste es, wenn sie so schnippisch klang. Und irgendwie hatte sie den Eindruck, diese Tonlage sei einzig und allein Jackson vorbehalten. Er ging ihr so unter die Haut, dass sie immer sofort in den Verteidigungsmodus schaltete.

»Kaffee klingt gut«, murmelte sie deshalb deutlich friedfertiger. Sie nahm die Tasse und lehnte sich gegen den Palettenstapel. Unauffällig musterte sie Jackson über den Rand ihrer Tasse hinweg. Er sah aus, als wäre er noch nicht lange wach. Das graue Shirt war knittrig und seine bloßen Füße spitzten unter der Jeans hervor.

»Willst du die Küche sehen?«, fragte er und deutete mit dem Kaffeebecher in Richtung Lokal.

Eden nickte. Besser die Küche ansehen, als ihn weiter anzuschmachten. Schon jetzt fragte sie sich, ob sein Bett wohl noch warm von seinem Körper war. Und das musste unbedingt aufhören.

»Dann komm.« Jax ging voran und hielt ihr die Plane an der noch immer kaputten Schiebetür auf. »Vorsicht, stolpere hier nicht«, warnte er sie und schob mit dem Fuß einige Werkzeuge beiseite, die auf dem Boden verstreut lagen. »Ich muss noch verfugen«, erklärte er und machte eine Bewegung, die das gesamte Werkzeug einschloss. »Dann können die Küchenschränke und Geräte kommen.«

»Ich bin schon gespannt, wie es fertig aussieht«, gab Eden zu und nippte an ihrem Kaffee. Er war heiß und stark. *Fast wie Jackson*, dachte sie verlegen, als sie ihn dabei beobachtete, wie er über seine Vision der Küche sprach. Er hob die Arme, und sein Shirt spannte sich über seine Muskeln. Verdammt, sie war so vertieft in seine Betrachtung, dass sie ihm überhaupt nicht zuhörte.

»Oder, was denkst du?« Er sah sie fragend an.

»Was?« Sie errötete und hoffte, er werde es nicht bemerken.

Jackson sah sie stirnrunzelnd an. »Ich sagte, dass die wenigen besonderen Fliesen den Raum richtiggehend aufwerten. Oder nicht?«

Eden nickte. Vielleicht sollte sie zur Abwechslung einmal die Wand ansehen, um das wirklich bewerten zu können. Sie riss ihren Blick von seinem Körper los und sah sich staunend um. Der Gastraum hatte keine Ähnlichkeit mehr mit dem, aus dem sie erst vorgestern kistenweise durchnässten Kram hinausgeschafft hatten: Die neu geflieste Küche war zum Gastraum hin offen und die Frische der hellen Fliesen veränderte das ganze Lokal.

»Sieht toll aus«, bestätigte sie und lächelte ihn an. »Sieht sogar noch besser aus, als ich es mir vorgestellt hatte. Und es ist nicht zu glauben, dass von dem Wasserschaden echt nichts mehr zu merken ist.«

Jackson stellte seine Tasse ab. »Das stimmt. Ohne deine schnelle Hilfe wäre es vielleicht nicht so glimpflich ausgegangen.« Er sah ihr in die Augen. »Danke noch mal.«

Eden winkte ab. »Schon okay. Wir wollen ja Ian St. James eins auswischen. Also lass uns ein Menü finden, mit dem wir den Surfcup hierherholen.« Sie drehte sich einmal um sich selbst und breitete die Arme aus. Die neuen Fliesen verliehen dem Raum eine wunderbar gemütliche und zugleich moderne Atmosphäre und sie war ein kleines bisschen stolz darauf, Teil der Entstehung zu sein. Dabei stellte sie sich Tische voll mit Gästen vor und dazu den Duft leckeren Essens. »Wollen wir loslegen?«, fragte sie und ließ endlich den doch recht schweren Rucksack von den Schultern gleiten.

»Bin bereit«, bestätigte Jax und nahm ihn ihr ab. Er wog ihn etwas erstaunt in den Händen. »Was ist das alles?«

Eden grinste. »Ich konnte mich einfach nicht entscheiden. Also hab ich Verschiedenes dabei. Ich wusste ja nicht, was du schon hier hast, darum … habe ich fast meine ganze Küche mitgebracht.«

»Ich habe Töpfe, das weißt du, oder?«

»Klar. Hab sie schließlich aus dem Wasser gefischt. Aber die Zutaten hast du nicht.« Sie schob Jax an den Tresen der alten Bar, wo er den Rucksack abstellte, trat neben ihn und öffnete die Schnallen. »Ich hab Fleisch dabei, Fisch, Gewürze«, zählte sie auf, während sie nach und nach ihre Mitbringsel aus den Tiefen des Rucksacks kramte. »Frittierfett, Olivenöl, Gemüse, Limetten, Kokosraspeln und Schokolade, dann ein Glas selbst gekochter Brühe und …«

Jackson lachte, als sie immer mehr Zutaten zutage förderte. Obwohl sie noch nicht angefangen hatten, auch nur über das Menü zu reden, schien Eden schon voll in ihrem Element. Das war eine Seite an ihr, die ihm neu war. Während ihrer gemeinsamen Schulzeit war sie ehrgeizig gewesen. Aber dieses Leuchten in den Augen, dieses Brennen für eine Sache, das hatte er bestenfalls gesehen, wenn sie ihn angelächelt hatte.

»Du überlässt wirklich nichts dem Zufall«, sagte er erstaunt und schob die ersten Zutaten etwas zur Seite, um Platz zu machen für all die Gewürzmühlen und den Bund frisches Basilikum, den sie auspackte.

Eden sah auf. »Ich bin gern vorbereitet.« Sie knabberte an ihrer Lippe, während sie den Rest aus dem Rucksack holte.

Jackson spürte den unterschwelligen Vorwurf. Oder zumindest glaubte er, ihn zu spüren. Sie war gern vorbereitet. Meinte sie damit auch, dass sie damals gern gewusst hätte, dass er nach Europa gehen würde? Er rieb sich den Nacken und trat ein Stück zurück, während sie ihre Sachen auf dem Tresen sortierte und arrangierte.

Was hätte es geändert, wenn sie es gewusst hätte? Sie hatte doch ohnehin nicht auf ihn warten wollen.

Jackson räusperte sich und kippte sich den letzten Schluck des inzwischen kalten Kaffees in den Mund.

»Und jetzt?«, fragte er. »Wo fangen wir an?«

Eden hob den Finger, als hätte sie einen Plan. »Pass auf«, setzte sie an und zog ein dicht beschriebenes Blockblatt aus dem vorderen Fach des Rucksacks hervor. »Ich hab hier die Kosten der einzelnen Lebensmittel aufgelistet, damit wir einen Überblick haben, wie viel wir je Gang für einen Gast in etwa rechnen müssen.« Sie sah Jackson an. »Ich nehme an, es wäre hilfreich, mit dem Surfcup einen Gewinn einzufahren, richtig?« Sie strich die Liste vor sich glatt. »Viele Gastronomen haben keine Ahnung von der Wirtschaftlichkeit ihres Lokals. Das bricht einem aber auf Dauer das Genick.« Sie legte den Kopf schief. »In dieser Hinsicht ist Ian St. James ein echter Experte. Er weiß genau, was er tut. Und darum wirft seine Hotelküche auch so viel Profit ab.«

Jackson kratzte sich am Kinn. Vielleicht hatte er noch nicht genug Schlaf nachgeholt, denn einen Kurs in Buchhaltung so früh am Morgen … dem konnte er nicht ganz folgen.

Als ahnte Eden genau das, grinste sie nun noch breiter und strich sich selbstbewusst das Haar hinter die Ohren. »Wie gut also, dass ich weiß, was ich tue!«

Dem konnte Jackson nur zustimmen, denn er hatte keine Ahnung, was er hier tat. Eden so nahe zu sein und dabei so distanziert und sachlich mit ihr umzugehen, war viel schwerer als gedacht. Sie war so niedlich in ihrer Begeisterung fürs Kochen, dass er am liebsten zu ihr gegangen wäre und sie in die Arme geschlossen hätte.

»Na, dann zeig mal, was du kannst«, forderte er sie auf und lehnte sich lächelnd an den Kühlschrank. »Wo fangen wir an? Und was soll ich tun?«

»Du?« Eden lachte. »Du lässt mal schön die Finger von meinen Sachen«, erklärte sie und holte zuallerletzt noch eine blumig gemusterte Schürze aus ihrer Tasche. Sie legte sie sich um und band sich an der Taille eine Schleife. Dann warf sie eine Zwiebel hoch und fing sie einhändig wieder auf. »Wobei, die könntest du übernehmen.«

Jackson stieß sich vom Kühlschrank ab und nahm ihr die Zwiebel aus der Hand. »Kein Problem«, sagte er. »Ich tue alles, um dir Tränen zu ersparen.«

Eden schnaubte und Jackson sah sie an. Warum kniff sie die Lippen so fest zusammen? Warum dieses Schnauben?

»Na schön, dann fang ich mal mit dem Thunfisch-Carpaccio an«, murmelte Eden und schlug das Päckchen mit dem Fischfilet auf.

»Ich brauche einen Teller«, erklärte sie und stemmte sich auf eine Knoblauchzehe, ehe sie dieser die Haut abzog. Dann schnitt sie die Zehe auseinander und rieb damit den Teller ein, den Jax ihr reichte.

»Was machst du?«, fragte er irritiert.

»Hm? Ach das. Das sorgt dafür, dass die ätherischen Öle des Knoblauchs auch von unten in den Fisch ziehen, ohne den Geschmack dabei zu überdecken. Ganz dezent.«

Ohne Jackson anzusehen, arbeitete sie weiter. Sie schnitt den Thunfisch in hauchzarte Scheiben, die sie auf dem Teller anrichtete, mit Salz und Pfeffer würzte und mit dem Saft einer frisch gepressten Limette beträufelte.

Jeder ihrer Handgriffe war sicher, sie musste nicht überlegen, was als Nächstes zu tun war. Jackson genoss es, ihr zuzusehen. Sie war geschickt im Umgang mit dem breiten Messer, zierte sich nicht, als sie die Limette über ihrer Handfläche auspresste, damit keine Kerne auf den Teller fielen. Er mochte es, wie das Essen immer mehr von Edens Vorstellung annahm. Er roch den leichten Knoblauchduft, hatte das Gefühl des salzigen Fischs und der Säure der Zitrone auf der Zunge – nur weil er Eden zusah.

Gerade träufelte sie golden schimmerndes Olivenöl über den Thunfisch und sog dabei die Lippe zwischen ihre Zähne. »Schneidest du einige Kirschtomaten?«, bat sie, ohne aufzusehen. Sie zupfte kleine Blätter aus einem Rucolabund und verteilte sie auf dem Fisch. »Tomaten geben einen Farbkick«, erklärte sie. »Und wir brauchen einige Ringe Frühlingszwiebel für die Schärfe.«

Jackson nickte und machte sich an die Arbeit. Er stellte sich neben Eden an den Tresen und zerkleinerte das Gemüse.

Eden grinste, als sie sah, wie ungelenk er im Vergleich zu ihr mit dem Messer hantierte. »Werde ich denn eine Küchenhilfe bekommen?«, fragte Eden und hob amüsiert die Augenbraue. »Oder wirst du mir zukünftig zur Hand gehen? Denn wenn das so ist, dann … musst du einen Kurs machen, wie man fachgerecht Gemüse zerkleinert. Das dauert ja sonst ewig.«

Jackson lachte. »Dachtest du, so scharf, wie ich bin, zerfällt das Gemüse von selbst in Stücke?« Er sah, wie Eden mit sich rang, ehe sich ein Lächeln auf ihre Lippen stahl.

»Das dachte ich nicht.« Sie zwinkerte ihm zu, nahm Zwiebelringe und Tomaten und verteilte sie auf dem Teller. »Das Essen kocht sich ja auch nicht von allein, nur weil ich heiß bin.«

Jacksons Lachen hallte von den frisch gefliesten Wänden wider, als sie ihm breit grinsend den Teller zum Probieren vor die Nase hielt. »Der muss jetzt etwas durchziehen, aber im Grunde wäre das mein Favorit für den ersten Gang. Was meinst du?«

* * *

Eden wunderte sich, wie schnell der Tag vergangen war. Sie hatten neun verschiedene Rezepte zubereitet, von allem gekostet und sich nach und nach für ein stimmiges Menü für den Surfcup entschieden. Mit jeder Stunde, die sie gemeinsam in der winzigen Küche an der Bar verbracht hatten, war es ihr leichter gefallen, sich in Jacksons Gegenwart zu entspannen. Sie neckten sich sanft, lachten zusammen, und manchmal, wenn er sie ansah, glaubte sie, Bewunderung in seinem Blick zu erahnen. Doch er hatte Abstand gehalten. War ihr nicht zu nahe gekommen. Hatte sie nur zufällig berührt, und zwar auf eine ganz unschuldige Art. So, wie man sich eben berührt, wenn man sich zusammen auf engem Raum bewegt.

Jackson verhielt sich so professionell, wie sie es sich gewünscht hatte. Und doch … irgendwie fragte sie sich, wie er den Tanz im Club oder das Knistern von neulich Morgen einfach so hinter sich gelassen haben konnte.

»Verdammt, Eddy«, schmatzte er gerade und steckte sich das vorletzte Kokosbällchen in den Mund. Er schleckte sich die fettigen Krümel von den Fingern und grinste sie an. »Wir könnten echt das ganze Menü streichen und nur diese Teile hier servieren. Die machen süchtig!«

Eden lachte. Es gefiel ihr, dass es ihm schmeckte. Überhaupt gefiel ihr, dass er ihr bei der Auswahl des Menüs blind vertraute. Er hatte nicht einmal protestiert und sie war stolz auf das, was nun am Ende auf ihrer Karte stand. Es war ein tolles Menü für ein Event wie den Surfcup. Gesund und leicht, dabei modern und spritzig mit der nötigen Raffinesse, ohne zu teuer zu sein.

»Dann lass sie uns auf die reguläre Karte des Old Harbour Inn setzen«, schlug sie vor. »Und wer am Surfcup davon kostet, kommt garantiert zu anderer Gelegenheit wieder. Und wenn nur wegen der Kokosbällchen.«

Jackson lehnte sich in dem alten Stuhl zurück, dessen Polster nicht nur schmutzig war, sondern dessen hölzerne Beine nun auch noch vom Wasserschaden aufgequollen waren. »Klingt nach einem guten Plan.« Er rieb sich den Bauch und schob den fast leeren Teller von sich. »Weißt du, Eddy, zum ersten Mal, seit ich zurückgekommen bin, habe ich das Gefühl …«, er sah ihr direkt in die Augen und Eden hielt den Atem an, »… dass sich endlich alles in die richtige Richtung entwickelt.«

Seine Stimme klang viel ernster als den ganzen Tag über und er sah sie so eindringlich an, dass sie sich fragte, ob er damit nur das Lokal oder auch noch etwas anderes meinte.

Ein St. James verliert nicht gern

Eden deckte den Rest der verschiedenen Burger-Varianten, die sie zubereitet hatten, mit Frischhaltefolie ab, um sie in den Getränkekühlschrank zu stellen, während Jackson nach oben gegangen war, um die finale Karte für die Bewerbung um die Ausrichtung des Surfcups auszudrucken. Jetzt galt es nur noch, die Bar wieder aufzuräumen und das Geschirr zu spülen, denn die Spülmaschine würde erst nächste Woche zusammen mit der neuen Restaurantküche installiert werden.

Sie fing gerade an, alles, was sie mitgebracht hatte, wieder in ihren Rucksack zu packen, als die Folie der beschädigten Glastür raschelnd angehoben wurde.

»Na toll!«, murrte sie leise, als sie sah, dass Luke St. James, wie üblich in Lederjacke und schwarze zerschlissene Jeans gekleidet, hereinkam.

»Na, holla«, grüßte er mit einem diabolischen Grinsen. »Dich trifft man neuerdings recht oft hier an.«

Eden verkniff sich eine Antwort, denn noch mehr als Lukes Ankunft störte sie die Person, die nach ihm eintrat.

Ian St. James' groß gewachsene Gestalt duckte sich unter der Folie hindurch. Er klopfte sich imaginären Staub vom schwarzen Hemd und sah sich verächtlich um. »Du hast gesagt, Jackson stellt hier was auf die Beine«, meinte er in Lukes Richtung und verzog die Lippen. »Davon seh ich hier aber nichts.«

»Was soll das?«, fragte Eden und schloss ihren Rucksack. Sie warf einen Hilfe suchenden Blick in Richtung Treppe. Warum dauerte das denn so lange? Wo blieb Jax? »Was wollt ihr denn hier?«, fragte sie und verschränkte die Arme vor der Brust.

»Sorry.« Luke lachte spöttisch. »Wusste nicht, dass ich einen Tisch hätte reservieren sollen.«

Das schien Ian zu gefallen, denn sein Mundwinkel zuckte. »Sie haben ja nur einen Tisch.«

Eden suchte noch nach einer schnippischen Antwort, als zum Glück Jackson auf der Treppe erschien. Er stutzte, als er die Besucher sah. Dann schlenderte er unbeeindruckt zu Eden zurück, den Ausdruck in der Hand. »Wir sind zwar gastfreundlich«, sagte er und warf Ian dabei einen unterkühlten Blick zu. »Aber wir lassen nicht jeden rein.«

Eden verkniff sich ein Lächeln. »Dachte ich mir«, gab sie zurück und griff nach ihrem Rucksack. »Ich würde dann jetzt auch gehen«, schlug sie vor und nickte zur Tür. »Wir sind ja hier so weit fertig.«

Luke grinste. »Wir wollten nicht stören«, warf er ein und strich sich arrogant das Haar aus der Stirn. »Wie es aussieht, wart ihr gerade beim Nachtisch angekommen, richtig?«

»Halt die Klappe, Luke!«, murrte Jackson und nickte in Edens Richtung. »Klar. Den Rest mache ich. Aber würdest du vielleicht …«, er wackelte mit dem Ausdruck in seiner Hand, »… das für uns in der City Hall einreichen?«

Eden streckte die Hand aus und nickte. »Natürlich. Wir wollen ja nicht die Einreichfrist für unser Siegermenü verpassen.«

Sie griff sich den Ausdruck und schulterte ihren Rucksack. Dann drehte sie sich um und verließ das Lokal durch die Eingangstür, um nicht einmal in die Nähe der Gebrüder St. James kommen zu müssen. Einmal mehr fragte sie sich, wie Jackson ausgerechnet zu einem Freund wie diesem dämlichen Luke gekommen war.

Jackson biss die Zähne zusammen. Er wusste gerade nicht, was ihn mehr ärgerte: Dass Eden wegen Luke so hastig gegangen war oder dass der seinen Bruder mitgebracht hatte. Vermutlich Ersteres, weil es wieder einmal zeigte, dass Eden sich in Lukes Nähe unwohl fühlte. Es musste ihr noch immer sehr peinlich sein, dass Luke ihr einen Korb gegeben hatte, als sie sich noch vor Jacksons Abreise an ihn herangemacht hatte.

»Ist es nicht etwas voreilig, ein Menü vorzuschlagen, wo …«, riss Ian ihn aus seinen Gedanken und ließ seinen Blick noch einmal demonstrativ gelangweilt durchs Old Harbour Inn schweifen, »… wo dir doch alles Essenzielle für ein Restaurant zu fehlen scheint.«

»Sehe ich nicht so«, gab Jackson selbstbewusst zurück, auch wenn ihn Ians Blick tatsächlich kurz verunsicherte. Waren seine Ambitionen zu hoch gegriffen? Konnte er die Bauarbeiten wirklich rechtzeitig abschließen? Das musste er, denn die Bank wollte ihr Geld zurück. Er versuchte, sich seine Gedanken vor Ian nicht anmerken zu lassen. »Das Essenziellste für ein florierendes Lokal ist ein Spitzenkoch. Und den habe ich.«

Ian lächelte. Das sah man nicht oft und es lief Jackson kalt den Rücken hinunter. Etwas an diesem Lächeln störte ihn.

»Gratuliere.« Ians Stimme troff vor Ironie. »Ich denke auch, dass man von Eden noch viel hören wird.«

Ian durchmaß den Raum und betrachtete die Fliesen. »Nett«, gab er zu und sah auf seine Armbanduhr. »Ist doch schön zu sehen, was man mit geringen Mitteln alles zuwege bringt.«

Jackson hatte genug davon, sich von Ian anpöbeln zu lassen. Er warf Luke einen bösen Blick zu, der das nur mit einem Schulterzucken quittierte. »Was willst du hier, Ian?«, fragte er kalt und ging auf seinen Rivalen zu. Das hier war sein Lokal. Und es wurde Zeit, dass Ian das kapierte.

»Darf man nicht mal einen Freund besuchen?«

»Wir sind keine Freunde.«

Wieder hob sich Ians linker Mundwinkel. »In der Tat. Darf man nicht mal den Freund … seines Bruders besuchen?«

Jackson verbot es sich, mit den Zähnen zu mahlen. »Dann danke für den Besuch. Aber du musst mich entschuldigen.« Er deutete zur Tür. »Ich habe noch einiges zu tun.«

»Das ist nicht zu übersehen«, spottete Ian erneut und krempelte seine Hemdsärmel bis knapp unter die Ellbogen hoch. »Ich halte dich nicht länger auf.« Nach einem erneuten Blick auf seine Uhr nickte er. Dann ging er mit selbstsicheren Schritten zur Eingangstür. »Aber es ist doch immer wieder schön, sich selbst davon zu überzeugen, was man am Ende plattmacht.« Er lächelte. »Das macht den Sieg erst richtig süß.«

»Wir werden sehen, wer den Sieg um das Abschlussessen davonträgt«, rief Jackson ihm nach, aber Ian schien unbeeindruckt. Er fuhr sich durchs Haar und setzte sich eine dunkle Sonnenbrille auf, als er aus der Tür trat. »Ein St. James verliert nicht«, antwortete Ian und stieg in seinen Sportwagen. »Diese Lektion wirst auch du noch lernen.«

»Dein Bruder ist ein Arsch!« Jax wandte sich zu Luke um und kniff böse die Augen zu Schlitzen. »Was denkst du dir, ihn herzubringen?«

Luke schnalzte mit der Zunge und nahm ein Päckchen Zigaretten aus seiner Lederjacke. »Kennst ihn doch. Wenn er sich was in den Kopf gesetzt hat, bringt ihn niemand davon ab.«

»Du sahst allerdings nicht wirklich so aus, als hättest du es versucht«, knurrte Jackson.

Luke steckte sich eine Kippe hinters Ohr. »Was stört es dich, dass er sich hier umschaut? Du hast doch viel geschafft.«

»Nicht in Ians Augen.«

»Ein St. James misst eben mit anderen Maßstäben.«

Jackson schüttelte den Kopf. »Du klingst wie ein echtes Arschloch.«

Luke schmunzelte. »Ein Arschloch zu sein, muss man sich leisten können.«

Jackson rieb sich übers Gesicht. Er war doch wirklich gestraft. Anstatt auf Lukes dummen Spruch einzugehen, wechselte er lieber das Thema.

»Wie gefallen dir die Fliesen?«

Luke kniff die Augen zusammen, als fielen ihm die eben erst auf. »Na ja, … Fliesen halt. Sehr … nützlich?«

»Richtig.« Jackson rollte mit den Augen. »Ganz im Gegensatz zu dir. Du bist in letzter Zeit ziemlich unnütz.«

Luke schlug sich an die Brust. »Ha!«, rief er. »Da wirst du deine Meinung aber ändern, wenn du hörst, was ich mir überlegt habe.«

»Lass mich raten: Wir gehen in den Club und saufen?«

Lachend ging Luke durch die Folie nach draußen und steckte seine Kippe an. »Auch ’ne Option!«, meinte er und atmete tief den nikotingeschwängerten Rauch ein. »Aber eigentlich hab ich eine Lösung für dein Problem mit den Stühlen.«

Jackson hob ungläubig die Augenbrauen. »Ach, echt?«

Luke grinste verschlagen. »Wir nehmen vorübergehend einfach Ians Stühle.«

»Ians Stühle?« Jackson hob irritiert die Augenbrauen. »Du sprichst jetzt aber nicht gerade von deinem Bruder Ian, oder doch?« Jax kratzte sich am Kinn. »Der, der mich hasst, weil ich ihm Konkurrenz machen könnte? Der Ian, der eben hier war und ganz deutlich gesagt hat, dass er mich plattmachen will?«

»Genau der«, bestätigte Luke nickend.

»Und du glaubst, er gibt mir so einfach seine Stühle?«

Luke lachte. »Nie im Leben, aber was er nicht weiß, macht ihn nicht heiß – sagt man das so?«

»Das klingt nach einer Schnapsidee«, wehrte Jackson ab. »Also vergiss es.«

Luke schnippte die Kippe über die Klippen und hob protestierend die Arme. »Warte, warte, ehe du meine Idee abtust.« Er stockte, weil er zwei blonden Frauen hinterhersah, die gerade am Pier hinunter zum Strand gingen. Sie trugen Tangas und Luke stieß einen anerkennenden Pfiff aus.

»Sprich weiter!«, erinnerte Jackson ihn und rollte mit den Augen. »Denn ich kann im Moment nicht feststellen, wo das eine tolle Idee sein soll?«

Luke folgte den Mädels mit den Augen. »Pass auf. Du weißt doch, dass ich letzte Woche meinem Vater im Hotel behilflich sein sollte.«

»Weiß ich nicht«, verbesserte Jackson ihn.

Luke winkte ab. »Nicht wichtig. Vater und Ian planen doch, das Hotel um einen Spa-Bereich zu erweitern.«

»Hat Alison erwähnt.«

Luke wandte sich wieder zu Jackson um. Die Blondinen waren aus seinem Sichtfeld verschwunden. »Ist doch egal. Hör einfach zu.«

»Ich höre dir zu. Du bekommst nur keine ganzen Sätze zustande.«

»Einer der Räume, in dem wir Hotelmobiliar lagern, saisonale Dekoration und so ’n Quatsch, soll den künftigen Zugang zum geplanten Anbau für das Spa bilden. Und hier komme ich ins Spiel.« Er zündete die Zigarette an und nahm einen tiefen Atemzug. »Für die genaue Planung und die ersten Arbeiten muss der Raum leer sein. Jetzt hat sich mein Vater gedacht, ich könnte doch auch mal was beitragen und diesen ganzen Scheiß einlagern lassen.«

Jackson lachte. »Was ist passiert?«, fragte er spöttisch. »Hat dein Vater etwa erkannt, dass du nur auf der faulen Haut liegst?«

Luke hob grinsend eine Augenbraue. »Ich war mit dem Hausmädchen in der Kiste. Das hat ihm nicht so gut gefallen«, gab er zu und zuckte unschuldig mit den Schultern. »Jetzt meint er ernsthaft, ich sollte meine Energie anderweitig einsetzen.« Er zwinkerte verschwörerisch. »Dabei weiß er noch nicht mal, dass das Küchenmädchen auch mitgespielt hat.«

»Das sind mehr Informationen, als ich wollte!«, keuchte Jax und schüttelte den Kopf. »Komm zu dem Punkt, wo es wieder um die Stühle geht, okay!«

»Das Bett, die Stühle … bei all den Möbeln kommt man leicht durcheinander«, foppte Luke ihn. »Aber gut. Dann eben zurück zum langweiligen Thema. Die Stühle – es sind mindestens fünfzig Stühle und zwei Dutzend Tische in dem Raum, den ich leerräumen muss. Von dieser Promihochzeit, die Ian vor zwei Jahren ausgerichtet hat. Erinnerst du dich? Der ganze Hotelgarten war doch mit diesen weißen Stühlen und den passenden Tischen bestückt.«

»Weiß ich nicht. Ich war in Europa. Schon vergessen?«

»Hm?« Diesmal wurde Luke durch eine vollbusige Schönheit abgelenkt, die vom Strand heraufkam. »Europa? Ja, ja. Schönes Land.«

»Europa ist ein Kontinent. Was ist mit den Stühlen?«

»Genau.« Luke sah ihn wieder an. »Die Stühle sind so gut wie neu. Stehen seit Jahren nur rum und sind jetzt im Weg.« Er zuckte mit den Schultern. »Ist doch wurscht, ob ich die in einem Lagerraum unterbringe oder dir leihe, bis du selbst welche hast. Die vermisst keiner.«

Jackson schnaubte. Es war so klar, dass Ian mehr Stühle hatte, als er brauchte, wohingegen er selbst nicht mal einen vernünftigen Stuhl besaß. Dabei hatte er schon welche bestellt, aber die Lieferzeit nicht bedacht. Das kam ihm einerseits ganz gelegen, denn die Rechnung würde erst fällig, wenn die Lieferung erfolgte, aber ein Lokal ohne Stühle war auch nicht gerade ein Kundenmagnet. Er steckte also in der Klemme.

»Ich dachte also … ich könnte sie bei dir zwischenlagern, wenn man so will«, meinte Luke grinsend. »Wollen wir doch mal sehen, ob ich diesen Job nicht so vermasseln kann, dass mein Vater kein zweites Mal auf die Idee kommt, mich um Hilfe zu bitten. Diese Verantwortung liegt mir echt nicht.«

Jackson trat ans Geländer und blickte übers Meer. Vermutlich war es so, wie Luke sagte. Niemand würde diese Stühle vermissen. Und ihm konnten sie den Arsch retten. Andererseits wollte er unter keinen Umständen den St. James etwas schuldig sein. Oder sein Schicksal in deren Hände legen.

»Ich hab ja schon welche bestellt«, überlegte er laut und sah Luke an. »Das wäre also nur vorübergehend.«

»Toll. Dann lass ich dir die Stühle und Tische herbringen, such dann in Ruhe nach einem Lager für den ganzen anderen Mist und kümmere mich erst mal darum. Bis ich so weit bin, hast du sicher schon eigene Möbel.«

Jackson nickte. »Okay. Ich … ich halte es immer noch für eine Schnapsidee, aber was Besseres fällt mir tatsächlich auch nicht ein.« Er lachte. »Kaum zu glauben, dass ausgerechnet du und Eden Green …, dass ihr zwei das Old Harbour Inn rettet.« Er klopfte Luke dankbar auf die Schulter und wandte sein Gesicht dem strahlenden Himmel entgegen. »Vielleicht verliert ein St. James nicht gern«, wiederholte er Ians Worte. »Aber ich habe auch nicht vor, Ian den Sieg zu schenken.«

Das Old Harbour Inn

Eden stand mit einem Putzlappen in der Hand an der Spüle des Old Harbour Inn. Die Küchenmonteure hatten nach dem Einbau der Restaurantküche ein ziemliches Chaos hinterlassen, und da sie in Zukunft hier kochen würde, sah sie es als ihre Pflicht an, schon jetzt mit anzupacken.

Jackson hatte sie am Morgen angerufen, um ihr mitzuteilen, dass die Küche geliefert werden würde. Er hatte nicht zu fragen brauchen, ob sie dabei sein wollte, wenn ihr neues Reich zum Leben erweckt wurde. Den ganzen Tag hatte sie den Arbeitern über die Schulter gesehen, um alles zu kontrollieren.

Jetzt waren die Monteure weg und sie hatten zwei Stunden lang neues Geschirr aus den Kartons geholt, gespült und an die entsprechende Stelle in den Schränken geräumt. Es sah toll aus und Eden freute sich darauf, ihre Speisen auf den hübschen Tellern anzurichten.

Eine zufriedene Stille lag über der frisch geputzten, nagelneu funkelnden Küche.

Jackson hatte eben die übrigen Kartons hinausgeschafft und fegte nun den letzten Staub vom Boden. Sie ertappte sich dabei, wie sie verträumt in seine Richtung sah.

»Wir haben tatsächlich eine Küche!«, freute er sich und sein Lächeln war der Wahnsinn, als er sich zu ihr umdrehte. Er lehnte den Besen an die Wand und löste seinen Bun. »Fast hätte ich nicht mehr dran geglaubt. Das war ein harter Weg bis hierher.«

»Das glaube ich. Es ist wirklich unfassbar, wie verändert alles ist. Ich glaube, niemand in Laguna Beach hätte gedacht, dass du aus dem alten Fischlokal so ein Schmuckstück machen wirst.« Sie lachte. »Also ich definitiv nicht.«

»Ich hatte da ehrlich gesagt auch meine Zweifel«, gestand Jax lachend und ging zum Kühlschrank, den er schon ausgesteckt hatte, denn ab sofort lief der neu installierte Kühlraum. Er griff hinein und nahm eine Flasche Champagner heraus. Er hielt sie hoch und sah Eden fragend an. »Was meinst du?« Seine Stimme klang unsicher. »Wollen wir auf das anstoßen, was wir bis hierher geschafft haben?«

Eden musste schlucken. Sie faltete den Lappen zusammen und legte ihn zurück in den Eimer. Erst dann sah sie Jackson wieder an. Es war keine gute Idee, sich darauf einzulassen. Es war ja schon keine gute Idee, noch länger hierzubleiben, nun, wo die Handwerker fort waren und die Arbeit getan war. Es war inzwischen dunkel draußen und die Sterne funkelten wie Diamanten am Himmel. Wenn nun auch noch Alkohol ins Spiel käme …

»Du solltest mit Alison anstoßen«, versuchte sie, sich selbst vor einem Fehler zu bewahren. »Sie hat viel mehr zu deinem Erfolg beigetragen als ich.«

Jackson lächelte und kam näher. »Sei kein Spielverderber, Eddy«, bat er sanft und drückte ihr die eiskalte Flasche in die Hände. Er löste den Draht um den Korken und sah ihr dabei unentwegt in die Augen.

»Aber die Küche ist doch noch gar nicht fertig, die Tische und Stühle fehlen noch und …«

Der Druck in der Champagnerflasche zwängte den Korken nach oben und mit einem lauten Ploppen zog Jackson ihn heraus. Feiner Alkoholnebel stieg aus dem Flaschenhals und als Eden einatmete, wurde sie davon fast trunken. Davon und von dem goldenen Glanz in Jacksons Blick.

»Alles, was ich wirklich brauche, ist jetzt hier«, raunte er. Seine Hand glitt an der Flasche hinunter, bis er ihre Finger berührte.

Seine Berührung schien sie im Vergleich mit der kalten Flasche regelrecht zu verbrennen, und Eden zog hastig die Hände weg. Doch es gelang ihr nicht, sich von seinem Blick zu lösen. Sie wollte die Hände heben und durch sein Haar fahren. Wollte ihm diese eine Strähne aus der Stirn streichen und …

»Ich denke, es fehlt schon noch was«, murmelte sie und benetzte ihre Lippen.

Jacksons Augenbraue hob sich fragend und er kam noch näher. Das kalte Glas der Flasche drückte sich gegen ihren Bauch und Eden schnappte nach Luft.

»Ich wüsste nicht, was mir jetzt noch fehlen sollte«, hauchte Jackson und sein Blick glitt über ihr Gesicht, ihren Hals hinunter bis zum Ausschnitt ihres Shirts. Eine Gänsehaut überzog ihren Körper, als sie sich vorstellte, er würde sie nicht nur ansehen.

Eden machte einen Schritt zurück. »Es fehlen Gläser«, presste sie heraus. »Oder sollen wir aus der Flasche trinken?«

Jackson sah, dass Edens Finger zitterten, als sie sich nach den ganz oben im Regal stehenden Sektkelchen streckte. Das eng anliegende Top rutschte dabei über ihren Bauchnabel und gewährte ihm den Anblick ihrer nackten Taille. Im Geiste sah er sich diese Taille umfassen. Er würde seine Hände über ihren Bauch zu ihren Brüsten gleiten lassen, während seine Zähne sanft an der empfindlichen Haut an ihrer Halsbeuge knabberten. Ihr lustvolles Stöhnen hallte wie Musik durch seinen Kopf. Als sie sich mit zwei Gläsern zwischen den Fingern wieder umdrehte, spitzte der silberne Ring an ihrem Bauchnabel hervor. Unwillkürlich ging er auf sie zu. Er nahm ihr die Sektkelche ab und stellte sie auf die neue Arbeitsfläche. Hier würde er ihr das Top ausziehen und …

Der Champagner perlte im Glas hoch und lief leise zischend über den Rand.

Eden neben ihm wirkte nervös, was seinen eigenen Puls beschleunigte. Erriet sie, in welche Richtung seine Gedanken gingen? Dass er sich vorstellte, der Champagner würde auf ihrer Haut perlen statt im Glas?

Vielleicht ahnte sie es, denn sie riss ihm den für sie bestimmten Sektkelch beinahe aus der Hand und trat einige Schritte zurück. Das war vernünftig. Sehr vernünftig. Und dennoch …

»Na schön, dann …« Eden biss sich auf die Lippe und tunkte nebenbei ihren Finger in den Schampus. Offenbar bemerkte sie nicht einmal, dass sie einen leisen Klang erzeugte, als sie den Finger auf dem Glasrand kreisen ließ. »Worauf stoßen wir an?«

Die Laute, die sie entstehen ließ, wirkten auf Jackson wie der lockende Gesang der Sirenen und wie einst die Seefahrer war er diesem Klang vollkommen verfallen. Er war kaum noch zu einem klaren Gedanken fähig. »Trinken wir auf das Ergebnis unserer Arbeit«, beeilte er sich zu sagen, ehe er nicht mehr in der Lage war, einen vernünftigen Satz herauszubringen. »Auf unser Menü für den Surfcup und auf die neue Küche.« Er ging wieder auf sie zu und hob dabei sein Glas etwas an. »Trinken wir auf die beste Küchenchefin der Westküste und …« – ihre Wangen glühten auf und der Gesang ihres Glasrands brach abrupt ab – »… auf meine Heimkehr.« Er sah ihr in die Augen und stieß sein Glas sacht gegen ihres. »Trinken wir auf uns, Eddy.«

Jackson führte das Glas an seine Lippen und Eden tat es ihm gleich. Der Champagner tanzte ihre Kehle hinab, aber das Prickeln auf ihrer Haut kam von etwas anderem. Sie war gefangen von Jacksons Nähe, berauscht von seiner Stimme und dem lodernden Blick, mit dem er sie bedachte. Sie wusste, sie hätte längst gehen sollen. Wusste, dass jeder Moment, den sie länger blieb, ein Schritt in die Katastrophe sein konnte. Doch als Jackson sein Glas abstellte, ihr ihres abnahm und dann ihr Gesicht umfasste, schlug sie alle Alarmglocken in ihrem Innersten in den Wind und drängte sich ihm sanft entgegen.

Sein Atem strich über ihre Haut, als er sich über sie beugte. Sein Haar kitzelte an ihrem Ausschnitt und die Stoppeln seines Dreitagebartes kratzten auf wunderbare Art an ihrer Wange. Sie benetzte ihre Lippen mit der Zunge, denn sie fieberte seinem Kuss regelrecht entgegen.

»Eddy«, murmelte er und seine Lippen glitten sanft über ihre. »Was machen wir hier nur?« Er sah ihr in die Augen, während sich seine Hände besitzergreifend um ihre Taille legten. Er zog sie an seinen Körper und presste ihr damit fast den Atem aus der Lunge. Ein leises Keuchen entwich ihr und sie hob die Arme in seinen Nacken, denn ihre Knie waren mit einem Mal weich wie Butter.

»Wir machen einen Fehler«, wisperte sie gegen das laute Pochen ihres Herzens an. »Einen riesigen Fehler.«

Und trotzdem grub sie die Finger in den Haaransatz an seinem Nacken. Trotzdem erhob sie sich auf die Zehenspitzen, um ihm noch näher zu kommen, und als seine Zunge über ihre Lippen strich, sank sie zitternd in seine Arme.

Sie war zu schwach, um sich von ihm zu lösen. Seine Hände, die noch immer ihre Taille umfassten, sie dort streichelten und sich dabei langsam höher arbeiteten, setzten ihren Körper in Brand.

»Vermutlich«, stimmte Jackson ihr zu. Das satte Braun seiner Augen glomm heiß vor Verlangen und sein hungriger Blick fesselte sie. Dann senkte er den Kopf und presste seine Lippen auf ihre. Sie hatte nicht bemerkt, wie seine Hand in ihren Nacken gewandert war, nur, dass er sie dort stützte, während er ihre Lippen teilte und seine Zunge für einen tiefen Kuss in ihren Mund gleiten ließ.

Eden seufzte. Sein Kuss schmeckte nach Champagner und stieg ihr wie Alkohol direkt ins Blut.

Sie wusste: Sich diesem wundervollen Gefühl hinzugeben, würde alles verändern. Es würde Probleme mit sich bringen. Erinnerungen wecken. Und doch, als sie Jacksons Erregung deutlich durch seine Hose spürte, fühlte es sich mächtig und richtig an, egal, welche Folgen es haben mochte.

Sie spreizte ihre Finger, strich ihm über die Schultern und den Rücken hinab. Durch sein Shirt fühlte sie die Hitze seiner Haut, die geschmeidigen Bewegungen seiner Muskeln, als er sie hochhob und auf die Arbeitsplatte setzte. Er trat zwischen ihre Beine, ohne seinen Kuss zu unterbrechen.

Seine Kraft fühlte sich wunderbar an und Eden fragte sich, wie sie all die Jahre ohne ihn, seine Küsse und seine Berührungen hatte überleben können. Es war wie eine Heimkehr und ihr ganzer Körper feierte dies. Ihr Puls raste, ihre Sinne waren nur auf ihn ausgerichtet und sie sog jede einzelne Regung, jeden Laut, seinen Duft und das Gefühl seiner Haut unter ihren Fingerspitzen wie ein Schwamm in sich auf. Sie ließ zu, dass all diese Empfindungen direkt in ihre Seele strömten, direkt in ihr Herz gingen, denn sie wollte sie nie wieder hergeben. Wollte nie wieder auch nur einen Tag darauf verzichten, von Jackson Cooper gehalten, geküsst … und geliebt zu werden.

»Gott, Jax«, murmelte sie gegen seine Lippen und grub ihm die Fingernägel in den Rücken. Der Stoff seines Shirts war ihr im Weg und sie raffte ihn hastig nach oben.

Jackson lachte leise und die Vibration seiner Brust hatte die Macht eines Erdbebens. Eden zitterte. Jacksons Finger wanderten unter ihr Oberteil. Seine Hände waren rau von den Arbeiten am Old Harbour Inn und doch hatte sich nie etwas besser angefühlt. Er streichelte ihre Taille, fuhr spielerisch über ihren Rippenbogen und schob dabei Stück für Stück ihr Top höher, versengte jeden Zoll ihrer Haut und entzündete eine regelrechte Spirale der Lust.

Eden schlang ihre Beine um Jacksons Po und drängte sich seinen Händen entgegen, als er endlich ihre Brüste umfasste.

Eddy nicht hier und jetzt sofort die Jeans über den Hintern zu schieben und sich tief in sie zu versenken, kostete Jackson große Zurückhaltung. Er hätte nie gedacht, dass diese Frau noch immer so eine Wirkung auf ihn hatte. Dass er trotz allem, was zwischen ihnen stand, an nichts anderes denken konnte, als sie zu berühren. Ihr Kuss war wie eine Heimkehr und sein Herz schien vollkommen vergessen zu haben, dass sie beide schon lange kein Paar mehr waren.

Ihre Brüste passten perfekt in seine Hände und der leichte Stoff ihres Triangel-Bikinioberteils stellte kein Hindernis für ihn dar. Der Stoff war dünn und jede seiner Berührungen drang ungehindert hindurch. Edens leises Stöhnen stachelte ihn an und seine Hose wurde immer enger. Er neckte die rosige Spitze ihrer Brust, bis diese sich ihm wie eine reife Kirsche entgegenreckte.

Kurz zuckte er zusammen, als Eden ihre Zähne lustvoll in seine Lippe grub. Sie schlang ihre Beine so eng um seinen Körper, dass sein pochender Schaft sich fest an ihren Schritt drängte. Ihr Becken wölbte sich ihm entgegen und mit einem heiseren Laut der Lust hob Jackson sie vom Tresen.

»Was …?« Eden blinzelte verwirrt und Jackson küsste ihre Nasenspitze.

»Lass uns diesen Fehler irgendwo machen, wo es … gemütlicher ist«, flüsterte er und trug sie die Stufen zu seiner Wohnung hinauf.

»Gemütlicher als in einer neuen Küche?« Eden kicherte an seinem Hals und es durchfuhr ihn wie ein Blitz. »Du weißt schon, dass ich Köchin aus Leidenschaft bin, oder? Es gibt für mich kaum etwas … Verführerischeres als …«

»… als sich den Kopf an einer Dunstabzugshaube anzuschlagen?«, lachte Jackson und trat mit dem Fuß die angelehnte Tür zu seinem Schlafzimmer auf. Er hatte noch kein Bett, aber die Matratze war groß und lag genau unter dem Fenster, das er ins Dach eingesetzt hatte. Er brauchte nicht einmal die Lampe anzuschalten, denn das Mondlicht, das durch das Oberlicht hereinfiel, tauchte den Raum in samtig silbernes Licht.

Zielstrebig trug er Eden zur Matratze. Sie schaute sich um, ehe sie den Kopf in den Nacken legte und durch das Fenster in den Nachthimmel sah.

»Nett«, flüsterte sie und löste die Beine um seine Huften. Langsam ließ er sie hinunter, bis sie vor ihm stand. »Zwar keine Dunstabzugshaube, aber dennoch … ganz nett.«

Sie sah ihm ins Gesicht und die Sterne spiegelten sich in ihren Augen wider. Dass sie nicht ging, nicht zögerte, sondern immer noch hier war, erfüllte Jackson mit unglaublichem Glück. Zärtlich hob er die Hand an ihre Wange, zeichnete den feinen Schwung ihrer Augenbraue nach und beugte sich über sie. Sein Kuss war anders als zuvor in der Küche. Dieser Kuss folgte nicht einfach nur einem Impuls. Dieser Kuss hatte Gewicht.

Er war eine Bitte und ein Versprechen zugleich. Hoffnung und Furcht. Ganz behutsam zeichnete seine Zunge ihre Lippe nach, tauchte kaum ein in die Süße ihres Mundes. Er wartete auf Eden und es fühlte sich an wie ein Sieg, als sie die Lippen für ihn öffnete und seiner Zunge mit ihrer entgegenkam.

Mit weniger Scheu schob er ihr das Shirt nach oben, unterbrach den Kuss und zog es ihr über den Kopf. Das Mondlicht versilberte ihre Haut, ihr Haar sah aus wie ein Wasserfall bei Nacht und das schnelle Heben und Senken ihrer Brust war mehr, als Jackson ertragen konnte. Er schlang die Arme um ihren Körper und presste sie an sich, bis er ihren Herzschlag an seiner Brust spürte. Dann ließ er sich mit ihr auf die Matratze sinken und schob sich halb über sie. Er stützte sich auf einen Ellbogen und strich ihr die Haare aus dem Gesicht. Das leichte Lächeln, das sich auf ihren Zügen zeigte, krönte diesen Moment. Krönte den Anblick der Frau in seinem Bett, die zu lieben er nie aufgehört hatte.

»Ist es immer noch ein Fehler?«, flüsterte er und streichelte ihren Bauch. Ihr Bauchnabelring glänzte im Mondlicht und er breitete die Finger darüber aus.

Eden zuckte mit den Schultern. »Das werden wir morgen sehen. Heute … fühlt es sich einfach nur wundervoll an.«

Sie hob ihr Bein über seines und drehte sich ihm zu. Dann küsste sie ihn und durchbrach damit die letzten Dämme seiner Zurückhaltung.

Er strich ihren Arm hinauf, malte kleine Kreise auf ihre Schulter und fuhr über ihr Schlüsselbein, über die seitliche Wölbung ihrer Brust zurück bis zum Rippenbogen. Von dort wanderten seine Finger auf ihren Rücken, dem zarten Bändel ihres Bikinis folgend, bis er die Schleife erreichte. Er löste den Knoten und mit einem geschmeidigen Zug am Bändel öffnete sich der Bikini an ihrem Rücken.

Eden hielt den Atem an. Sie musterte ihn gespannt, als er behutsam den Stoff von ihrer Brust schob und ihre Fülle umfasste. Ihre harte Knospe drückte sich in seine Handfläche und Edens Pupillen weiteten sich, als er leicht mit dem Daumen darüberstrich.

Eden keuchte und wölbte sich ihm entgegen, während sie sich rückwärts in die Kissen sinken ließ. Sie zog ihn auf sich und Jackson brauchte keine weitere Einladung. Er küsste sie hungrig, ohne von ihren Brüsten abzulassen, während Eden ihm, getrieben von ihrem Verlangen, das Shirt etwas fahrig über den Kopf zog. Er unterbrach den Kuss, um das Shirt loszuwerden, ehe er seine Zunge von ihrem Hals an abwärts gleiten ließ. Sie bebte unter seinen Küssen und als er seine Lippen heiß und hungrig um ihre Spitze schloss, drängte sie sich ihm hart entgegen. Er saugte ihre Knospe in seinen Mund, grub seine Zähne behutsam in ihr empfindliches Fleisch und keuchte, als sie ihm daraufhin die Fingernägel in den Rücken trieb. Sie drängte ihn näher heran, fuhr in sein Haar und zwang ihn so, seine Marter nur nicht zu unterbrechen. Der warme Duft ihrer Haut betörte ihn, und es war wie eine Erlösung, als sie anfing, die Knöpfe seiner Jeans zu öffnen. Seine Härte drängte gegen ihre Finger und er wünschte, sie würde ihn umfassen.

Mit einem Seufzen schien sie seine Gedanken zu lesen, denn sie schob ihre Hand in seine Boxershorts.

»Eddy«, keuchte er und streifte sich hastig die Hose ab. Er kniete über ihr und sah auf sie hinab. Sie lächelte wissend, als sie seinen Penis aus den Shorts befreite und sanft den Schaft umfasste. Jackson schloss die Augen.

Wie eine Feuerschlange schoss ihre Liebkosung in seine Lenden. Sein Schwanz zuckte vor Verlangen und er zog ihr schnell die Hose aus. Ihr Bikinislip folgte. Das alles tat er, während Eden noch immer sein bestes Stück liebkoste. Himmel, er war kurz davor …

Entschlossen beendete er die sündige Berührung und hob ihre beiden Hände mit seiner über ihren Kopf. Dann kam er zwischen ihre Beine und spreizte ihre Knie. Sein Haar strich über ihr Gesicht, während er mit der freien Hand erst ihre Brüste knetete, dann Stück für Stück tiefer wanderte.

Er streifte dabei seinen Penis, der hart und schwer an ihrem Oberschenkel ruhte – begierig, dahin zu kommen, wo seine Finger nun waren. Er teilte ihre Weiblichkeit, benetzte seine Finger mit ihrem Tau und schob sich behutsam in die heiße Mitte vor. Eden keuchte und bog sich ihm entgegen. Sie zitterte und versuchte, ihre Hände zu befreien, aber Jackson gab sie nicht frei. Er presste seine Lippen auf ihre und trank die Laute der Lust, die ihrer Kehle entwichen. Langsam zog er sich zurück, umkreiste ihre feuchte Perle und drang dann erneut in sie ein. Eden wimmerte. Ihre Zunge peitschte gegen seine und sie grub ihm die Zähne in die Lippe. Jackson wiederholte seine Marter und Eden kam seinen Fingern rhythmisch entgegen. Sie hob ihr Becken an, wenn er sich aus ihr zurückzog, als wollte sie nicht, dass er aufhörte.

Aber das hatte er ohnehin nicht vor.

»Halt schön still«, raunte er gegen ihre Lippen, ehe er ihre Hände freigab und sich tiefer schob. Er hauchte ihr einen Kuss auf die Lippen und sah sie von unten her an. Seine Zunge umkreiste ihre Brustwarze. Er lächelte. »Süßer als jedes Dessert«, flüsterte er und Eden zitterte unter seinem Atem. »Dabei sind wir doch gerade erst bei der Vorspeise.« Er ließ seine Zunge über ihre Rippen gleiten, hinterließ eine Spur zarter Küsse um ihren Bauchnabel, ehe er noch tiefer wanderte. Mit den Händen spreizte er ihre Beine weiter und als Eden ihn protestierend an den Haaren wieder nach oben ziehen wollte, widersetzte er sich ihr. Mit der Zunge teilte er ihre Blütenblätter. Er fand ihre empfindlichste Stelle und Edens hartes Keuchen trieb ihn, diese Stelle immer weiter zu necken. Edens Griff in sein Haar wurde fester, aber sie zog ihn nicht länger von ihrer Mitte fort. Vielmehr drängte sie ihn, noch mehr von ihr zu kosten. Wieder ließ er einen Finger in sie gleiten, während er weiterhin ihre Knospe küsste.

Eden bäumte sich auf. Sie grub ihre Fersen in die Matratze und hob sich ihm entgegen. »Jackson!«, keuchte sie und fasste nach seinem Schwanz. Sie entwand sich seiner Berührung, seinen Küssen und seiner Zunge, und als er ihr ein Kondom reichte, zog sie es ihm über und führte entschieden seine Härte zwischen ihre Beine.

Jackson liebte es, wie sie sich nahm, was sie wollte. Was er wollte – und zwar seit dem Moment, als er ihr im Club begegnet war. Er sah Eden ins Gesicht, küsste sie sanft. Dann drang er in sie ein und genoss die Hitze, die ihn umfing. Es war, als wäre er erst jetzt wirklich zu Hause angekommen.

Lampen und Stühle

Als Eden die Augen aufschlug, stand die Sonne schon hoch am Himmel. Die Matratze neben ihr war leer und sie rieb sich matt über das Gesicht.

»Gott, wie spät ist es?«, murmelte sie und sah sich um. Von Jackson war nichts zu sehen, aber sie hörte den Kaffeevollautomaten Bohnen mahlen.

Sie schlug die Decke zurück und stand auf. Irgendwie fühlte es sich fantastisch an, barfuß und nur mit Jacksons Shirt bekleidet aus seinem Bett zu kriechen. Sie fuhr sich versuchsweise mit den Fingern durch die Haare, um sie etwas zu bändigen, und rieb sich den Schlaf aus den Augen. Dann machte sie sich auf, dem Duft des frisch gebrühten Kaffees nach unten zu folgen. Sie hatte keine Ahnung, wie es nun zwischen ihnen weitergehen würde. Was diese Nacht zu bedeuten hatte. Wie sollten sie jetzt miteinander umgehen? Sollte sie einfach zu ihm gehen, die Arme um ihn schließen und ihn küssen? Oder sollte sie lieber ihre Sachen packen und gehen, ehe das Ganze peinlich würde?

Sie hörte Tassen klappern.

»Vorsicht, der ist heiß«, sagte Jackson, und Eden, die schon mit einem Fuß auf der obersten Stufe stand, stutzte.

»Danke für die Warnung.« Wenn Eden sich nicht täuschte, dann war es Alisons Stimme. »Und danke für den Kaffee. Ich bin seit fünf auf den Beinen und hatte noch nicht eine Tasse«, stöhnte sie und Eden sah direkt vor sich, wie sie ihren dicken rötlichen Zopf zurück auf ihren Rücken schwenkte. »Mein Dad liegt schon wieder flach und ich musste fast bis L.A. hochfahren, um eine seiner Großbaustellen zu übernehmen. Mein Vorarbeiter Ken ist zwar echt fähig, aber er hat ein Problem damit, Befehle von einer Frau anzunehmen.«

Jackson lachte. Eden hörte seine Schritte. Es klang so, als würde auch er barfuß gehen. »Lass dich nicht unterkriegen«, versuchte er, ihr Mut zuzusprechen.

Eden zog vorsichtig den Fuß wieder nach oben und trat ein Stück zurück. Sie wollte vermeiden, dass Alison sie hier in dieser spärlichen Aufmachung sah. Leise duckte sie sich und lauschte.

»… deinem Vater hoffentlich bald besser.«

»Das hoffe ich auch. Ich ersticke sonst in Arbeit.«

»Du hättest nicht extra wegen der Lampen herfahren müssen, wenn du so viel zu tun hast«, schimpfte Jackson milde.

»Ach, Quatsch! Lag ja auf dem Rückweg. Und immerhin bekomm ich hier einen wirklich fantastischen Kaffee.«

Eden hörte die Tasse klappern. »Soll ich dir schnell helfen, sie aufzuhängen?«, bot Alison an. Eden betete, dass Jax das ablehnte. Sie musste dringend auf die Toilette, aber das künftige Hauptbadezimmer neben dem Schlafzimmer war noch im Rohbauzustand. Also würde sie unten gehen müssen. Und das kam nicht infrage, solange Alison hier war.

»Klar, das wäre toll. Dann siehst du gleich, wie wunderbar sie sich hier machen werden.« In Jacksons Stimme schwang Bewunderung mit. »Die Leuchten sehen fantastisch aus. Du hast dich selbst übertroffen.«

»Hör schon auf. Die … sind gerade mal so mittelmäßig«, wehrte Alison ab. »Wenn ich sie dir installieren soll, dann schaff mal ’ne Leiter her, oder denkst du, ich kann fliegen?«

»Wie gut, dass ich kein Problem damit habe, Befehle von einer Frau anzunehmen«, foppte er sie. Ein schrilles Quieken, gefolgt von gemeinsamem Lachen und einem Geräusch, als würden sie sich schlagen, drang zu Eden herauf. Sie runzelte verärgert die Stirn. Es war einfach nicht gerecht, wie leicht sich Jackson mit Alison tat. Wie ungezwungen die beiden miteinander umgingen, wo es doch zwischen ihr und Jax nur zwei Extreme gab. Kühle Distanz und … überschäumende Leidenschaft. Und beides war ziemlich unnatürlich, wenn man bedachte, welche Vergangenheit sie miteinander teilten.

»Kannst du die Leiter mal vernünftig festhalten?!«, beschwerte sich Alison lautstark.

»Mach ich doch.«

»Machst du nicht. Du glotzt mir nur auf den Hintern.«

Jackson lachte. »Wie soll das gehen?«, fragte er offenbar gut gelaunt. »Du hast einen Blaumann an und dieses komische Hemd um deine Hüften gebunden. Dein Hintern ist regelrecht verbarrikadiert.«

Alison murrte. »Also erstens: Das ist kein komisches Hemd, sondern eine Hemdbluse. Und zweitens: Du hast also auf meinen Hintern geschaut, sonst wäre dir das nicht aufgefallen.«

»Na schön. Ich geb auf«, stöhnte Jackson. »Ich habe, seit du zur Tür reingekommen bist, nur auf deinen unfassbar verführerischen Hintern geglotzt. Und natürlich auf deine Brüste. Oder denkst du, die wären einem Spanner wie mir egal?«

Alisons fröhliches Lachen gefiel Eden gar nicht. Sie drückte sich dichter an die Wand und machte einen weiteren Schritt zurück. Sie fühlte sich so fehl am Platz.

»Ich bin so doof!«, wisperte sie kaum hörbar und zupfte an Jacksons Shirt herum, das ihr mit einem Mal viel zu kurz vorkam. Sie drehte sich um und suchte ihre Klamotten vom Boden zusammen. »Alison passt viel besser zu ihm«, fluchte sie und versuchte, nicht darauf zu hören, was unten geredet wurde. Es war gar nicht nötig, den Wortlaut zu verstehen, denn schon am unbefangenen und gut gelaunten Klang ihrer Stimmen war zu erkennen, dass sie sich gern mochten. Mit so einer Stimme hatte Jackson vor zehn Jahren auch mit ihr gesprochen. Als sie zusammen gewesen waren.

Gestern Nacht haben wir kaum ein Wort gesprochen!, dachte sie, ärgerlich über sich selbst. *Wir haben uns nichts zu sagen, das ist das Problem!*

Frustriert schlüpfte sie in ihren Bikini und ihre Jeans. Dann streifte sie sich das Top über den Kopf und glättete mit den Fingern ihre Haare.

»Hey. Du bist ja wach.« Eden fuhr herum. Jackson stand am Kopf der Treppe und sah sie an. Er lehnte lässig an der Ecke und lächelte. »Ich hab schon gedacht, du wachst überhaupt nicht mehr auf. Es ist fast Mittag.«

Sie streckte sich, um zu sehen, ob Alison auch irgendwo zu sehen war.

»Mittag?«, flüsterte sie, um irgendwie Zeit zu schinden. Sie hatte keine Ahnung, was sie sagen sollte. Zu allem Überfluss sah Jackson an diesem Morgen auch noch absolut umwerfend aus. Er hatte so ein zufriedenes Funkeln in den Augen und seine Lippen verzogen sich zu einem verführerischen Lächeln. Sie hasste es!

»Du hast so tief geschlafen, dass du nicht mal gemerkt hast, wie ich aufgestanden bin.« Jackson zwinkerte ihr zu. »Ich habe begonnen, die kaputte Schiebetür auszubauen.«

»Aha.«

Er kam näher und Eden wich ein Stück zurück. Sie fühlte sich verletzlich. »Du siehst aus, als bräuchtest du einen Kaffee«, schlug er vor und griff nach ihrer Hand, aber Eden entwand sich ihm.

»Vielleicht ein andermal«, murmelte sie und sah auf ihre Füße. Sie hatte Schuhe angehabt, als sie gestern wegen des Kücheneinbaus hergekommen war. »Ich muss jetzt echt mal gehen.«

Jackson ließ den Arm sinken. Er fuhr sich durchs Haar und nickte. »Okay.«

Er trat zur Seite, als Eden an ihm vorbei die Treppe hinunterging. Ihre Schuhe lagen vor der Tür zum neuen Kühlraum. Sie hatte sie ausgezogen, als sie auf die Arbeitsplatte gestiegen war, um ganz oben einen Fleck wegzuputzen.

»Du bist komisch heute Morgen«, wagte Jackson sich vor und musterte sie. Eden versuchte, sich davon nicht verunsichern zu lassen.

»Bin ich nicht.« Sie schlüpfte in ihre Schuhe und strich sich dann einen nicht vorhandenen Fussel vom Oberteil. »Aber ich denke, du hast mehr als genug zu tun. Die Tür, Alison …« Verdammt, sie biss sich auf die Lippe.

»Alison musste schon weiter. Ich wusste gar nicht, dass du ihren kurzen Besuch mitbekommen hast. Hoffentlich haben wir dich nicht geweckt.«

Eden winkte ab.

»Wie findest du die Leuchten über dem Tresen hier?« Jackson schien nicht zu bemerken, dass sie sich an Alisons Besuch störte. »Alison macht sie aus Metallschrott selbst. Sehen super aus, oder?«

Trotz ihrer schlechten Laune musste Eden dem zustimmen. »Schick«, presste sie heraus. »Passen gut hier rein.«

Jackson schnaubte. Dann kam er zu ihr und obwohl sie einen Schritt zurück machte, blieb er erst direkt vor ihr stehen. »Was ist los, Eddy?«, flüsterte er und umfasste ihr Gesicht, wie am Vorabend. »Sag schon.« Er streichelte ihre Wange. »Bereust du … was war?«

Eden schluckte. Sie kniff die Lippen zusammen, die verräterisch kribbelten, als wollten sie, dass er sie küsste. »Nein«, log sie, weil sie nicht schwach wirken wollte. »Aber es hatte auch nichts weiter zu bedeuten. Das wissen wir beide. Also lass uns jetzt nicht so tun, als wären wir ein Paar oder … als wären Gefühle im Spiel gewesen.« Sie löste sich aus seiner Berührung und war froh, als sie ihren Fahrradhelm entdeckte. Sie nahm ihn auf und hielt ihn wie ein Schutzschild vor ihren Bauch. »Es war nicht mehr als …«

»… Sex?«, vervollständigte er fragend ihren Satz.

Eden rollte mit den Augen. »Ich meinte … wir haben uns von der Erinnerung an früher leiten lassen. Mehr nicht.«

»Ist das so?«, fragte Jax und suchte nun auch Distanz. Er ging zur Kaffeemaschine und ließ noch einen Kaffee heraus.

»Natürlich. Wir … wussten schon gestern, dass es ein Fehler war, dass ich blieb.«

»Trotzdem bist du noch hier.« Er sah sie fragend an. »Warum?«

Eden konnte sich das selbst nicht beantworten. »Keine Ahnung. Ich …«

Ein lautes mehrfaches Hupen direkt vor der Tür unterbrach sie.

»Was ist denn da los?«, schimpfte Jackson und eilte zur Tür. Er riss sie auf und rannte auf den Pier hinaus. Das Hupen dauerte noch immer an.

Neugierig folgte ihm Eden vors Lokal. »Wie passend!«, schnaubte sie, als sie sah, wer für die Unruhe verantwortlich war.

Ein Lastwagen stand auf dem Pier. Die Fahrertür war weit geöffnet und der Fahrer hob unschuldig die Arme, während

Luke St. James auf den Trittstufen zum Führerhaus stand und auf die Hupe drückte.

»Bist du verrückt?«, rief Jackson, um den Lärm zu übertönen. Er zog Luke an den Gürtelschnallen seiner schwarzen Jeans vom Bock und der Lärm erstarb.

»Trommelwirbel, bitte!«, rief Luke und schlug sich selbstgefällig auf die Brust. »Die Stühle sind da!«

Jackson stieß Luke gegen die Schulter. »Mann, mach nicht so ein Aufhebens darum!«, fluchte er, denn ihm waren die neugierigen Blicke all jener bewusst, die gerade auf dem Weg zum Strand waren. »Sonst kannst du deinem Bruder gleich einen Brief schreiben und ihm mitteilen, wo du seine Stühle hinbringst.«

Luke lachte. »Dann könnten wir ihn gleich fragen, ob er uns hilft, die Möbel reinzutragen. Denn ich sag dir gleich, ich hab nicht vor, mir den Rücken krummzuschleppen.« Er griff in seine Lederjacke und nahm eine Zigarettenschachtel heraus.

»Sag dem Fahrer, er soll alles hier ausladen«, bat Jackson und schlug Luke noch einmal auf die Schulter. Er wusste nicht, ob er ihn würgen oder ihm dankbar sein sollte. In erster Linie kam er ungelegen.

Jackson drehte sich zu Eden um. Ihrer versteinerten Miene nach zu urteilen, konnte er den Gedanken an ein klärendes Gespräch wohl oder übel vergessen. Sie war schon dabei, sich ihren Helm aufzusetzen, als er zu ihr zurück an die Tür kam. »Warte doch kurz«, bat er und griff noch einmal nach ihren Händen. »Lass uns …«

»Ich muss los.« Eden kniff die Augen zu feindseligen Schlitzen zusammen und warf mörderische Blicke in Lukes Richtung.

»Du kannst doch nicht immer die Flucht ergreifen, sobald ein St. James hier auftaucht«, meinte Jackson und warf einen Blick in Lukes Richtung.

»Ich gehe nicht wegen ihm. Aber ich bin schon länger hier, als ich hätte sein sollen.«

Jackson schüttelte über ihre Sturheit den Kopf. »Das mit dir und Luke ist doch Jahre her. Kannst du nicht drüber hinwegkommen?«, fragte er zornig, denn es verletzte ihn, dass Lukes Zurückweisung sie offenbar heute noch so schmerzte.

Eden fuhr herum und diesmal galt ihr eisiger Blick ihm. »Du weißt davon?«, rief sie ungläubig. »Woher weißt du davon?«

Jackson schloss die Augen. Er wollte nicht ihre Wut abbekommen. Schließlich war er es, der guten Grund hatte, böse zu sein. »Woher wohl?«, fragte er und deutete mit einem Kopfnicken in Lukes Richtung. »Wir sind Freunde, schon vergessen?«

»Wie könnte ich das vergessen!«, fauchte Eden und ließ ihn stehen. Sie schwang sich auf ihr Fahrrad und trat in die Pedale, ohne noch einmal zurückzublicken.

»Du hast es vergessen, als du Luke geküsst hast«, murmelte Jackson leise vor sich hin, ehe er sich zu seinem Freund umwandte, um achtzig Stühle und zwanzig Tische in den Gastraum zu schaffen. Beinahe war er froh um die körperliche Arbeit, die ihn hoffentlich vergessen lassen würde, wie wunderbar die Nacht mit Eden gewesen war.

Ein Kuss

Jackson war froh, dem Old Harbour Inn zur Abwechslung mal den Rücken kehren zu können. Das Motorrad unter ihm röhrte auf, als er einen Gang zurückschaltete, um den kommenden Anstieg schwungvoll zu nehmen. Er folgte dem Pacific Boulevard ein ganzes Stück die Küste hinauf, in Richtung Los Angeles, die sinkende Sonne an seiner Seite und Luke St. James hinter sich.

Nachdem sie die Möbel ausgeladen und in den Gastraum geschafft hatten, hatte Luke ihn überredet, die Arbeiten für den Tag einzustellen und eine Spritztour mit den Bikes zu unternehmen. Und jetzt war Jackson froh darüber, Lukes Drängen nachgegeben zu haben. Der Fahrtwind riss an ihm und die Reflexionen der Abendsonne in seinem Visier vergoldeten die ohnehin atemberaubende Aussicht auf den Pazifik und die in rötliches Licht getauchte Landschaft. An einer geschotterten Parkbucht seitlich der Straße bog Jackson ab und brachte sein Motorrad zum Stehen. Er klappte das Visier hoch und kreiste mit den Schultern.

Hinter ihm bog auch Luke in die Parkbucht ab und hielt neben ihm an. »Geile Tour!«, rief er und schwang sich vom Motorrad. Er zog den Reißverschluss seiner Lederjacke auf und schlüpfte aus den Handschuhen. Dann nahm er den Helm ab und legte ihn auf den Sattel. »Ist fast wie früher. Als wärst du nie weggewesen.«

Jackson nickte und stieg ebenfalls ab. Nachdem auch er seinen Helm abgenommen hatte, schlenderte er neben Luke zu den Sandsteinklippen. Ein ausgetretener Pfad zwischen hüfthohen Gräsern und stacheligen Palmwedeln hindurch führte hinunter ans Wasser. Die Kiesel rutschten ihnen unter den Füßen davon, als sie dem Pfad folgend zum steinigen Strand hinunterstiegen.

»Vor lauter Arbeit am Restaurant fühle ich mich noch überhaupt nicht so, als wäre ich angekommen«, gestand Jackson und dachte dabei an Eden. »Immer, wenn ich glaube, es ist gut, hier zu sein, dann … türmen sich Probleme auf.«

»Sitzt dir immer noch die Bank im Nacken?« Luke tastete seine Jackentasche nach den Zigaretten ab, zuckte dann resigniert die Schultern, als er offenbar keine fand.

»Das auch. Aber zuletzt konnte ich etwas Geld einsparen. Eden hatte einige gute Ideen, die … im finanziellen Rahmen lagen.«

»Dann bist du noch immer der Meinung, dass es gut war, sie einzustellen?«

Jackson atmete tief durch. »Keine Ahnung. Es … wird immer schwieriger, sie um mich zu haben. Wir machen nicht gerade Fortschritte im Umgang miteinander.« Er dachte an die letzte Nacht. Miteinander zu schlafen war wohl ein Schritt nach vorn – wenn man eine Beziehung führte. Tat man dies nicht, sondern arbeitete zusammen, dann … war das sicher keine gute Entwicklung. »Und deine Gegenwart macht es nicht gerade einfacher«, gestand er und sah Luke nachdenklich an.

Der hob unschuldig die Arme. »Hör zu, Alter. Ich kann da nichts dafür. Ist halt nicht leicht für sie, mit mir im selben Raum zu sein. Schließlich ist sie bei mir abgeblitzt.«

Jackson rieb sich den plötzlich steifen Nacken. »Wie konnte sie denn denken, dass gerade du …«

»Hey, was soll denn das heißen?«

Jax rollte mit den Augen. »Du weißt, wie ich das meine. Du bist mein bester Freund. Wie konnte sie denken, dass …«

»Bruder vor Luder!«, stimmte Luke wenig feinfühlig zu und kickte einen Kiesel bis weit in die Wellen.

Jax hätte es vielleicht anders ausgedrückt, aber im Grunde meinte er dasselbe.

»Eden ist doch nicht dumm, also was hat sie sich damals bloß dabei gedacht?«

Luke runzelte die Stirn. »Weiber muss man nicht verstehen. Die … sind so.«

»Eden nicht.«

»Ach komm! Sieh der Tatsache ins Gesicht. Du hattest mit ihr geschlafen. Warst der erste Kerl, mit dem sie …«

»Ich weiß nur zu gut, was passiert ist!«, knurrte Jackson und funkelte Luke mahnend an.

»Du hast sie auf den Geschmack gebracht. Und als sie gehört hat, dass du gehst, da … vielleicht hat sie nicht viel nachgedacht. Ich war einfach zur Stelle.«

Jackson bückte sich nach einem Stein und warf ihn einige Male in die Luft, um ihn immer wieder aufzufangen. »Du wärst besser nicht zur Stelle gewesen!«

»Wäre es dir lieber gewesen, sie hätte sich direkt einen anderen geangelt? Ich hab sie abblitzen lassen – weil wir Freunde sind. Ein anderer hätte nicht solche Skrupel gehabt«, schmollte Luke.

»Stimmt schon«, murmelte Jackson und wog den Kiesel in der Hand. Dann warf er ihn schwungvoll ins Wasser, wobei der Stein zweimal über die Wellen pitschte, ehe er versank. Dann sah er Luke an.

»Wir hatten gestern Sex«, gestand er und kratzte sich am Kopf, weil er nicht wusste, wohin mit seinen Händen.

Lukes ungläubiges Grinsen machte ihm nur noch deutlicher, wie verrückt das alles war. »Du und Eden? Ihr habt gepoppt?«

Jackson kniff die Lippen zusammen. »Es … ist einfach passiert.« Er ließ die Hände sinken und zuckte mit den Schultern. »Wenn wir in einem Raum sind, dann ist da immer … diese Spannung zwischen uns. Das spüren wir beide.«

»Nice, so ein kleines Willkommensgeschenk«, meinte Luke und grinste breit. »Und wie geht es jetzt weiter? Wird jetzt regelmäßig Matratzensport während der Arbeitszeit betrieben?«

»Idiot!« Jackson blickte aufs Meer hinaus. Von hier war der Hafen von Laguna Beach nicht mehr auszumachen und das einzige Schiff am Horizont war das der Wasserpolizei.

»Ich hab keine Ahnung, wohin sich das mit Eden entwickelt. Ich würde gern die Vergangenheit hinter uns lassen und sehen … was sich ergibt. Andererseits …«

»Kannst du machen. Aber ich würde gut abwägen, inwieweit du ihr vertrauen kannst. Du weißt ja jetzt, wie sie tickt. Du hast gesehen, wie sie ist.«

Jackson nickte. Er musste nicht einmal die Augen schließen, um den Abend vor zehn Jahren noch einmal vor sich zu sehen. Den Abend, an dem Eden ihn ohne zu zögern gegen seinen besten Freund eingetauscht hatte.

Mit zusammengekniffenen Lippen sah Jackson aufs Meer hinaus. Die Erinnerung schmerzte unerwartet heftig und er fragte sich, warum er seinen einstigen Vorsatz gebrochen hatte und zurückgekehrt war, wo er doch ganz offensichtlich nichts von alldem hinter sich gelassen hatte.

»Eden ist eiskalt«, beschwor Luke ihn. »Wenn sie jetzt mit dir geschlafen hat, dann … dann zeigt das nur einmal mehr, wie krass die drauf ist.«

»Lassen wir das«, murrte Jackson und hob eine weitere Handvoll kleiner Kiesel auf. Einen nach dem anderen warf er frustriert ins Meer.

»Wie du willst. Aber ich meine das ernst. Vertrau diesem Weib nicht.«

»Danke für die Warnung!« Jackson wischte sich die Hände an der Hose ab und deutete wieder nach oben zu den Motorrädern. »Aber vielleicht sollten wir weiterfahren. Ich hab noch lange nicht genug Fahrtwind abbekommen, um meinen Kopf zu klären.«

Luke lachte. »Das liegt am Helm. Mach beim Fahren das Visier auf, dann pustet es dir deinen Liebeskummer aus der Birne.«

»Ich hab keinen Liebeskummer.«

»Vielleicht jetzt nicht. Aber wer weiß schon, wie das noch ausgeht.«

»Idiot!«

Luke grinste. »Und stolz drauf!«

Pasta statt Küsse

Eden stand am Großmarkt und ließ sich vom Händler Kisten mit lagerfähigen Lebensmitteln auf einen Hubwagen laden.

Etwas unsicher hakte sie die einzelnen Posten auf der Einkaufsliste ab, die sie nach dem Probekochen mit Jackson erstellt hatte.

Seit ihrer gemeinsamen Nacht hatten sie sich nicht mehr gesehen, und Eden hatte keine Ahnung, wie es weitergehen sollte. Sie hatte die Anzeige in der Zeitung gesehen, dass das Old Harbour Inn nächste Woche Eröffnung feierte. Die Speisekarte hatten sie bereits zusammen mit dem Menü für den Surfcup erstellt, und jetzt, da Jackson Stühle und Tische sein Eigen nannte, stand einer Eröffnung nichts mehr im Wege. Deshalb hatte er sie in einem sehr kurzen Telefonat gebeten, die Lebensmittel von ihrer Liste auf dem Großmarkt zu besorgen.

Das war spannend, denn im Hotel hatten sie Zulieferer gehabt, die einfach alles gebracht hatten. Jetzt hier zwischen den verschiedenen Sorten von Tomaten, der großen Auswahl an frischem Fisch und all den anderen Waren zu stehen, war aufregend neu. Und Eden war stolz auf sich. Sie hatte geschickt über den Preis verhandelt und nur die hochwertigsten Produkte ausgewählt. Jetzt freute sie sich auf die Lieferung der frischen

Ware am Tag der Eröffnung des Restaurants. Heute würden nur die Grundlebensmittel geliefert werden, die gut lagerbar waren. Dann konnte es direkt losgehen.

Trotzdem war sie nervös, was Jackson zu ihrem Einkauf sagen würde, als sie die lange Rechnung an der Marktkasse beglich. Nicht nur wegen der hohen Summe, sondern auch, weil es nun keinen Grund mehr gab, nicht zum Lokal zu fahren und … ihn zu treffen.

Sie steckte die Rechnung in ihren Rucksack, setzte sich den Helm auf und radelte vom Großmarkt zurück nach Laguna Beach. Der Weg war nicht weit und je näher sie kam, umso verräterischer schlug ihr Herz. Dabei war sie doch wütend auf Jax. Sie schüttelte unbewusst den Kopf. Er hatte von dem Kuss zwischen Luke und ihr gewusst. Das hätte sie nie für möglich gehalten.

»Ich bin ja auch doof«, murmelte sie leise und strampelte den leichten Anstieg hinauf. Natürlich hätte sie es sich denken können, aber dass Luke diesen Vorfall Jackson gegenüber von sich aus erwähnt hatte, wunderte sie doch. Nun gut. Dann wusste Jackson also Bescheid. Damit würde sie klarkommen. *Ich muss nur mal anfangen, mich auf meine neue Arbeit zu konzentrieren. Dann lenkt mich dieser ganze andere Mist vielleicht nicht mehr so sehr ab.*

Eden ließ das Rad die letzten Meter zum Pier rollen. Vor dem Restaurant stellte sie es ab und hängte ihren Helm an den Lenker. Dann straffte sie die Schultern unter dem Rucksack und ging zur Eingangstür hinein.

Jackson stand an der Glasschiebetür zur Terrasse und hatte ihr den Rücken zugewandt. Sein Shirt wies Schweißflecken am Rücken auf und sein Haar war auf dem Oberkopf zu einem Bun gebunden.

»Hi«, versuchte sie, auf sich aufmerksam zu machen.

Jackson drehte sich um. »Oh, hi.« Er musterte sie. »Wie … war es auf dem Großmarkt?«

Eden trat nur zögerlich näher. Ihr war zu deutlich bewusst, dass sie beide allein waren. »Gut.« Sie nahm den Rucksack ab und stellte ihn auf einen Tisch. Die Möbel machten sich gut, der Raum hatte plötzlich eine ganz wunderbare Wirkung. Jacksons Vision von einem neuen Old Harbour Inn schien Wirklichkeit geworden zu sein. Das Einzige, das noch fehlte, war der herrliche Duft von leckerem Essen. »Ich habe alles bekommen, was wir brauchen. Die Frischwaren kommen am Montagmorgen, der Rest wird heute noch geliefert.«

»Perfekt.« Jackson schloss die Schiebetür noch einmal versuchsweise und nickte zufrieden. »Dann passt ja alles.«

Eden steckte die Hände in die Hosentaschen, denn die in der Luft liegende Spannung machte sie ganz unsicher. Sie spürte, dass er ihrem Blick auswich. »Ja. Es … läuft«, stimmte sie ihm zu. »Dann … geht es also nächste Woche los?«

Jackson hantierte immer noch an der Tür herum. Er justierte mit dem Schraubendreher eine Schraube nach, dann prüfte er das leise Gleiten der Schiebetür erneut. »Worauf warten?«, fragte er, ohne sie anzusehen. »Ich muss endlich Geld verdienen.« Kurz warf er ihr einen Blick über die Schulter zu. »Ich hab schließlich eine Mitarbeiterin zu bezahlen. Und Rechnungen zu begleichen.« Er nickte zu einem Stapel Zettel hin, die auf der untersten Stufe der Treppe zu seinen Privaträumen lagen.

»Ja, gut, ich meine … wir sind ja auch so weit. Ich wüsste nicht, warum wir noch warten sollten«, gab Eden ihm recht. »Du hast ja sogar schon die Tür gerichtet.« Sie machte einen kleinen Schritt in seine Richtung, blieb dann aber doch lieber stehen.

Jackson nickte. »Schließt gut. Klemmt trotzdem manchmal beim Öffnen. Weiß nicht, woran das liegt.«

Es kam Eden so komisch vor, über solch banale Dinge zu reden. Doch es schien die einzige Möglichkeit, die Distanz zwischen ihnen zu überbrücken und sich zugleich mit sicherem Abstand aufeinander zuzubewegen.

»Sieht auf jeden Fall gut aus. Die neue Tür.«

Jackson schmunzelte. »Stimmt.«

Seine knappen Antworten machten es Eden nicht leicht. Sie trat von einem Fuß auf den anderen. »Dann … komm ich am Montag?«

Jackson nickte. »Das wird das Beste sein.«

»Um … wie viel Uhr?«

Stirnrunzelnd sah er sie an. »Wie lange brauchen wir für die Vorbereitungen?« Er legte den Schraubenzieher weg und wusch sich die Hände. »Der Montag wird ein Testlauf. Für Mittwoch habe ich dann Vertreter der Presse eingeladen.«

Eden riss die Augen auf. »Okay. Das … ergibt natürlich Sinn.« Nachdenklich ging sie auf und ab und sah sich um. »Da bleibt allerdings nicht viel Zeit für Änderungen, falls sich im Ablauf Probleme zeigen sollten.«

»Wird schon alles gut gehen«, meinte Jackson und griff nach einem Handtuch.

»Wenn du es sagst.«

Jackson warf sich das Handtuch über die Schulter und kam auf sie zu. »Es muss gut gehen, weil mir die Bank im Nacken sitzt und jetzt auch noch die Stühle, die ich bestellt habe, viel früher kommen als gedacht.« Er rieb sich den Nacken. »Ich hatte extra welche bestellt, die nicht sofort lieferbar sind, damit ich die Rechnung nicht gleich zahlen muss. Schließlich geht es ja mit Lukes Stühlen vorerst auch ganz gut.« Sein Kiefer zuckte. »Und jetzt wollen sie die Stühle schon morgen liefern.« Er fluchte leise. »Ich hab keine Ahnung, wo ich sie hinstellen soll.«

»Okay, das … ist blöd.«

Jackson lachte. »Genau. Und deshalb muss das Restaurant jetzt unbedingt Geld abwerfen.« Er rieb sich übers Gesicht und die Kluft zwischen ihnen schrumpfte. »Das muss jetzt laufen oder ich verlier das alles an die Bank.«

»Hast du mal mit Pierce Johnson geredet?«, fragte Eden mitfühlend und legte ihm die Hand auf den Ellbogen. »Er arbeitet doch bei der Bank und könnte da vielleicht etwas für dich tun.«

»Pierce?« Jackson hob ungläubig die Augenbrauen. »Warum sollte der mir helfen? Ich habe eher den Verdacht, dass seine Verbindung zu Sienna St. James der Grund ist, warum die Laguna Coast Bank ihr Geld so schnell zurückhaben will!«

»Glaubst du?« Eden konnte sich das nicht vorstellen. »Pierce sieht doch immer so …«

»… geleckt aus?«, schlug Jackson vor.

»Nein. Ich meinte … so seriös. Und rechtschaffen.«

»Ein Kerl, der mit den St. James paktiert, kann nicht rechtschaffen sein.«

»Ach, echt? Wie kann das jemand sagen, der selbst mit einem St. James befreundet ist?«

»Dir wäre es also lieber, Luke und ich wären keine Freunde?«

Eden schob die Lippe nach vorn. »Ich hatte nicht vor, überhaupt über Luke zu reden!«, fuhr sie ihn an. »Ich wollte dir nur helfen. Pierce Johnson kann es sich als Anwärter für das Amt des Bürgermeisters kaum leisten, korrupt zu sein. Vielleicht hilft er dir ja, wenn du ihn nur nett fragst.« Sie warf sich die Haare über die Schulter und funkelte Jackson böse an. Sie hasste es, dass sie sich schon wieder in einem Streitgespräch befanden. Warum endete ein Gespräch mit Jackson entweder im Streit oder im Bett? Das war doch nicht normal. »Warum fällt es dir eigentlich so schwer, zur Abwechslung mal freundlich zu sein?«, fuhr sie ihn an.

»Mir?« Jackson schnaubte. »Du bist es doch, die hier gerade rumschreit.«

»Ich schreie nicht!«

Er hob eine Augenbraue und legte den Kopf schief. »Du bist laut. Sehr laut.«

Gott, wie sie es hasste, wenn er so … richtiglag. Sie räusperte sich und strich um Fassung bemüht ihre Haare hinter die Ohren. »Bin ich nicht«, widersprach sie bewusst leise. »Ich wollte wie gesagt nur helfen. Wenn du Pierce nicht traust, dann … lass es eben.«

Jackson nickte. »Ich vertraue auf das, was ich sehe.«

Bildete sie sich das nur ein oder klang das irgendwie vorwurfsvoll? »Und was soll das sein?«, fragte sie spitz, denn ihr gefiel nicht, wie sein Blick dabei distanziert über sie glitt.

»Pierce steht auf Sienna. Siennas Familie kauft sich alles, was sie braucht. Und wenn es ein Bürgermeister ist. Das ist die Wahrheit. Und deshalb sind Gespräche mit Pierce für mich keine Option.«

»Die Dinge sind nicht immer so, wie sie auf den ersten Blick scheinen«, widersprach Eden. »Ich habe noch nie etwas Schlechtes über Pierce Johnson gehört. Du tust ihm vielleicht unrecht.«

Jackson zuckte mit den Schultern. »Ich werde nicht mein persönliches Glück aufs Spiel setzen, um herauszufinden, ob das Offensichtliche nicht vielleicht doch … etwas anderes ist.«

Ehe Eden auf diese Worte noch etwas erwidern konnte, fuhr ein Lastwagen vom Großmarkt am Pier vor. Jackson ging zur Tür und rief dem Fahrer etwas zu.

Das war gut, denn Eden brauchte einen Moment, sich wieder zu beruhigen. Es war neu für sie, sich mit Jackson zu streiten. Das hatten sie früher nie gemacht. Sie waren immer einer Meinung gewesen. Hatten super harmoniert. Und nun?

Sie strich sich das Shirt über dem Bauch glatt und folgte ihrem neuen Boss langsam hinaus auf den Pier. Die Ladeklappe des Lkw senkte sich mit einer Palette Lebensmittel darauf immer weiter ab. Jackson sprach mit dem Fahrer und zeichnete den Lieferschein gegen. Eden schluckte. Es kam ihr vor, als wäre Jackson ein Fremder. Er war so erwachsen, so … konzentriert auf sein Lokal, auf sein Geschäft, dass er dabei keinerlei Ähnlichkeit mit dem Jungen aufwies, in den sie während der Schulzeit so verliebt gewesen war.

Ein Hubwagen beförderte die Palette auf Eden zu und Jacksons Blick streifte sie. Sie las Vorfreude darin, die eher den Lebensmitteln galt als ihr.

Trotzdem beschleunigte sich ihr Puls. Es stimmte. Jackson erschien ihr fast wie ein Fremder, doch dieses Knistern zwischen ihnen, dieses Feuer, die Leidenschaft von neulich Nacht …

Sie trat zur Seite, um dem Lieferanten mitsamt dem Hubwagen Platz zu machen. Im Vorbeigehen streifte Jax ihren Arm und Eden sah ihm nach. Er verschwand mit dem Fahrer im Kühlraum. Ihr Arm kribbelte dort, wo er sie berührt hatte. Zitternd atmete sie aus, als ihr klar wurde, dass dieses Feuer stärker loderte als je zuvor – auch wenn ihr der Mann, der es schürte, kein bisschen vertraut war.

Es war, als wäre sie dabei, sich noch einmal ganz neu in ihre erste Liebe zu verlieben.

Der Lieferant kam mit einer leeren Palette auf dem Hubwagen zurück, nickte ihr zum Abschied wortlos zu und verschwand in Richtung Lastwagen. Die Kühlraumtür stand offen, Jackson war noch nicht wieder herausgekommen. Zögernd trat Eden näher.

Der kalte Dunst der Kühlanlage schlug ihr entgegen und die Luft strömte eisig in ihre Lunge. »Brauchst du Hilfe?«, fragte sie, als sie sah, wie Jackson Kisten mit Milch, Sahne und Mayonnaise in die leeren Regale räumte.

Er wischte sich die Haare aus der Stirn und lächelte. »Du hast ja echt ordentlich eingekauft.« Jackson sah ihr in die Augen. Und trotz der Kälte wurde ihr heiß. Er schob eine Kiste ins Regal und wandte sich zu ihr um. Sein Atem bildete weiße Wölkchen, sein Blick glitt von ihrem Gesicht über ihre Brüste. »Und jetzt geh, Küchenchefin, ehe ich etwas tue, das unsere künftige Zusammenarbeit verkompliziert.«

Edens Herz stolperte. Vielleicht setzte es aus, weil es vor Kälte erstarrte. Vielleicht aber auch, weil sie wünschte, Jacksons eisigen Atem auf ihrer Haut zu spüren, wenn er nur ein wenig näher käme.

»Denkst du nicht … es ist schon sehr kompliziert?«, fragte sie eigentümlich atemlos. Vermutlich fror ihr gerade die Lunge ein.

Jackson lachte leise und kam näher. »Ich glaube …«, er war so nah, nur die Kiste mit der frischen Pasta auf dem Boden zwischen ihnen trennte sie voneinander, »… das ließe sich noch auf die Spitze treiben.« Sein Blick hing an ihren Lippen und Eden glaubte, er werde sie jeden Moment küssen. Sie wollte, dass er sie küsste. Doch er tat es nicht. Stattdessen bückte er sich nach der Nudelkiste und trat einen Schritt zurück.

»Wir sehen uns am Montag, Eddy. Komm nicht zu spät. Es wird ein großer Tag.«

Als Eden gegangen war, ließ Jackson sich auf das Bierfass sinken, das in der Ecke des Kühlraums stand, und rieb sich übers Gesicht. Diese Frau machte ihn wahnsinnig. Wann immer er sie sah, verspürte er nur den Wunsch, sie zu halten, sie zu küssen und ihr näher zu kommen, als für ihre geschäftliche Beziehung gut war. Andererseits weckte sie etwas in ihm, das ihm überhaupt nicht gefiel. Erinnerungen. Schmerzhafte Erinnerungen. Das Gefühl, austauschbar zu sein, ersetzbar, naiv.

Dazu dieses furchtbar hässliche Gefühl der Eifersucht, das er so bisher nie gekannt hatte. Und dem musste er sich in Zukunft vermutlich regelmäßig stellen, denn es war unvermeidbar, dass Eden im Old Harbour Inn auf Luke traf. Und das gefiel ihm nicht.

»Fuck!«, murrte er. Die Kälte kroch ihm so langsam unter die Haut. Er erhob sich mit einem Schnauben und verließ den Kühlraum. Er schloss die Tür hinter sich, lehnte sich mit dem Rücken dagegen und machte die Augen zu.

Warum hatte sie nicht einen Tag gewartet, ehe sie Luke geküsst hatte? Warum … hatte sie in Kauf genommen, dass er sie beide sah? Hatte sie ihn verletzen wollen? Hatte sie es darauf angelegt, weil er ihr das Wissen um seine Reise vorenthalten hatte?

Er fluchte und stieß sich von der Tür ab. Dann marschierte er zur Treppe, bückte sich nach dem Stapel ungeöffneter Rechnungen und klemmte sie sich unter den Arm.

Wenn er diesen Kuss doch nur nicht gesehen hätte!

Zum Glück boten ihm die beschissenen Rechnungen genug Ablenkung, um das Bild von Eden und Luke zumindest kurzzeitig aus seinen Gedanken zu vertreiben.

Er faltete das Schreiben der Bank auseinander und starrte auf die Unterschrift des Kreditbearbeiters. »Na schön«, murrte er und griff nach dem Telefon. »Wollen wir doch mal sehen, ob ich nicht zur Abwechslung auch mal freundlich sein kann.«

Nach dem dritten Freiton nahm eine Bankangestellte ab. Jackson atmete tief durch. »Guten Tag, Jackson Cooper hier. Könnten Sie mich bitte mit Pierce Johnson verbinden?«

Ein turbulenter Montag

»Es sind viel mehr Gäste gekommen als erwartet«, freute sich Jackson und wischte sich den Schweiß aus der Stirn. Das weiße Hemd klebte ihm am Rücken, aber da er eine schwarze Weste darüber trug, würden die Gäste das nicht sehen. Er zapfte ein Bier und stellte es zu den übrigen Getränken aufs Tablett, ehe er dieses etwas ungeschickt hinaus auf die Terrasse trug, wo jeder einzelne Tisch besetzt war.

»Was du nicht sagst«, hörte er Eden stöhnen, die sich in der Küche abmühte, die Bestellungen zuzubereiten.

»Eine fantastische Aussicht!«, lobte eine Kundin, die ihr Carpaccio bereits aufgegessen hatte und eben den ersten Bissen ihres Hauptgangs zu sich nahm.

»Vielen Dank«, entgegnete Jackson höflich und beeilte sich, zurück ins Restaurant zu kommen. Er musste Eden unter die Arme greifen.

Kaum in der Küche, rief sie ihm schon Befehle zu. »Zwei Teller mit Pasta und hier bitte die gerösteten Mandeln über den Salat, ehe der an den Tisch geht!«

Jackson nickte.

»Verstanden?«, hakte Eden nach, während sie brutzelnde Venusmuscheln mit Limettensaft beträufelte.

»Ja. Bin schon dabei.«

»Ich brauche eine akustische Rückmeldung!«, rief Eden ihm über ihre Töpfe gebeugt zu. »Ich hab schließlich hinten keine Augen!«

»Sorry.«

Jackson streute die Mandelsplitter über den Salat, der mit Orangenfilets und Granatapfelkernen fantastisch aussah. Dann füllte er wie geheißen zwei Teller mit der heißen Pasta und schob sie Eden hin, damit sie die entsprechenden Soßen darübergeben konnte.

»Alles an Tisch zwölf!«, erklärte sie, gab die zischende Pfanne in die große Spüle und wusch sich die Hände. »Dann zweimal Teller für die Laguna-Burger vorbereiten!«, wies sie ihn an, während sie schon die Burgerpattys, die sie am Vormittag geformt hatten, auf den Grill legte.

»Zwei Burgerteller«, murmelte Jackson leise, als er – die Speisen für Tisch zwölf auf dem Arm – schon wieder auf dem Weg nach draußen war.

»Jax!«, rief Eden ihm nach und er blieb stehen.

»Was?«, hakte er nach und kontrollierte direkt im Geiste, ob er die richtigen Teller auf dem Arm hatte.

»Ich brauche eine akustische Rückmeldung«, wiederholte sie. »Hast du das mit den Burgertellern registriert? Oder soll ich die selbst machen?«

»Hab's registriert«, gab er zu und schüttelte den Kopf über sich selbst. »Sorry, ich … finde das alles recht stressig.«

Eden lachte, wendete einhändig die Burger, ohne hinzusehen, und zwinkerte ihm zu. »Das findest du stressig?« Sie lachte. »Das ist noch gar nichts. Wir laufen doch gerade erst warm.«

Jackson sparte sich eine Antwort und hob stattdessen nur gespielt geschockt die Augenbraue, ehe er den Gästen ihre Speisen servierte.

»Du läufst gerade erst warm?«, fragte er, als er zurück in der Küche war. Ihm selbst rann der Schweiß den Rücken hinab und Eden … sie sah aus wie immer. Nur ihre leicht geröteten Wangen zeigten, dass die Temperatur in der Küche höher war als normal. Sie bewegte sich routiniert, bereitete leichtfüßig mehrere Speisen gleichzeitig zu und schien alles im Griff zu haben.

»Jax?«, hakte sie nach und streckte ihm die Hand hin. »Die Teller für die Burger?«

»Was?«

Sie lachte und strich sich das Haar zurück unter die Kochmütze. »Ich brauche die Teller!«, erinnerte sie ihn und schob sich an ihm vorbei. Dann streckte sie sich zum Regal mit den Tellern hoch und nahm zwei heraus. Dabei berührte sie ihn leicht und Jackson hielt sie fest, als sie schon dabei war, wieder zurück an den Grill zu gehen.

»Warte«, bat er und sah ihr in die Augen.

»Die Burger!«, protestierte sie und nickte in Richtung Herd. »Sie werden …«

»Sie werden kurz warten können!«, stellte er klar und lächelte. »Ich wollte nur sagen, dass du unglaublich bist.« Er wollte noch viel mehr sagen, aber sein Herz schlug mit einem Mal so sehr, dass ihm nicht einfallen wollte, was. »Du … machst das super!«

Eden lachte, streifte entschieden seine Hände ab und schob sich weiter. Sie sah so glücklich aus, als sie die Burgerbrötchen vom Grill nahm, karamellisierte Zwiebelmasse auf die unteren Hälften strich und die heißen Pattys darauflegte. »Ich mach das jeden Tag, Jax. Das ist nichts Besonderes für mich.« Sie warf ihm über die Schulter einen Blick zu. »Aber für deinen ersten Tag als Hilfskoch und Bedienung machst du dich auch ganz gut.«

* * *

Eden zog die Haube der Industriespülmaschine herunter und schaltete sie ein. Allmählich herrschte wieder Ordnung in ihrer Küche. Sie nahm den Spüllappen und wischte die Flächen neben dem Herd, sprühte Reinigungsmittel auf den Grill und räumte die Gewürze zurück in die vorgesehenen Regalfächer, während Jackson die letzten Gäste abkassierte und die Tische abräumte.

Der Herd glänzte wieder, als Jackson mit einem Tablett voll Gläsern zurück in die Küche kam. Er wirkte erschöpft. Mit einem lauten Seufzen stellte er das Tablett neben der Spülmaschine ab und lehnte sich gegen die Arbeitsfläche.

»Du errätst nie, wer gerade noch auf einen Drink hier war«, sagte er und sah Eden an.

Sie musste schmunzeln. »Wenn ich es eh nie errate, dann sag es doch einfach«, schlug sie vor und stellte sich ihm gegenüber an die Küchenzeile. Sie zog sich die Kochmütze vom Kopf und glättete ihre Haare mit den Fingern.

»Pierce Johnson. Mit seiner besseren Hälfte«, erklärte Jackson und rieb sich das Kinn. »Sie haben nichts gegessen. Nur einen Drink genommen.«

Eden runzelte die Stirn. »Sienna St. James war hier?«, wunderte sie sich mit einem unguten Gefühl. Sie konnte sich nicht vorstellen, dass die zwei aus Nettigkeit vorbeigekommen waren. Oder weil man nirgendwo sonst in Laguna Beach einen Drink bekommen konnte.

»Ich denke, sie hat unseren künftigen Bürgermeister nur begleitet«, antwortete Jackson schulterzuckend. »Ich habe deinen Rat befolgt und Pierce wegen des Kredits angerufen. Ich schätze, er war hier, um zu sehen, was ich mit dem Geld angestellt habe.«

»Dann glaubst du, der Besuch hatte etwas Gutes an sich?« Eden war skeptisch.

»Ich denke schon«, gab Jackson zu und lächelte. »Der Laden war voll. Die Leute haben das Essen gelobt. Und den neuen Look des Lokals. Wäre ich die Bank, hätte ich nach dem heutigen Abend das Gefühl, mein Geld gut angelegt zu haben.«

Eden neigte noch nicht ganz überzeugt den Kopf. »Ich weiß ja, dass ich es war, die gesagt hat, du sollst dich an Pierce wenden, aber dass er hier gleich mit Sienna auftaucht …«, sie schnitt eine Grimasse, »… stinkt irgendwie.«

Die Spülmaschine tutete leise und die Betriebsleuchte erlosch. Jackson schob die Haube nach oben und heißer Dampf entwich. »Du siehst aus, als machtest du dir Sorgen«, stellte er fest.

Eden fühlte sich elend. Sie konnte nicht vergessen, wie herablassend Sienna St. James sie in der Hotelküche degradiert hatte. Und das blöde Gefühl, sie hätte Jackson die Gründe dafür mitteilen müssen, überlief sie wie eine eiskalte Welle.

»Nein, nein. Alles … bestens. Ich … bin nur in Gedanken«, schwindelte sie und drehte die Kochmütze zwischen ihren Fingern. »Ich überlege, was heute gut … oder schlecht gelaufen ist.« Sie legte die Mütze beiseite und begann, das noch heiße Geschirr aus der Maschine zu räumen.

Jackson half ihr. »Und? Was war denn deiner Meinung nach verbesserungswürdig?«

Eden grinste. »Wir haben uns ja gut geschlagen, aber eine Küchenhilfe, die nicht darauf achten muss, dass ihr Hemd keinen Fleck abbekommt, wäre schon eine Verbesserung.« Sie deutete auf den Soßenfleck auf Jacksons weißem Hemd.

Der rieb über den Fleck und kniff die Lippen zusammen. »Ja, das war ungeschickt«, gab er zu und knöpfte die schwarze Weste auf. »Kellner und Küchenhilfe in einem zu sein, birgt Gefahren.« Er schlüpfte aus der Weste und widmete sich den Hemdknöpfen.

»Was wird das?«, fragte Eden, als sie sah, wie er die Hemdschöße des geöffneten Hemds aus der dunklen Jeans zog.

»Ich wasche mein Hemd«, erklärte er und stopfte es in die Waschmaschine, die neben der Spülmaschine installiert worden war. In der Trommel lagen schon weiße Servietten und Tischtücher und warteten darauf, gereinigt zu werden.

Er bückte sich und füllte Waschmittel in die Kammer, ehe er den Startknopf drückte. Eden biss sich bei seinem Anblick auf die Lippen. Die Muskelstränge auf seinem Rücken bewegten sich geschmeidig und sie hatte das Gefühl, mit ihren Fingern darüberzustreichen.

»Du brauchst also eine Küchenhilfe«, setzte er das Gespräch fort, als hätte er sich nicht gerade seines Oberteils entledigt. Als merkte er nicht einmal, welche Wirkung seine Brust auf Eden hatte. »Eine Küchenhilfe, die … sich vollkleckern darf«, ergänzte er grinsend.

»Genau«, entfuhr es Eden. »Und du brauchst ein zweites Hemd.«

Jackson lachte. »Ich habe ein zweites Hemd.«

»Warum ziehst du es dann nicht an?«

Sein Lachen elektrisierte ihre Sinne. »Es ist heiß hier.«

Dem konnte Eden kaum widersprechen. Und seit er sein Hemd ausgezogen hatte, wurde ihr noch wärmer.

»Ist dir … nicht auch heiß?«, fragte er und stieß sich von der Arbeitsfläche ab. Er kam näher und strich ihr eine verschwitzte Strähne aus der Stirn.

»Passt schon«, wich sie ihm aus, ohne sich zu bewegen. »Das ist …«

»Das ist nicht nötig«, beendete er ihren Satz und öffnete die Knöpfe ihrer Kochjacke. »Wir sind hier fertig, also … zieh das ruhig aus.«

Eine wohlige Gänsehaut rann Eden den Rücken hinab, als er ihr die weiße Jacke abstreifte und dabei sacht ihre Schultern und ihre Arme berührte. Der Duft seiner Haut umhüllte sie und seine Wimpern warfen dunkle Schatten auf seine Wangen. Sie wusste genau, warum sie sich vor so vielen Jahren in ihn verliebt hatte. Es waren seine Augen gewesen. So voller Versprechen, so voller Zärtlichkeit. Und mit ebendiesem Blick sah er sie jetzt an. Wie sollte eine Frau da stark bleiben? Wie sollte sie ihr Herz schützen, wenn er sie so ansah? »Wenn wir hier fertig sind, dann …«, stotterte sie, denn das Feuer in Jacksons Augen setzte sie regelrecht in Brand.

»Dann …«, raunte er und kam näher. Sie spürte seinen Atem auf ihrer Haut, als er sich über sie beugte, um ihre Jacke an den Haken an der Wand neben ihr zu hängen. Ihre Sinne fuhren Achterbahn, ihr Herz raste. Jede Zelle ihres Körpers wollte mehr, kämpfte gegen den letzten Rest Vernunft an, der ihr noch geblieben war.

»Wenn wir fertig sind, … dann sollte ich jetzt besser gehen«, presste Eden heraus und stemmte die Hände gegen seine Brust. Ein Fehler, denn die Berührung durchfuhr sie wie ein Stromschlag. Sie legte den Kopf in den Nacken, um ihm ins Gesicht blicken zu können. Dabei streifte sein Haar ihren Hals.

Jackson sah auf ihre Hände hinab und ein Lächeln schlich sich auf seine Lippen. »Oder du bleibst«, schlug er vor und sah ihr in die Augen. »Es ist doch gerade so …« Sanft ließ er seine Lippen über ihren Hals zu ihrem Ohrläppchen wandern. »So schön.«

Eden schluckte. Wie leicht wäre es gewesen, ihren Gefühlen nachzugeben. Ihrem Verlangen nach mehr von Jacksons Zärtlichkeit. Aber sie war ein gebranntes Kind. Und Jackson spielte mit dem Feuer. Und mit ihrem Herz. Sie atmete tief ein und schob ihn von sich.

»Vielleicht … ein andermal«, redete sie sich heraus und schüttelte den Kopf, aber er gab sie nicht frei.

»Ein andermal?«, hakte er schmunzelnd nach. Sofort bereute Eden ihre Wortwahl. »Du bleibst … ein andermal?«

»Jedenfalls bleibe ich nicht heute!«, betonte sie und löste entschieden seine Hand von ihrem Arm. »Heute nicht – und garantiert auch nicht morgen!«

Jacksons Lachen war die reinste Versuchung. »Prima, ich hab übermorgen noch nicht viel vor.«

»Idiot!« Eden schnappte sich ihren Fahrradhelm und floh zur Tür, als wäre der Teufel hinter ihr her. Dabei war es nur ihr Herz, das vor Sehnsucht nach etwas zerging, das höllischen Schmerz mit sich bringen konnte.

Vielleicht morgen

»Guten Morgen«, grüßte Eden und trat ein. Jackson sah von seinen Rechnungen auf und lächelte. Es gefiel ihm ungemein gut, Eden so oft um sich zu haben. Genau genommen hätte es ihm gefallen, sie am Abend zuvor gar nicht erst gehen zu lassen. Er hatte keine Ahnung, was mit ihm los war, aber sein Ärger über ihr früheres Verhalten löste sich immer weiter auf, je mehr Zeit er mit ihr verbrachte. Und wenn er ehrlich war, dann hatte er die Nacht mit ihr mehr als genossen.

»Bereit für den zweiten Tag?«, fragte er und schob seine Papiere auf einen Haufen. Er deutete auf die Kaffeemaschine. Eden nickte.

»Ich mach schon«, erklärte sie, als er sich zur Kaffeemaschine umdrehen wollte. In aller Ruhe füllte sie den Wasserbehälter auf und wartete geduldig, bis die Bohnen gemahlen waren. Dabei schien sie seinem Blick auszuweichen – was Jackson nicht daran hinderte, sie genau zu beobachten. Er mochte, wie sicher sie sich in seiner Küche schon bewegte. Wie selbstverständlich sie hierherzugehören schien. Sie presste das Kaffeepulver in den Brühkopf und wischte mit einem feuchten Lappen die Krümel von der Platte. Dann nahm sie eine Tasse aus dem Schrank und ließ sich den Kaffee heraus.

Ihre Hüften bewegten sich fließend, und Jackson ertappte sich dabei, wie er ihr auf den Hintern starrte. Sie trug, wie so oft, Jeansshorts und ein eng anliegendes Top, das ihre schlanke Taille betonte und ihn wünschen ließ, seine Hände über ihre Figur gleiten zu lassen und sie an seinen Körper zu ziehen.

Sie warf ihr Haar zurück und drehte sich zu ihm um. Ihr Lächeln war scheu und sie hielt die Tasse wie einen Schutzschild vor sich. Dann bemerkte sie die Rechnungen und runzelte die Stirn. »Blieb denn gestern genug hängen, um die laufenden Kosten zu decken?«, fragte sie und schielte auf die handschriftliche Tabelle, die Jackson angefertigt hatte.

»Es war ein recht erfolgreicher erster Tag«, gab Jackson zu und deutete auf die Summe der Einnahmen. »Hat meine Erwartungen übertroffen, aber ich fürchte, du wirst vorerst weiterhin mit mir als deiner Küchenhilfe vorliebnehmen müssen.« Er tippte auf die Ausgabenseite. »Ich muss erst mal einen Teil des Darlehens zurückzahlen, ehe ich noch jemanden einstellen kann.«

Eden nickte. »Darf ich?«, fragte sie. Als er nickte, stellte sie die Tasse ab und blätterte durch die Rechnungen. »Die laufenden Kosten liegen im Rahmen«, erklärte sie. »Da kannst du nicht sehr viel mehr sparen.«

»Ich weiß.« Jackson grinste und deutete auf eine der höheren Summen. »Die Köchin kostet mich dummerweise am meisten.«

Edens Lachen war wie der Zucker in seinem Kaffee, als sie ihn sanft in die Seite stieß. »Du solltest sie entlassen und dir jemand billigeren suchen«, riet sie ihm scherzhaft.

Jacksons Finger kribbelten. Sie stand so dicht bei ihm, dass er den Duft ihres Shampoos in ihrem Haar riechen konnte. Ernst sah er ihr in die Augen. »Das lass ich lieber«, flüsterte er und verlor sich dabei fast im unergründlichen Schwarz ihrer Augen. »Ich seh das als Investition … in die Zukunft.«

* * *

Jacksons Worte gingen Eden den ganzen Tag nicht aus dem Kopf. Immer wieder fragte sie sich, ob er sie wirklich als Teil seiner Zukunft sah. Als Teil der Zukunft seines Restaurants … oder als mehr.

Sie war so gedankenversunken, dass sie die Soße zu heftig rührte und sich dabei etwas von der heißen Flüssigkeit auf den Arm spritzte.

»Shit!«, entfuhr es ihr und sie riss den Arm zurück. Dabei fegte sie einen bereits angerichteten Teller von der Arbeitsfläche. Scheppernd krachte das Porzellan auf den Boden und die Pasta Vongole verteilte sich mitsamt den Scherben über den Küchenboden. »So eine … Scheiße!«, fluchte Eden, trat mit einem großen Schritt über die Soße hinweg und hielt ihren Arm zum Kühlen unter den Wasserhahn.

»Alles okay bei dir?«, fragte Jackson und stellte ein Tablett mit leeren Tellern neben die Spülmaschine. »Was ist denn passiert?« Besorgt beugte er sich über ihren Arm und drehte ihn ins Licht, sodass er die leuchtend roten Verbrühungen sehen konnte.

»Das ist nichts«, wehrte Eden ab. »Ich hab nur nicht aufgepasst.«

Jacksons Miene drückte Sorgen aus. »Tut es sehr weh?«, fragte er und tupfte die Haut vorsichtig trocken.

Eden biss die Zähne zusammen. »Nein. Das geht schon. Aber sieh dir nur dieses Chaos an!« Sie deutete auf die Scherben und Nudeln auf dem Boden.

»Ein ganz schönes Massaker«, stimmte Jackson schmunzelnd zu. »Aber vollkommen unwichtig. Wichtig ist nur, dass es dir gut geht.« Er hielt noch immer ihren Arm und sein Daumen streichelte zart über ihr Handgelenk. Sicher spürte er ihren fliegenden Puls.

»Mir ginge es besser …«, sie schluckte, denn das Gefühl in seinen Augen machte sie ganz schwach, »… wenn der Gast seine Vongole bekäme«, murmelte sie, nicht in der Lage, ihm ihren Arm zu entziehen. Er schaffte es, sie einzig durch die sanften Kreise, die sein Daumen auf ihrem Handgelenk zeichnete, ihren Schmerz vergessen zu lassen.

Sie wollte fast protestieren, als Jackson ihrer Aufforderung nachkam und sie losließ, um einen neuen Teller aus dem Regal zu nehmen. Er zwinkerte ihr zu. »Einmal Vongole, also«, sagte er und schöpfte zuerst die Nudeln, dann die Soße mit Meeresfrüchten auf den Teller.

»Parmesan nicht vergessen«, erinnerte ihn Eden und biss sich auf die Lippe, als Jackson sich gegen die Stirn schlug.

»Natürlich! Der Parmesan!«, meinte er zwinkernd und streute den geriebenen Hartkäse über die Pasta. »Wie gut, dass ich dich habe!«

Eden sah ihm nach, wie er das Gericht hinaus auf die Terrasse trug und sich beim Gast für die Verzögerung entschuldigte. Über den Kopf des Gastes hinweg trafen sich ihre Blicke und Eden sog die Lippe zwischen ihre Zähne.

»Verflucht!«, murrte sie und rieb sich über ihr Handgelenk, um den Nachhall von Jacksons Liebkosung zu vertreiben. »Das geht noch schief.«

Sie sah auf die roten Male an ihrem Arm und fragte sich, ob es nicht noch viel mehr wehtun würde, ihr Herz noch einmal in Jacksons Hände zu legen. Wollte er das überhaupt? Er lächelte sie durch die Scheibe an, während er die Bestellung eines neuen Gastes aufnahm.

Eden seufzte. Wenn sie doch nur gewusst hätte, was Jackson wollte. Was er von ihr wollte, abgesehen davon, dass sie für ihn arbeitete. Wenn sie doch nur gewusst hätte, ob da mehr war als die offensichtliche körperliche Anziehung.

»Einmal den Laguna-Burger«, gab Jackson seine Bestellung weiter, als er wieder in die Küche kam. Mit einem tiefen Atemzug drängte Eden all ihre Fragen und Gedanken beiseite und versuchte sich an einem neutralen Gesichtsausdruck.

»Soll ich das übernehmen oder geht es wieder?«, fragte Jackson und Eden spürte, dass er nur auf einen Grund wartete, zu ihr zu kommen. Darum schüttelte sie den Kopf. »Mir geht's gut. Der Burger kommt sofort.«

Jackson grinste. »Akustische Bestätigung erteilt«, neckte er sie und salutierte. »Dann kümmere ich mich um die Getränke für Tisch drei.«

»Mach das«, bestätigte Eden und war froh, dass nur die Burgerpattys auf dem Grill ihr Lächeln mitbekamen.

* * *

»Heute lief es ja noch besser als gestern.« Jackson öffnete mit einem Ploppen die Bierflasche und stieß mit Eden an. Sie saßen an einem der Tische auf der verlassenen Terrasse und genossen die Stille. Jackson hatte seine Weste aufgeknöpft und Eden ihre Kochjacke bereits ausgezogen. Sie war aus ihren Schuhen geschlüpft und bewegte die Zehen. Die Rötung an ihrem Arm war inzwischen verblasst und ihre Haut schimmerte im Mondlicht silbern.

»War ganz schön was los«, stimmte Eden zu und nippte an ihrem Wasserglas. Sie ließ ihren Blick über die Terrasse schweifen, ehe sie Jackson ansah. »Und morgen ist dann der große Tag?«

»Für morgen Abend hab ich die Presse geladen«, bestätigte er und grinste. »Ich hab sogar mit dem Gedanken gespielt, eine Band zu organisieren, damit wirklich nichts schiefgeht.«

Eden hob die Augenbrauen und tunkte den Finger in ihr Glas. Jackson schmunzelte, als sie einen schiefen Ton auf dem

Glasrand erzeugte. »Glaubst du, mein Essen allein schafft es nicht, diese Schreiberlinge zu überzeugen?«

Er lachte. »Ich dachte, eine kleine Showeinlage wäre hilfreich, aber es muss wohl oder übel reichen, denn die Band war leider zu viel für mein Budget«, gestand er und sein Grinsen wurde breiter. »Ich wollte dich ja fragen, ob du wohl als Ersatz für die Band nackt kochen würdest, aber dann … dachte ich, wenn du das tust, dann lieber nur für mich als für die Presse.« Er ging lachend in Deckung, als sie den Kronkorken seiner Bierflasche nach ihm warf.

»Du spinnst doch!«, rief sie und sprang auf, denn ihr Wurfgeschoss hatte ihn verfehlt. Auch Jackson sprang auf, aber anstatt vor ihrem Angriff davonzulaufen, stellte er sich ihr entgegen und packte ihre Hände. Sie wollte ihn schlagen, aber er zog sie fest an sich, sodass sie ihm nicht wirklich gefährlich werden konnte.

»Lass mich, du …«, keuchte sie lachend und wand sich in seinen Armen.

»Ich soll dich loslassen, damit du mich schlagen kannst?«, fragte Jackson belustigt und packte sie noch fester. Er hob sie hoch und drehte sich mit ihr im Kreis, bis sie atemlos aufhörte zu kreischen.

»Ich will dich nicht schlagen!«, keuchte sie und legte den Kopf in den Nacken. Ihre Wangen waren gerötet und ihre Lippen einladend geöffnet, als sie lachend Luft schnappte.

»Was willst du dann?«, fragte er und beugte sich über sie. Er gab sie langsam frei und legte die Hände auf ihre Hüften, damit sie auch ohne Worte verstand, was er wollte. Ihr Atem strich über sein Gesicht und das Mondlicht spiegelte sich in ihren Augen. Unter ihnen toste die Brandung gegen die Felsen und es war, als erschütterte sie auch sein Innerstes.

»Ich weiß es nicht«, flüsterte Eden und schloss die Augen. Sie kam ihm entgegen und schlang ihm die Arme um den

Nacken. »Ich weiß es einfach nicht«, wiederholte sie atemlos an seinem Mund.

Jackson zog sie an sich. Im Gegensatz zu ihr wusste er sehr genau, was er wollte. Zumindest für diesen Moment. Seine Zunge strich über ihre Lippen, die sich ihm einladend öffneten, sodass er ungehindert in ihre warme Süße eintauchen konnte. Eden drängt sich an seine Brust und spielte mit den Haaren in seinem Nacken. Ihr leises Seufzen war wie Musik in seinen Ohren. Jackson umfasste ihren Po, genoss die Fülle in seinen Händen, ehe er über ihre Hüften, ihre Taille und ihren Rücken strich.

»Huch!«, eine Stimme hinter ihnen ließ Jackson seinen Kuss unterbrechen. »Sorry, ich …«

Eden nahm die Hände aus seinem Nacken und drehte sich ebenfalls nach der Frauenstimme um.

»… ich wollte nicht stören. Bin schon wieder weg!«, rief Alison sichtlich verlegen. Sie strich sich den Zopf auf den Rücken und war dabei, mit kleinen Schritten rückwärts die Flucht zu ergreifen. »Ich wollte nur …«, sie hob eine Sektflasche und deutete mit einem leichten Kopfnicken aufs Lokal, »… zur Eröffnung gratulieren. Gestern hab ich es nicht geschafft, und …«

Obwohl Jackson die Unterbrechung wirklich bedauerte, musste er bei Alisons verlegener Erklärung lachen.

»Schon okay«, kam er ihr zu Hilfe, zwinkerte Eden zu und ließ seine Hand aus deren Rücken auf ihren Po gleiten.

Eden hob die Augenbrauen und schlug seine Finger beiseite. »Du störst kein bisschen«, sagte sie und funkelte Jackson warnend an. Dann ging sie zurück an den Tisch und nahm ihr Wasserglas zur Hand. »Wir sind hier fertig«, erklärte sie und Jackson musste schmunzeln. Ihm war klar, dass sie damit das kleine Zwischenspiel meinte.

»Für heute«, neckte er sie, während er Alison mit einer Handbewegung aufforderte, näherzukommen.

»Nein, echt, Leute, ich wollte wirklich nicht stören«, wiederholte Alison, kam aber näher und stellte den Sekt auf den Tisch. »Ich hatte nur ein schlechtes Gewissen, weil ich doch gestern schon nicht hier war.«

Jackson zog ihr einen Stuhl heraus und zwang sie mit leichtem Druck auf die Schulter, sich zu setzen. Ihm war bewusst, dass Eden seinen Umgang mit Alison genau beobachtete. Spürte er da einen Anflug von Eifersucht?

»Gestern war ich so überfordert, dass ich es nicht mal bemerkt hätte, wenn du da gewesen wärst«, gestand Jackson und lächelte in die Runde. Er drehte sich einen Stuhl um, setzte sich verkehrt herum darauf und verschränkte die Arme auf der Lehne.

»Es war wirklich viel los«, ergriff nun auch Eden das Wort.

Alison strahlte. »Dann war die Eröffnung ein voller Erfolg?«

Jackson neigte den Kopf. »Es lief ganz gut.«

»Freut mich.« Alison deutete auf die Sektflasche. »Dann habt ihr ja allen Grund zum Feiern.« Sie sah etwas unsicher zwischen Jackson und Eden hin und her.

Jax wusste, dass sie sich fragte, was zwischen ihm und seiner Köchin lief. Doch das wusste er ja selbst nicht mal genau. »Wir könnten auch heute noch darauf anstoßen«, schlug er vor und stand schon auf, um Gläser zu holen, da hob Eden den Arm.

»Macht das«, stimmte sie zu und schob ihren Stuhl zurück. »Ich sollte jetzt aber wirklich besser gehen.« Sie lächelte Alison etwas scheu an. »Ihr habt sicher noch … einiges zu …«

Alison sprang auf. »Oh nein, wenn hier jemand gehen sollte, dann ich. Ich wollte ohnehin nicht lange bleiben.« Sie flocht einige lose Strähnen zurück in ihren Zopf. »Ich komme ja auch direkt aus dem Krankenhaus. Ich bin platt und sollte …«

»Krankenhaus?«, kam Eden Jacksons Frage zuvor.

Alison winkte ab, aber ihre Miene verdunkelte sich mit einem Mal. »Meinem Dad geht es nicht besonders gut. Sein Zustand hat sich verschlechtert und … da war es das Beste, ihn ins Krankenhaus zu bringen.«

»Das ist ja schrecklich.« Jackson verzichtete darauf, Sektkelche zu holen, und ging stattdessen zu Alison zurück. Er legte ihr den Arm um die Schultern und dirigierte sie wieder auf ihren Stuhl. »Brauchst du Hilfe? Kommst du klar?«

Alison kniff die Lippen zusammen, ihre Augen füllten sich mit Tränen, aber sie schüttelte den Kopf. »Du hast selbst genug um die Ohren«, vermied sie eine direkte Antwort und schluckte schwer. Sie knetete ihre Hände im Schoß und ihre Lippe zitterte. »Mein Dad ist ein harter Knochen, den haut so schnell nichts um«, versuchte sie, sich selbst Mut zu machen. »Ich muss nur einige Aufträge loswerden, die Dad schon zugesichert hatte, weil ich nicht auf fünf Baustellen gleichzeitig sein kann.«

Jackson fühlte sich elend und auch Eden sah betroffen aus. »Kann ich nicht irgendwas für dich tun?«, fragte er, obwohl er nicht wusste, wie er es bewerkstelligen sollte, neben dem Lokal noch seine Freundin zu unterstützen.

»Nein, nein.« Alison schniefte und Eden legte ihr mitfühlend die Hand auf den Rücken. »Ich komm klar. Es ist nur … das Geschäft … ich habe keine Ahnung, wie ich die Verantwortung für die Firma so plötzlich tragen soll«, gestand sie und eine Träne stahl sich aus ihrem Augenwinkel.

»Wenn jemand das schafft, dann du«, versuchte Eden, Alison zu trösten. »Ich kenne in ganz Laguna Beach keine Frau, die so taff ist wie du.«

Alison lachte gequält. »Nur, weil ich Bagger fahre, bin ich noch lange nicht stark«, widersprach sie und wischte sich die Tränen ab. Dann glitt ihr Blick hinüber zu Jackson, ehe sie Eden wieder ansah. »Ich hätte auch gern eine Schulter zum Anlehnen«, gestand sie, und es war klar, dass sie auf den Kuss anspielte, den sie gesehen hatte. Sie atmete tief durch und stand auf. Sie betrachtete das Lokal, die Terrasse und das stabile Geländer. Dann lächelte sie traurig. »Man kann so viel schaffen, wenn man nicht … allein ist.« Sie grub die Hände in die Taschen ihrer Latzhose. »Aber was schaffe ich schon ohne meinen Dad?«

Jackson griff nach ihrem Arm, aber sie trat einen Schritt zurück. Er wusste nicht, was er sagen sollte, um ihr diesen Kummer zu nehmen.

»Ich muss dann mal los«, erklärte sie und lächelte Eden noch einmal an. »Schönen Abend noch euch zwei.« Sie schlurfte an Jackson vorbei und sah ihn an. »Sorry, ich wollte nicht die Stimmung killen«, flüsterte sie.

Jackson legte ihr den Arm um die Schulter und küsste sie auf die Wange. »Hör mit dem Unsinn auf«, murmelte er. »Du bist einer der wenigen Menschen, die das Recht haben, immer zu stören«, neckte er sie. Nach einem kurzen Blick über die Schulter in Edens Richtung folgte er Alison zu ihrem Pick-up. »Bist du sicher, dass du nicht noch bleiben willst?«, fragte er.

Alison schüttelte den Kopf. »Ganz sicher. Ich muss mir heute noch Dads Auftragsbuch vornehmen, damit ich weiß, wie ich weitermachen soll.«

»Na schön. Aber du meldest dich, wenn du was brauchst.«

»Das mach ich.« Sie umarmte ihn zum Abschied und stieg in den Pick-up. »Und du sieh zu, dass in deiner Küche nichts anbrennt«, scherzte sie und Jackson spürte, dass das ihre Art war, ihre Probleme zu überdecken.

Er folgte Alisons Blick zu Eden auf die Terrasse. »Keine Sorge, wir …« Er lachte. »Wir kochen unsere Gefühle auf Sparflamme. Nur manchmal wird es unerwartet heiß, dann …«

Alison zog die Fahrertür zu und beugte sich aus dem heruntergekurbelten Fenster. »Erspar mir das.« Sie grinste. »Ich muss wirklich keine Details eures fragwürdigen Beziehungssüppchens kennen.« Sie startete den Motor und Jackson wartete, bis der Pick-up auf die Harbour Road abgebogen war, ehe er sich wieder zu seinem Lokal umdrehte. Eden stand in der Tür, ihren Fahrradhelm unter dem Arm, den Rucksack schon auf dem Rücken.

Mit einem Seufzen ging er auf sie zu. Der Moment der Nähe war vorüber, dennoch sah sie ihn mit einem offenen Lächeln an. »Sie mag dich«, stellte Eden fest.

»Wir sind nur Freunde. Sie mag mich auf … rein freundschaftliche Art«, versicherte er ihr.

Eden nickte. »Ich weiß.«

»Was stört dich dann daran?«

»Wer sagt, dass mich das stört?« Sie grinste. »Ich wundere mich nur, dass es tatsächlich Menschen gibt, die dich liebenswert finden.« Sie streckte ihm die Zunge heraus und stülpte sich den Helm auf den Kopf.

»Sehr witzig.« Er trat auf sie zu und hielt ihre Hände fest, ehe sie den Kinnriemen schließen konnte. »Es gab eine Zeit, da hast du mich auch liebenswert gefunden«, erinnerte er sie.

Eden lachte und eine dunkle Röte stieg ihr auf die Wangen. Sie löste seine Hände von ihrem Helm, schloss mit Nachdruck den Riemen und griff nach dem Lenker. »Du kannst gut küssen«, rief sie ihm über die Schulter zu und stieg auf ihr Rad. »Das fand ich recht liebenswert.« Sie trat in die Pedale und rollte an. »Über den Rest … ließe sich streiten!«

»Wir können gern beim Küssen bleiben«, gab Jackson lachend zurück und trat ihr in den Weg.

»Ein andermal!« Eden wich ihm aus und fuhr im Halbkreis um ihn herum.

»Ein andermal?«

Edens Lachen hallte über den verlassenen Pier bis hinunter zum Strand. »Jedenfalls nicht heute!«

»Vielleicht morgen?« Jackson sah ihr nach, als sie auf die Promenade abbog. Ihr Lachen war die einzige Antwort, die er bekam, aber sie reichte aus, ihn mit einem Lächeln auf den Lippen zurückzulassen. »Vielleicht morgen!«, murmelte er und sah in den strahlenden Nachthimmel, der sich so leuchtend in Edens Augen gespiegelt hatte. In der Ferne zogen Wolken auf.

Schlechtwetterfront

Die schäumende Gischt schlug Jackson ins Gesicht, als er tief in die Knie ging, um die Welle, die über ihm brach, nicht zu berühren. Solche Brecher gab es hier in Laguna Beach nicht oft, und nicht nur er war so früh am Morgen an den Strand gekommen, um die tosenden Wellen auszunutzen, die der Wetterumschwung mit sich brachte. Dunkle Wolken hingen am Himmel und der Wind peitschte regelrecht über den Strand. Der Kampf gegen den Wind war anstrengend, aber Jackson genoss den wilden Ritt auf seinem Board. Er fühlte sich stark. Und das war gut für einen Tag wie heute. Einen Tag, von dem so viel abhing.

Während er sein Brett wendete, warf er kurz einen Blick die Felsen hinauf zum Old Harbour Inn. Er war stolz auf das, was er erreicht hatte. Und auf die erfolgreichen vergangenen Tage. Er war auf dem besten Weg, wirklich zu erleben, was er sich beim Kauf des Lokals erträumt hatte.

Das eisige Wasser spritzte ihm bis an den Bauch und er stemmte sich auf das Brett, das ihn abzuwerfen drohte. Keuchend ritt er die nächste Welle. Sie drohte ihn in die dunklen kalten Fluten zu reißen, doch er blieb stehen. Ja, er fühlte sich stark. Doch warum fühlte er sich dann so hilflos, wann immer seine Gedanken zu Eden Green schweiften?

Eine Welle kippte sein Brett und Jackson schnappte nach Luft, ehe er mit einem Hechtsprung ins Wasser eintauchte.

»Verdammt!«, prustete er und wischte sich das Wasser aus dem Gesicht. Der Sturz und die Welle hatten ihn bis fast an den Strand gespült. Das Board an seinem Knöchel riss an seinem Bein und er kraulte das restliche Stück ins hüfthohe Wasser. Dort löste er die Verbindung, ehe er sich aufstellte. Kurz überlegte er, noch einmal hinauszupaddeln. Es fiel ihm schwer, solchen sturmgepeitschten Wellen zu widerstehen, doch andererseits stand ihm ein wichtiger Tag bevor. Er würde seine Kräfte noch brauchen. Also folgte er seinem Brett, das die Wellen vor ihm hertrieben, und strich sich das nasse Haar aus dem Gesicht. Er bückte sich nach dem Board und der Blick in Richtung Nordturm zeigte, dass die Wachmannschaft gerade ihren Dienst antrat. Die rote Flagge wurde gehisst, was anzeigte, dass das Baden bei diesem Wellengang zu gefährlich war. Die Surfer hielt das jedoch nicht davon ab, sich in den Pazifik zu stürzen.

Mit einem letzten Seufzen schob Jackson jeden Gedanken an eine weitere Runde auf dem Brett beiseite. Er rieb sich über die nassen Arme, die im Wind eiskalt wurden, und machte sich auf den Rückweg.

Nachdem er sein Board in den Schuppen geräumt hatte, in dem sich seit gestern die Kisten mit den bestellten und noch nicht zusammengebauten Stühlen stapelten, bückte er sich nach der Zeitung und ging in die Küche. Ihm war kalt und trotz der fantastischen Wellen kam ihm das schlechte Wetter äußerst ungelegen. Das Highlight des Old Harbour Inn war schließlich die auf den Klippen hoch über dem Meer gelegene Panoramaterrasse, und gerade die hätte er den Herren von der Presse sehr gern präsentiert. Doch nun musste es eben so gehen.

Er warf die Zeitung auf den Tresen und ging unter die Dusche. Das warme Wasser vertrieb die Kälte aus seinen Knochen und so langsam stieg seine Nervosität. Heute musste alles glatt laufen.

Mit mehr Sorgfalt als sonst trimmte er seinen Dreitagebart und fasste sich das Haar ordentlich auf dem Hinterkopf zusammen. Er knöpfte die Weste über dem Hemd und betrachtete sich zufrieden vor dem Spiegel. Er sah keinen Grund, warum die Presse nicht ausschließlich Positives berichten sollte. Er sah gut aus, war hoch motiviert und zuversichtlich. Noch dazu beschäftigte er in Eden eine Spitzenköchin und die neue Aufmachung des Old Harbour Inn kam bei den Gästen sehr gut an.

Mit einem guten Gefühl für den heutigen Tag ging er zurück in die Küche und ließ sich einen Kaffee heraus. Ein Blick auf die Uhr zeigte ihm, dass er noch genug Zeit hatte, die Zeitung durchzusehen, ehe Eden für die Vorbereitungsarbeiten in der Küche käme. Er setzte sich an den Tresen und überflog die Schlagzeilen auf der ersten Seite. Das stürmische Wetter, das in der Nacht aufgezogen war, hatte am Vortag schon entlang der Küste Palmen entwurzelt. Die Feuerwehr war mehrfach ausgerückt, um Straßen nach Sturmbruch wieder befahrbar zu machen. Jackson schüttelte den Kopf und sah hinaus auf die dunklen Wolken, die sich dicht an dicht türmten. Das Unwetter war wirklich schnell aufgezogen. Etwas bang dachte er daran, wie einst ein Sturm das Old Harbour Inn derart beschädigt hatte, dass sein Vorbesitzer das Lokal hatte schließen müssen. Bei dem Gedanken daran fröstelte es ihn.

Er nippte am Kaffee und blätterte um. »Fuck!«, entfuhr es ihm, als er die nächste Headline las und sich vor lauter Schreck Kaffee auf die Weste schüttete. »Verflucht!«, rief er und schob die Tasse energisch von sich. Er riss eine Serviette vom Stapel und tupfte vergeblich über den braunen Fleck auf seiner

Kleidung, während er noch einmal las, was da stand. *Mit Risiko in der Küche – die gewagte Neueröffnung des Old Harbour Inn.*

»Was zum Teufel …?« Er gab es auf, seine Weste retten zu wollen, und stemmte stattdessen die Hände seitlich des Artikels auf den Tresen. Ungläubig überflog er den Bericht über Eden Green und die Gefahr für Leib und Leben, die eine Köchin wie sie darstelle, da zuletzt einer ihrer Gäste im Krankenhaus gelandet sei, nachdem er von ihren Speisen gekostet habe. »Das ist eine Katastrophe!«, stöhnte er und raufte sich die ordentlich zusammengefassten Haare.

Und als wäre das nicht genug, röhrte auf dem Pier vor dem Lokal ein Motorrad auf. Dann erstarb das Motorengeräusch und Jackson kniff die Lippen zusammen. Im Moment war er nicht in der Stimmung für Lukes Sprüche. Er atmete tief durch, um sich gegen mögliche Sticheleien zu wappnen, als Luke in seiner Bikerkluft hereinkam.

»Es gibt ein Problem«, platzte der heraus, noch ehe Jackson ihn bitten konnte, ihn heute mit seinen Witzen zu verschonen.

»Ich weiß!«, schnaubte Jackson und hob die Zeitung hoch. »Ich hab es gerade gesehen.«

Luke öffnete den Reißverschluss seiner Lederjacke und runzelte die Stirn. »Das?« Er nickte in Richtung Tageszeitung. »Ja, das ist echt ungünstig. Aber das meine ich nicht.«

»Was meinst du dann?«, fragte Jackson argwöhnisch. Das Blut wich ihm aus dem Gesicht und er wartete angespannt auf Lukes Erklärung.

»Ich spreche von Ian«, erläuterte Luke. »Er weiß von den Stühlen und …«

»Herrgott, Luke!«

Der winkte ab. »Ja, ja, ich weiß. Das ist eine ziemliche Scheiße. Ich wollte dich vorwarnen, denn Ians Handlanger werden gleich hier aufkreuzen und seine Stühle wieder mitnehmen.«

»Was?«, entfuhr es Jackson laut und er starrte Luke ungläubig an.

Der hatte zumindest den Anstand, sich unwohl zu fühlen. »Meine liebe Schwester hat ihm das gesteckt. Sie war wohl hier und hat dabei die Stühle wiedererkannt. Ich hab wirklich noch versucht, ihn davon zu überzeugen, dass …«

»Fuck, Luke! Das hat mir gerade noch gefehlt!«

Eden hatte recht gehabt. Der Besuch von Sienna St. James hatte Unglück gebracht. Er sah sich ratlos in seinem Gastraum um, der ohne die Stühle und Tische vollkommen leer wäre. Es war, als täte sich ein riesiger Abgrund unter ihm auf.

»Hast du nicht gesagt, die hätten deine neuen Stühle und Tische schon geliefert?«

Jackson schlug mit der Faust auf den Tresen. »Schon, aber die sind noch nicht mal zusammengebaut!«, rief Jackson. »Das würde Stunden dauern!« Wieder fuhr er sich durchs Haar, was seine Frisur so in Unordnung brachte, dass er sich den Haargummi gleich ganz aus dem Haar zog. »Du hast doch gesagt, ich könnte die Stühle haben!«, fuhr er Luke zornig an. »Du hast gesagt, Ian braucht sie nicht!«

Luke hob unschuldig die Hände. »Er braucht sie ja auch nicht«, stellte er schulterzuckend klar. »Er will sie dir nur nicht überlassen.«

»Verflucht!« Jackson tigerte auf und ab, dabei fiel sein Blick auf das Fahrrad, das vor der Eingangstür des Old Harbour Inn an einem Mäuerchen lehnte. Edens Rad. Doch wo war sie?

Ungehalten stapfte er zur Tür und riss sie auf. »EDEN!«, brüllte er, ehe er sah, dass sie sich nur zwei Meter weiter an die Hauswand drückte. »Was zum Teufel machst du hier draußen?«, fauchte er harsch.

Sie bekam große Augen und ihr Mund öffnete sich wie bei einem Fisch. »Ich …«, stotterte sie. Dann straffte sie die Schultern und drückte die Brust raus. »Ich wollte warten, bis Luke geht«, erklärte sie entschieden und deutete auf das Motorrad, das neben Jacksons Bike parkte.

Jackson ballte die Hände zu Fäusten. Dieser Tag lief definitiv anders als geplant. Und er hatte keine Nerven für Edens Empfindlichkeiten. Ein unheilvoller Blitz zuckte über den Himmel. Im Grollen des Donners packte er sie am Arm und zog sie ins Haus. »Mir ist scheißegal, was du wolltest!«, rief er. »Mir ist scheißegal, was da zwischen dir und Luke ist! Du kommst jetzt rein und erklärst mir den verdammten Artikel in der Zeitung, denn irgendwie … scheine ich da was nicht mitbekommen zu haben!« Er war bei jedem Wort lauter geworden. Zuletzt hallten seine Worte weit über den Pier.

»Schrei mich nicht an!«, schrie Eden zurück und verschränkte beleidigt die Arme vor der Brust. »Was denkst du denn, wer du bist?«

»Ich denke, ich bin dein Chef!«, knurrte Jackson und donnerte die Tür hinter ihr zu, sodass die Fenster wackelten. »Und es kommt mir vor, als hättest du da eine Kleinigkeit zu erwähnen vergessen, als ich dich eingestellt habe!« Er stieß sie von sich und riss die Zeitung mit dem Artikel hoch. »Oder wie erklärst du mir das?«

»Ich weiß nicht, wovon du sprichst!«, rief Eden und entwand ihm mit einem Ruck den Arm. Sie rieb sich die schmerzende Stelle und sah sich irritiert um. Jackson schien übelste Laune zu haben und selbst der sonst so selbstgefällige Luke machte ein betroffenes Gesicht. Irgendetwas stimmte hier nicht.

»Der Artikel!«, brüllte Jackson und wedelte noch einmal mit der Zeitung.

Eden kniff die Lippen zusammen. »Was ist das für ein Artikel?«, verlangte sie bissig zu erfahren. »Ich hab keine Zeitung und erst recht keine Ahnung, warum du dich so aufführst!«

Edens Herz hämmerte, denn eine dunkle Vorahnung überkam sie, als Jackson ihr die Zeitung gegen die Brust drückte.

»Sieh selbst!«, forderte er. Eine wütende Falte zog sich über seine Nasenwurzel. »Anscheinend lebt gefährlich, wer das isst, was du kochst!«

Eden schnappte nach Luft. »Nein!«, entfuhr es ihr beinahe tonlos. »Das …« Ungläubig schüttelte sie den Kopf, nicht in der Lage, ihre Gedanken zu sortieren. Das durfte doch nicht wahr sein! Ihre Knie zitterten und sie zog sich einen Stuhl heraus, um nicht zu fallen. Kraftlos sank sie nieder und starrte auf den Artikel. »Gast im Krankenhaus«, las sie leise. Dieser verfluchte Ian St. James! Das war alles sein Werk, dessen war sie sich sicher.

»Ist das wahr?«, verlangte Jackson zu erfahren und baute sich drohend vor ihr auf. »Eden?« Er rüttelte an ihrer Schulter, denn sie schaffte es nicht einmal, ihn anzusehen. »Du sagst mir jetzt, ob stimmt, was da steht? Hat Ian dich rausgeworfen, weil …«

»Hey, Leute, ich unterbreche euch ja nur ungern«, ging Luke dazwischen und Eden hätte beinahe vor Erleichterung geheult. Sie hielt Jacksons zornigen Blick nicht aus und hatte keine Ahnung, wie sie mit dem Vorwurf in seinen Augen umgehen sollte.

»Der Laster, den Ian geschickt hat, ist da«, erklärte Luke und fasste Jackson am Arm. Er deutete zum Pier, wo Arbeiter einer Umzugsfirma mitsamt Lkw ankamen.

»Na toll!« Jackson trat mit dem Fuß gegen einen der Stühle. »Verdammt, das darf doch echt nicht wahr sein!«

Die Tür ging auf und einer der Umzugshelfer kam mit einem Auftragszettel in der Hand auf Jackson zu. »Guten Tag. Wir kommen im Auftrag von Ian St. James, um einige Möbelstücke abzuholen.«

Eden sah, wie Jackson den Kopf hängen ließ. Die Haare fielen ihm ins Gesicht und er nickte knapp. »Bitte«, flüsterte er. »Bedienen Sie sich.«

Da der Arbeiter ein etwas unsicheres Gesicht machte, sprang Luke ein. »Die Tische hier«, erklärte er, »und die Stühle hier drinnen und draußen.«

Eden folgte seinem Fingerzeig mit den Augen und schauderte. Draußen regnete es inzwischen in Strömen und die Möbel auf der Terrasse waren klitschnass. Auch die Stiefel der Arbeiter waren nass und mit jedem Mal, wenn sie hereinkamen, um nach und nach die Tische aus dem Gastraum zu holen, hinterließen sie schmutzige Fußabdrücke auf dem Boden.

Eden erhob sich zitternd, denn auch ihr Stuhl wurde eingeladen. Keiner sagte ein Wort. Luke stand ziemlich schuldbewusst an der Tür, während Jackson dem Ganzen den Rücken kehrte und mit hängenden Schultern durch die Scheibe hinaus aufs Meer starrte.

Eden atmete gepresst aus. Zumindest schrie er nicht mehr. Die Zeitung mit dem Artikel landete raschelnd auf dem Boden, als die Möbelpacker am Ende auch noch den letzten Tisch anhoben.

Es hatte nur wenige Minuten gedauert, um aus dem gerade noch gemütlichen Gastraum einen leer stehenden Raum mit schmutzigem Fußboden zu machen.

»Das wär's dann«, erklärte der Umzugshelfer und hielt Eden den Auftrag zum Gegenzeichnen hin. Sie schüttelte den Kopf und deutete auf Jackson.

»Ich mach das«, kam Luke zu Hilfe und unterschrieb den Zettel. Dann dirigierte er den Arbeiter zur Tür und schloss diese leise hinter dem Mann.

Im Old Harbour Inn herrschte absolute Stille. Man hätte eine Stecknadel fallen hören, so leise war es. Eden war beinahe froh, als ein brüllendes Donnergrollen über dem Meer diese unerträgliche Stille zerschnitt.

»Und jetzt?«, fragte sie flüsternd und sah Jackson scheu an. Im Gegenlicht der niedergehenden Blitze vor dem Fenster sah er gefährlich aus. Seine Augen waren eisig und sein markanter Kiefer zuckte. Sie spürte seine Verzweiflung wie ihre eigene und das Tosen des Sturms schien nicht halb so viel Wut in sich zu tragen wie Jackson.

Wie Säure brannte Jackson die Wut im Magen. Er wollte auf etwas einschlagen, etwas zerstören, seine Wut einfach hinausschreien, aber nichts davon hätte ihm wirklich geholfen. Nichts davon hätte seine Lage verbessert. Er atmete tief durch. Sein Atem beschlug die Scheibe und der draußen wütende Sturm verschwand aus seinem Blickfeld.

Langsam drehte er sich um. »Die St. James sind es gewohnt, zu bekommen, was sie wollen«, murmelte er und sein Blick glitt zu Luke. »Dein Bruder denkt, er hat gewonnen. Aber das hier ist erst vorbei, wenn ich es sage.«

»Yes, Alter!« Luke stemmte sich von der Tür ab und rieb sich die Hände. »So gefällst du mir.«

»Halt die Klappe, Luke. Das ist alles deine Schuld!«, knurrte Jackson und bückte sich nach der Zeitung. Er spürte Edens fragenden Blick auf sich, aber er konnte ihr jetzt nicht in die Augen sehen. Sie hatte ihn angelogen. Hatte es ausgenutzt, dass er eine Köchin gesucht hatte. Hatte ausgenutzt, dass er ihr einst vertraut hatte.

Er fühlte sich wieder so dumm wie vor zehn Jahren. Doch damit würde er sich später befassen. Denn wenn er nicht auch noch sein Lokal den Bach runtergehen sehen wollte, musste er irgendwie retten, was zu retten war. »Wir holen die Stühle aus dem Schuppen!« Er stieß Luke in Richtung Tür. »Schwing deinen Arsch«, maulte er. »Wir bauen sie zusammen und ziehen diesen verfluchten Tag irgendwie durch!«

Damit drängte er sich an seinem Freund vorbei und trat in den Regen. Das Holzdeck des Piers war nass und rutschig und bei jedem Schritt quoll ihm Wasser in die Schuhe. Die Palmen entlang des Pacific Boulevards bogen sich gefährlich im Wind, das Tosen des Meeres war so laut wie der Donner über Laguna Beach.

Im Schuppen griff er nach dem ersten Paket und trug es ins Lokal.

Eden stand noch immer wie versteinert da, die Hände ineinander verschlungen.

»Du weißt, wo das Werkzeug ist!«, sprach er sie an, ohne ihr ins Gesicht zu sehen. Er wollte ihre bebenden Lippen nicht sehen. Ihre traurigen Augen. Er wollte so wütend auf sie sein, wie er es in den ganzen letzten Jahren gewesen war. Denn das half als Einziges über seine Enttäuschung hinweg. Und über den Wunsch, dass das, was zwischen ihnen war, irgendeine Bedeutung hätte. »Fang an. Wir müssen vierzig Stühle zusammenschrauben.«

Nach der letzten Kiste war Jackson vollkommen durchnässt und die Arme wurden ihm langsam schwer. Die Schachteln mit den Stühlen und Tischen wogen mehr als gedacht. Trotzdem hatte die körperliche Anstrengung nicht gereicht, seine Wut abzureagieren. Der Puls hämmerte ihm in den Schläfen und er wusste, dass er kurz vor dem Kontrollverlust stand. Wie in einem Vulkan kurz vor dem Ausbruch brodelte es in ihm, als er den letzten Karton schließlich auf dem schmutzigen Fußboden abstellte und sich den Regen aus dem Gesicht wischte.

Ohne sich eine Pause zu gönnen, riss er den Karton auf und nahm die Stuhlbeine heraus, die noch an die Sitzflächen geschraubt werden mussten. Mit den Einzelteilen unter dem Arm ging er zu Luke und Eden hinüber, die jeder für sich schweigend an einem weiteren Stuhl schraubten. Ein Dutzend Stühle waren bereits fertig, aber Jackson hatte vierzig Gäste aus Presse und Lokalprominenz geladen, sodass sie wohl noch eine Weile beschäftigt wären.

Er suchte sich am Boden neben Luke einen Platz und sah ihm einen Moment zu, wie die Teile miteinander verschraubt werden mussten. Dann setzte er die Beine an die vorgesehene Metallhalterung, steckte die Schraube durch die Unterlegscheibe und das Stuhlbein und drehte das Gegenstück fest. »Ich brauche den Schraubenzieher«, erklärte er und wartete, bis Luke ihm das passende Werkzeug weiterreichte.

Als er alle vier Beine auf diese Weise angebracht hatte, hielt schon Eden die Hand für das Werkzeug auf. Sie sah ihn wortlos an, als er ihr den Schraubenzieher gab.

»Üble Stimmung hier«, beklagte sich Luke, als er aufstand und den nächsten fertigen Stuhl aufstellte. »Da macht der Mist hier echt keinen Spaß.«

Jackson, der gerade die nächsten Bauteile aus dem Karton holte, erstarrte in der Bewegung. »Keinen Spaß?«, fragte er ungläubig. »Oh, bitte entschuldige, dass das Chaos, das du angerichtet hast, und der vergebliche Versuch, meine jämmerliche Existenz zu retten, so wenig unterhaltsam sind!«, fuhr er seinen Freund an.

»Komm mal runter, Alter!«, maulte Luke zurück. Die paar Stühle haben wir im Nu zusammengeschraubt. Chill mal! Das läuft doch!« Er deutete auf die bereits fertigen Möbel. »Zwei Stündchen, dann haben wir das.«

»Ah, wie beruhigend!« Jacksons Stimme troff vor Ironie. »Zwei Stündchen. Was reg ich mich denn dann eigentlich so auf!«

»Eben!« Luke grinste.

»Du bist ein Idiot, Luke!«, fauchte Eden hinter ihrem Stuhl hervor. »Ich hätte eigentlich Besseres zu tun, als Stühle zusammenzuschrauben. Ich müsste die Speisen in der Küche vorbereiten, die …«

Lukes Lachen unterbrach ihren Satz. »Komm schon, Eddy«, witzelte er, »du glaubst doch nicht, dass nach dem heutigen Artikel auch nur einer der Gäste Bock auf dein Essen hat.«

Jackson kniff die Augen zusammen. Sein Kopf fühlte sich an wie in einen Schraubstock eingespannt. Er rieb sich die Schläfen.

»Haltet die Klappe!«, brummte er. »Haltet beide sofort die Klappe!« Er stand auf, stellte einen fertigen Stuhl zu den anderen und griff nach der nächsten Kiste. Doch anstatt sie zu öffnen, stützte er sich schwer darauf.

»Bau endlich weiter, Luke«, trieb er ihn an und musterte Eden, die ebenfalls ein letztes Bein angebracht hatte. Zögernd stand sie auf und hob den fertigen Stuhl über die Pappüberreste des Kartons.

»Und du …« Jackson schüttelte den Kopf, weil er nicht wusste, was er sagen sollte. Er schnaubte und sah ihr ins Gesicht. »Wir klären das später. Mach jetzt erst mal mit den Stühlen weiter.«

»Ach ja?« Eden verschränkte die Arme vor der Brust. »Was genau klären wir denn später?«

»Den Artikel!«, erinnerte Jackson sie kalt. »Denkst du nicht, … dass wir da mal drüber reden sollten?« Er riss eine weitere Kiste auf, weil er fürchtete, sonst auf Eden loszugehen. »Oder … dass wir da längst mal drüber hätten reden sollen?«, wurde er lauter.

Eden funkelte ihn zornig an. »In dem Artikel steht nur Scheiße!«, verteidigte sie sich.

Jacksons Wut steigerte sich. »Dann lügt der Reporter?«

Eden sah von ihm zu Luke, als könnte der ihr einen Ausweg bieten. Dann straffte sie in ihrer üblichen sturen Art die Schultern. »Es war nicht so, wie es da geschrieben ist!«

Jackson trat einen leeren Karton zur Seite und legte zwei Stuhlbeine ab. Dann erhob er sich vollends und ging auf Eden zu. »Ist einer deiner Gäste im Krankenhaus gelandet, nachdem er dein Essen gegessen hat?«, fragte er gefährlich leise.

Edens Wangen färbten sich. Für ihn schon ein Zeichen ihrer Schuld. »Es war nicht so, wie es da steht!«, wehrte sie sich. »Es war ein Missverständnis!«

»So wie das mit uns!«, knurrte Jackson.

»Was?«

Gott, wie sie ihn ansah, mit diesen unschuldigen Augen! »Ein Missverständnis«, wiederholte er. »So wie das mit uns.« Als sie ihn nach wie vor verwirrt ansah, sprach er weiter. »Zwischen uns gab es nie auch nur einen Moment Ehrlichkeit.« Er sah ihr direkt in die Augen. »Früher nicht. Und heute auch nicht.« Jackson strich sich das nasse Haar aus dem Gesicht. »Denkst du nicht, du hättest mir das sagen sollen? Was auch immer … vorgefallen ist.«

Eden schob die Lippe nach vorn. »Wann?«, fragte sie spitz. »Was wann vorgefallen ist?« Sie kam auf ihn zu und baute sich vor ihm auf. »Meinst du im Coral Cave Resort? Oder früher?« Sie stieß ihm den Finger in die Brust. »Denn ich habe verdammt noch mal keine Ahnung, was damals passiert ist, dass du ohne ein Wort des Abschieds weggegangen bist!« Sie streifte Luke mit einem knappen Blick, ehe sie Jackson fest in die Augen sah.

»Komm mir jetzt nicht mit diesem alten Scheiß!« Jackson packte sie am Oberarm. »Du hast damals Mist gebaut. Genau wie heute.« Er wusste, er tat ihr weh, aber er konnte sich nicht zügeln.

»Aua! Du spinnst doch!« Eden schlug nach ihm, aber er fing ihre Faust ab.

»Ich spinne?«, fragte er durch wütend zusammengebissene Zähne und drängte Eden hart rückwärts gegen den Tresen.

»Komm schon, Jax!« Luke packte ihn am Arm. »Lass sie in Ruhe.«

Jackson schlug Lukes Arm beiseite, ohne Eden Platz zu machen. »Halt dich da raus, Luke!«, knurrte er. »Das geht dich nichts an.« Er sah Eden an und die Träne auf ihrer Wange brachte ihn noch mehr in Rage. Sie tat so unschuldig, dabei … »Erklär mir eines, Eden«, raunte er und schob sie weiter gegen den Tresen, »warum ich?« Er schüttelte den Kopf, denn er verstand es einfach nicht. »Warum geht es immer auf meine Kosten, wenn du dir von einem der St.-James-Brüder einen Korb einfängst?« Er beobachtete, wie sich Unverständnis in ihre Züge mischte.

»Wovon zum Teufel sprichst du?«, rief sie und befreite ihre Hand aus seinem Griff. Den Schlag, den sie ihm versetzte, spürte er dennoch kaum.

»Du hättest mir sagen müssen, dass Ian dich entlassen hat, ehe du dich wieder in mein Leben drängst.«

»Du spinnst doch! Ich habe mich nicht in dein Leben gedrängt!«

»War es früher auch so? Bist du da auch zu mir gekommen, warst mit mir zusammen, weil er eine Nummer zu groß für dich war?« Jackson war laut geworden. Während er in Lukes Richtung deutete, ließ er sie keine Sekunde aus den Augen.

»Du hast doch 'nen Knall!« Eden stieß ihn von sich und wich zur Seite. Ihre Brust hob und senkte sich schnell unter ihren zornigen Atemzügen. Sie hatte die Hände zu Fäusten geballt und stand da, als wollte sie angreifen. »Ian hat mich nicht entlassen!«, schrie sie und sah von ihm zu Luke und wieder zurück. »Ich hab vielleicht einen Fehler gemacht, aber entlassen hat er mich nicht. Ich habe gekündigt! Und der Mist in der Zeitung ist eine Lüge! Aber das interessiert dich nicht, richtig? Du glaubst einfach, was du willst!«

»Ich glaube das, was ich sehe!« Er riss die Zeitung hoch. »Was alle sehen, die einen Blick auf diese Seite werfen!«

Wieder berührte Luke ihn besänftigend an der Schulter. »Komm schon«, mahnte er leise. »Beruhig dich.«

»Ich beruhige mich nicht!« Er lachte bitter. »Wie könnte ich? Ich bin so doof! Ich habe gesehen, wie ihr euch beim

Surfcup küsst, wie Eden mich verarscht! Und ich bin so doof und stell sie hier als Köchin ein, nur um mich gleich noch mal verarschen zu lassen!«

Er wandte sich an Eden und jede Zelle seines Körpers schmerzte. »Ich bin ein Riesenidiot, der es zulässt, dass du jedes Mal aufs Neue meine Zukunft zerstörst!«

Das Gift der St. James

Edens Kehle war so eng, dass sie kaum Luft bekam. Jacksons Worte taten weh, und sie konnte nicht glauben, was er da sagte. Das konnte er unmöglich ernst meinen. Wie konnte er ihr an dem Kuss und all dem die Schuld geben?

»Du bist ein Riesenidiot!«, stimmte sie ihm lautstark zu. Dann sah sie zu Luke und hätte am liebsten ausgespuckt. Sie fühlte sich in die Enge getrieben und verraten. »Glaub, was du glauben willst!«, rief sie. »Ich hab keine Ahnung, was dein lieber Freund dir für einen Mist erzählt hat, aber ich habe Luke nie geküsst! Nicht ich zerstöre deine Zukunft, Jax. Das erledigt das Gift der St. James!«

»Du brauchst es nicht zu leugnen, Eden«, murmelte Jackson, ohne sie anzusehen. »Ich habe euch selbst gesehen. Und Luke hat mir alles erzählt. Er hat zugegeben, dass du dich an ihn rangemacht hast!«

»Ich?« Eden lachte bitter. »Ich habe mich an ihn rangemacht? Und das glaubst du?«

»Das tue ich. Ich war da.«

»Du lügst! Du warst nicht da! Ich habe auf dich gewartet! Ewig gewartet!«

»Und dann hast du dir die Wartezeit mit Luke vertrieben, ja?«

Eden konnte nicht glauben, was sie da hörte. Mit zitternden Knien ging sie auf Luke los und stieß ihm hart die Hände gegen die Brust. »Sag es ihm, du elender Feigling!«, rief sie. »Sag ihm, wie das damals war! Was für ein guter Freund du bist!«

Luke hob unschuldig die Hände. »Keine Ahnung, was du meinst, Eddy! Echt, du solltest mal 'nen Gang runterschalten.«

»Nenn mich nicht Eddy, du Arsch! Du weißt genau, was ich meine!« Sie funkelte den jüngsten St. James drohend an. »Aber bitte, dann frische ich deine Erinnerung gern auf.«

Luke blinzelte nervös und wandte sich an Jackson. »Keine Ahnung, was sie meint, Alter. Die lenkt doch jetzt nur vom Thema ab.«

»Ich dachte, das Thema ist die Wahrheit!« Sie sah zwischen den beiden Männern hin und her, und als sie Jackson in die Augen sah, brach ihr das Herz. Sie fühlte den Schmerz so deutlich wie damals vor zehn Jahren, als … als er nicht – oder anscheinend doch? – gekommen war. Sie schüttelte den Kopf. Was hatte er damals gesehen?

* * *

»Hi, Luke«, sagte sie und versuchte, ihre Enttäuschung zu überspielen. Für einen Moment hatte sie gedacht, Jackson würde unter dem Motorradhelm stecken. »Hast du Jax gesehen?«

Luke hängte den Helm an den Lenker und lockerte seine Frisur auf. Dann lächelte er sie an. »Wir wollten uns hier treffen«, gab er zur Antwort und sein Blick schweifte über den gut besuchten Pier hinunter zum Strand. »Ist schon ein Schock, dass er von hier weggeht, oder?«

»Ja. Ich … fühle mich schrecklich. Das hätte so ein toller Sommer werden können und jetzt bleibt uns nur dieser Abend.

Und er ist noch nicht da. Ich warte schon eine ganze Weile und habe überall nach ihm gesucht«, gestand Eden in dem Wissen, dass sie leicht verzweifelt klang. »Er wird doch noch kommen, oder?«

»Garantiert. Er wird kaum abreisen, ohne einen letzten Abend mit seinem best buddy.*«*

Eden wusste nicht, ob sie über Lukes Worte erleichtert sein oder sich darüber aufregen sollte. Jackson und ihr blieb nur noch dieser Abend, ehe er für lange Zeit nach Europa ginge. Und Luke St. James kam nicht mal auf die Idee, dass sie lieber mit Jax allein sein wollte.

Mit einem letzten Blick den Pacific Boulevard entlang drehte sie sich um und folgte Luke den Weg hinunter zum Strand. »Ich war schon unten, da ist er nicht«, sagte sie, ging ihm aber nach. »Wo bleibt er nur?«

Luke blieb lachend stehen und wartete, bis sie zu ihm aufgeschlossen hatte. »So ungeduldig?«, fragte er und stieß sie leicht in die Seite. »Er hat seinen Job heute Nacht wohl recht gut gemacht, wenn du schon jetzt vor Sehnsucht zergehst.«

Eden kniff die Lippen zusammen. »Idiot«, murmelte sie gerade laut genug, dass Luke sie hören konnte. »Das ist garantiert nichts, worüber wir reden werden!«

»Warum so verklemmt?«, fragte er spöttisch und schlängelte sich durch die Menschen. Widerwillig folgte Eden ihm.

»Ich bin nicht verklemmt! Aber was zwischen mir und Jax ist, geht dich nichts an, okay?«

Luke zückte eine Zigarette. »Ich weiß eh, was da geht. Jax ist mein bester Freund. Wir … haben keine Geheimnisse.« Er steckte sich die Kippe an und blies Eden den Rauch ins Gesicht. Dann zwinkerte er. »Jax fand dich ganz gut. Es wird sicher nicht leicht, in Europa ein Mädchen zu finden, das da so einfach mithalten kann.« Er grinste breit. »Jungfrauen sucht man da vergeblich.«

Eden wurde ganz schlecht. Bei der Vorstellung, dass Jackson Details ihrer ersten Liebesnacht mit dem selbstgefälligen Luke geteilt hatte, verkrampfte sich ihr Magen. Sie wandte sich in Richtung Surfschule, denn dort hoffte sie, Lukes süffisantem Grinsen irgendwie ausweichen zu können. Die Ständer mit den Boards boten Ausweichmöglichkeiten, während sie zugleich den Pier im Auge behalten konnte. Sie wollte Luke entkommen und war zugleich wütend auf Jax, weil er offenbar mit seinem bescheuerten Freund über sie gesprochen hatte. Das ging gar nicht. Andererseits wollte sie den letzten Abend nicht mit einem Streit enden lassen.

Darum atmete sie tief durch und versuchte, Luke St. James einfach auszublenden. Doch das war einfacher gesagt als getan, denn schon war der Blondschopf wieder an ihrer Seite. Er schnippte seine bis zum Filter abgerauchte Kippe in den Sand und legte ihr kumpelhaft den Arm um die Schultern.

Eden kniff die Lippen zusammen, als er sich dichter zu ihrem Ohr beugte. Die Surfbretter, die sie eigentlich zwischen Luke und sich hatte bringen wollen, versperrten ihr nun den Rückzug.

»Das wird ein langes Jahr für dich«, murmelte er und strich ihr eine Strähne hinters Ohr. »So ganz … ohne Liebe und Zuneigung.«

»Ich komm schon klar.«

Lukes Lachen so nah an ihrem Ohr verursachte ihr ein Schaudern. »Du wirst einsam sein. Und mir wird langweilig sein … aber das könnten wir ändern.« Seine Hand glitt auf Edens Hintern.

Eden schnappte nach Luft. »Spinnst du? Lass das!«, rief sie und schlug seine Finger weg.

Ein amüsiertes Funkeln trat in Lukes Augen. »Du und ich, wir könnten uns die Zeit gemeinsam vertreiben. Immerhin …«, Lukes Blick wanderte über ihre Brüste, »… weißt du jetzt, wie's geht.«

»Hast du den Verstand verloren?« Eden wand sich, aber Luke gab sie nicht frei. Wenn überhaupt möglich, schien ihre Reaktion ihn nur noch mehr anzustacheln.

»Wir könnten uns um den Verstand vögeln und so vergessen, dass Jax uns im Stich gelassen hat«, gab er zurück und sein Grinsen wurde breiter. Er zog sie an sich, sodass Eden die Schwellung in seiner Hose deutlich durch ihren leichten Rock spürte. Entsetzt stemmte sie die Hände gegen seine Brust.

»Jackson ist dein Freund!«, erinnerte sie ihn entrüstet und geschockt zugleich.

»Er lässt uns hier zurück. Welcher Freund tut so was?« Luke beugte sich über sie, seine Hände fuhren unter ihren Rock. Er hob eine Augenbraue, als er bemerkte, dass Eden nur einen Tanga trug. »Wir sollten uns in unserem Kummer darüber … vereinen.«

Lukes Finger auf ihren Pobacken waren zu viel für Edens Nerven. Sie schubste ihn von sich weg. Doch als er rückwärts taumelte, riss er sie mit sich. Er stieß mit dem Rücken gegen die Boards und Eden stolperte gegen ihn.

»So leidenschaftlich, süße Eddy«, raunte er und umschloss ihr Gesicht mit seinen Händen. Er zog sie an sich und küsste sie. Seine Lippen pressten sich gierig auf ihre und seine Zunge stieß grob in ihren Mund. Der Geschmack von kaltem Zigarettenrauch ließ Eden würgen. Mit einem Mal bekam sie keine Luft mehr. Sie wand sich, wollte ihn wegschieben, hob die Hände an seine Brust, war jedoch nicht in der Lage, ihn von sich zu stoßen.

Panisch griff sie in sein Haar und riss daran. Zugleich biss sie ihm in die Lippe und als Luke mit einem Fluch von ihr abließ und sich die Hand auf die Lippe presste, versetzte sie ihm eine schallende Ohrfeige.

»Spinnst du!«, fauchte Luke und packte grob ihr Handgelenk. Er drehte ihr den Arm auf den Rücken und drängte sie gegen die Surfbretter. Er wischte sich das Blut von der Lippe und spuckte dann aus.

»Lass mich los!«, rief Eden zitternd, denn Lukes Griff war so brutal, dass sie glaubte, er werde ihr jeden Moment den Arm brechen. »Lass mich sofort los!«

Sie schauderte, denn anstatt ihrer Aufforderung nachzukommen, drückte Luke ihr Handgelenk noch höher in ihren Rücken. »Au! Hör auf! Du brichst mir den Arm!«

Seine andere Hand wanderte vorn über ihre Brüste, ehe er sie tiefer und tiefer gleiten ließ bis unter Edens Rock. »Und du brichst mir das Herz, Eddy. Denk noch mal nach. Du und ich, wir könnten … so viel Spaß haben.«

Edens Herz hämmerte so sehr, dass sie fürchtete, ihre Brust werde gesprengt. Auf der Suche nach einem Ausweg ballte sie die Fäuste und versuchte, Luke ihren Ellbogen in die Rippen zu rammen.

»Schscht«, murmelte er und leckte ihr den Hals.

»Lass mich sofort los, Luke, sonst ruf ich um Hilfe!«, presste Eden zitternd heraus.

Lachend presste Luke sich von hinten gegen sie. Sein Penis drückte sich gegen ihren Rock. »Ein Jahr ist lang, wenn man niemanden zum Poppen hat, Eddy. Wenn du es dir also anders überlegst … du weißt, wo du mich findest.«

Als er sie losließ, wäre Eden beinahe gefallen, so schwach waren ihre Knie. Ihre Schulter pochte schmerzhaft, ihr Handgelenk fühlte sich an wie gebrochen und in ihren Augen schwammen Tränen. Sie biss sich auf die Lippe, um deren Zittern zu verbergen.

Luke breitete die Arme aus wie Jesus und drehte sich einmal um sich selbst. Dabei schweifte sein Blick über den Strand, ehe er Eden wieder mit diesem ekelhaft selbstgefälligen Grinsen ansah. »Scheint, als käme Jackson nicht«, stellte er fest und zwinkerte ihr zu. »Vielleicht warst du ja doch nicht so gut. Nicht gut genug … dem hinterherzutrauern«, meinte er und streute damit Salz in Edens schon verwundete Seele. Schmerz, so brennend wie Säure, überfiel sie. Sie lehnte sich Halt suchend gegen die Surfbretter und vermied es, Luke anzusehen. Seine Worte waren wie Peitschenhiebe, doch sie wollte ihm auf keinen Fall zeigen, wie sehr er sie verletzte.

»Warst vielleicht sogar echt schlecht, wenn er nicht mal den Versuch unternimmt, zum Abschied noch mal unter deinen Rock zu kommen«, überlegte Luke laut und rieb sich das Kinn. Er richtete seine in Unordnung geratene Frisur und schnalzte mit der Zunge. »Muss bitter sein, sich von einem Kerl entjungfern zu lassen, der sich danach nicht mal verabschiedet. Also, wie gesagt, … wenn du dich rächen willst, dann …«, er deutete über den Strand zum anderen Ende der Bucht, wo die Villa der St. James an die Klippen gebaut war, »… dann komm vorbei.«

* * *

Jackson war übel. Er konnte nicht glauben, was Eden da behauptete.

»So ein Bullshit!«, regte Luke sich auf und riss eine Zigarette aus der Schachtel. Von seiner üblichen Coolness war nicht viel übrig, als er den Rauch paffend ausblies. Erst dann sah er Jackson an. »Du glaubst diesen Mist doch wohl nicht?«, hakte er nach und deutete dabei abfällig auf Eden. »Du weißt doch, wie Weiber sind. Verlogen ohne Ende.«

»Ich lüge nicht!«, schrie Eden und es sah so aus, als wollte sie sich ein Stuhlbein greifen, um Luke damit eins überzuziehen. Sie zitterte vor Wut und die Tränen auf ihren Wangen ließen Zweifel in Jackson aufkommen. Hatte Luke ihn all die Jahre belogen? Ihm all die Jahre eine Lügengeschichte aufgetischt? Er rieb sich übers Gesicht, denn die Bilder der Erinnerung in seinem Kopf hatten nur zu gut zu Lukes Version der Geschehnisse gepasst. Er hatte gesehen, wie Eden sich gegen Luke geworfen hatte. Wie sie leidenschaftlich seine Brust berührt hatte. Und der Kuss …

»Ich habe auf dich gewartet, Jax!«, schrie Eden kopfschüttelnd. »Bis es dunkel wurde. Ich wollte dir alles erzählen, wollte, dass du mich tröstest«, schluchzte sie und wischte sich fahrig die Tränen aus dem Gesicht. »Weißt du, wie es sich für mich angefühlt hat, dass du nicht gekommen bist?«, fragte sie schwach. »Wie ein Verrat.« Sie stellte sich seinem Blick und echter Schmerz schlug ihm aus ihren Augen entgegen. »Du hast mit mir geschlafen – und mich dann deinem Kumpel überlassen. Das ist die Wahrheit!«

»Das ist nicht die Wahrheit!«, sagte Jackson ruhig und trat näher. Die Qual in ihren Augen übertrug sich auf ihn.

»Sag ich doch!«, rief Luke dazwischen. »Weiber lügen! Sie wollte das. Hat sich an mich rangemacht.«

Jackson wusste nicht, was er glauben sollte.

»Ich hätte mich nie an einen Ekelbatzen wie dich rangemacht!«, stellte Eden klar. »Jax, du weißt, dass ich ihn nicht mal mochte. Warum sollte ich …«

Luke stieß ein Schnauben aus. »Ich sag ja nicht, dass du mich heiraten wolltest, Eddylein. Du wolltest ficken. So einfach ist das. Aber nicht mit mir.« Luke schlug sich auf die Brust. »Bruder vor Luder – das war schon immer so!«

Jackson schloss die Augen. Er war vollkommen verwirrt.

»Du hattest dich extra rausgeputzt, weil du ficken wolltest!«, redete Luke sich in Rage. »Mit deinem Stringtanga und dem viel zu kurzen Komm-in-mein-Höschen-Rock.«

»Mein Höschen ging dich nie was an! Ich wollte deine Hände nicht auf mir und schon gar nicht unter meinem Rock!«

Irgendetwas an diesen Worten störte das Bild in Jacksons Kopf. Er runzelte die Stirn und sah Luke irritiert an. »Warum hast du ihren … Po angefasst?«, fragte er.

Luke schnippte die Kippe zur geöffneten Glastür hinaus. Er sah aus, als wäre er in die Enge getrieben. »Keine Ahnung.

Ich meine … das ist ewig her und … und du bist einfach weggegangen.«

Kälte kroch Jackson die Wirbelsäule hinauf. »Warum … hast du ihren Hintern angefasst?«, wiederholte er langsam.

Luke wich einen Schritt zurück. Die plötzliche Stille nach dem ganzen Geschrei war nervenzerreißend. »Sie hat mich angemacht!«, verteidigte er sich. »Das hast du doch selbst gesehen! Ich hab sie abblitzen lassen. Weil ich dein Freund bin!«

Jackson hob eine Augenbraue. »Nachdem du ihren String gecheckt hattest, oder wie?«

Luke hob unschuldig die Arme. »Das ist doch nicht meine Schuld, Alter. Du hast die Kleine klargemacht, hast sie angestochen und sie war an diesem Abend so scharf auf einen Schwanz wie 'ne rollige Katze!«

»Du elender Lügner!«, rief Eden und ging auf Luke los. Sie schlug mit den Fäusten auf ihn ein, und erst als Jackson sie an der Taille packte, hochhob und sie von Luke wegzerrte, hörte sie auf, um sich zu schlagen. »Lass mich!«, fuhr sie auch ihn an. »Glaub doch, was du willst, Jax!«, schrie sie und wollte ihn abwehren.

Jackson hielt sie fest. Etwas an ihrem Schmerz war so echt, dass er nicht anders konnte, als ihr zu glauben.

»Verflucht, du sollst mich loslassen!«, verlangte sie und er tat, was sie wollte. Ihr Atem ging stoßweise und die Blicke, die sie Luke zuwarf, waren eisig.

»Was haben deine Hände unter ihrem Rock gemacht?«, stellte er die Frage ein drittes Mal und diesmal ging er auf seinen Freund zu. Er wollte eine Antwort. Nein, das stimmte nicht. Er wollte keine Antwort. Er wollte die Wahrheit!

Luke gefiel sich in der Rolle des Angeklagten offenbar nicht. Er schob die Lippe vor. Seine Augen verengten sich zu Schlitzen und der typisch selbstgefällige Ausdruck der St. James erschien auf seinem Gesicht. »Was soll das jetzt noch?«, fragte er. »Du bist nach Europa gegangen. Wozu hättest du hier dann eine Freundin gebraucht? Da ist es doch wurscht, wer ihr an den Arsch fasst. Wenn ich es nicht tue, dann eben jemand anders. Ich hätte sie dir schön warm gehalten!«

Es war ein Reflex. Jackson spürte nicht mal, dass er die Faust hob oder den Arm in Lukes Richtung schwang. Er spürte nur, wie seine Fingerknöchel auf Lukes Kiefer trafen. Der Schmerz fuhr ihm wie ein Blitz durch die Hand bis in den Ellbogen. Luke taumelte unter der Wucht des Schlags, stürzte rückwärts und krachte auf eine der Kisten mit Stuhlteilen darin. Das Holz knirschte und Luke stöhnte.

Es war, als stünde die Zeit still. Jackson sah über die Schulter zu Eden. Sie hatte sich die Hände vor den Mund geschlagen, sah ihn mit riesigen Augen entsetzt an. Ihr Schrei hallte ihm wie ein Glockenschlag in den Ohren wider.

Seine Faust pochte. Er schüttelte sie, bewegte die Finger. Es schien nichts gebrochen zu sein. Das alles registrierte er, während Luke nur perplex die Hand an seinen Kiefer hob. Jacksons Herz hämmerte. Obwohl die Welt erstarrt war, schlug sein Herz viel zu schnell. Er sah von Eden zu Luke und wieder zurück. Fühlte innere Zerrissenheit und eine Wut, die selbst ein weiterer Schlag in Lukes Gesicht nicht gedämpft hätte.

»Jackson«, hörte er Edens Stimme wie aus weiter Ferne. Er sah sie an. Blickte in ihre schönen, dunklen Augen, sah die Tränen und wusste, dass er selbst einen Teil des Schmerzes darin verursacht hatte.

Kopfschüttelnd machte er einen Schritt zurück. Die Situation überforderte ihn. Er sah die unfertigen Stühle, den schmutzigen Boden, die kalte Küche und die kaputte Freundschaft zu Luke. In wenigen Stunden würde die Presse hier sein, um die größte Niederlage seines Lebens zu dokumentieren. Das Gift der St. James tat seine zerstörerische Wirkung.

Er trat noch einen Schritt zurück. Dann einen weiteren. Und als Eden die Hand nach ihm ausstreckte, schüttelte er den Kopf.

»Das war's«, flüsterte er. Er blickte auf Luke hinunter, während er immer mehr Distanz zwischen sich und diese ausweglose Situation brachte. »Verschwindet«, murmelt er. »Alle beide.« Damit drehte er sich um, ging hinaus in den Regen und stieg auf sein Motorrad. Er war durchnässt, ehe er den Pacific Boulevard erreicht hatte, und der Regen rann ihm in Strömen in die Augen, während der Wind an seinen nassen Haaren riss und ihm das Shirt kalt an die Brust drückte. Seine Fingerknöchel pochten von dem Schlag, als er das Gas im Versuch, das Chaos in seinem Herzen hinter sich zu lassen, hart aufdrehte.

Chaos

»Dass ihr Weiber immer so einen Wind machen müsst!«, keuchte Luke und rappelte sich vom Boden auf. Er klopfte sich Staub von der Hose und richtete seine Haare. Dabei bewegte er den Unterkiefer testweise hin und her.

Eden schnaubte. Es war so klar, dass Luke ihr die Schuld zuschob.

»Bist du jetzt zufrieden?«, fragte er und betastete seine blutende Lippe. Ohne sie weiter zu beachten, ging er zum Tresen und griff nach der Scotch-Flasche.

»Ob ich zufrieden bin?«, rief Eden noch immer aufgebracht. Ihr fiel es nicht so leicht wie Luke, den nächsten Schritt zu tun. »Was für eine bescheuerte Frage! Denkst du, ich wollte das?«

Luke goss sich den goldenen Single Malt in ein Glas und sah Eden dabei an. »Sag du es mir.« Er schraubte die Flasche wieder zu und hob den Drink an die Lippen. »Fuck!«, fluchte er, als der Alkohol in seine Wunde rann. Er verzog das Gesicht, nahm aber gleich noch einen Schluck. »Dieser alte Scheiß hätte doch nicht mehr aufgewärmt werden müssen«, murrte er und sah Eden an.

Tatsächlich fühlte sie sich unter seinem vorwurfsvollen Blick plötzlich schuldig. »Ist ja klar, dass du das so siehst. Schließlich kommst du dabei nicht gerade gut weg, richtig?«

Luke zuckte mit den Schultern. Er lehnte sich lässig gegen den Tresen und schwenkte den Alkohol in seinem Glas. »Ich komm in vielen Geschichten nicht gut weg. Denk nicht, dass mir das was ausmacht.«

»Du lügst!«, stellte Eden fest und schob ihn beiseite. Mit einem knappen Blick schenkte sie sich ebenfalls Scotch ein. Da Luke ihr wortlos sein Glas wieder hinschob, füllte sie es ihm schnaubend auf.

»Ich lüge?«, fragte er und sah sie unter gehobenen Augenbrauen spöttisch an.

»Mag sein, dass dir dein Ruf generell egal ist, aber du wolltest nicht, dass Jackson erfährt, was du damals getan hast. Du hast eben noch behauptet, ich hätte mir das ausgedacht! Ich hätte dich angemacht, hast du gesagt!« Sie sah ihn kalt an. »Du weißt, dass das nicht stimmt!«

Luke lächelte und der typische St.-James-Ausdruck erschien auf seinem Gesicht. Eden erkannte, dass es seine Art war, einen Schutzschild hochzufahren. »Und wenn schon, Eddy. Wie gesagt, das ist alter Scheiß. Mir ging es dabei nie um dich.« Er nahm einen Schluck und verzog wieder die blutende Lippe. »Ich war an diesem Tag nicht hinter dir her. Oder hinter einer kleinen Bettnummer.« Er machte eine Pause, als wartete er, wie sie auf seine Worte reagierte. Also schwieg sie, obwohl sie etliche Fragen hatte. »Ich war einfach nur sauer auf Jax«, fuhr Luke fort und sah Eden ins Gesicht. »Ich weiß ja nicht, wie es dir ging, aber ich fand es scheiße, dass er nach Europa gehen wollte.«

»Dann hast du mich geküsst, weil du sauer auf Jackson warst?«, fragte Eden ungläubig.

Luke zuckte mit den Schultern und grinste. »Ich bevorzuge Blondinen. Das ist doch allgemein bekannt.«

»Dann wolltest du ihm absichtlich wehtun. Deinem einzigen Freund?«

»Vielleicht auch dir«, gab Luke ohne besondere Reue zu. »Dank dir hatte er kaum noch Zeit für mich. Ich war kein Fan von dir, das geb ich zu.«

»Na danke!« Auf diese Offenbarung hin nahm Eden auch einen großen Schluck Scotch und musste prompt husten.

Luke grinste und rieb sich das geschwollene Kinn. »Du kannst einem St. James nicht vorwerfen, einen Fehler gemacht zu haben«, verteidigte Luke sich gelassen. »Üblicherweise bekommen wir, was wir wollen. Und sind es nicht gewohnt, dass uns Dinge, die uns lieb sind … genommen werden.«

»Dinge, die euch lieb sind?«, echote Eden noch immer hustend.

Luke rümpfte die Nase. »Na schön … dann eben Freunde, okay? Ich hatte nie viele Freunde und …«

»Wen wundert's!«

»Sehr witzig!« Luke griff nach der Flasche, um sich nachzuschenken. »Aber okay. Ich gebe es zu. Ich war … verzweifelt, als Jax gesagt hat, dass er nach Europa geht. Und ich wollte ihn dafür leiden sehen.« Er zuckte wieder mit den Schultern. »So ist das nun mal. Keine feine Sache, geb ich ja zu. Ich wusste, dass er da war, hab gesehen, wie er oben am Pier stand und uns gesucht hat. Hab dann nicht viel nachgedacht.«

»Ich fasse es nicht!«

»Glaub mir, ich hab das auch bereut.«

»So sehr bereut, dass du ihm jahrelang vorgemacht hast, ich hätte mich an dich rangemacht?«

Luke hielt noch immer die Flasche in der Hand. Diesmal goss er sich nicht ein, sondern setzte die Flasche direkt an seine Lippen. Der Alkohol rann ihm die Kehle hinab und Eden stieß ihm ungeduldig in die Seite.

»Was willst du hören?«, fragte er. »Dass es mir leidtut?« Er zuckte mit den Schultern. »Es ist doch eh nicht mehr zu ändern.«

Ein Donner grollte übers Meer und Eden rieb sich fröstelnd die Arme. Die ganzen Offenbarungen der letzten Stunde hatten ihr sämtliche Kraft geraubt. Sie wusste nicht mehr, was sie denken sollte. Sie musste schon sehr verwirrt sein, wenn sie selbst für Luke St. James so etwas wie einen Anflug von Mitleid empfand.

»Bist du jetzt zufrieden? Jetzt, wo er mir dafür eine verpasst hat?«

Eden schüttelte den Kopf. »Du bist ein Idiot!«, murmelte sie und leerte ihr Glas. Der Alkohol brannte ihr in der Kehle, aber ihre Schwäche und das Gefühl, nicht mehr Herr über ihre Empfindungen zu sein, legten sich etwas. »Ich wäre vielleicht zufrieden, wenn er dir zwei verpasst hätte.« Sie stellte das Glas ab und strich sich die Haare hinter die Ohren. Dann sah sie sich um. Das Lokal war nicht vorzeigbar und Luke … der trank zu viel. Entschlossen nahm sie ihm die bereits halb leere Flasche ab.

»Hey, was …?«

»Halt jetzt mal die Klappe, Luke!«, befahl sie und deutete auf das Chaos. »Du hast schon zu viel angerichtet.«

»Ich?«

Eden seufzte. »Na gut: wir. Wir haben hier ein ganz schönes Chaos angerichtet.« Sie blickte hinaus in den strömenden Regen, ehe sie Luke ernst ansah. »Was machen wir denn jetzt? Wo ist Jax? Und … was wird mit den Gästen?«

Mit einem sehnsüchtigen Blick auf die Scotch-Flasche trat Luke an die große Glasfront. Er schob die Tür ruckelnd auf, denn sie klemmte immer noch, und nahm ein Päckchen Zigaretten aus der Tasche. Nachdem er sich eine angesteckt hatte, fuhr er sich durchs Haar und seufzte. »Jax war schon immer so. In Extremsituationen zieht er sich zurück. Er … braucht immer einen klaren Kopf, meint, dass er sonst Fehler macht.«

»Dann glaubst du, dass er zurückkommt?« Eden wusste nicht einmal, ob sie sich das wünschte. Er kannte nun die Wahrheit. Doch was bedeutete das? Würde es irgendetwas zwischen ihnen beiden ändern? Für sie änderte das Wissen, dass er an diesem Abend vor zehn Jahren zum Strand gekommen war, einiges. Dass er gekommen war, um sie noch einmal zu sehen. Vielleicht, um ihr zu sagen, dass sie eine Zukunft haben konnten, um ihr zum ersten Mal zu sagen, dass er sie liebte?

In all den Jahren hatte sie gedacht, er habe sie nach ihrer ersten gemeinsamen Liebesnacht, nach ihrem ersten Mal überhaupt, einfach ohne jedes Wort des Abschieds verlassen. Sie hatte geglaubt, er habe sie nur ausgenutzt, sie nur ins Bett bekommen wollen und es nie ernst mit ihr gemeint. Sie hatte ihm das Schlimmste unterstellt und ihn damit aus ihrem Herzen verbannt. Sie hatte ihre erste Liebe verflucht und sich nie wieder auf jemanden so bedingungslos eingelassen – aus Angst, erneut verletzt zu werden.

Es war unfassbar, wie groß der Schaden war, den Luke St. James an diesem Tag, in diesem einen Moment angerichtet hatte. Eden ballte die Fäuste und starrte böse auf Lukes Rücken. Er hatte so viel kaputtgemacht, so viel … Verbitterung gebracht. Doch es hatte keinen Sinn, heute noch über das *Was wäre, wenn* von damals zu grübeln. Das Leben hatte ihnen diese Geschichte geschrieben. Sie konnten die Zeit nicht mehr zurückdrehen. Sie konnten nur nach vorn blicken. Und wenn sie das tat, dann türmten sich ordentlich Probleme vor ihnen auf.

Luke sah sie an, als würde er ihre Gedanken lesen. »Ist er nicht immer wieder zurückgekommen?«, fragte er nachdenklich und zog an der Zigarette.

Durch die blauen Dunstschwaden seiner Zigarette hindurch erkannte Eden, dass er recht hatte. Jax würde irgendwann wieder herkommen. Herkommen, um festzustellen, dass noch mehr kaputtgegangen war, als ohnehin schon geschehen. Sie hatte seine Rechnungen gesehen. Und die Schreiben der Bank. Jackson Cooper brauchte diesen Abend, um das Old Harbour Inn zum Laufen zu bringen. Und er brauchte einen Erfolg – besonders nach der Schlagzeile über sie und den Vorfall mit den Garnelen.

Eden atmete tief durch. Dann trat sie an Lukes Seite und sah ihm ins Gesicht. Seine schmalen Augen waren erwartungsvoll auf sie gerichtet. Die arrogante Falte an seiner Nasenwurzel wirkte abweisend, so wie vieles an seiner Haltung. Normalerweise reichte dies wohl den meisten Menschen, die St. James gar nicht erst zu behelligen. Doch der harte Zug um seinen Mund verriet auch, dass der Mann vor ihr alles dafür tat, nur ja keine Gefühle zu zeigen. Sein ganzer Kiefer wirkte wie aus Stein. Hart, markant und verschlossen. Er sah ihr wie immer direkt in die Augen, doch diesmal flackerte in den Tiefen seiner Iris ein Funken Angst.

»Wir müssen das ausbügeln«, flüsterte sie, denn die Stille zwischen ihnen war angefüllt mit unausgesprochenen Vorwürfen. »Wenn Jax je dein Freund war, dann …«

Luke rollte mit den Augen. »Gott, Eddy!«, stöhnte er und schob sie beiseite. »Sei nicht so theatralisch.« Er schnippte die Kippe in den Regen und fuhr sich durchs Haar. »Mir ist klar, dass wir das hier in Ordnung bringen müssen. Ich bin ja nicht doof!« Er bückte sich nach der nächsten Pappschachtel und schüttete die Stuhlbeine darin auf den Boden.

»Das kannst du aber gut verstecken!«, brummte Eden und trat unsicher näher.

Luke sah sie schief von unten herauf an. »Hör auf, mit mir zu flirten, und reich mir lieber den Schraubenzieher.«

* * *

Jackson kniff die Augen gegen den Regen zu schmalen Schlitzen zusammen. Der Wind peitschte ihm entgegen und die Regentropfen stachen wie Nadeln in sein Gesicht. Mit hohem Tempo preschte er den Pacific Boulevard in südlicher Richtung entlang – vorbei an der Villa der St. James am Ende der Bucht von Laguna Beach, vorbei am Table Rock, einem der Felsen, von dem aus sich die Klippenspringer ins Meer stürzten, und immer weiter, bis er die Stadt längst hinter sich gelassen hatte. Dem Unwetter jedoch entkam er auch hier nicht. Wenn überhaupt möglich, war hier der Himmel noch dunkler und der Regen noch eisiger. Die Fahrbahn schwamm und sein Bike pflügte durch Pfützen, sodass wahre Fontänen aufstoben.

Normalerweise wäre das kein Wetter für einen Ausritt mit dem Motorrad gewesen, aber im Moment passte es sehr gut zu seiner Stimmung. Er fühlte sich wie ein Höllendämon, der seine Wut mit sturmtosender Kraft entfesselte.

Jackson blinzelte. Die Scheinwerfer der entgegenkommenden Fahrzeuge blendeten ihn und er drosselte etwas das Tempo. Ihm war eiskalt und er wusste, dass es vollkommen unvernünftig war, was er hier tat. Bei diesem Wetter ohne Helm und passende Kleidung einfach davonzurasen, war keine Lösung. Allerdings wusste er nicht, was er getan hätte, wenn er noch länger im Lokal geblieben wäre. Frustriert nahm er die Hand vom Lenker und wischte sich übers Gesicht. Seine Fingerknöchel schmerzten noch immer von dem Schlag, den er Luke verpasst hatte.

»Verdammter Bastard!«, murrte Jackson und leckte sich den Regen von der Lippe. Er konnte nicht glauben, dass sein bester Freund ihn jahrelang belogen hatte.

Jackson wich einer umgestürzten Palme aus, die halb in die Fahrbahn hing, und setzte dann seine Fahrt etwas langsamer fort. Die Klippen seitlich der Straße wirkten wie ein

Maul – bereit, jeden zu verschlingen, der bei diesem Wetter einen Fehler machte.

An einem Aussichtspunkt lenkte Jackson sein Motorrad von der Straße und stellte es ab. Bei gutem Wetter bekam man hier kaum einen Parkplatz, doch nun lag der Viewpoint verlassen da und Jackson stieg ab. Er ballte die Fäuste und hätte am liebsten einen Schrei ausgestoßen. Gegen den grollenden Donner und den tosenden Wind anzuschreien, schien ihm wirklich verlockend. Trotzdem tat er es nicht. Er trat an die Steilklippe und blickte weit übers Meer. Blitze zuckten am Himmel, als wären die Götter genauso erzürnt wie er.

Er bückte sich nach einem Stein und schleuderte ihn mit aller Kraft über die Klippe. Das tat gut und so wiederholte er das zwei weitere Male. Erst dann erlaubte er sich einen Gedanken an Eden. Und daran, was sie gesagt hatte.

Er blinzelte und verblasste Erinnerungsfetzen blitzten auf. Er sah die vielen Menschen des Surfcup beinahe vor sich. Fühlte beinahe wieder die Wärme dieses längst vergangenen Abends auf seiner regendurchnässten Haut. Er versuchte, die Bilder, die vor seinem geistigen Auge auftauchten, mit dem in Einklang zu bringen, was Eden behauptet hatte.

Keuchend rieb er sich die Schläfen und versuchte, sich zu erinnern. Er sah Luke. Sah ihn von hinten, in seiner Lederjacke. Sah Eden. Nahe bei Luke. Zu nahe für seinen Geschmack. Menschen drangelten an ihm vorbei, verdeckten die Sicht auf seine wartenden Freunde für einen Moment. Dann sah er sie wieder. Sah, wie Luke sich über Eden beugte, sah seine Hände über ihren Rücken tiefer wandern und … Wieder rempelte ihn jemand an. Er stolperte beinahe, als er versuchte, sich den beiden zu nähern. Noch jetzt verkrampfte sich sein Herz bei der Erinnerung. Er sah es vor sich, wie Luke Eden unter den Rock griff. Sah, wie sie beide strauchelten, gegeneinander fielen und sich küssten.

»FUCK!«, keuchte Jackson. Er war froh, dass er so viel Distanz zwischen sich und seinen Freund gebracht hatte, denn es juckte ihn in den Fingern, erneut zuzuschlagen. »Bin ich bescheuert?«, rief er gegen den Wind. »Wie konnte ich das vergessen?«

Er schüttelte den Kopf über sich selbst, dabei war es eigentlich nicht verwunderlich. Er hatte an diesem Tag nur eines gesehen. Verrat. Betrug. Von beiden. Hatte nicht überlegt, von wem das alles ausgegangen war. Und als er dann Luke fast ein Jahr später wiedergetroffen hatte, da hatte der ihm seine Version der Geschichte erzählt. Hatte ihn überzeugt, sodass er das seitdem für die Wahrheit gehalten hatte.

»Dieser Arsch!«, fauchte Jackson und rieb sich die eiskalten Arme. Er hatte kaum noch Gefühl in den Fingern, so kalt war ihm. Es wunderte ihn nicht, dass Luke ihn angelogen hatte. Es überraschte ihn noch nicht einmal. Es schmerzte ihn nur, dass er so dumm gewesen war, ihm blind zu vertrauen. Und er war wütend, weil er Eden gegenüber nicht fair gewesen war. Ihr hatte er nie die Chance gegeben, diesen Abend zu erklären. Er hatte sie aus seinem Herzen gestrichen und all die Gefühle, die er für sie gehegt hatte, unter der Wut über ihren Kuss mit Luke erstickt.

Er fühlte sich wie ein Idiot. »Verdammte Kacke!«, schrie er nun doch übers Meer, auch wenn seine Worte ungehört verklangen. »Verdammte, verdammte Oberkacke!« Was für ein Chaos!

Er musste mit Eden reden. Sich für zehn Jahre entschuldigen, in denen er ihr Falschheit und Verlogenheit unterstellt hatte. Und er musste wohl oder übel mit Luke reden. Doch was sagte man einem Freund, der sich nie wie einer verhalten hatte? Der in seiner Gleichgültigkeit der Welt gegenüber den Schmerz der anderen einfach hinnahm? Er war stinksauer auf Luke. Und zugleich fragte er sich, warum sein Freund das überhaupt getan hatte. Warum hatte er Eden geküsst? Er war ein St. James. Er konnte jede haben. Warum also Eden? Sie war doch im Grunde nicht mal sein Typ.

Nachdenklich kehrte Jackson zu seinem Motorrad zurück. Er würde es nicht herausfinden, wenn er hier Wurzeln schlug. Außerdem war da noch das Old Harbour Inn. Er würde es an die Bank verlieren, wenn dieser Abend misslang. Mit einem Mal wurde ihm das ganze Ausmaß seiner Misere bewusst.

»Verflucht, was nun?«, stöhnte er und atmete tief durch. Er hätte nicht wegfahren sollen. Hätte Eden und Luke nicht wegschicken dürfen. Was sollte er denn jetzt nur tun? Ohne Köchin war er aufgeschmissen, selbst wenn es ihm gelingen sollte, das Problem mit den Stühlen noch irgendwie zu lösen. Doch selbst das würde er nicht mehr schaffen. Es war schon viel zu spät. Ihm blieb kaum noch eine Stunde. Vielleicht würde er pünktlich genug kommen, um den Journalisten und dem Organisationsteam des Surfcups sein Scheitern zu erklären. Vielleicht auch nicht. Er ließ die Schultern hängen und startete den Motor. Er hatte es richtig verkackt. Niedergeschlagen drehte er am Gasgriff und raste zurück in Richtung Laguna Beach.

Ian St. James kam ihm in den Sinn. Er war vermutlich der Einzige, für den dieser Tag ein Erfolg war, denn nach diesem Abend würde er keinen Gegenspieler um die Ausrichtung des Surfcup-Essens mehr haben.

Lichter kamen Jackson entgegen und er kniff die Augen zusammen. Dabei entging ihm der Ast, den der Sturm von den Bäumen gerissen und auf die Fahrbahn geworfen hatte. Viel zu schnell preschte Jackson über das Hindernis. Er verlor die Kontrolle über sein Bike, kippte zur Seite und rutschte über den nassen Teer auf die Gegenfahrbahn. Schmerz fraß sich in seine Schulter, seine Hüfte und seinen Ellbogen. Es ging so schnell, dass er nicht einmal schreien konnte. Nicht einmal blinzeln oder auch nur atmen. Die Wucht des Aufpralls presste ihm die Luft aus der Lunge und riss ihm das Shirt in Fetzen. Das Letzte, was er sah, ehe das Bike unter ihm wegrutschte und er auf der Straße liegen blieb, waren die grellen Scheinwerfer des Wagens, der auf ihn zukam.

Shrimps am Spiess

»Ich sehe bescheuert aus!«, erklärte Luke murrend, als Eden ihm die Weste über einem von Jacksons weißen Hemden zuknöpfte. »Ich werde enterbt, wenn mein Vater Wind davon bekommt, dass ich Jax den Arsch rette.«

»Es ist absolut zweifelhaft, dass wir ihm den Arsch retten«, warf Eden ein und schlüpfte nun ihrerseits in ihre Kochjacke. Dann band sie sich die Haare zum Zopf und setzte die weiße Kochmütze auf. »Der Abend wird ein Desaster!«

Luke zuckte mit den Schultern. »Warum? Sieht doch inzwischen ganz passabel aus hier.«

Damit hatte er zwar recht, denn es war ihnen tatsächlich gelungen, alle Stühle und Tische zusammenzubauen, aufzustellen, einzudecken und den Boden zu wischen. Doch in der Küche gab es noch allerhand zu tun. Die Gäste würden auf ihr Essen warten müssen, wenn nicht noch ein Wunder geschah.

»Wo bleibt er nur?«, flüsterte Eden und ging noch einmal zur Tür, die hinaus zum Pier führte. Der Wind hatte sich etwas gelegt, aber der Regen fiel nach wie vor in regelrechten Fäden. Sie fröstelte allein bei dem Gedanken daran, dass Jackson irgendwo dort draußen war.

»Er kommt schon«, versuchte Luke, sie zu beruhigen. Er trat hinter sie und zündete sich eine Zigarette an. Und obwohl er recht überzeugt klang, sah Eden an den Falten um seine Augen, dass er selbst nicht ganz sicher war, was das anging.

»Und wenn nicht?« Eden schüttelte den Kopf und eilte dann zurück in die Küche. Das Wasser für die Pasta kochte, die Zwiebeln waren geschält und der Salat gewaschen, aber die gefüllten Fleischtaschen im Ofen, die machten ihr Kopfschmerzen. Die brauchten eigentlich drei Stunden, um ganz langsam und zart gegart zu werden. Um sich abzulenken, griff sie sich eine Pfanne und stellte sie auf die Flamme. Sie röstete Mandelblättchen fürs Dessert ohne Fett an, bis der leicht süßliche Duft sie umfing.

Immer wieder sah sie dabei zu Luke hinüber, der mit der Kippe zwischen den Lippen draußen unter dem Vordach des Restaurants stand und wohl ebenfalls auf Jacksons Rückkehr wartete. Sie hatten versucht, ihn auf seinem Handy zu erreichen, doch er hatte es bei seiner stürmischen Flucht nicht mitgenommen.

»Ein beschissenes Timing!«, fauchte Eden und sah auf die Uhr. »Sich gerade jetzt zu verpissen!« Mit jeder Minute, die verging, wuchs neben ihrer Sorge auch ihre Wut auf Jackson an. Es war doch verdammt noch mal sein Lokal. Und sie riss sich hier den Arsch auf, alles hinzubekommen. Tat sich dafür sogar mit Luke St. James zusammen. Dabei hätte sie genauso Grund gehabt, auf ihn sauer zu sein, wie Jackson.

Die Mandeln hatten eine leichte Goldfärbung angenommen und Eden nahm die Pfanne vom Herd. Sie schüttete die Mandelblätter in ein Schüsselchen und nahm sich eines davon zum Probieren. Während sich das nussig-süße Aroma der Mandel auf ihrer Zunge ausbreitete, ging sie im Geiste die nächsten Arbeitsschritte durch. Das Gurkensüppchen musste nur noch angerichtet und garniert werden, das frisch gebackene, ofenwarme Brot würde einen gelungenen Kontrast zu der kalten Suppe bilden und die auf Spieße gefädelten Shrimps lagen bereit, um kurz angebraten zu werden. Ihr war nur zu bewusst, dass sie mit Schalentieren erneut ein großes Risiko einging. Doch sie würde jeden Gast einzeln fragen und sich vergewissern, damit so ein Unglück wie im Resort nicht noch einmal passierte.

»Ich fass es nicht, dass er nicht wieder herkommt!«, fluchte Luke und schloss die Tür hinter sich. »Das sieht ihm echt nicht ähnlich.«

»Was denkt er sich nur?«, stimmte Eden ihm zu. »Wir können das Old Harbour Inn ja wohl kaum in seinem Namen der Öffentlichkeit vorstellen. Das ist doch verrückt!«

Sie griff ins Salz und streute eine Prise davon in die Suppe. »Ich könnte fahren und sehen, ob ich ihn irgendwo aufspüre«, schlug Luke vor und war schon dabei, die Knöpfe an der Weste zu öffnen.

»Vergiss es!«, hielt Eden ihn auf. »Du hast viel zu viel getrunken, als dass du noch fahren könntest. Außerdem lässt du mich jetzt hier nicht allein!«, fügte sie hinzu, weil sie sah, dass das Argument mit dem Alkohol Luke offenbar nicht restlos überzeugte.

»Als Jackson das letzte Mal wegging, war ich dir nicht gut genug, ihn zu ersetzen.« Luke lehnte sich gegen die Tür des Kühlraums und sah ihr zu, wie sie die Suppe abschmeckte.

»Das letzte Mal hatten wir kein Lokal zu retten«, gab sie knapp zurück, pflückte eine Handvoll vom Dill und hackte ihn klein. »Und du warst damals nicht da, um Jackson zu helfen, sondern um ihn zu verletzen.«

Luke zuckte mit den Schultern. »Ich schätze, das kann ich einfach besser, als zu helfen.«

»Das kannst du super«, stimmte Eden zu und winkte ihn dann zu sich. »Hier. Probier mal. Fehlt noch was?«

Luke runzelte die Stirn. »Du fragst mich nicht echt nach meiner Meinung, oder?« Er nahm ihr den Löffel aus der Hand und tunkte ihn in die Suppe. »Als hättest du je was darauf gegeben, was ich gesagt habe.«

»Stimmt. Ich geb nicht viel auf deine Meinung. Aber ich weiß, dass die St. James nur das Beste vom Besten gewöhnt sind. Wenn dir die Suppe also schmeckt, dann …«

Luke schleckte den Löffel ab und lächelte. »Dann wird's für alle anderen schon gut genug sein, willst du das damit sagen?«

»So in etwa«, gab Eden zu, als das Klingeln des Telefons sie aufhorchen ließ. »Denkst du, das ist er?«, fragte sie und starrte das Telefon an, als könnte sie nur mit Blicken erkennen, wer am anderen Ende der Leitung war.

Auch Luke war für einen Moment wie erstarrt, doch nun setzte er sich langsam in Bewegung. Er hob das Mobilteil auf und nahm das Gespräch an. »Old Harbour Inn«, meldete er sich und machte dabei ein ziemlich unsicheres Gesicht. Eden legte den Kochlöffel beiseite, wischte sich die Hände ab und folgte Luke zur Theke. Sie verfluchte das Klappern des Topfdeckels auf dem siedenden Nudelwasser, als sie vergeblich versuchte, etwas zu verstehen.

»Ist das Jax?«, flüsterte sie und zupfte Luke am Arm, damit er sie ansah. »Sag schon! Wer ist dran?«

Lukes Miene war verschlossen und seine Augenbrauen konzentriert zusammengezogen, während er zuhörte.

»Luke!«, fauchte Eden, weil er sie ignorierte. »Ist das Jax?«

Er schüttelte den Kopf.

»Wer dann?«

»Alison Page.« Seine Lippen formten den Namen, während er weiterhin auf das lauschte, was sie sagte.

»Alison?« Eden rollte mit den Augen. »Ist Jax bei ihr?«

Luke schüttelte den Kopf.

»Dann leg auf. Wir müssen hier noch …«

»Okay. Danke, Alison«, hörte sie ihn ins Telefon sprechen. »Ja, ich … ich werde sehen, was ich tun kann. Melde dich, wenn …« Offenbar unterbrach Alison ihn und Eden überkam ein ungutes Gefühl. Sie hatte Luke noch nie so gesehen. Es war, als hätte jemand die Fäden gekappt, die für seine übliche arrogante Haltung verantwortlich waren. Seine Schultern waren nach vorn gesackt. Er ließ den Kopf hängen. Das Blut war ihm aus dem Gesicht gewichen und er schien ehrlich betroffen. »Gut. Dann bis nachher.«

»Was wollte sie?«, fragte Eden, noch ehe Luke das Telefon zur Seite gelegt hatte. Lukes Schweigen machte ihr Angst. »Sag schon!«

Wortlos sah er sie an. Dann legte er das Mobilteil weg und raufte sich die Haare. »Das war Alison Page«, setzte er an, aber Eden forderte ihn mit einer Handbewegung auf, weiterzusprechen. »Das hast du schon gesagt. Was wollte sie?«

Das Klappern des Topfdeckels zerrte an Edens Nerven und sie wünschte, sie könnte die Flamme nur durch ihre Gedanken herunterdrehen.

»Sie hat aus dem Krankenhaus angerufen.«

»Ist etwas mit ihrem Dad?«, fragte Eden betroffen und kehrte an den Herd zurück. Das Klappern musste aufhören. Sie stellte das Gas ab und sah Luke wieder an. So wie er aussah, musste es Alisons Dad wirklich schlecht gehen, denn er hatte sich noch immer keinen Zentimeter bewegt. Ihr war gar nicht klar gewesen, dass Luke der Handwerkerin so nahe stand. »Er ist doch nicht gestorben, oder?«

Luke schüttelte den Kopf. »Denke nicht«, bestätigte er ihre Vermutung. »Davon hat sie nichts gesagt.«

Eden gab Fett in eine Pfanne. »Was wollte sie denn dann?«, fragte sie und streckte die Hand aus, um die Platte anzuschalten, als Luke nach ihrer Hand griff, um sie aufzuhalten. Seine Finger waren eiskalt.

»Jackson hatte einen Unfall«, presste er heraus. »Alison war zufällig im Krankenhaus, als er eingeliefert wurde.«

Eden schlug sich die Hand vor den Mund und taumelte gegen den Herd. »Einen Unfall?«, wisperte sie geschockt und sah Luke ungläubig an. Wenn das einer seiner Scherze sein sollte, dann …

»Er scheint bei Bewusstsein zu sein«, gab Luke tonlos wieder, was Alison gesagt hatte. »Keine lebensgefährlichen Verletzungen, aber …«

Der rasende Puls trieb Eden aus ihrer Starre. Sie öffnete ihre Kochjacke und riss sich die Mütze vom Kopf. »Wir müssen zu ihm!«

Luke hielt sie am Arm fest und sah ihr streng in die Augen. »Das geht jetzt nicht!«, erklärte er entschieden.

»Warum nicht?« Eden schüttelte seine Hand ab und dreht schon alle Kochplatten aus. Jede Faser ihres Körpers schrie danach, sich davon zu überzeugen, dass es Jackson gut ging. Dass er noch lebte. Dass er … wiederkommen würde. Ihre Kehle war eng und sie spürte Tränen aufsteigen. »Gott, das ist alles unsere Schuld!«, keuchte sie und stützte sich auf die Arbeitsplatte. Sie zuckte zusammen, als Luke ihr tröstend den Rücken streichelte.

»Wir können dort jetzt nichts für ihn tun. Die Ärzte kümmern sich um ihn, und Alison hat gesagt, sie bleibt bei ihm.«

Es war Eden egal, was Alison tat. Sie wollte an Jacksons Seite sein. Sie wollte seine Hand halten und seinen Schmerz mit ihm teilen. »Ist mir egal. Ich fahre zu ihm.«

»Herrgott, Eddy!«, rief Luke und drehte sie zu sich um. »Jackson braucht dich dort nicht!«

»Woher willst du das wissen?«, schrie Eden ihre Schuldgefühle hinaus. »Vielleicht wird das zwischen ihm und mir ja noch mal was – jetzt, wo er die Wahrheit kennt!«, fauchte sie. »Reicht dir nicht, dass du uns schon einmal alles kaputt gemacht hast?« Sie stieß ihn zurück und funkelte ihn böse an. Bis eben war ihr nicht bewusst gewesen, wie sehr sie sich einen Neuanfang mit Jackson wünschte.

»Verfluchtes Weib!«, rief Luke und stieß wütend einen Teller vom Tisch. Die Scherben verteilten sich über den Küchenboden wie Bombensplitter und das Krachen ließ Eden erstarren.

»Spinnst du?«, fuhr sie ihn an.

»Hör doch zu!«, rief er. »Mir ist klar, dass du nur das Schlechteste von mir denken kannst. Aber ich will dir verdammt noch mal nichts kaputt machen. Ob du's glaubst oder nicht. Jackson ist mir wichtig. Und deshalb kann ich dich jetzt nicht zu ihm lassen.« Er griff nach ihren Händen und ließ sie nicht los, obwohl Eden sich dagegen wehrte. »Du und er, ihr habt noch tausend Tage, euch klar zu werden, was das zwischen euch wird. Aber Jackson hat nur diesen einen Abend, das Old Harbour Inn zu retten.« Er sah ihr in die Augen. »Er braucht dich jetzt nicht an seiner Seite. Sondern hier.«

Eden lachte bitter. »Ich kann das Lokal ohne Jackson nicht retten. Wie stellst du dir das vor? Ich bin ganz allein!«

»Du bist nicht allein.« Luke drückte ihre Hände. »Ich werde zwar enterbt werden, wenn das rauskommt, aber was soll's. Ein Skandal mehr auf meinem Konto wird meinen Vater jetzt auch nicht mehr schocken.«

»Du willst mir helfen?«

»Will ich nicht. Mach ich aber. Oder was glaubst du, warum ich mir diese hässliche Weste überhaupt erst habe anzie hen lassen?«

Eden war innerlich zerrissen. Sie wollte zu Jackson. Jetzt. Sie wollte endlich alles zwischen ihnen klären. Wollte ihn in die Arme nehmen, küssen und noch einmal ganz von vorn anfangen. Sie wollte wissen, was von seinen Gefühlen von damals noch übrig war, um darauf aufbauen zu können. Denn ihr eigenes Herz war schon dabei, die Trümmer dieser ersten Liebe mit aller Kraft wieder zusammenzusetzen. Sie presste sich die Hand aufs Herz, denn eine riesige Last drückte auf ihre Brust. Sie wollte zu Jackson. Wollte ihm sagen, dass … alles gut werden würde. Zitternd atmete sie aus. Doch damit alles gut werden würde, durfte sie jetzt nicht zu ihm.

Sie ballte die Fäuste und atmete mehrere Male tief durch. »Na schön.« Sie sah Luke St. James in die stahlblauen Augen. »Aber wehe, du versaust es!«, drohte sie und wies ihn an, ihre Küche zu verlassen. »Dein verdammter Job sind die Getränke – ich mach das mit dem Essen, verstanden?« Er nickte und Eden straffte die Schultern. »Ich brauche eine akustische Rückmeldung!«, erklärte sie und musterte ihn abwartend. »Ich brauche immer eine akustische Rückmeldung, okay?«

Luke salutierte grinsend. »Gott, wie scharf du bist, wenn du so einen herrischen Ton anschlägst«, meinte er lachend und zwinkerte ihr zu. »Jax kann sich wirklich glücklich schätzen!«

Eden rollte mit den Augen und eilte an den Herd zurück. »Halt die Klappe und öffne die Eingangstür. Wir wollen ja die Presse nicht warten lassen.«

»Zu Befehl!«, gab Luke deutlich Rückmeldung und salutierte wieder.

Eden musste lachen. »Das wirst du jetzt nicht jedes Mal machen, wenn ich was zu dir sage.«

Luke blieb mit der Hand an der Eingangstür stehen und grinste sie über die Schulter hinweg an. Wieder hob er die Hand zum militärischen Gruß an die Stirn. »Zu Befehl!«

Nur zwanzig Minuten später war keine Zeit mehr für Scherze. Eden zählte die Vorspeisenteller nach, während sie die Garnelenspieße quer über den Suppenschalen arrangierte und mit etwas gehacktem Dill bestreute. Obwohl sie nach einer kurzen Begrüßungsrede mit der Erklärung, warum Jackson leider nicht selbst hier sein konnte, jeden einzelnen Gast gefragt hatte, ob er Garnelen wollte, zögerte sie kurz, ehe sie gegen das Glöckchen schlug, welches Luke das Zeichen zum Servieren gab.

»Vorspeise kann raus!«, sagte sie knapp. »Haben alle Gäste ihre Getränke?«

Luke, dem sich das Haar schon feucht im Nacken kringelte, nickte. »Läuft«, bestätigte er und lud sich drei Vorspeisenteller aufs Tablett. Auch Eden nahm sich ein Tablett und half ihm, die Vorspeise an die Tische zu bringen.

»Bitte sehr«, sagte sie höflich und servierte ihre Suppe. »Guten Appetit, lassen Sie es sich schmecken.«

Ihr entgingen die wohlwollenden Stimmen derer nicht, die schon angefangen hatten zu essen, während sie und Luke die letzten Teller verteilten. Zwar spürte sie auch die skeptischen Blicke einiger, die wohl heute die Zeitung gelesen hatten, aber da sie niemand auf die Vorkommnisse ansprach, würde sie sich dazu auch nicht äußern. Vermutlich reichte das Mitgefühl der Reporter über Jacksons Unfall, sie jeden bissigen Kommentar zu seiner fragwürdigen Köchin vergessen zu lassen. Und vielleicht würden sie ihre Kritik ja tatsächlich vergessen, wenn Eden sie nur mit dem Essen überzeugen konnte.

Die Gespräche verstummten fast vollständig, als alle Gäste die Suppe löffelten. Nur für Eden blieb keine Zeit, durchzuatmen. Nervös sah sie zum hundertsten Mal in die Röhre, wo die Fleischtaschen noch immer nicht so aussahen, wie sie sie gern haben wollte. »Verdammt!«, murmelte sie und fing dennoch an, die Teller für den Hauptgang in den Tellerwärmer zu stellen.

»Kann ich helfen?«, fragte Luke und Eden musste schmunzeln. Obwohl ihr Küchenhelfer nur halb so viele Vorspeisen zu den Tischen gebracht hatte wie sie selbst, wirkte er abgekämpft. Das machte ihn viel sympathischer als die typische Perfektion, die sämtliche St. James immer ausstrahlten.

»Ich denke, du hast schon genug getan«, gab sie sich großzügig und neigte den Kopf in Richtung des Tisches mit der blonden Reporterin, mit der Luke unnötig lange geflirtet hatte, anstatt die Suppe weiter zu verteilen.

Luke grinste. »Man tut, was man kann.« Dann beugte er sich zu Eden und flüsterte: »Im Krieg und in der Liebe ist alles erlaubt. Und ich habe den Eindruck, wir kämpfen hier gerade an vorderster Front.«

Eden schnaubte und schüttelte den Kopf über ihren ungewollten Helfer. Wie viel einfacher hätte dieser Abend sein können, wenn Jackson hier gewesen wäre.

»Ich brauche dreißig angewärmte Teller, Soßenspiegel, Limettenreis und hier drüben etwas Zitronenabrieb auf den Tellerrand«, erklärte sie. »Aber wenn wir das jetzt vorbereiten, wird es kalt, bis die Fleischtaschen auf den Teller können«, stöhnte sie und warf einen Blick auf die Gäste. »Mein Fleisch braucht noch ’ne gute halbe Stunde.«

Luke runzelte die Stirn. »Und was machen wir dann? Soll ich die Gäste mit Alkohol abfüllen?«

»Auf keinen Fall!« Eden schlug mit dem Geschirrtuch nach ihm. »Im Grunde ist eine kleine Pause zwischen den Gängen ja ganz okay. Schließlich wird es hier gleich richtig rundgehen. Die schmutzigen Teller und der Stress mit dem Hauptgang …« Eden stöhnte. »Jetzt wäre Jacksons Band doch ganz gut gewesen.«

»Eine Band?«

»Ja. Er hatte die Idee, eine Band spielen zu lassen, aber das Budget hat es nicht hergegeben.« Sie verkniff sich, die Alternative mit dem Nacktkochen zur Sprache zu bringen, und lockerte stattdessen den Limettenreis noch einmal mit der Gabel auf.

Luke rieb sich das leicht geschwollene Kinn. »Ein Showact zwischen den Gängen«, überlegte er laut. »Das wäre gar keine schlechte Idee. Dann bliebe genug Zeit, die Vorspeisenteller in die Spülmaschine zu schaffen, damit dann hier fürs Anrichten des Hauptgangs genug Platz ist.«

Eden hob überrascht die Augenbraue. »Richtig. Du denkst ja mit«, stellte sie verwundert fest.

Luke schnitt eine Grimasse. »Was für eine Überraschung. Das schwarze Schaf der St. James kann denken!«

»So hab ich das nicht gemeint«, ruderte Eden zurück, aber Luke winkte schon ab.

»Vergiss es. Reden wir lieber über den durchaus hilfreichen Showact.«

»Wir haben keinen Showact!«

Lukes eisblauer Blick heftete sich auf sie und das Lächeln, das seine Lippen umspielte, wirkte bedrohlich. »Wir haben dich«, erinnerte er sie unnötigerweise.

»Und was?« Eden glaubte, auf dem Schlauch zu stehen.

»Du bist unser Showact.«

»Wie bitte? Wovon sprichst du?«

Sein Lachen klang ehrlich amüsiert. »Ich kann nicht glauben, dass ich das sage, aber … hast du diese Nummer mit den Gläsern noch drauf?«

»Was?« Eden prustete. »Im Leben nicht!«, protestierte sie und schlug mit dem Geschirrtuch nach ihm. »Da müsste schon die Hölle zufrieren! Und selbst dann würde ich das nicht machen!«

Luke neigte den Kopf schief. »Auch nicht für tausend Dollar?«

Eden erstarrte. »Spinnst du?«

»Zweitausend?«

»Du hast doch ’nen Knall!«

Luke zuckte mit den Schultern. »Okay. Dreitausend. Aber dafür muss es gut werden.«

Eden schüttelte den Kopf. »Hör auf!«, befahl sie. »Ich will dein Geld nicht!«

Luke sah sie misstrauisch an. »Ach nein?«

»Nein!«

Er kniff die Augen zusammen. »Hast du mich deshalb damals nicht zurückgeküsst? Weil du mein Geld nicht wolltest?«

Eden schnaubte. »Gott, Luke!«, stöhnte sie. »Wäre es dir lieber gewesen, ich hätte mich deines Geldes wegen auf dich eingelassen?«

»Vielleicht.« Er grinste.

»Du verkaufst dich unter Wert, wenn du damit zufrieden bist, dass dich jemand wegen deines Geldes mag.«

Luke strubbelte sich durchs Haar. »Hab ich denn andere Qualitäten?«

»Falls du sie hast, machst du es den Menschen um dich herum echt nicht leicht, sie zu finden«, gab Eden zu. »Aber ich bin sicher, dass es sie gibt.« Sie zuckte mit den Schultern. »Ich zum Beispiel werfe gerade das erste Mal einen Blick auf sie.«

Luke lachte. »Echt? Bist du mir jetzt verfallen? Steigen dann meine Chancen bei dir? Wir sollten das Jax besser nicht sagen, sonst fährt er gleich wieder mit dem Moped wo dagegen.«

Eden seufzte. »Also, erstens sitzt dein bevorzugter Typ Frau an Tisch drei«, erklärte Eden und neigte den Kopf in Richtung der blonden Reporterin. »Und zweitens liebe ich Jackson. Wann kapierst du das endlich?«

Luke fuhr mit einem Ruck zusammen. »Du liebst Jax also immer noch?«

»Was? Nein, ich …«

»Hast du gerade gesagt.«

Eden stöhnte innerlich. »Ich stehe gerade gewaltig unter Druck, Luke! Ich … rede Unsinn. Und jetzt beenden wir das und räumen die Suppenteller ab, verstanden?«

Ihr gefiel nicht, wie Luke sie ansah. Sein Lächeln war wissend und leicht spöttisch. »Zu Befehl«, sagte er und salutierte.

Showact

Eden spähte aus der Küche. Seit dem Abräumen der Vorspeisenteller waren schon zwanzig Minuten vergangen, aber ihr Hauptgang ließ noch immer auf sich warten. Die Gäste wurden unruhig. Und das schien auch Luke aufzufallen.

»Tu was!«, formten seine Lippen, während er sich um das Nachschenken der Getränke kümmerte.

»Tu was!«, murrte Eden und betrachtete ihre Fleischtaschen. Sie hatte eben schon eine herausgenommen und angeschnitten, aber die Füllung brauchte noch etwas. »Was soll ich denn tun?« Sie konnte das Essen ja kaum fertighexen.

Sie tippte mit den Fingerspitzen nervös auf die Arbeitsplatte, als Luke zu ihr herüberkam.

»Die Leute fangen an, unruhig zu werden«, gab er die Stimmung aus dem Gastraum wieder. »Wie lange brauchst du noch?«

»Viertelstunde«, antwortete Eden mit einem Blick auf die Fleischtaschen im Ofen kleinlaut.

»Das ist zu lang. Wir müssen … du musst …«

»Vergiss es. Ich mach das nicht!«

»Es würde helfen!«

»Unsinn! Ich würde sie vergraulen.«

»Kannst du es denn noch?«

Eden seufzte. »Schon, aber … aber wir bräuchten fünfzehn Gläser und ich müsste sie tongenau füllen, das ist nicht in einer Minute erledigt.«

Luke grinste. »Du schaffst das schon. Ich geb dir zwei Minuten«, rief er, und noch ehe Eden protestieren konnte, trat er zwischen die Tische und kündigte eine kleine musikalische Einlage an.

Eden schnappte nach Luft, das Blut kochte ihr in den Wangen. »So ein Arsch!«, fauchte sie und ballte die Fäuste. »So ein … Riesen…« Sie knöpfte wütend ihre Kochweste auf und eilte zur Theke. Dort füllte sie Gläser unterschiedlich hoch mit Wasser und reihte sie entsprechend ihrem Klang auf dem Tresen auf.

»Bist du bereit?«, fragte Luke und trat an ihre Seite. Er schien recht zufrieden mit sich selbst, denn sein Lächeln war wie üblich siegessicher.

»Nein!«, fauchte sie ihn an.

»Stimmt.« Luke stellte sich vor sie und nahm ihr die Kochmütze ab. »Wir wollen doch, dass du auf der Titelseite gut aussiehst«, neckte er sie, während er seine Finger durch ihr Haar gleiten ließ.

»Lass das!«, schimpfte Eden. »Ich mach das selbst!«

Luke hob abwehrend die Hände. »Wollte nur helfen. Und …« Er deutete auf die Knopfleiste ihrer Bluse. »Zeig, was du hast.«

»Das mach ich nicht!«, protestierte Eden und blickte auf ihren hochgeschlossenen Kragen. »Das passt doch so.«

»Das passt nicht!«, widersprach er und sah ihr in die Augen. »Vertrau mir, Eden. Du … kannst es dir erlauben, deine Vorzüge in Szene zu setzen.« Er öffnete fix die obersten drei Knöpfe und zupfte den Kragen zu einem V auseinander. Dann lächelte er. »Einer würde noch gehen, ohne dass wir verzweifelt aussehen.«

Eden rollte mit den Augen und schnaufte genervt. »Wir sind nicht verzweifelt. Wir sind am Arsch, wenn das die beste Idee ist, die wir haben!« Damit stieß sie Luke beiseite und stellte sich der Herausforderung.

»Liebe Gäste!«, hörte sie Luke nur am Rande durch das nervöse Dröhnen ihrer Ohren hindurch. Sie bewegte die Finger, um sie aufzulockern, und versuchte, sich an die Reihenfolge der Gläser zu erinnern, die sie spielen wollte, aber die Erinnerung war wie weggefegt.

Bei einem Blick auf die Gäste bildete sich ein dicker Knoten in ihrer Kehle. Sie brachte kaum die Kraft auf, die Hände an die Gläser zu heben. So wie die zitterten, würde sie ohnehin keinen einzigen wohlklingenden Ton erzeugen können. Schwach atmete sie aus und starrte auf die Gläser. Das hier war keine kleine Nummer so wie damals zur Schulzeit. Das hier war wichtig. Jacksons Zukunft hing davon ab, was die heutigen Gäste über den Abend berichteten.

»Komm schon«, raunte ihr Luke zu und trat an ihre Seite. »Was ist denn los?«

»Ich kann das nicht!«, flüsterte Eden.

Er legte ihr die Hände auf die Schultern und massierte sie. Dabei sah er ihr direkt in die Augen. »Ich war Jackson damals nicht gerade ein toller Freund, das weiß ich selbst. Aber vielleicht, wenn wir diesen Abend für ihn retten, vielleicht vergibt er mir dann meine Doofheit von früher.« Er sah sie ernst an. »Ich hab nicht so viele Freunde, dass mir der Verlust seiner Freundschaft egal wäre.«

»Ich glaube ja eher, dass du mit deinem Bruder Ian unter einer Decke steckst«, gab Eden etwas weniger nervös zurück. »Ihr denkt vermutlich, dass ich mit dieser Glasnummer Jacksons Chancen auf das Surfcup-Essen endgültig ruiniere.«

Luke lachte. »Wenn du das wirklich denkst, Eddy, dann streng dich einfach noch mehr an. Du rockst das schon.« Er hielt ihr die flache Hand zum High Five hin und Eden schlug wenig begeistert ein. Dann schob sie ihn beiseite und sah in die erwartungsvollen Gesichter der Gäste.

Am vorderen Tisch saß der amtierende Bürgermeister James Bagley mit seiner Frau, daneben thronte Polizeichef Forrest Winter, der ebenfalls ins Rennen um das Bürgermeisteramt gegangen war. Die beiden hübschen Zwillingstöchter des Polizeichefs, Violett und Cara, die zugleich dem Organisationsteam des Surfcups vorstanden, waren neben zahlreichen Vertretern der Presse ebenfalls gekommen. Und sie alle sahen Eden nun gespannt an.

Eden atmete tief durch, benetzte ihre Finger mit Wasser und ließ zaghaft den ersten Ton entstehen.

Alle Gespräche verstummten und Eden wechselte das Glas. Ein heller Laut, wie von einer Geige gespielt, durchschnitt die Stille und Eden spielte mit etwas mehr Mut weiter. Zu ihrer eigenen Überraschung erweckten ihre Fingerspitzen die Töne glasklar und treffsicher zum Leben.

Eden schloss die Augen und wie von selbst fanden ihre Hände zurück in den Rhythmus dieser Melodie, die sie vollkommen blind beherrschte. Mit einem Mal wusste sie auch wieder, warum sie beim Surfcup so viele schiefe Töne gespielt hatte. Sie war abgelenkt gewesen. Abgelenkt von einem Jungen, der im Publikum auf sie gewartet hatte. Abgelenkt von Jackson Cooper. Und von der Sehnsucht nach etwas, was sie damals kaum benennen konnte. Sie hatte damals alle anderen Zuschauer ausgeblendet und sich in seinen unvergleichlichen Augen verloren. Hatte darin die Frage gelesen, die sie sich selbst auch voll Nervosität gestellt hatte. Wie weit würden sie in dieser Nacht gehen?

Eden schluckte. Sie benetzte ihren Finger neu, ohne die Melodie zu unterbrechen. Damals hatte es nur sie und Jackson gegeben. Nur sie beide und diese erste, mächtige Liebe, die sie bis heute nicht vergessen hatte. Und insgeheim war sie damals ja froh darüber gewesen, dass der Bürgermeister ihre Vorführung unterbrochen hatte, denn so konnte sie früher zu Jackson zurückkehren und sich früher wieder in seine Arme stürzen. Sie spürte noch heute, wie ihr Herz damals geklopft hatte. Vor Nervosität, vor Liebe und vor Angst, Jackson Cooper könnte sich je von ihr abwenden.

Jahrelang hatte sie gedacht, genau das sei passiert. Doch seit heute … seit heute wusste sie, dass sie sich geirrt hatte.

Eden spielte den letzten Ton und als sie langsam die Augen wieder öffnete, sah sie nicht die Gäste im Old Harbour Inn vor sich, sondern Jackson Coopers strahlende Augen.

Sie hörte kaum das Applaudieren der Gäste, als sie sich bedankte und mit wackeligen Knien zurück in die Küche ging. Zu ihrem Erstaunen hatte Luke bereits die Teller des Hauptgangs vorbereitet. Der Duft der fertigen Fleischtaschen lag in der Luft.

»Wann hast du denn das alles gemacht?«, fragte sie ehrlich überrascht, zog ihre Kochmütze auf und trat an das heiße Blech mit dem Fleisch. Jetzt war es perfekt.

»Du hast ewig gespielt und dein Herd hat gepiept. Da dachte ich, ich mach mich mal nützlich.« Luke reichte ihr die Kochjacke und salutierte. »Also, Chef, wie geht's jetzt weiter?«

Eden brauchte einen Moment, um gedanklich wieder in ihrer Küche anzukommen. »Eine Fleischtasche auf jeden Soßenspiegel und dann ab damit auf die Tische.«

»Zu Befehl«, neckte Luke sie und lud sich die Teller, die Eden fertig machte, aufs Tablett. Als er genug für den ersten Tisch beisammenhatte, ging er damit in den Gastraum und begann zu servieren.

Der Moment allein in ihrer Küche war genau das, was Eden jetzt brauchte. Sie atmete tief durch und sah Luke nach. Er brachte die Winter-Zwillinge zum Erröten, als er wohl irgendeinen Scherz machte. Cara schien sein Flirt regelrecht zu verzaubern. Dabei hatte Eden gedacht, Cara habe einen Freund. Danach sah es aber nicht aus, als sie Luke zutraulich die Hand auf den Unterarm legte. Eden musste zugeben, dass Luke das heute auf seine Art gar nicht schlecht machte. Vielleicht hatte sie ihn falsch eingeschätzt. Nachdenklich bereitete sie die übrigen Teller vor. Dieser Tag brachte mehr Offenbarungen mit sich, als sie je für möglich gehalten hätte.

Sie fragte sich, was das für die Zukunft bedeutete. Ihre Gedanken schweiften zu Jackson. Wie es ihm wohl ging? Ob er Schmerzen litt? Ob er vor Angst um das Old Harbour Inn schon ganz verzweifelt war? Sie wünschte, sie hätte ihm wenigstens diese Sorge nehmen können. Dabei hatte sie ja selbst keine Ahnung, ob der Abend so lief, wie die Gäste erwartet hatten. Oder wie Jackson erwartet hatte. Sie würden es wohl erst dann wissen, wenn die Artikel in den Zeitungen erschienen.

* * *

»Vielen Dank, dass Sie da waren! Ich hoffe, Sie hatten einen schönen Abend!«, rief Eden den letzten Gästen hinterher, ehe sie erschöpft die Tür hinter ihnen zusperrte. Matt lehnte sie sich von innen dagegen und seufzte laut. »Was für ein Abend!«

Luke schwang sich das Geschirrtuch über die Schulter und nahm sich mit dem Spüllappen bewaffnet den letzten Tisch vor, um ihn abzuwischen.

»Was denkst du, werden sie übers Old Harbour Inn berichten?«, fragte Eden und zog sich die Kochmütze vom Kopf. Sie ließ sie auf den Tresen fallen und bereitete sich einen Kaffee zu.

Luke war mit den Tischen fertig und gesellte sich zu ihr. »Du hast das souverän gemeistert.« Nachdem er den Lappen in hohem Bogen in die Spüle geworfen hatte, zog er die Weste aus und legte sie zu Edens Mütze. Dann knöpfte er seine

Manschettenknöpfe auf und krempelte die Hemdsärmel hoch. Das verlieh ihm große Ähnlichkeit mit seinem Bruder Ian.

»Du aber auch«, gab Eden zu. »Wenn du wirklich enterbt werden solltest, weil du Jax geholfen hast, dann würde ich ein gutes Wort für dich einlegen und dir hier als Kellner einen Job verschaffen.«

Luke machte ein beeindrucktes Gesicht und rieb sich das noch immer leicht geschwollene Kinn. »Ich werde nicht enterbt. Ich behaupte einfach, Jacksons Schlag habe kurzzeitig meine Zurechnungsfähigkeit beeinträchtigt und ich sei nicht ich selbst gewesen.«

Eden lachte. »Das könnte ja durchaus sein. Du hast dich heute echt nicht aufgeführt wie du selbst.« Sie nippte an ihrem Kaffee und versuchte, ihr Schmunzeln zu verbergen. »Fast schade, denn die unzurechnungsfähige Version von dir hat mir viel besser gefallen.« Sie zeigte auf ihre Tasse. »Willst du auch einen?«

Luke schüttelte den Kopf. »Ich schätze, ich fahre mal besser ins Krankenhaus, ehe ich wieder zurechnungsfähig bin, denn wenn ich schon dabei bin, mich nicht wie ein St. James aufzuführen, dann … gibt es da noch eine Sache, die ein St. James niemals tun würde. Die aber angebracht ist.« Er bewegte testweise den Kiefer und rieb sich den Nacken. »Weiß nicht, ob ich eine Entschuldigung über die Lippen kriege, aber zumindest sollte ich da sein, wenn Jackson mir noch mal eine verpassen will. Ich schätze, das hab ich verdient.«

»Unsinn. Du …« Eden wunderte sich, dass sie die folgenden Worte ernst meinte. »Du hast Jax heute den Arsch gerettet. Ich bin sicher, er weiß das zu schätzen.«

»Und das mit euch?«

Eden zuckte mit den Schultern. »Keine Ahnung, Luke«, gestand sie und lehnte sich gegen den Tresen. »Vorhin war ich echt megasauer auf dich. Und vor zehn Jahren natürlich auch.

Du hast dich furchtbar aufgeführt. Es wäre also leicht, dir ganz allein die Schuld an allem zu geben. Aber es wäre wohl nicht ganz fair. Denn wenn ich ehrlich bin, weiß ich nicht, wie das mit Jackson und mir ohne deine Einmischung weitergegangen wäre.« Sie betrachtete ihre Hände. »Wir waren doch echt jung. Und ein Jahr Trennung wäre so oder so eine Herausforderung gewesen. Ich weiß nicht, warum ich ihn nie angerufen und einfach gefragt habe, warum er mich damals versetzt hat. Dann … wäre das alles doch schon viel früher aufgeklärt worden. Wir haben alle … Fehler gemacht, schätze ich.«

Luke grinste. »Ich werde das vielleicht als Argument verwenden, falls Jax meine Entschuldigung nicht annimmt.« Er nahm seine Lederjacke und schlüpfte hinein. »Willst du mitkommen?«, fragte er.

Natürlich wollte Eden mit ihm gehen. Jede Faser ihres Herzens wollte zu Jackson, aber seit er so stürmisch das Lokal verlassen hatte, hatte sie kaum einen Moment Zeit gehabt, durchzuatmen. Geschweige denn, sich über ihre Gefühle klar zu werden. »Ich hab hier noch einiges zu tun«, antwortete sie deshalb ausweichend.

»Es reicht doch, wenn das morgen erledigt wird«, versuchte Luke, sie zu überreden.

Eden schüttelte den Kopf. »Das kann ich mit meiner Ehre als Küchenchefin leider nicht vereinbaren. Ich mach hier noch klar Schiff. Außerdem steh ich nicht so auf Motorradfahren im Regen.«

Luke nickte und trat an die Schiebetür zur Terrasse. Es regnete immer noch, wenn auch nicht mehr so stark wie den Tag über. Trotzdem öffnete er die Tür und trat hinaus. »Dann bleibst du hier?«, fragte er ein letztes Mal und sah sie an.

»Vorerst.« Eden schlang die Arme um ihren Oberkörper. Die Luft draußen war kalt und sie fröstelte. »Ruf an, wenn du weißt, wie es ihm geht.«

Nach dem Sturm

Es war spät geworden. Eden löschte die Lichter in der Küche und auch die im Gastraum. Nur die originellen Lampen über dem Bartresen brannten noch und sie zögerte, diese ebenfalls zu löschen. Im warmen Dämmerlicht fühlte sie sich hier im Old Harbour Inn trotz des furchtbaren Wetters draußen behaglich geborgen. Sie trank den letzten Schluck Kaffee aus der Tasse und spülte sie unter fließendem Wasser aus. Dann sah sie wieder auf die Uhr. Luke hatte nicht angerufen. Ob er noch bei Jackson war? Ob es Jax gut ging? Oder gab es Komplikationen?

Sie seufzte, um diese unschönen Gedanken zu vertreiben. Sicherlich war alles okay. Andernfalls hätte sie bestimmt jemand informiert. Doch wenn sie jetzt nach Hause ging, dann … würde womöglich niemand auf die Idee kommen, sie auf den aktuellen Stand der Dinge zu bringen. Dann würde sie erst morgen erfahren, was los war. Sie verzog missmutig das Gesicht und starrte durch die regenbenetzte Scheibe. Ihr Fahrrad war nass, der Sattel garantiert mit Wasser vollgesogen und auch wenn ihr Heimweg kürzer war als eine Fahrt ins Krankenhaus, würde sie ordentlich was abbekommen, bis sie es zu ihrer Wohnung geschafft hätte. Und bei diesem Wetter bis zum Krankenhaus zu radeln, war unmöglich.

Sie war so in ihre Gedanken versunken, dass sie das Motorengeräusch auf dem Pier erst wahrnahm, als eine Autotür zugeschlagen wurde. Sofort beschleunigte sich ihr Puls. Lauschend ging sie an die Eingangstür und blickte hinaus, aber das Einzige, das sie in der Dunkelheit erkennen konnte, waren die sich entfernenden Rücklichter eines Wagens.

Es gefiel ihr nicht, dass sie Enttäuschung verspürte. Was hatte sie denn erwartet? Niedergeschlagen betrachtete Eden ihr Spiegelbild in der Scheibe. Sie sah müde aus.

»Geh nach Hause«, ermahnte sie sich selbst flüsternd, als ein Klopfen an der Panoramascheibe hinter ihr sie erschrocken herumfahren ließ.

»Jackson?«, entfuhr es ihr ungläubig und sie presste sich die Hand auf ihr vor Schreck wild hämmerndes Herz. »Was machst du denn hier?«, rief sie und rannte durch den Gastraum zur anderen Seite des Lokals.

Jackson rüttelte an der Schiebetür, während ihm der Regen ins Gesicht lief. Ein dickes Pflaster klebte an seiner Stirn und ein Verband umspannte seinen Brustkorb. Er trug eine viel zu kleine Regenjacke, die an den Schultern aussah, als würden jeden Moment die Nähte platzen, und die er nicht schließen konnte. Seine Hose hing auf der linken Seite in Fetzen und seine linke Hand war bandagiert.

»Wie kommst du denn hierher?«

Er wischte sich mit der Rechten den Regen aus dem Gesicht und sah sie durch die Schiebetür an. »Alison hat mich abgesetzt.«

»Ja, aber warum bist du nicht im Krankenhaus?«, wollte Eden wissen.

Ihre Blicke begegneten sich und Jacksons Augen funkelten amüsiert. »Die Frage ist doch, warum lässt du mich nicht endlich rein?«, entgegnete er und rüttelte wieder vergeblich an der Tür.

»Oh!« Erst jetzt fiel Eden auf, dass er noch immer einhändig mit der Tür kämpfte. »Ja sicher, warte.« Sie versuchte von der Innenseite, die Schiebetür in Bewegung zu setzen. »Klemmt!«, keuchte sie, als sie mit ganzer Kraft an der Scheibe schob, ohne dass diese sich auch nur einen Millimeter bewegte.

»Klemmt«, bestätigte Jax grinsend und fuhr sich durchs regennasse Haar.

»Du hättest Alison nicht wegschicken sollen«, erwiderte Eden kichernd, die noch immer mit der Tür kämpfte. »Sie hätte das bestimmt im Nu repariert.«

Jackson legte seine Hand flach an die Scheibe. »Ich hab gesehen, dass Licht brennt, und gehofft, du wärst noch hier. Deshalb wollte ich sie nicht hier haben.« Sein Blick zog Eden magisch näher an die Scheibe. Er lachte, was ihm Schmerzen zu bereiten schien. »Allerdings hatte ich nicht mit solchen Schwierigkeiten gerechnet.«

Auch Eden entstieg ein erleichtertes Lachen. Er machte Scherze. Er war – soweit sie sehen konnte – weitestgehend unversehrt und er war hier. Das war mehr, als sie sich je hätte erträumen können. »Dann … nimm doch die andere Tür«, schlug Eden kichernd vor und deutete zur Eingangstür.

Jax stöhnte gespielt. »Das ruiniert meinen ganzen Auftritt.«

Eden sah ihm nach, als er sich zum Schutz vor dem Regen die Jacke schief über den Kopf zog und den Weg ums Haus einschlug. Mit wild pochendem Herzen ging auch sie zur Eingangstür und hielt ihm die Tür auf.

Jackson brachte kalte Luft mit in den Gastraum und Eden beeilte sich, die Tür hinter ihm zu schließen. Sie lehnte sich dagegen und sah Jackson noch immer überrascht an. »Was willst du hier?«, fragte sie leise und ihr Blick glitt über seinen geschundenen Körper. Sie ließ ihn nicht aus den Augen, als er die viel zu kleine Regenjacke mit dem Aufdruck »Page & Son«

achtlos über den nächstbesten Stuhl warf. »Du gehörst in ein Krankenhaus. Du bist verletzt.«

Jackson verzog das Gesicht. »Luke hat mich besucht. Er hat gesagt, du wärst noch hier.«

»Ja, wegen … der Unordnung in der Küche und so … es gab noch zu tun. Ich wollte bleiben, für den Fall, dass …«

»Wann immer ich dich gefragt habe, ob du noch bleibst, hast du mich vertröstet«, unterbrach er sie und sein warmer Blick streifte sie.

Wie von selbst ging Eden auf ihn zu. Sie legte den Kopf in den Nacken, um ihren Blickkontakt nicht zu unterbrechen, und strich ihm das nasse Haar aus der Stirn. Vorsichtig vermied sie die Berührung mit dem Pflaster an seiner Stirn. Trotzdem zuckte er leicht zurück. Seine Haut war eiskalt und doch loderte da etwas heiß unter der Oberfläche. »Du gehörst ins Bett«, erklärte sie besorgt, auch wenn er das lustig zu finden schien, denn seine Lippen kräuselten sich. »Denk nicht einmal daran, jetzt irgendwas Zweideutiges zu sagen!«, warnte sie ihn und ließ den Blick über seine Wunden wandern. »Du hast eine Gehirnerschütterung und brauchst …«

Jax lachte. »Es muss eine Gehirnerschütterung sein, denn ansonsten ergäbe es doch keinen Sinn, dass ich Luke sagen gehört habe, du hättest das Old Harbour Inn … mit deinen singenden Gläsern gerettet.« Er hob seine rechte Hand an ihre Wange und umfasste zärtlich ihr Gesicht. »Warum solltest du das tun?«, flüsterte er und Eden fühlte sich, als saugte sein Blick die Wahrheit aus ihr heraus. Darum schloss sie die Augen, ließ aber zu, dass seine Finger von ihrer Wange ausgehend ihren Hals hinabstrichen.

»Ich wollte nur helfen.« Ihre Stimme klang schwach.

»Dann bist du … nicht mehr böse auf mich?«

Edens Herz hämmerte wie eine Schnellfeuerwaffe und die kühle Feuchte von Jacksons Kleidung drang durch ihre Jeans, so nah war sie ihm. »Weiß ich noch nicht«, gab sie zu. »Nicht so böse wie … zuvor.« Sie strich über den Verband an seiner Brust und fragte sich, wo sein Shirt geblieben war. »Und du? Was ist mit deiner Wut? Du hast … Luke niedergeschlagen.«

Jax grinste. »Ich schätze, das war längst überfällig.«

»Da hast du wohl recht«, antwortete Eden auflachend und schnappte nach Luft, als Jackson sie mit unerwarteter Kraft an sich zog.

»Noch etwas ist längst überfällig«, raunte er und senkte seine Lippen fast auf ihre. Nur ein Millimeter trennte sie voneinander und sein Atem strich ihr heiß über die Haut. »Ich hätte dir längst sagen sollen, dass es mir das Herz aus der Brust gerissen hat, dich mit Luke am Strand zu sehen. Dass ich mich zurückgezogen habe, ohne dir eine Gelegenheit der Erklärung zu geben, weil ich es nicht ertrug, dich verloren zu haben.« Seine Lippen streiften ihre so sacht wie eine Feder. »Weil ich fürchtete, dass du meine Gefühle nie wirklich erwidert hast.«

»Jax, ich …«

Ein harter Kuss unterbrach sie, ehe er flüsterte: »Ich bin länger weggeblieben als geplant, weil ich Angst hatte, dir zu begegnen. Weil ich Angst hatte, dass ich meine Gefühle für dich nie überwinden könnte, wenn ich dir so nahe wäre.«

»Jax, bitte …«

»Nein, hör mir zu.« Ein weiterer Kuss stoppte jeden ihrer Einwände. »Als ich das Old Harbour Inn gekauft habe, habe ich mir fest vorgenommen, dir aus dem Weg zu gehen. Dich nicht wieder in mein Leben zu lassen. Und doch bist du jetzt hier.« Er küsste sie sanft und ließ seinen Kopf gegen ihre Stirn sinken. »Ich habe immer noch Angst«, gestand er kaum hörbar und sah ihr dabei fest in die Augen. »Angst, dass du nicht bleiben wirst, auch wenn wir Momente haben, die sich so richtig anfühlen.«

Eden lachte und bei jedem Beben ihrer Brust stießen ihre Lippen sacht gegen seine. »Weißt du, Jax, das ist so eine Sache mit der ersten wahren Liebe«, flüsterte sie und streichelte behutsam seinen Nacken. »Man vergisst sie nie, vermisst sie jeden Tag, und wenn sie dann zu einem zurückkehrt, fürchtet man sich vor ihrer Kraft.« Sie küsste ihn zart und lächelte ihn an. »Ich fürchte mich bei dir, weil du die Macht hast, mir schrecklich wehzutun. Du warst wie ein Sturm, der mein Herz in Stücke gerissen hat. Und darum sollte ich jetzt auch dringend gehen.« Sie wollte zurückweichen, aber Jackson folgte ihr. Gab ihr nicht die Chance, Distanz aufzubauen. Er nahm ihre Hand und legte sie auf sein Herz.

»Oder du bleibst«, bat er und sah ihr ins Gesicht. »Und ich schwöre dir, nie wieder wegzugehen.«

Sein Herz schlug mit solcher Kraft, als würde er einen Kampf ausfechten. Als stünde er seiner größten Angst gegenüber. »Bleib heute Nacht hier«, raunte er und seine Lippen kräuselten sich. »Wenn auch nur, weil es draußen furchtbar regnet oder von mir aus auch aus Nächstenliebe, denn ohne dich …«, er hob schmunzelnd seine eingebundene Hand, »… muss ich wohl oder übel in diesen nassen Sachen schlafen.«

Eden lachte und stupste ihn leicht in die Rippen, was ihm ein gequältes Stöhnen entlockte. »Du denkst, ich ziehe dich aus?«

Jackson zwinkerte ihr zu und fasste nach ihrer Hand. Humpelnd zog er sie mit sich in Richtung Treppe. »Ich hoffe es«, gab er lachend zu, aber Eden stemmte sich dagegen und zwang ihn, stehen zu bleiben.

»Okay, okay, ich werde bleiben«, gab Eden sich geschlagen. »Aber ich will, dass du weißt …«, sie entwand sich seinem Griff und ging auf ihn zu, »… dass der Regen nichts damit zu tun hat und ich mit Nächstenliebe echt gar nichts am Hut habe.« Sie stieg die ersten Stufen hinauf und streckte dann die Hand nach ihm aus. »Wenn ich bleibe, dann nur, weil ich längst mein Herz an den Sturm verloren habe.«

»Also bleibst du?«, wisperte er.

Eden nickte.

»Ich brauche eine akustische Bestätigung«, neckte er sie und folgte ihr, als sie mit zitternden Knien die Treppe hinaufging.

»Ich bleibe«, murmelte sie und glaubte, ihr Herz werde zerspringen, als er ihr im dunklen Schlafzimmer seinen unverletzten Arm um die Taille legte und sich von hinten an sie schmiegte.

Sein nasses Haar berührte ihre Schulter und seine Lippen zogen eine heiße Spur ihren Nacken hinauf bis zu ihrem Ohr. »Keine Angst, Eddy. Die Zeit der Stürme ist vorbei«, raunte er und öffnete den ersten Kopf ihrer Bluse, während nur noch vereinzelte Regentropfen auf das Glasdach über ihnen fielen. Die Wolken hatten sich verzogen und schwaches Mondlicht beschien das Bett. »Ab jetzt wird es … heiß.«

Machen wir es langsam

Jacksons Arm schmerzte noch sehr, als er einige Tage später bei herrlichem Sonnenschein ein Tablett mit Getränken auf die Panoramaterrasse trug. Sage Vasco, der Surflehrer, hatte seine Schüler auf einen Burger eingeladen und nun waren beinahe alle Tische besetzt. Auch Connor hatte sich zum Mittagessen eingefunden. Wenn er nach Eden sehen wollte, so hatte er zumindest im Moment keinen Erfolg, denn die war voll in ihrem Element. Jackson schmunzelte jedes Mal, wenn er in die Küche kam, wo sie die erst gestern eingestellte Küchenhilfe ordentlich auf Trab hielt.

»Ich brauche eine akustische Rückmeldung!«, hörte er sie gerade sagen und es zauberte ihm ein Lächeln aufs Gesicht.

»Ganz schön was los hier«, bemerkte Sage staunend und mit vollem Mund.

Jackson servierte ihm sein Wasser und blickte über den neuen Zaun hinunter aufs Meer. »Seitdem die Zeitungen Edens Kochkünste in den Himmel gelobt haben, sehe ich sie kaum noch. Sie kommt aus der Küche gar nicht mehr heraus.«

Sage wischte sich Burgersoße aus seinem Vollbart. »Dann richte ihr aus, dass der Burger fantastisch ist.«

»Klar, mach ich gern.« Er verteilte die übrigen Getränke an die Gäste und setzte sich dann zu Connor. Edens Bruder musterte ihn noch immer etwas skeptisch, was ihn im Grunde nicht wunderte, schließlich standen sich die Geschwister sehr nahe.

»Es läuft also«, sagte Connor.

Jax nickte. »Im Moment. Aber es steht noch immer die Entscheidung für die Ausrichtung des Surfcup-Essens aus.« Er hielt es für besser, nur allgemeine Themen anzusprechen, solange Connor nicht von selbst auf den neuen Beziehungsstatus seiner Schwester zu sprechen kam.

»Sollte das Ergebnis nicht heute mitgeteilt werden?«, fragte der und schob sich die Sonnenbrille ins Haar.

»Schon. Aber ich mache mir mal keine zu großen Hoffnungen. Gegen Ian St. James anzukommen, wäre ein Wunder.«

»Wunder geschehen ja manchmal«, murrte Connor und sah Jackson geradeheraus an. »Grenzt ja auch an ein Wunder, dass du und Eden …« Er ließ den Satz unvollendet, sodass Jackson sich genötigt fühlte, weiterzusprechen.

»Ich weiß, was du denkst. Aber Eden und ich, wir … wollen die Missverständnisse der Vergangenheit hinter uns lassen. Wir machen einen neuen Anfang.«

»Wenn du ihr wehtust, brech ich dir die Rippen, Jax«, sprach Connor unverhohlen seine Drohung aus.

»Hab ich nicht vor«, gab Jax kühl zurück und stand auf.

Connor hielt ihn mit einer Handbewegung auf. »Das ist gut. Dann bleibt mir nur, dir viel Glück zu wünschen, denn meine Schwester ist stur wie ein Esel.«

»Sehr witzig, Bruderherz!«, murrte Eden, die eben zu ihnen auf die Terrasse gekommen war. »Was machst du überhaupt hier? Musst du nicht irgendwelche Spinner von den Flat Rocks jagen oder Nichtschwimmer aus den Wellen ziehen?«

Connor fuhr sich durch die dunklen Haare. »Ich bin auch hier auf Rettungsmission. Ich sag deinem Herzensbrecher gerade, dass ich ihm sämtliche Knochen breche, wenn er dir noch mal wehtut.«

Eden rollte mit den Augen. »Gott, Connor! Ist das dein Ernst?« Sie lachte und schmiegte sich an Jacksons bandagierte Seite. Jackson küsste ihren Scheitel.

»Ist ja lieb von dir, dass du dir Sorgen machst, aber mit Jax würde ich mich an deiner Stelle nicht anlegen. Er hat erst neulich Luke eine verpasst«, brachte Eden ihren Bruder auf den neuesten Stand der Dinge und Jax schmunzelte, denn sie klang beinahe etwas stolz auf ihn. Dabei bereute er seinen Ausraster.

Und als hätte die Erwähnung seines Namens Luke St. James angelockt, kam dieser genau in diesem Moment mit arrogant gehobenem Kinn und lässigen Schritten vom Pier her auf die Terrasse geschlendert. Er war nicht allein, sondern in Begleitung der Winter-Zwillinge.

»Steckt wohl nicht viel Kraft in Jacksons Schlag, wenn Luke trotzdem wieder hier auftaucht«, meinte Connor und streckte die Beine unter dem Tisch aus. Er lehnte sich abwartend zurück, vollkommen entspannt. Ganz im Gegensatz zu Jackson. Der hatte das Geplänkel der Geschwister zwar entspannt beobachtet, doch nun beschleunigte sich sein Puls. Und zwar nicht wegen des Gefallens, um den er Luke gebeten hatte, sondern wegen der zwei Frauen an seiner Seite. Und Cara Winter schien sehr darauf bedacht, Luke nahe zu sein. Mit einem Klemmbrett unter dem Arm stellte sie sich auffällig dicht neben ihn.

Jeder hier wusste, dass Cara und Violett dem Organisationsteam für den Surfcup vorstanden. Jeder wusste, was der Besuch der beiden zu bedeuten hatte. Sie würden jetzt erfahren, ob das Abschlussessen hier oder im Coral Cave Resort abgehalten werden würde. Die Entscheidung stand vermutlich auf dem Klemmbrett. Jackson atmete nervös durch.

Auch Eden neben ihm spannte sich an. Sie warf ihm einen unsicheren Blick zu und flüsterte. »Gott, ich hoffe, Luke und ich haben es neulich Abend nicht verkackt.«

»Was immer passiert, ich danke dir dafür, dass du versucht hast, mein Lokal zu retten, während ich mich wie ein Dummkopf verhalten habe. Was immer passiert, ich …« Er küsste sie und hob ihr Kinn an, damit sie ihn ansah. »Ich habe doch schon gewonnen, einfach, weil ich dich wiederhabe.« Er zwickte sie leicht in die Seite und nickte in Richtung der Neuankömmlinge. »Komm schon, begrüßen wir … das Komitee.«

Sein Blick wanderte zu Luke, der ein Nicken andeutete. Damit gab er Jax zu verstehen, dass er ihm den Gefallen, um den er ihn gebeten hatte, erfüllen konnte.

Und mit einem Mal war ihm das Abschlussessen vollkommen egal. Er grinste Luke dankbar an, während Violett Winter ihre Brille geraderückte und nach einem Räuspern, das alle Gäste zum Schweigen brachte, die Entscheidung des Organisationsteams verkündete.

* * *

Eden lag auf dem Rücken, den Arm über den Augen, um sich gegen die leuchtenden Strahlen der untergehenden Sonne zu schützen. Das Boot unter ihr schwankte und nur das leise Schwappen der Wellen und das Kreischen der Seevögel war zu hören.

Jackson hatte den Anker geworfen und kam nun zu ihr aufs Sonnendeck. Er setzte sich neben sie und ließ seine Finger sanft über ihre nackte Haut wandern. Er folgte dem Träger ihres Bikinis und strich zärtlich über die Hügel ihrer Brüste. Eden seufzte wohlig und lächelte ihn an. Hinter ihnen spülten die Wellen goldglänzendes Wasser in die Sunset Cave und mit jedem Heben und Senken des Boots auf den Wellen wuchs Edens Vorfreude.

»Ich hab so oft davon geträumt«, gestand sie und blinzelte ihn unter ihrem Arm hervor an. »Von dem Abend vor zehn Jahren.« Sie lächelte. »Ich kann nicht glauben, dass du dir wieder ein Boot der St. James geliehen hast, um mit mir hierherzukommen.«

Jax lachte. »Lukes schlechtes Gewissen hat uns das Boot verschafft, aber wenn Ian uns findet, lässt er uns über Bord gehen«, scherzte Jackson und schlüpfte aus seinem Shirt.

»Besonders nach seiner furchtbaren Niederlage«, stimmte Eden fröhlich zu und setzte sich auf. Sie grinste bis über beide Ohren. »Kannst du glauben, dass wir tatsächlich das Abschlussessen ausrichten werden? Ich schätze, Matt Miller wird vor Wut einen Kochlöffel fressen«, meinte sie kichernd und all ihr Ärger über den ehemaligen Kollegen löste sich mit einem Mal in Luft auf. Ohne sein furchtbares Verhalten hätte sie nie im Coral Cave gekündigt – und damit nie bei Jax angefangen. Sie wären heute sicher nicht hier gewesen ohne den dämlichen Matt Miller.

Eden zog die Champagnerflasche zu sich heran, die Luke zur Feier des Sieges gesponsert hatte, und löste den Draht um den Korken. »Trinken wir auf diesen unglaublichen Tag.« Mit einem Knall flog der Korken aus der Flasche. Schäumender Champagner lief ihr über die Finger und tropfte auf ihren Oberschenkel.

Mit einem vielversprechenden Funkeln in den Augen beugte Jackson sich über sie und leckte ihre Finger ab, ehe er dem Champagnerregen bis auf Edens Schenkel folgte. »Auf das Old Harbour Inn«, murmelte er und seine Zunge versengte Edens Haut. »Und auf Luke, der an unserem Sieg gegen Ian maßgeblich mitgewirkt hat.«

Eden lachte. »Ich glaube ja, er hat das Opfer, Cara Winter durch eine heiße Liebesnacht von unseren Qualitäten zu überzeugen, nur allzu gern auf sich genommen.«

»Aber jetzt werden wir nie erfahren, ob wir aus eigener Kraft gewonnen hätten«, gab Jackson zu bedenken und biss Eden sanft in die empfindliche Innenseite ihres Oberschenkels.

Eden lachte. »Ian St. James schlägt man nicht so leicht. Aber das sollte uns nicht daran hindern, es im nächsten Jahr wieder zu versuchen.«

»Ich sag ja, dich einzustellen war eine Investition in die Zukunft. Und darauf trinken wir.« Er leckte die Champagnerperlen von ihrer Haut und lächelte sie verführerisch an. »Und auf die erste Liebe, die man nie vergisst.«

Eden entwand sich der prickelnden Liebkosung seiner Zunge und zog ihn mit sich auf die Beine. Sie löste seinen Verband und er im Gegenzug ihr Oberteil. »Wollen wir unsere Erinnerungen auffrischen?«, fragte sie auffordernd. Dabei klopfte ihr Herz heute genauso aufgeregt wie damals.

Jackson nickte und seine Hände glitten bewundernd über ihren Körper.

»Wird das Wasser nicht in deinen Wunden brennen?«, fragte sie, als er sie zielsicher zur Reling schob.

Er küsste ihre Schulter. »Meine Brust hat nur Kratzer. Aber mein Herz hat seit vielen Jahren einen Riss. Ich bin heute hier, um ihn zu kitten.« Er küsste ihren Hals und seine Zähne knabberten an ihrem Ohrläppchen. »Ich liebe dich, Eden Green«, sagte er und riss sie mit sich ins Wasser.

Als sie eng umschlungen wieder auftauchten, war es, als badeten sie in einem See aus reinstem Gold. Eden lachte und obwohl sie sich so nicht über Wasser halten konnten, schlang sie ihm die Arme um den Hals. »Das hast du noch nie zu mir gesagt«, gab sie erstaunt zurück und tauchte gemeinsam mit ihm unter. Als sie auftauchten, grinste Jax.

»Ich dachte, du wüsstest es.«

»Vielleicht wusste ich es. Aber es zu hören, ist schön. Und es hat zehn Jahre gedauert, dich das sagen zu hören«, sagte sie glücklich lachend und strich ihm die Haare aus dem Gesicht. Sie blickte in die unvergleichlichen Augen des Mannes, den sie immer geliebt hatte.

»Manchmal bin ich etwas langsam«, gestand er und zog sie mit sich in die Sunset Cave.

Eden kicherte, als er ihren Po umfasste und sie an sich zog. »Kein Problem, dann machen wir es langsam«, wisperte sie, als die goldenen Wellen über sie hinwegspülten.

Leseprobe Laguna Beach 2

Ein neuer Morgen in Laguna Beach

Ein erster Silberstreifen am Horizont kündigte den neuen Tag an, als Alison Page mit einer Thermoskanne Kaffee unter dem Arm das Haus verließ. Gähnend kraulte sie ihren Bernhardiner Doodle hinter den Ohren, ehe sie mit müden Schritten die Verandastufen hinunter zu ihrem Pick-up schlurfte.

»Heute wird ein Scheißtag«, erklärte sie Doodle und hielt ihm die Beifahrertür auf. Der Hund sah sie mitleidig an. Sein tief grollendes Bellen sollte wohl so etwas wie Zustimmung bekunden, ehe er sich auf der obersten Verandastufe gemächlich wieder niederließ. Alison klopfte auf den staubigen Sitz, um ihren Hund zum Einsteigen zu bewegen. »Komm schon, du Faulpelz. Rein mit dir. Wir müssen los.«

Doodle setzte sich in Bewegung. Mit der Schnauze knapp über dem staubigen Boden, schnupperte er mal links, mal rechts vom Haus in die Büsche, ohne Alison zu beachten.

Dieses Spiel war nichts Neues und so seufzte Alison geduldig und fasste ihre roten Locken zu einem lockeren Zopf zusammen. »Wird das heute noch was?«, fragte sie schließlich, als Doodle langsam in ihre Richtung stromerte. »Na also.

Warum nicht gleich«, murmelte sie, während der schwerfällige Bernhardiner sich schnaubend auf die Beifahrersitzbank des Pick-ups wuchtete. Alison stopfte ihre Thermoskanne zwischen Lehne und Hundekörper, ehe sie hinter dem Steuer Platz nahm. Auf dem Armaturenbrett lag das Klemmbrett vom Vortag. Mit gerümpfter Nase zog sie es heran und warf einen Blick auf die anstehenden Termine.

»Ein echter Scheißtag«, flüsterte sie und sah Doodle an. »Wir treffen gleich einen echten Kotzbrocken«, erklärte sie dem Hund und startete den Motor. »Wir hätten im Bett bleiben sollen.«

Mit einer schwungvollen Wende auf dem Hof der Baufirma steuerte Alison den Pick-up unter dem Schild mit dem Firmennamen »Page & Son« hindurch und fuhr in Richtung Stadt. Die kurze Fahrt durch die bewaldeten Hügel nach Laguna Beach hinunter dauerte keine fünf Minuten. Trotzdem erschien es ihr jedes Mal wie eine Fahrt in eine andere Welt. Die Baufirma lag nur eine Meile abseits des heiteren Trubels von Laguna Beach, doch keiner der sportbegeisterten Surfer oder der sonnensüchtigen Strandbesucher verirrte sich je zu ihrem Haus. Sie genoss diese Abgeschiedenheit und Stille, auch wenn ihr das Umfeld gerade jetzt, wo ihr Vater im Krankenhaus lag, fast etwas zu ruhig war.

Als sie an der ersten Ampel anhalten musste, kurbelte sie das Fenster herunter. Die Sonne kroch hinter dem Horizont hervor und blendete, was Doodle dazu bewog, eine seiner haarigen Pfoten über sein Gesicht zu legen.

Alison schmunzelte und gähnte noch einmal. Die frische Morgenluft, die durch das Fenster drang, weckte ihre Lebensgeister. Und das war auch dringend nötig. Denn der Termin, auf den sie so wenig Lust verspürte, war von größter Wichtigkeit.

Wie von selbst glitt Alisons Blick auf den Stapel achtlos gefalteter Blätter, der in der Mittelkonsole lag. Seit ihr jemand das Radio aus dem Wagen geklaut hatte, nutzte sie das leere Fach für Zettel und Kaugummipäckchen. Es quoll fast über und sie nahm sich vor, hier bald mal Ordnung reinzubringen. Dabei wusste sie genau, warum sie die Papiere am Vorabend nicht mit hineingenommen hatte. Sie wollte sich die Probleme nicht ins Haus holen. So einfach war das. Dabei ließen sich die Rechnungen aus dem Krankenhaus nicht leichter bezahlen, wenn sie sie verdrängte. Das war ihr klar.

»Wir müssen dem Teufel unsere Seele verkaufen«, raunte sie Doodle zu und fuhr an, als die Ampel auf Grün schaltete. Ihr Weg führte sie durch die Stadt, an der City Hall vorbei, auf dem Pacific Boulevard in Richtung Hafen. Das Old Harbour Inn seitlich der Straße strahlte in seinem neuen Glanz und vielleicht würde sie sich heute Abend hier einen Burger gönnen. Doch bis dahin …

Alison drückte aufs Gas, als sie der Straße aus Laguna Beach hinaus in Richtung Sunset Beach folgte. Das Coral Cave Resort erhob sich in leuchtendem Blau vor dem morgendlichen Himmel. Die Glasfronten reflektierten das Licht und der große Springbrunnen am Eingang stieß eine regenbogenfarben schillernde Wasserfontäne in den Himmel. Alison ließ den Pick-up in eine der Parklücken rollen und zog den Zündschlüssel. Zu Hause ließ sie ihn immer stecken, aber hier in der Welt der Schönen und Reichen wurde einem ja, wenn man nicht aufpasste, noch der Arsch aus der Hose geklaut.

Der Widerwille gegen diesen Geschäftstermin war so groß, dass Alison es zunächst nicht einmal schaffte, die Hände vom Lenkrad zu nehmen. Sie trommelte mit den Fingern auf den Kunststoff und starrte durch die Scheibe, ohne wirklich etwas zu sehen. Das einzige Bild, das ihr vor Augen stand, war die horrende Summe auf der Krankenhausrechnung.

»Na schön«, versuchte sie, sich selbst Mut zu machen. »Dad braucht diesen Auftrag«, redete sie sich selbst zu. Durch den Ausfall ihres Vaters hatte Alison einige Aufträge absagen müssen, weil sie sie allein nicht bewältigen konnte. Auch diesen Auftrag hätte sie zu gern abgelehnt, doch gerade jetzt war es vernünftiger, einen Großauftrag anzunehmen anstatt mehrerer kleiner Aufträge, die unterm Strich viel mehr Aufmerksamkeit erforderten. Genau deshalb saß sie jetzt hier. Sie atmete tief durch, öffnete entschlossen die Tür und stieg mit dem Klemmbrett unterm Arm aus, ehe ihr Widerwille noch die Oberhand gewann.

Sie ließ Doodle aus dem Wagen und gemeinsam gingen sie auf den Eingang des Coral Cave Resort zu. Der ordentlich livrierte Page am Eingang sah missbilligend auf den Hund, sagte aber nichts, als Alison ihm knapp mitteilte, dass sie einen Termin mit Mister St. James habe.

Ein Mitarbeiter von der Hotelrezeption kam ihr entgegen und bat sie in einen Fahrstuhl. Auch er schien nicht angetan von ihrer vierbeinigen Begleitung. »Mister St. James erwartet Sie bereits«, teilte ihr der Hotelmitarbeiter mit und entsperrte mit seiner Schlüsselkarte den Zugang zur obersten Etage, woraufhin er sich dezent wieder aus der Aufzugkabine zurückzog.

»Mister St. James erwartet Sie bereits«, äffte Alison ihn nach, während der Fahrstuhl nach oben fuhr. Doodle sah sie fragend an und Alison seufzte. »Das verstehst du nicht«, sagte sie und kratzte sich dabei etwas Zementstaub von der Latzhose.

Die Kabinentüren öffneten sich und noch ehe sie einen Fuß in das Heiligtum des St.-James-Clans setzte, sackte ihr schon das Herz in die Hose. Ian St. James stand am Empfangstresen und reichte einer Angestellten einige Papiere. Er sah nicht in Alisons Richtung, was ihr einen Moment verschaffte, sich wieder zu fassen.

Ian St. James war eine beeindruckende Erscheinung. Allein schon durch seine Größe. Dazu diese Ausstrahlung. Trotz seines arrogant wirkenden markanten Kinns, der verächtlich scheinenden schmalen Lippen und ungeduldig dreinblickenden, strengen Augen war er … umwerfend attraktiv.

Und dessen war sich Ian St. James auch bewusst. Die Geste, mit der er sich das Haar locker seitlich über den Kopf strich – das hatte Alison noch bei keinem anderen so gesehen.

»Na dann«, stöhnte sie und betrat die Etage. Doodle senkte die Schnauze und tappte schnuppernd und vollkommen unbeeindruckt über den Travertin. Alison tätschelte ihm den Kopf. Dann straffte sie die Schultern, gerade in dem Moment, in dem sich Ian St. James' sachlicher Blick auf sie heftete.

»Miss Page«, sprach er sie an und kam ihr entgegen. Sein Blick verfinsterte sich, als er den Hund bemerkte. Dennoch reichte er ihr die Hand zum Gruß.

Die Berührung durchfuhr Alison wie ein Blitz, nur zu gern hätte sie ihre Hand zurückgerissen, doch sie tat es nicht. Stattdessen lächelte sie den Mann, der sie einst das hässlichste Mädchen der Welt genannt hatte, gezwungen freundlich an.

Das konnte ja heiter werden.

Ende der Leseprobe

Printed in Poland
by Amazon Fulfillment
Poland Sp. z o.o., Wrocław

75889273R00207